危城不屈

萧玉凝 著

湖南文艺出版社 · 长沙
HUNAN LITERATURE AND ART PUBLISHING HOUSE

图书在版编目（C I P）数据
危城不屈 / 萧玉凝著. -- 长沙：湖南文艺出版社，2024. 9. -- ISBN 978-7-5726-2066-9
Ⅰ. I247.5
中国国家版本馆CIP数据核字第2024TB2241号

危城不屈

WEICHENG BUQU

作　　者　萧玉凝
出 版 人　陈新文
责任编辑　谢迪南　王　琦
装帧设计　嘉泽文化
内文排版　嘉泽文化

出版发行　湖南文艺出版社
地　　址　长沙市雨花区东二环一段508号　邮编：410014
网　　址　http://www.hnwy.net

印　　刷　湖南省众鑫印务有限公司
版　　次　2024年9月第1版
印　　次　2024年9月第1次印刷
开　　本　880 mm × 1230 mm　1/32
印　　张　12.125
字　　数　280千字
书　　号　ISBN 978-7-5726-2066-9
定　　价　72.00元

目录

引　子

1944年5月，日寇调集重兵第四次进攻长沙，国民革命军第九战区奋起抵抗，但最终失利，长沙沦陷。第四次长沙会战以国军败退而结束。日军挟得胜之威分三路挥师南下，兵锋直指衡阳。东路，沿铁路经株洲和赣北侵占湘江东岸。西路，突破岳北、渣江等防线，截住衡阳西南。中路，经湘潭直逼衡山。

衡山，是屏障衡阳北面的战略要地，也是抗战的大后方。此时，一下就成了抗战前线。

这是一片神奇的土地。

相传在远古，一只火红的神鸟爱上了这里，因眷恋而变成了一座大山，永踞于此。于是，这里便有了火神祝融的传说。千万年来，火神锻造着这方土地的性格，也铸就了生长在这片土地上的人们的精神——他们有血性、敢担当、能任事、讲义气、尚忠诚，心忧世事、胸怀家国，在历史的更替和时代进步中，演绎着一幕幕历史活剧。

我们溯时间之河回望——

日军占领武汉后，企图一举击穿湖南防线，发起了对长沙的进攻。从1939年到1944年初，长达六年时间，日军虽然进行了多次进攻，终遭失败。其中，大的“长沙会战”就有三次。

当时，国民政府为避其锋锐已迁都重庆，湖南的顽强抵抗为全国抗战赢得了宝贵的治疗战伤和积聚力量的时间，也让全国人民看到了胜利的希望，提振了抗战信心！国民政府军事委员会也把前线指挥部设在衡山的半山腰——磨镜台，名曰衡山指挥部。

1939 年初，在中国共产党的推动下，国民政府军事委员会在衡山南麓的南岳白龙潭圣经学院举办“游击干部训练班”。国民政府对南岳“游击干部训练班”非常重视，安排军政要员负责，中共方面也派人参与领导和教学。

训练班学员主要来自国民党军队的中、下层军官和新招的爱国青年。根据中共代表的提议，学员学习游击战术的同时，要深入乡村，发动民众。在中共教员和学员的带领下，训练班的学员们利用大量的时间在南岳周边的乡村做调研，做宣传，动员民众参与抗战。一时间，衡岳大地像一团火在滚滚燃烧。

在深入乡村的过程中，由于衡山方言十分特别，学员们听不懂，交流困难。中共负责人提议招收本地青年进入训练班学习，既可培养游击战骨干，又可为其他学员做翻译。衡山各地的青年纷纷响应，包括岳云中学的高中学生。

这里面涌现出了一个独特的群体。他们是南岳大庙及分布于山上山下的各寺庙、道观的青年僧人和道师。南岳大庙位于衡山脚下，是著名的宗教圣地，以佛道共荣而闻名天下。当时，南岳佛道界代表人物具有强烈的爱国情怀，在宣讲佛经和教义时，常常教育僧人和道众要以保家卫国为大善举，以除贼安民为大修行。在他们的感召下，各寺各庙和道观的僧人道师都积极支持抗战。听说游干班招收本地学员，他们便相约前来报名。中国共产党和国民党军政要员都给予了肯定和支持。国共双方都派出教员指导南岳佛教界成立抗战服务团队和训练武装队伍。后来活跃在衡阳抗日战场的“南岳佛道抗日大刀队”就是在此基础上成立的。

游干班结束后，本地的学员大都回到了农村，他们就像一颗颗火星子，从这里撒出去，落在衡岳大地的每一个村落，每一寸土地，迅速点燃蔓延开来。

在惨烈的衡阳保卫战中，衡阳人民不惧牺牲，舍家抗战。

于是，衡阳城外又筑起了一座不屈的“血性坚城”！

第一章　残关浴血

全团南撤，意味着衡山北面将门户洞开。文吉命令警卫排："你们留下，死守！"

1944年6月20日，黄昏。

南方初夏的阳光虽然还没有盛夏那么火辣辣，但是，连日的大雨使山野十分潮湿，让人感到非常闷热。西斜的太阳从厚厚的云层中探出红彤彤的脸来，漫天的晚霞刹那间就染红了半边天。一位整装的国民党军官站在"岳云关"残存的石墙上，头微仰向北，一动不动。晚霞投射在他坚韧的脸上，镀上了一层金色，帽檐也像被晚霞点燃，跃动着一团团火苗。

"岳云关"是长衡公路上的一个重要的战略要地，守住了就扼住了南北动脉。这里往北十里是茶市镇，往南十里是石市街，中间二十里荒无人烟。东面沿丘陵小山和农田直达湘江，西面是连绵的万亩竹山连接衡山腹地。

相传，南宋抗金名将岳飞之子岳云曾镇守于此，后人为了纪念他，取名"岳云关"。在未修建长衡公路前，"岳云关"十分雄壮，有两丈多高的石墙，中间仅留丈余宽的拱门供人车过往，历朝历代都有人马在此驻守。尽管如此，杀人越货的事仍时有发生，以至于过往商客莫不谈此色变。民国初期，长衡公路修建，

“岳云关”被拆毁，仅遗西面山边一堵破损的石墙，诉说着昔日的悲壮和惨烈。

站在石墙上的军官是国民革命军第十军独立团团长文吉，一位三十二岁的湘南汉子。

此时此刻，他心急如焚啊！

第四次长沙保卫战炮声刚起时，驻守衡山的第十军根据统帅部命令，挥师驰援长沙，但刚到湘潭，长沙已经沦陷。第十军又折回衡山待命。营盘还未扎稳，统帅部急令第十军奔赴衡阳，死守衡阳！全军南下时，军部特命令独立团扼守“岳云关”，想办法迟滞日寇，为衡阳组织守城和衡山南岳的大撤退、大转移赢取时间。

昨天，独立团匆匆赶来岳云关，连夜挖好野战工事，全团2000多弟兄正在休息，养精蓄锐，随时准备迎战南犯之敌。

午夜时分，师部突然转来急电，命令他率全团急赴衡阳。

全团南撤，这就意味着，衡山北面将门户洞开，拱卫衡阳北面的衡山防线弃守！

文吉团长心急如焚啊！

身后是一座千年古城，一处名扬天下的佛教圣地，以及数千年来积累的珍贵文物和几十万百姓。当时许多抗战服务团体和进步人士云集衡山南岳，还有国民革命军衡山指挥部及相关机构，虽然在一年之前就开始转移，但仍有部分留守于此，没有来得及疏散。接到命令后，文吉犹豫了，他向北眺望，仿佛已看到日寇南下的滚滚烟尘，听到铁蹄嗒嗒和刺刀的摩擦声。此时此刻，突然来了这份急电，他能不心急如焚吗？

而此刻，文团长并不知道，日军三路南下，东边防线已被突破，湘江东岸已处于日寇的铁蹄之下，西线虽然还在顽强抗击，也已危如累卵，一旦失手，日军即可从西南截住衡阳。

衡阳和衡山之间是连绵数十里的开阔田野和丘陵，无险可守。日军突破衡阳西南防线后，一定会迅速嵌入其间，从北面包围衡阳，独立团也将面临腹背受敌。第十军兵力有限，不足以四面守卫，弃守岳云关，把独立团急调衡阳守城，是从守城的大局着想而采取的不得已的办法。

在命令独立团归建的同时，军部已令留守衡山的县长王文德组织撤退和疏散群众，并命令各地游击武装破坏交通和逐次阻击，尽量迟滞日军，争取时间。

团副李桂义和参谋长田云站在离团长十几米的一片竹林下，他们一句话都没说，注视着团长，等着命令。在收到急电的那一刻，他们一直没有上前去打扰文吉，他们知道团长的心情，但也知道军部决策的重要性，所以，他们已经下令全团做好了南撤的准备。

文吉一直站在石墙上。

凌晨时分，通讯兵又送来一份军部急电：十万火急！速来衡阳！文吉接到急电，心头一紧，看来是军部遇到了紧急情况！由不得他迟疑了。

“田云！”文吉叫了一声，把电报递给快步奔过来的参谋长。

田云接过电报，对传令兵说：“传令下去，立即开拔！”

随着一阵紧张而急促的脚步声和铁器碰撞声，整装待发的官兵已从野战工事中跃出，快速走上公路。团副李桂义站在路边的石头上，简短地下达了命令：“跑起来！”

公路上立即腾起一路烟尘，在天刚微亮的晨雾里飘散开。

文吉的坐骑在队伍最后，突然扬起前蹄，昂头嘶鸣了几声，声音洪亮而悲壮，久久在山谷中回荡。文吉跳下石墙，跨上战马，刚刚跑上百来步，又突然停下，勒住马喊了一声："李勇！"

李勇是文吉的警卫排长，黄埔军校第十五期毕业，他快步跑上来，后面跟着警卫排的全体战士。

文吉定睛看了一眼李勇，又扫视了一圈警卫排的战士们，跳下马，走过去拍了拍李勇的肩膀，说："你们留下，死守！"

自团长叫住他那一刻，李勇已明白了自己的使命，全排的战士们也明白团长的意图，因此他们不等命令，齐刷刷地跟着排长跑了过来。团长话音刚落，李勇即行军礼："团长放心，我们一定死守到底！"兄弟们也跟着说："死守到底！"声音雄壮而略带嘶哑——这是视死如归的呐喊啊！

他们都清楚，死守意味着什么！就算独立团全部留下，也难以挡住日寇的兵锋，何况一个警卫排！他们都清楚，三十个人，三十条汉子，三十个鲜活的生命，也许就在今天，或者明天、后天，就要永远留在这里。他们的鲜血，将渗入这片可爱的热土。

尽管经历过无数次的生离死别，见过无数次的鲜血喷涌，但此刻，文吉的心还是被刺痛了。他知道命令一出口，就意味着和这三十个曾日夜陪伴的弟兄就此永诀！

泪水一下子就涌出了眼眶。他跨上马，向警卫排的弟兄们敬了个礼，策马扬尘而去。

尽管曾无数次表示要上战场杀鬼子，无数次心潮澎湃，热血沸腾，要上战场了，不知道是亢奋还是紧张，手心里都沁出了汗水。

1944年6月21日凌晨。

向湘岳也是心急如焚！

昨天，他在衡阳接到衡阳地委和八路军驻衡阳办事处的命令，因守卫“岳云关”的国军南撤，要求他立即返回衡山，组织抵抗和群众转移，动员民众配合国民党军做好破路和运送给养工作。

“不必死守一地，要灵活运用游击战术。你们能多守一会，老百姓就能多一线希望，守衡阳就多一分胜算！”临行，地委书记紧紧握着他的手，坚定地说。

向湘岳没有迟疑，带着交通员王富林连夜赶到地下县委驻地，位于湘江东岸的石塘镇湾里村罗福田家。

湾里村是一个偏僻的山村，县委驻地设于此主要是便于隐蔽。当时中共还处于地下状态，开展工作都是以各种身份作掩护。向湘岳是中共地下党衡山县委书记，也是木匠师傅。老百姓都亲切地叫他“向木匠”。

罗福田是一位老党员，为人厚道，在当地很有人缘。昨天深夜接到通知，县委要召开紧急会议，要求他做好准备工作。他半夜就起来了，安排小儿子到一里外的村口守候和放哨，自己堂客则在家里蒸了几个糠糕。

从衡阳到湾里村有六十多里路，向湘岳和王富林紧赶慢赶，硬是在凌晨跑到了罗福田家。推门进屋，只见李芳田、刘仲生、向志武三人已围坐在桌子边等着他。他们三人都是县委委员，接到通知后就赶了过来。

向湘岳已是一身汗，他接过罗福田递过来的一碗井水一口饮下，一边喘气一边急切地问道："萧志立和宋和尚呢？怎么还不来？"

萧志立是分管武装斗争的县委副书记。

宋和尚是"南岳佛道抗日大刀队"大队长。

宋和尚真名叫宋守义，湖南长沙人。1939年，日寇进攻长沙，他家没有来得及转移，父母和哥哥都惨死在鬼子的刺刀下。

当年，他17岁，因在地主家里帮工而躲过了一劫。

鬼子走后，乡亲们安葬了他父母和哥哥的遗体。他跑到国民党军驻地要求当兵报仇。恰好有一位团长也姓宋，要来南岳参加游干班学习，也就把他带来了。宋团长与祝圣寺的方丈演武法师很熟，又把他交给演武。在祝圣寺，宋守义天天吵着要去当兵，他对演武说："如果要我当和尚，还不如让我死！"

一天夜里，祝圣寺来了一位"神秘"的客人，和演武在房间里谈了很久。宋守义恰好路过，好奇地趴在窗口听。

演武和客人都显得有些激动。

演武说："僧人也是人，保家卫国是大义，是大善举，我们选派僧人参加游干班训练，已经得到省政府和战区司令部同意了。"

客人用赞许的口气说："你说得对，天下兴亡，匹夫有责！"客人顿了顿说："但是，游干班的学员都是拿枪的，要上战场杀敌的，你们愿意上战场吗？”

演武坚定地说：“僧人上阵杀贼，古已有之。唐朝便有十三棒僧护国呢！我辈虽入佛门，但拳拳爱国之心未泯！我们也是七尺男儿，我不杀贼，谁去杀贼！”说完，演武拍了一下桌子！

宋守义听到这里，忍不住推门撞了进去，激动得涨红着脸，话还没有出口，泪已流到了腮帮子。

演武见客人一脸惊讶，忙介绍说：“他叫宋守义，长沙人，家里人都被鬼子害死了，早几日是宋团长把他带来的。”

宋守义咽了几次口水，才把情绪稳定下来。他说：“让我去参加游干班吧，只要能杀鬼子，当和尚也要得！”

演武见他态度坚决，也没有反对，就让他削发为僧，取法号“鸿义”，又推荐参加了游干班。半年后，宋守义参加了南岳佛教协会组织的“佛教抗战救亡服务团”。

1942 年，在中国共产党的帮助下，南岳佛教协会组建了一支由僧人参加的抗日武装队伍。后来，又吸收了一些道观的年轻道人进来，便取名“南岳佛道抗日大刀队”，由宋守义担任大队长，下设三个中队。

宋守义长年是光着头和一袭僧衣，参加活动时十分显眼，大家都叫他“宋和尚”，久而久之，他的俗名和法号就没有人叫了。

这时，宋和尚满头大汗地闯进来。他抹了一把汗，嚷道：“热死了！”

经过五年的岁月磨砺，那个瘦小的伢子已成长为身材壮实、孔武有力的汉子了。

向湘岳见宋和尚到了，站起来把左脚踏在长凳上，右手敲了敲桌子，说：“情况大家都清楚了，不多说了，守岳云关的独立团撤往衡阳，只留下一个排在那里，说不定鬼子今天就会打进来。”。

罗福田把几个糠糕端上了桌子。向湘岳抓起一个咬了一口，继续说：“情况万分危急，我们要尽快行动。”

这时，窗外已露出了鱼肚白，远处传来了几声犬吠，报晓鸡也“咯咯咯”地叫起来，由远而近，此起彼伏，汇成了一曲催人振奋的交响乐。

向湘岳一口吹熄了油灯，一抹晨光透过窗纸射进来，映在他的脸上，他两眼炯炯闪亮，似有两团火苗在跳跃。

他们望着向湘岳的眼睛，心情十分激动。尽管曾无数次表示要上战场杀鬼子，无数次心潮澎湃，热血沸腾，但毕竟还没有真刀真枪跟鬼子干过！要上战场了，谁都不知道会发生什么。不知道是亢奋还是紧张，手心里都沁出了汗水。

向湘岳说：“老李你过河去西岸，老刘在河东。你们两个带上党员和先进分子，组织群众转移，老人、妇女和孩子进山，动员靠近衡阳城区一带的青壮年去帮助守军挖工事，送物资！”

李芳田迟疑了一下，问：“向书记，这样做我们不就暴露了吗？”

“生死关头，哪还顾得上这些！”向湘岳挥了挥手，坚定地说，“现在国共合作，抗日是大局，为了保家卫国，就得舍生忘死！”

“好！”李芳田和刘仲生答应一声，推开门，一转眼就消失在晨雾里。

“王富林你去县城，找到王文德县长通报一下情况，你就留在那里协助工作。”他转头对宋和尚说：“宋和尚，请你尽快赶回南岳，把大刀队都动员起来，二中队去后山，三中队沿公路活动，你带一中队赶往岳云关，我和志武在那里等你们。”

“志武！”他问道，“游击队员都通知了没？”

向志武是四方山游击队大队长，他说：“只通知了一部分人，远处的还没来得及。”

“不管了，能去几个就几个。你带上游击队员随我去岳云关。”他拍了拍宋和尚的肩膀说：“和尚，大刀队很多队员还是第一次上战场，你要稳住大家的情绪，不要冒冒失失，告诉大家不要怕，不要慌。”

“时间紧迫，我们分头行动，走！”他们别过罗福田，飞快地跑上了通往各处的山路。

这场雨，似乎在为这座遭遇劫难的古城，在为空难中失去生命的市民洒下悲愤的泪水。

1944 年 6 月 21 日上午。

此时此刻，心急如焚的还有一个人，他就是国民政府衡山县县长王文德。

时令虽是初夏，但正值江南雨季，连晴了好几天，天气格外潮湿闷热。

王县长刚从省城调过来，以前的县长官声不好，被百姓联名告状赶走了。长沙沦陷后，王文德就已经预感到了形势的严峻，早几天就安排撤退和转移，但想不到日军南下会如此之快。他这位后方县长一下子就成了前线县长了。

昨夜，第十军军部已通报了日寇分路南下的情况，通知他在独立团撤至衡阳后，由他全面负责衡山的撤退工作。虽有思想准备，但还是感到震惊，他连夜就组织县政府相关人员下到各乡、各村组织撤离，又安排县警察大队分赴各街道和学校等单位组织分散。

衡山，是一座千年古城，因山而得名。著名佛教圣地南岳在县城 40 里外的祝融峰下。国民革命军事委员会前线指挥部设在衡山南岳后，衡山县城涌入了许多抗战团队和爱国人士。受其影响，群众的抗日热情都很高。为了应对敌机轰炸，县政府对全体群众做过一些简单的教育宣传，也组织了几次演练活动，所以从昨夜到今晨，虽然有些躁动，但并没有出现慌乱。

独立团已于早晨过境南下，岳云关已经空虚，凭日军的进攻速度，三十里公路半天就能到。

王文德能不心急如焚吗？

清晨，王文德正忙得不可开交时，几位老夫子到县政府来献计献策，你一句“民以食为天”，他一句“得民心者得天下”，或者“天下兴亡，匹夫有责”“兵法云”“自古道”等等，一股脑酸鸡汤灌得他头皮都要裂开了。为了躲开这些琐碎的应酬，他索性要秘书把一张方桌子摆在四牌楼的街中间。他往上一站，拿个喇叭，现场动员和指挥。

这一招果然有效，群众见县长站在四牌楼，心里也就有底了，不慌了，不乱了。

王文德毕竟是读书人出身，平日里哪经历过这样的曝晒！几个小时过去，早已是汗湿衬衫，满脸通红，两眼冒着金星了。

王富林紧赶慢赶，却在过河时因渡船拥挤耽误了时间，直到快中午才赶到县城。

他从渡船码头上岸后直奔县政府，经过四牌楼时，恰恰看到王文德正站在桌子上，拿着喇叭嘶哑地喊话。

此时，县城里来往的人很多，推东西的挑担的背人的，都在往外走。有点挤，但不乱。

王富林和王文德是本家，论辈分是叔侄。“德叔！”王富林挤到桌子边，连叫三遍才叫应了王文德。

王文德见到王富林，不知道出了什么急事，连忙跳了下来，用衣袖擦了擦脸上的汗水，问：“你不是在衡阳做工吗？怎么跑到这里来了，有事吗？”

王富林说：“德叔，我是中共衡山县委的交通员。”

王文德把衣袖放下来，诧异地睁大了眼睛。

王富林见王文德这么看着他，便说：“德叔，我今天来确实是有急事。”接着，他把向湘岳的安排，像竹筒倒豆子一样一股脑都说了，末了还添一句：“我加入共产党的事，以后再跟你解释。”

王文德瞪了他一眼，说：“莫讲这些没用的，告诉我，向木匠那里怎么样？”他和向湘岳曾是两个阵营中的人，虽然没有见过面，但名字早就听说过无数次，甚至连绰号都清楚。

“德叔，十万火急呀！你快安排些人赶到岳云关吧！迟了真的会出大事啊！”王富林一想到向湘岳他们面临的危险处境，真的急了！

是啊，这个向木匠！带领几十个未经战事的游击队员去支援岳云关，不是以卵击石吗？王文德心里也暗暗叫苦！

突然，北面方向传来隐约的几声爆炸声，沉闷又震耳朵，紧接着“轰轰轰”一连串的炮声响起，犹如一阵惊雷滚过天空。这时，街上的人流出现了一阵骚动，人们不约而同地往北望去。

他们都知道，这是岳云关的守军与日军交上火了，鬼子终于要来了！

王文德心头一紧，跳上桌子朝躁动的人流大喊：“大家不要慌，不要怕，国军正在岳云关守着，鬼子过不来。”他指着西南方向说：“大家走远点，有亲投亲，有友靠友，都躲到山里去。”

眼前又恢复了秩序，转移的速度也加快了。

但是，也有一些群众舍不得家当，他们都是生活在最底层的老百姓，毕竟还要靠这些东西吃饭啊！

…………

60 多岁的铜匠李师傅背着箱子、铜件和工具艰难地走过，几个男子汉挑着一些瓦罐水桶一样的杂物，有的堂客们还扛着扫把和柴扒。

…………

这哪里像是“躲兵”呀！分明是在搬家呢。

“大家赶快把没用的东西扔掉，逃命要紧！”看到这慢腾腾的样子，王富林急了。他跑过去接下李师傅的箱子，说：“老师傅，东西别要了，快点走吧，躲几天我们就回来了。”

突然，北方紧密的炮声中夹杂着刺耳的隆隆声，由远而近，飞快地到了头顶的上空。

王文德抬头一看，三架飞机已擦着房子飞来，正在抛下一颗颗炸弹。

还没等他回过神，爆炸声已经响起，眼前的几个人被爆炸的气浪抛起又摔在街边上，一瞬间就被烟尘淹没。随着一声重重的沉闷声，一颗炮弹砸在王富林不远的街中央。王富林下意识地往桌子边扑，想挡住王文德，但见一团耀眼的红光一闪，眼前的一切都飞了起来。王富林摔下的那一刹那，仍借惯性扑在王文德的背上。被震飞的桌子从半空中砸在他身上，他一下就坠入了无边的黑暗，失去了意识。

离四牌楼不远的邮政局被一颗炮弹砸中，瞬间就塌了，气浪把门口的几个人抛出老远，躲在屋里的人全部被埋在塌下来的墙砖下。

…………

王文德醒来后，感觉就像被压在一座大山下。他动了动手脚，使劲将背上的“大山”推开，眼前一片混乱，满县城都是烟尘滚滚，能看到的地方尽是残砖破瓦，以及受伤或死去的市民。

县警察大队队长雷云从烟尘里跑过来，叫了几声后扑在王文德面前。王文德见他满脸血污和撕破的衣袖，连忙挥手催他：“快去救人，快去！”

雷云没有说话，这位满脸络腮胡子的汉子竟然呜呜地哭了起来，但手没停着，边哭边把王文德拖起来。

王文德突然想起王富林是扑在他背上的，赶忙扒开炸烂的桌子，眼前的一幕让他怔住了！——王富林侧趴着，炸断的一截桌子脚深深地插进了他的肚子，血已流了一地。王文德去摸他的脸，王富林全身抽动了一下，嘴角边涌出了血沫子，眼睛就闭上了。

“富林啊！”王文德嘶哑地叫了几声，但很快，他站起身来对雷云说：“走，先救人！”

满城的哭喊声和惨叫声把王文德从沉重的悲伤中拉了出来。作为县长，他清醒地知道自己的职责，此时此刻，他没有时间悲伤！他和雷云穿过一段瓦砾满地的街道。许多人已经在抢救伤员，几个警察正在组织慌乱的人群往外走。

他突然想起了一件事，忙对雷云说：“警察大队的弟兄都在吗？”

雷云说，大家正在抢救伤员，组织撤退。

“你去把警察大队组织起来，赶到岳云关去，全都去，枪炮都带走，要快！”他见雷云错愕地看着他，又说，“岳云关随时可能失守，你们赶过去帮忙，能顶多久就多久，这里交给我！”

“好！”雷云拿出哨子吹响了集合号，正要转身，王文德叫住他，拍了拍他肩上的尘土，扶了扶帽子，没有说话，只摆了一下手。

雷云行了个礼，转身跑了。

午后突然刮起了一阵北风，一幕乌云往西漫过来，很快就遮满了天空。随着几声炸雷滚过，一场瓢泼大雨从天而降，雨声风声交集着，喊声和哭声也在交集着。仅仅十来分钟，风停雨住，乌云也漫散开来。

这场雨，似乎在为这座遭遇劫难的古城，在为空难中失去生命的市民洒下悲愤的泪水。

这次空袭，打乱了撤退计划，当天下午直至夜晚都在做空难的善后工作。虽然滞留衡山的一些抗战团体和共产党地下组织，在这次撤退中发挥了关键作用，但是，延至第二天下午才撤完。

后据统计，这次衡山惨案，被敌机炸伤超千人，炸死 173 人。

向湘岳心一横，擦了一下眼睛，说：“同志们！现在不是哭的时候，鬼子很快就会打过来。大家赶快清理一下，做好战斗准备。”

向湘岳和向志武带着游击队员离开湾里村，赶到湘江边时，太阳已升起老高。在路上，陆陆续续又来了十几名队员，萧志立也闻讯追了过来，赶上了队伍。

时值雨季，湘江水位很高，渡口和河滩都浸在浊黄的河水里。放眼望去，湘江滚滚北去，波浪起伏跌宕。由于战争，昔日千帆竞渡的情景已变成空荡荡的漫天浊浪，见不到一只渡船，连一只渔划子也没有。

望着对岸，大家急得直跺脚。

向志武带人去找渡船了，向湘岳问身边的萧志立：“来了多少人？”

“我清点一下。”萧志立向队员们打声招呼：“所有队员集合，排两排，报数。”

很快，队员们分两排站在向湘岳前面。萧志立说：“一共三十六人，加上志武他们三个和我们一共四十一人。”

向湘岳朝队员们看了一眼。他们都挺着胸昂着头，在太阳光的照射下，脸上镀上了一层金色，显得刚毅和自信。

这些游击队员都来自四方山，有的已参加游击队十多年，在红军时期就打过仗。队员们的衣服形形色色，脚上有穿布鞋草鞋的，也有打赤脚的。武器还好，有 30 多条枪，包括一挺机枪，还有十几个人背了大刀，只有三个人是带铳来的。

由于情况紧急，大家都没有准备，接到命令后扛着家伙就赶来了。向湘岳两手叉腰，说："同志们，我们就要去打鬼子了，怕不怕？"

"不怕！"队员们齐声喊道。

一名队员说："前天还打死一头野猪呢，200 多斤！"

"向书记，就是子弹太少了。"机枪手李云生说完，还特地从副手李云贵肩上接过弹药箱举起来晃了晃。

时间太匆促了，什么都没准备好。

向湘岳举起拳头坚定地说："日本鬼子比野猪凶多了，但是我们不用怕，鬼子也是两条腿，一个脑壳。我和志武都打死过鬼子呢！"他指着三个背铳的队员说："你们几个回去吧，鬼子不比反动派，没有枪，去不得！"

三个队员哪里肯回去，急得叫了起来。

萧志立对向湘岳说："向书记，他们来都来了，肯定不会回去的，打仗总有伤亡，我们没有组织救护队，就让他们帮忙处理伤员吧。"

向湘岳没再说什么，算是默许了。

这时，向志武领着几个人快步走来，一边擦汗，一边拉过一位 40 多岁的农民说："他是老汤，有只渔划子。"

老汤告诉大家，大船都上衡阳运物资去了，其他渡船都藏了起来。他姨妹刚生小孩没奶水，要吃鱼汤发奶，他是划着渔划子到河汊里来打鱼的。

"我的渔划子太小了，一次只能坐六七个人。"老汤说。

"没办法了，就坐渔划子过河吧！"向湘岳握了握老汤的手，说，“辛苦你，汤师傅！”他转过头对向志武说：“你带几个打过仗的先过河，渔划子再回来接人，我断后。”他又指着对岸说：“志武，你们上岸后，就爬上那个山头，先不要走，守住山头等我们。”

向志武点了六个人随老汤到河边，登上渔划子，往湘江西岸划去。

过了整整一个上午，向湘岳才最后一个登上岸。

这时，岳云关方向响起了一阵爆炸声，紧接着就是紧密的枪声。

鬼子终于进攻了！

炮声一响，队员们不约而同地朝北望去，有的老队员本能地从山头上冲下山沟，趴在土坡和石头后面。向湘岳快步跑上山顶望向北方，只见岳云关方向已是烟尘滚滚。

对于上过战场的老战士，炮声就是命令。他们会迅速检查枪械，随时奔赴前线。但是，眼前这些还没有经历过战火洗礼的游击队员，炮声会使他们紧张，心慌，甚至害怕。

向湘岳知道，此时此刻必须把队员们的精神提起来，不然上了战场，枪都会摆不开。他大声喊道：“同志们，跑起来！”说完，他第一个跑下山往前赶。这时候任何语言都比不上行动的感召力，只要跑上一段路，大家情绪稳定了，心也就拢了。

他们飞快地跑着。除了隆隆的炮声，似乎世界都安静了，沉闷的空气中弥漫着压抑的硝烟味，两耳听到的只有嚓嚓的跑步声和呼哧呼哧的喘气声，以及自己的心跳声。

突然，三架飞机由北向南飞来。

向湘岳大喊一声：“趴下！”队员们齐刷刷地扑向路边。飞机掠过树梢飞走了，他们又爬起来往前赶。

不一会，一阵狂风扫过，乌云黑压压地扑过来，滚过几声炸雷后，暴雨倾泻而下。路边一棵老梓树咔嚓一声被拦腰折断，狂风扬起的沙尘跟着雨滴密集地扑打在他们脸上，眼睛都不能睁开。向湘岳只好命令队员们停下来找地方躲雨。

十几分钟后，风停了，雨住了，黑云也慢慢散去。暴雨过后的路上，泥水横流。岳云关方向的枪炮声仍在紧密地响着，他们不约而同地站起来，踏着泥泞的小路向前飞奔。

队伍来到离岳云关不到三里路的一个山坳时，前方的炮声停了，零星的几声枪声后，突然就安静下来。

向湘岳心头一紧，一种不祥的预感，像刀子一样划过他的心口。

队伍已经停了下来。向志武和萧志立跑到他跟前，眼睛定定地注视着他。三个人都想到一块儿了，只是谁都不愿意说出来。

向湘岳说："志立，你带两个人前去侦察一下，快去快回，注意安全。"

"好！"萧志立转过身，叫上两名队员跑开了。

向湘岳对围拢在他面前的队员们说："鬼子可能被打退了，大家先休息一会吧！"

队员们已累坏了，听到向湘岳说休息，一下就全部瘫坐在地上。向志武见了大喊道："大家不要拢在一坨。"

很快，队员们迅速散开，离开路面，消失在两边的树丛里。向湘岳欣慰地看着这一幕，揪紧的心松了许多。经过几个小时紧张的行军，队员们总算恢复到了训练时的状态。

这时，左前方突然走出十几个人，看样子是一群"躲兵"的老百姓。向湘岳和向志武走上前去，问道："你们怎么还躲在这里呀？前面在打仗，你们不要命了！"

走在前面的一位老大爷说："我认识你，你是向木匠吧？"

向湘岳点了一下头。

老大爷说："当兵的在前面舍了命守关，我们有什么舍不得！我们几个是来送饭送水的，在路上躲雨耽误了，刚刚走到这里，不知道为什么枪炮又停了。"后面的一个乡亲接着说："是不是都被鬼子打死了？我们不知道，又不敢去看。"

向湘岳对他们说："可能是鬼子被打退了，你们回去吧。"

老大爷见他们都带着武器，便问道："你们也是来守关的？"

"不错！大爷，你们放心回去吧，告诉乡亲们，赶快转移到山里去，这里太危险了！"向湘岳朝乡亲们喊道 。

老大爷说："那好！我们就把饭菜给你吧，请你们带上去。"

老大爷转身对大家说："我们把饭菜放这里，大家回去吧。"又回头朝向湘岳竖起大拇指："向木匠，英雄！"说完，就领着乡亲们走了。

这时候，萧志立他们回来了。

向湘岳急着问："情况怎么样？"

"太惨了！"萧志立叹了一口气，说，"只有两个国军活着，受了重伤动不了，其他人都阵亡了，唉！"

向湘岳心一沉，拔腿就跑。

"大家跟上！"随着向志武一声喊，队员们呼啦啦跟在后面跑起来。

此刻，岳云关阵地上显得很安静，但从杂乱的场面可以感受到战斗是何等惨烈。关前的公路上，有两辆炸坏的汽车歪在路边，冒着青烟，一匹死马倒在路上，一驾马车翻在公路边的水沟里，公路上和阵地前横七竖八躺着十几具鬼子尸体。到处都是被炮弹炸开的石块、泥土和树枝竹片，冒着火苗和白烟，一棵碗口粗的松树被炮弹炸断倒在阵地上，树枝下压着一个国军战士。

向湘岳和萧志立走过去抬起树枝，压着的战士已经牺牲，他们把战士身上的衣服整理好，抱到战壕里放下，又向前望去。工事里有十几个国军战士或卧或趴，都牺牲了，没有一个不是伤痕累累，血肉模糊，至死都把武器抓在手上。

突然，他们听到了微弱的呼唤声，忙朝那边看过去，只见那两个受了重伤的国军战士搀扶着靠在战壕的土坡上招手。他们快步走过去，向湘岳用手拍了一下一位战士的肩膀，谁知战士身一歪倒了下来，另一位战士也差点被带倒。战士吃力地站起伸出手试图走过来，向湘岳连忙上前扶住他。

战士把手里的枪交给向湘岳，嘴巴动了动，身子一软就倒在他怀里。

向湘岳轻轻地把战士放在地上。虽然没有听出战士要说什么，但已明白，是把坚守岳云关的任务交到了他手里。向湘岳的心像被刀子一样划过，两行热泪唰地涌了出来。这时候，围上来的队伍中，有人呜呜地哭出了声。

向湘岳心一横，擦了一下眼睛，说："同志们！现在不是哭的时候，鬼子很快就会打过来。"他指着对面山坡说："志武，你带一半人到那边工事去守着。大家赶快清理一下，做好战斗准备。"

向志武招呼一声，带着十几个队员横过公路，进入对面的工事里。

雷云正要上前询问，只见对方都一袭僧衣，手提大刀，背着长枪，迅速朝岳云关方向去了。雷云这才知道，是南岳佛道抗日大刀队救了他们。

入夜不久，从县城赶来的警察大队到了，一共 23 人。他们刚到山下，遇到了正在清理战场的游击队员，双方一碰面就持枪相对。

雷云还不知道国军已全部阵亡，更不知道阵地上是游击队，他喝止住警察，上前问道："你们是什么人？"

这时，闻声赶来的萧志立也招呼游击队员冷静，他告诉雷云，他们是从四方山赶过来的抗日游击队，岳云关守军已经全部阵亡，目前阵地已由他们接管。他问雷云："你们怎么跑到这里来了？"

雷云也通报了自己的姓名和来此目的。他对萧志立说，要和游击队负责人商量如何守关。

双方都收起枪来，待在原地。雷云随萧志立爬上了岳云关阵地。

向湘岳和雷云一碰面，都错愕地盯住对方的脸。在此之前，对方的名字已深深地刻在自己的记忆里，今天碰了面，似乎都想找到想象中的"熟悉"。

此刻，曾经的"对头"，为了打鬼子走进了同一个战壕。

向湘岳主动上前伸出右手，雷云也伸手握住。

两只手紧紧地握了几秒钟。这一握，意味深长！

向湘岳了解到县城转移的情况后，心情沉重。雷云见游击队人员少，武器差，知道他们是下了必死的决心，很受感动，便问向湘岳有什么打算。

向湘岳对他说："死守吧！打算不惜一切代价守一天，如果不死，继续上山打游击。"

雷云说："好！我们警察大队的弟兄也和你们一起死守。如果明天还活着，兄弟也跟你上山打游击！”说完，络腮胡子抖动起来。

向湘岳怔了一下，抬眼看了看雷云抖动的下巴，说：“行！同仇敌忾，你先带上你的人到后面休息。”他见雷云有些迷惑，又说：“先由我们拼一拼，你们再上，你们武器好，要用在关键时刻！”

“行！”雷云正要下山，又突然转身说，“老向，王富林为了救王县长被敌机炸死了。”

向湘岳听了脸色凝重起来。王富林先走一步了，明天，明天还能有几个人活着离开岳云关呢？他目送着雷云的背影消失在夜幕里，长长地叹了口气。

这一夜，鬼子没有来攻，阵地上异常宁静。

黎明前夕，向湘岳醒了。

今天是阴历五月初一，天空一片漆黑，远处的启明星却格外明亮。向湘岳朝四周环视一圈，队员们都醒了，弄出了稀拉拉的响动。

东方开始现出微微的一丝白光，天快亮了！向湘岳的心越来越紧。忽然，岳云关的侧后方响起一声刺耳的枪声，很快，枪声、爆炸声响成一片。他朝枪炮声的方向望去，大约一里开外的地方，已是火光冲天！

“不好！”向湘岳赶紧站起来，抽出枪，“志立，赶快带人去增援，肯定是警察大队遭到偷袭了，其他人做好准备。”侧后枪声一响，向湘岳就意识到，鬼子是想绕到岳云关后面来个南北夹击，肯定是雷云他们与鬼子接上火了。他也知道，鬼子的正面进攻马上就要开始了。

萧志立答应一声，刚抬腿，就看见一条人影飞也似的跑来。近前一看，是一个面生的僧人。僧人提着大刀气喘吁吁地对向湘岳说："向书记吗？我是大刀队的一中队队长李成来，大队长已带人打过去了，他要你们做好准备，防止鬼子偷袭！"刚说完，一群光着头的僧人涌进了阵地。

"好！来了多少人？"

李成来告诉向湘岳，他们一中队八十三人都来了，宋和尚带着四十多个弟兄去了那边，自己也带来三十多人。

"南岳佛道抗日大刀队"是国民党第九战区同意组建的，第九战区很重视，除安排参加游干班学习外，还专门派人训练，武器虽比不上正规军，但比游击队强多了。这可是一支生力军，守岳云关又添了几分把握。向湘岳对李成来说："赶快进入阵地，鬼子马上就会到。"

向湘岳的判断没错，刚刚布置好，山下公路上就出现了动静，狡猾的鬼子果然是想南北夹击。

原来，鬼子昨天没有继续进攻，是想趁今天黎明前的黑夜从东面摸到岳云关的侧后，夹击守军。只是鬼子没有料到，昨天守军几乎全部阵亡，游击队及时赶来了。而鬼子更没有想到，他们要摸进来的山口，恰恰是警察大队休整的地方，便一头撞上了。

因为事发突然，双方一交火就往死里打，很快就有了伤亡。警察大队是仓促接敌，打的是一顿乱枪。鬼子虽然训练有素，却误以为中了埋伏，也不敢贸然往前冲。这样，就给了雷云时间，雷云叫大家伏在土坡后面，朝前不停射击。不一会，鬼子见对方枪声很乱，判断不是正规军，便挺着刺刀哇哇地叫着冲了过来，刹那间就到了跟前。只听到一片惨叫声，双方倒下了七八个。雷云一下子乱了方寸，他凭着一身蛮力，举起枪托砸向一个鬼子，鬼子应声倒下。他又迅速扑上去，抱起一个鬼子摔翻，一顿乱拳砸在鬼子脸上。这时，两个鬼子挺着刺刀向他扑来，他就地一滚，躲过了左边刺刀，右边刺刀已到胸前，突然“砰”的一声，刺刀被格开，一条黑影从他身上飞过，随着一声惨叫，鬼子应声倒地，紧接着周边传来一片喊杀声和金属的撞击声。

雷云知道来了援军，他爬起来拾起一杆鬼子的步枪，冲下土坡。

大约半个钟头后，鬼子终于不支，从山口退下坡去，然后逐次掩护，撤了。

这时天已大亮，岳云关已是枪声大作，雷云正要上前询问，只见对方都一袭僧衣，手提大刀，背着长枪，迅速朝岳云关方向去了。

雷云这才知道是“南岳佛道抗日大刀队”救了他们。他站在土坡上，向四周看了看，只见横七竖八地卧着不少尸体，有鬼子也有警察。活着的弟兄们陆陆续续围了过来，大多挂了彩，还有两个是扶着的，看来伤得不轻。

他清点了一下，只剩下八个弟兄，加上自己九个人。昨天来时还是活蹦乱跳的，一下子就没了十四个！一股巨大的悲痛袭来，他扑地一下跪倒在地，使劲地捶打着地面，哭都哭不出声来。弟兄们围过来抱头痛哭了一阵。

一个警察站起来，对着雷云说：“队长，要为兄弟们报仇啊，我们跟鬼子拼了吧！”

“拼了！”大家齐声吼道。

凭他的性格，会不顾一切扑上去与鬼子拼命的，但是，现在不是拼命的时刻，也不希望弟兄都去死。雷云满脸的络腮胡子颤动着，对大家说：“弟兄们，这血海深仇一定要报，但是！”他把枪举过头顶，大声说：“鬼子是不会甘心的，随时都会杀过来，这里是通往石市街的必经之路，我们就守在这里！”

紧接着，他率领余下的警察挖了简易的工事。

过了个把钟头，鬼子果然悄悄摸了过来，刚到警察大队的阵地前，就遇到了顽强阻击。鬼子见有准备就缩了回去，再未来攻。

公路上传来了轰隆隆的发动机声音，鬼子的装甲车趁机闯了过去，调转头从背后朝岳云关开炮，车上的机枪也朝阵地扫射，鬼子大部队呼啦啦冲过了岳云关。

警察大队刚刚接敌，岳云关前就出现了敌情。因为是偷袭，鬼子沿着公路两侧的雨水沟悄悄摸索前进。在微弱的晨光中，枪尖上的刺刀格外扎眼。

向湘岳压低声音，对萧志立说："告诉大家隐蔽好，等我命令再开枪。"

萧志立答应一声好，就猫着腰走开了。

向湘岳悄悄走到李云生的机枪前，说："你先藏好，不到万不得已不要打机枪，等我命令。"李云生点了一下头，拿一根树枝盖住机枪，蹲在工事里。

鬼子一步步逼过来，向湘岳的心弦越绷越紧。

很多游击队员都是第一次上阵，显得很紧张，一个年轻的队员浑身打哆嗦，牙齿磕得咔咔响，手里枪随着抖动弄出了声音。

向湘岳爬到他身边悄悄地说："实在怕，就到后面躲一躲。"队员带着哭声说："向书……书记，我不怕，就是……就是控制不住身子。"

向湘岳拍了拍他的肩膀正要说话，突然"砰"的一声，阵地上发出一声刺耳的枪声。一名游击队员因为紧张，枪走火了。

鬼子立即朝阵地射击，打得火花四溅。游击队员们见鬼子开枪了，哪里还记得要听命令，也“砰砰砰”朝山下开火，乱打一通，鬼子一下子就藏起来了，结果没有伤着一个敌人，白白浪费了许多子弹。

向湘岳气得骂出声来。萧志立忙对他说：“向书记，兄弟们是第一次打鬼子，怪不得。”他提高嗓门对大家说：“一定要听命令啊，不要乱打枪，我们子弹不够。”

这时，对面山上传来了向志武的喊声：“快躲起来，快快，鬼子要打炮了！”他话音刚落，只见前方红光一闪，一连串炮弹就落在阵地上炸开了。队员们四散跑开，有的连枪都丢了，可是炮弹像长了眼睛一样,追着跑开的队员炸,一下子就倒了好几个。

向湘岳脚底下一震，人也就飞了起来，重重地摔在土坡下。他动了动手脚，还好不碍事，赶紧爬起来躲到一堆石头后。

炮一停，向志武飞快地跑了过来，找到向湘岳急切地说：“向书记，赶快准备，鬼子马上进攻了。”他朝大家喊：“赶快进入阵地，鬼子就要来了！”

这场炮击，让初上战场的游击队付出了惨重的代价，但也经历了一次血的洗礼。游击队和大刀队一共牺牲了十六个人，伤了五个，其中有两个腿被炸断了。

向湘岳十分自责。他对向志武说：“怪我疏忽了，怪我！”说完流下了眼泪。

这时几十个鬼子已冲到阵地前，向志武朝鬼子开了一枪，一个鬼子应声倒地。他对身边的队员说：“瞄准了打，一枪一个。”

向湘岳也瞄准鬼子开了一枪。他问向志武：“你过来了，对面怎么办？”

向志武说：“李成来在指挥，他们大刀队很会打！”

阵地已恢复秩序。但是，经过刚才的炮击，游击队和大刀队损失很大，加上武器太差，鬼子一阵风就扑到了阵地前沿。

“李云生！”向湘岳朝鬼子甩出一颗手榴弹，大喊。

李云生抱起机枪朝冲在前沿的鬼子扫射，打倒了三四个鬼子。队员们也甩出一排手榴弹，阵地前变成了一片火海，鬼子退了下去。

但很快，狡猾的鬼子已看出阵地上不是正规军，稍一停顿，立即发起了冲锋。这一次十分凶悍，根本没有把阵地上射出的子弹放在眼里，哇哇哇，挺着枪冲了上来。

向湘岳的手枪突然“咔”地响了一下，子弹打光了。一个鬼子挺着刺刀朝他扑来，他把手枪一扔，拾起地上的步枪一扣扳机，不料没打响。他索性抡起枪砸过去，啪的一声，鬼子栽在眼前，他用余光向后一扫，一个鬼子把枪口对准了他。说时迟，那时快，萧志立抬手一枪，把这个鬼子射杀。另一个鬼子冲到了萧志立眼前，他就地一滚，躲过了刺刀。侧边的游击队员旷初一抬手一铳，“轰”的一声，打在鬼子脸上，百十颗砂子把鬼子打成满脸血花，鬼子号叫着滚下了山坡。

刹那间，凶悍的鬼子已冲进战壕，游击队步枪没有刺刀，很快就被逼退，大刀队虽然英勇，人数却处于劣势，向湘岳、向志武和萧志立等人已被鬼子冲散，他们带着剩下的人各自为战，拼死抵抗。

阵地随时可能失守，情况万分危急！

突然，阵地后的竹林里发出了一片喊杀声，宋和尚率领其他大刀队员赶到了。他们像一阵狂风冲进阵地，喊声枪声响成一片，夹杂着大刀砍进肉身的噗噗声和人临死前的惨叫声。

向湘岳挺着一杆没有子弹的步枪和两个鬼子对峙。开始身边还有三个队员，几番拼下来，他们都倒在血泊中。他凭着自己练过的拳棒，几次都把鬼子的刺刀格开，毕竟一手难敌四拳，只好挥着步枪往后退。大刀队的到来，使他精神一振，趁鬼子一分神，一枪托就把左边的鬼子砸翻，右边的鬼子掉头就走。一道白光晃过，一把大刀砍在鬼子背上，另一名大刀队员扑上来又补了一刀。

阵地上的形势开始反转，守军渐渐占了上风。

鬼子见游击队来了援军，再打下去于己不利，开始退出岳云关阵地，他们带上受伤的鬼子一边掩护一边撤退，沿公路退去。

这一仗，他们见识了鬼子的残忍与凶悍。鬼子不但武器精良，而且训练有素，但同时，他们在鲜血喷涌的阵地上得到了锻炼。鬼子退去后，他们吸取了早上的教训，迅速将伤员转移到了后面的安全地带，留几个人在阵地上观察外，其他人都躲到竹林里。

果不其然，半个钟头后，阵地上迎来了十多分钟的炮击。炮一停，队员们立即进入阵地。有了大刀队的加入，守关的力量得到加强，而且弹药也得到补充。鬼子后来又组织了三次进攻，都被打了回去。

过了中午，鬼子的进攻停了下来。

抓住这个空当，向湘岳把萧志立、向志武、宋和尚叫到一块。他说：“我们开个碰头会，总结一下。”他接着说：“地委要求我们协助守军守关，掩护群众转移，但没有说时间是多久，依我看，群众转移应该完成了，我们就守一天，晚上撤退。大家说说行不行？”

萧志立说：“我看行，我们的任务是协助掩护，既然任务完成了，就早点准备撤退吧。”

向志武说：“我们武器太差，子弹也不多了，再打下去会吃大亏的。”

宋和尚把大刀抽出来说：“志武说的对，跟鬼子干，单靠大刀真不行，我们来得匆忙，没有准备好，伤员也来不及救治。”

向志武接过话头说：“吃饭也是问题，从昨晚到现在，大家连一口水都没喝。”

向志武一说，大家都感到肚子咕咕叫了。是啊，这么热的天，又饿又渴，如果再不想办法，怕是挺不住啊。

宋和尚立即对就近的两个大刀队员说：“你们到山下搞两桶井水上来。”两名队员跑下山去，不一会就挑了两桶井水上来。

他们喝了水，碰头会接着开。

向湘岳问宋和尚：“牺牲了多少队员，伤得怎么样？”

宋和尚说：“又牺牲了十八个，轻伤的很多，还有六个重伤，不能走路了。”

向志武接着说：“我们游击队活着的不到一半了，大多带了伤！”

向湘岳心头一沉，想不到半天工夫，就死伤这么多人！他心情沉重地说：“责任我来负，特别是早晨，是我的疏忽大意造成的，我负全部责任。”

向志武说：“我是队长，责任我负。”

萧志立也说：“这不是向书记一个人的事，我是负责武装的，应该由我负主要责任。”

宋和尚抢着说：“现在不是讲谁负责任的事，我们还是研究下一步怎么办吧。”

“宋和尚说的对。”向湘岳说，“今天的事我会向地委汇报的，鬼子很快就会来进攻，志武你回到对面去吧，那边没你不行，我们分头准备！”

萧志立是名石匠，从小就跟着父亲萧福堂在南岳的寺庙里做石匠功夫。1939 年，他参加了第二期南岳游干班学习，其间，他认识了许多中共党员。受他们影响，萧志立进步很快，当年就入了党。后来他以石匠的身份做掩护，参与了保护中共领导人的任务。

这个月初，根据地委决定，由他担任衡山县委副书记，负责武装斗争，刚刚上任就赶上了岳云关保卫战。

他也是第一次上战场，以至于在开枪打倒第一个鬼子时，鬼子的惨叫声像针一样扎在他心上——毕竟是一个活生生的生命被他终结了！但一想到打死的是一个鬼子，他又感到无比亢奋，亢奋得浑身发抖。打出第二枪后，心情开始慢慢沉静下来。再跟鬼子面对面拼杀时，他毫不犹豫地一刀就把鬼子砍翻。

这场血战，让这位年轻的石匠完成了从一个手艺人到一名战士的蜕变。

阵地前已沉静了两个钟头，这种反常的现象使萧志立担忧起来，但又不知道担忧什么！他找到宋和尚说出了自己的担忧。

宋和尚也觉得奇怪，他分析说："是不是鬼子已弃关而走？或从其他地方绕过去了？也不对，鬼子有车有炮，除了这里没有路可走！"他突然说："鬼子报复心极强，肯定要搞新的名堂。"

一句话提醒了萧志立，他大声说："啊呀，看来我们有大麻烦了，我们得赶紧撤退，走！去找向书记！"

这时候，向湘岳正在写着什么，见萧志立他们跑过来，忙把纸和笔收进衣袋里。

宋和尚说："向书记，鬼子要来报复了，我们要提前做准备。"

萧志立说："我们商量了，赶紧撤离岳云关，请你作决定！"

向湘岳错愕地看着他们。他抬头看看天空，太阳还在头顶上，离日落还有几个小时。他坚定地说："准备可以，但现在不能撤。"

他认为，如果现在撤退，就等于弃关不守，鬼子一旦长驱直入，今天晚上就能占领县城。若能坚持到晚上，鬼子明天才能到达衡山，就能为群众转移争取一夜的时间。他用不容更改的口气说：“必须坚持到晚上！”

萧志立和宋和尚没有再坚持，为防万一，他们还是做了一些准备，把伤员全部转移到了一里开外的竹林里。

而此时，进攻衡阳的东路日军在泉溪强渡耒水后，兵锋直指衡阳机场。西路也突破了国民党军队的防线，在西南形成包围之势。

中路却堵在岳云关，而且还是被游击队堵住的！

日军指挥官被气得发了疯，他们从武汉调来飞机，打算用飞机炸平岳云关，然后用装甲车开路，硬闯过去。

下午 4 点，鬼子十几架飞机突然飞临，几乎是擦着竹梢，把一坨坨“铁弹”扔在阵地上。刹那间，阵地被炸成了一片火海。紧接着，鬼子的迫击炮也打来了，阵地开始地动山摇。

一颗炮弹落在机枪阵地上，李云贵连同子弹箱瞬间就没了，李云生也被气浪掀翻。他见机枪歪在那里，连忙爬起来去扶。不料从飞机上打下一串机枪子弹，李云生后背爆出了一片血花。

向湘岳扑过去想拉李云生，也被机枪子弹击中倒下了。

萧志立正想冲过来，一连串的炮弹在他眼前爆炸，几名队员一下子就被淹没了。他感到左肩被什么叮了一下，手一摸，鲜血渗了出来，知道自己受伤了。他想找到宋和尚，但阵地上只能看得见炸起的烟尘和飞溅的石块，其他什么都模糊不清。

这时，公路上传来了轰隆隆的发动机声音，鬼子的装甲车趁机闯过了岳云关。随后，装甲车调转头，从背后朝岳云关开炮，车上的机枪也朝阵地上扫射，鬼子大部队呼啦啦冲过了岳云关，并在两厢安排了警戒。

东面阵地上，李成来的两条腿被炸断了，鲜血流了一地，向志武跑过去抱着他。他抓住向志武的手说：“快撤！”说完就断了气。向志武把他放下，擦了一下眼泪，果断地大喊一声：“撤！”带领剩下的队员撤出了阵地。

向志武带领大家沿着一条山沟从东面绕过来，想跨过公路支援西边的阵地。但是，鬼子的大部队已经完全占据了公路，正源源不断地向南开去，穿过公路已不可能。他只好率领队员往石市街方向退。

在路上，他们遇到了撤下来的警察大队，于是合兵一处，继续向东转移。

晚上，他们准备返回岳云关抢救伤员，不料又遇到鬼子搜索队，他们已极度疲惫又缺少弹药，为避免更大的伤亡，只好折回向东来到湘江岸边。

这时已听不到枪炮声了，向志武开始清点人数，跟着他撤下来的只有 11 个人，其中游击队员 8 人，大刀队只剩下 3 人。

他回头久久地望着岳云关，泪流满面。

良久，他才回过神来。他问雷云有什么打算。

雷云说：“打游击吧！为兄弟们报仇！”他也想过去找副县长王文德，但是王副县长现在在哪里他不知道，而且，此去县城的路已被鬼子占领，事实上也过不去了。

向志武对他说：“湘江岸边这一带很窄，都是农田和小山丘，不易躲藏，不是打游击的地方。”接着说：“要不带上你的人和我们一起上四方山吧！以后再寻找机会杀鬼子报仇！”

雷云征求了一下其他警察的意见，大家都愿意跟他走。

下半夜，他们在当地老百姓的帮助下渡过湘江，向四方山开进。

岳云关西面的阵地上。

宋和尚被炸翻的泥土埋在战壕里。等他醒来，炮声已经停了，他爬起来一看，鬼子大部队正从公路上通过。守在这里已经毫无意义，他扫视了一下阵地，到处是弹坑和炸翻的泥土，在浓重的烟尘中，他看到萧志立背着向湘岳往外跑，他赶紧跟上去，一边跑一边喊：“大家快走，撤到山里去！”

他们跑到山边停了下来，萧志立叫跟上的游击队员背上受伤的向湘岳进竹林，然后拉住宋和尚伏在大石头后面，催促跟上来的队员快撤。大约半刻钟后，他们估计大家都撤下来了，才转头去追赶队伍，跑了个把小时才赶上。

萧志立叫大家停下来，他和宋和尚来到向湘岳的身边。

向湘岳伤得很重，胸口正在往外冒血。

“向书记，向书记！”萧志立和宋和尚蹲下身来，不停地喊着他。

向湘岳断断续续地说：“刚才没有听你们的意见，损失这么大，是我的错啊！”他吃力地抬起手，从衣袋里掏出几张带血的纸交给萧志立，断断续续地说：“交给地委。”说完，头一歪就断了气。

萧志立和宋和尚痛哭起来，围在身边的队友也是哭成一片。

萧志立打开向湘岳交给他的纸。字迹已被鲜血浸过，有些模糊，他仔细一看，却是一份没有写完的检讨书。

上面写道：

我的检讨书

衡阳地委：

我这次带领游击队支援岳云关，由于我的疏忽，造成了很大损失，我愿承担全部责任，请求给予我严厉处分。分析造成这次损失的原因主要有……

萧志立看完已是泪流满面，他把纸交给宋和尚。宋和尚哽咽着说："向书记，我们一定会为你报仇的！"

这时，岳云关时不时传来枪声，是鬼子冲上阵地后，正在屠杀受伤的队员。萧志立和宋和尚交换了意见，他们很清楚，岳云关已经失守，鬼子随时都可能追来，如果不赶快转移，可能会造成更大的损失。

他们把向湘岳埋葬在一棵松树下，然后带上先已撤到竹林里的伤员，迅速向竹林深处撤退。

第二章　危城共济

湘江两岸岸堤上，人头攒动，镐锄挥舞，响声连天，军民们正在构筑防御工事。头顶上时不时有轰鸣着的飞机掠过，路上都是抢运物资的民工和奔向城外的市民……

衡阳，因位于衡山之南而得名。

衡阳是湘南重镇，有南北要冲、粤桂门户之称，自古就是兵家必争之地。

1939 年，武汉失守，长沙顶住了日军南下的势头，国民革命军统帅部为指挥全国抗战，设指挥部于衡山，衡阳成了当时抗战的大后方和大本营，许多党政军临时机构和社会团体皆设于此，一些有名的商号也在衡阳设店经商。

衡阳一下子空前繁荣起来，税收排名全国第二位，被称为“小上海”。

衡阳的交通也十分发达，有机场、铁路、公路和湘江航运。火车站分为客运和货运两个，一东一西。抗战期间，湖南各大战场的物资大都是通过衡阳转运，因此，火车站货场和仓库常年囤积着各种各样的物资。

1944 年 6 月 19 日，长沙沦陷，日军没有停留，分三路挥师南下，发达的交通为他们快速推进提供了方便。

长沙到衡阳只有 200 多公里，按照鬼子的速度，五天即可杀到。

当时，衡阳常住人口有 30 多万，流动人口 20 多万，商户 6000 多家，金融企业和大小工厂 200 多家。如果不赶快撤退和转移，日寇一来，将是一场无法想象的人间浩劫。

驻守衡阳的第十军必须在三天之内构筑好防御工事，储备弹药和物资，同时还必须组织 50 万市民撤出衡阳并转移重要的企业和商户。

只有三天，时间极其紧迫！

在此紧要关头，中共衡阳地委和八路军驻衡阳办事处挺身而出，他们向所有地下党组织和进步团体下达了紧急动员令，要求他们不惜一切代价组织全体市民撤出衡阳，并将重要物资转移至乡村的安全地带。同时，动员近郊农民进城抢运物资和帮助守军构筑工事！

1944 年 6 月 20 日清晨，一场史无前例的城市大撤退有条不紊地开始了。

东岸，市民就近乘火车往西进入邵阳等地。西岸，大家利用各种运输工具将重要的物资抢运出城，迁往岣嵝峰、白石峰一带隐蔽。

6 月 21 日清晨，刘仲生离开湾里村前往衡阳，沿途动员群众转移的转移，破路的破路。当日下午，他率领 300 多名青壮年各拿扁担、绳子和锄头篼箕赶到了衡阳。

刚到城郊，就听到了此起彼伏的嘈杂声，时不时还夹杂着小孩子的啼哭声。这时候正是衡阳市民往外转移的高峰期，贸然进城，不仅不能帮上忙，反而会造成拥挤。

刘仲生让跟随来的群众先休息，自己进城联络。刚到进城的路口，就见一个八路军战士正在指挥，他忙上前打招呼。原来，八路军办事处早已想到，来自周边农村的支援队伍进城，可能会因为漫无目的而造成混乱，便在所有入口处派人守候，安排调度。

今天守在这里的是八路军办事处参谋周全忠。周参谋问刘仲生："你们从哪里来？多少人？"

刘仲生告诉周参谋："我们从衡山过来的，有 300 多人，都是壮劳力。"他问周参谋："我叫刘仲生，是领头的，找谁呢？"

周全忠说："太好了，我们正缺劳力呢！老刘，你带人去火车站，做什么那里会有人安排。你赶快去吧！"

刘仲生答应一声向后招了招手，几百人的队伍呼啦啦就过来了。

刘仲生对一位清秀的年轻人说："志辰，我们去火车站，你路熟，带路吧！"

年轻人叫萧志辰，来自小河里村，他应了一声，带着大家过去了。

周参谋对萧志辰说："不要走大路，往外走的多，太挤了，铁路下面有条小路，很快就可以到火车站。"

萧志辰答应一声，带领大家爬上一道山梁，跨过铁路，下到路基外的一条小路，顺着铁路线走到了火车站。

火车站前已是人山人海，挑担背包的，拖儿带女的，都排着队等车。只要里面喇叭一喊，排队的人便紧挨着往前移动。两厢已用围栏隔开，在队伍的两边，隔十来米就站着一个人，朝着队伍招呼："大家不要挤，不要吵，跟着往前走，互相帮帮忙，照顾好老人小孩。车皮有的是，我们都能上车的。"虽然嘈杂声、小孩哭喊声此起彼伏，但秩序还算井然。

下午，天气依然很热，太阳晒在身上感到火辣辣的。这么多人聚在一起，没有引起骚乱是很难做到的。刘仲生见到这一情景，打心眼里佩服撤退组织者的能力，同时也佩服衡阳人民团结互助的精神。

为了不影响转移的秩序，他把大家集中带到一个草坪上。

这时，一个扎着辫子的女学生跑过来问："你们带队的呢？谁是带队的？"

刘仲生回答说："我是带队的。"

"你们是来搬物资的吗？"

"是的呢！"

"好，跟我来吧！"女学生手一招，就带头走过草坪，沿着一条长长的巷子，七拐八拐，跨过一堵刚拆毁的围墙，来到了火车站的货场。

货场上已有好多人正在搬运，女学生引着他们来到一个开着门的仓库门口，对刘仲生说："这里面都是面粉，50斤一袋，今晚前要全部搬到对河张家山。"

半屋子的面粉袋，少说也有千多两千包。

"张家山在哪？有多远啊？"刘仲生问。

"这个你们不用管，对河有人接。各位阿叔、大哥，辛苦你们啦！"女学生说完就快步走开了。

于是大家忙了起来，有的用绳子一头勒一包挑起就走，力气大的人一担挑四包，有的索性一肩扛两袋。萧志辰路熟，还是由他打头，带着搬运物资的队伍一路走过几条街，上了湘江大桥。

这是衡阳唯一的过江大桥，铁路公路两用，也是这次大撤退、大转移的主动脉，桥上满是人流，往外转移的市民很自觉地走在靠右的一边，特意让出了半边桥给搬运物资的队伍通过，因此搬运速度还算不慢。

他们过了桥来到桥头，有许多手拿扁担和绳子的民工在那里等。他们一到，立马就有人上来接过他们的担子，并把手里的家伙递过来说："老乡，你们打转去搬吧！"

萧志辰一下子就明白了，这种接力式的搬运方法在乡下很流行：他们把物资运到桥头，恰恰要停下来休息时，等在这里的民工便接过担子，他们则拿着民工的工具打转继续搬。这样做，既节省了时间，又可利用往回走的过程恢复体力。他用赞许的口气对刘仲生说："老刘啊，看来他们真是有办法啊！"

"是啊，我们衡阳有本事的人就是多呢！"刘仲生边擦汗边说。

他们走到桥中央，回头望去，这一望，仿如惊雷在心中滚过，又像烈焰在胸中喷涌！足以让人终生难忘啊！

这是一幅多么壮美的景象啊！

湘江两岸岸堤上，人头攒动，镐锄挥舞，响声连天，军民们正在构筑防御工事。河堤上，在风中飘扬了千年的柳树不见了，曾经见证过无数爱情的漫天芦苇消失了，孩子们戏水的沙滩也被掩在黄土下面。取而代之的，是即将要埋葬生命的战壕和堡垒。头顶上时不时有轰鸣着的飞机掠过，这是美军"飞虎队"为掩护撤退而出动的空军，路上是奔向城外的市民……

本来，这是一座美丽富饶的城市，市民们在日常烟火里享受着日暖风和，该死的战争将这一切击得粉碎。

一座城市将变成屠杀的战场，而这座城市的主人，不得不离开自己温馨的家，为了保全生命而逃到远方……

这一切，让萧志辰胸中那团火焰刹那间腾跃起来，对日寇的仇恨像钉子一样扎入了他的心脏，他热泪盈眶，两手颤抖，真想提刀上阵杀敌报仇!

刘仲生也是心潮澎湃，这位36岁的老党员十分清楚自己的职责，他拍了拍萧志辰的后背，快步向前走去。

傍晚时分,火辣辣的太阳终于往西斜去,躲在一片薄云后面，壮丽的晚霞不合时宜地漫开，一阵风越过湘江吹上岸来，给热浪中的人们带来了一丝凉意。

这时，火车站外面的草坪上摆着十几担箩筐，十几个妹子正把白花花的馒头分发给搬运物资的人们。她们一边递着馒头，一边笑盈盈地打着招呼，像在悲壮的底色上突然抹上了一道亮丽的风景，让人们压抑紧张的心情一下子轻松了许多。

忙了一天的民工们都聚拢来。这些饱受了艰辛的汉子们，总能找到机会来宣泄自己的快乐。他们拿着馒头故意慢吞吞地吃着，一个说：“妹子呀，馒头我吃不惯呢，有大米饭不？”另一个接着说：“别信他，他一年吃过几回大米饭，馒头都怕噎啊！”

一个披着长发，格外清秀的妹子笑盈盈地说：“等打跑了鬼子，还怕吃不到大米饭？扣肉也有的吃呢！”一句话，逗得大家笑起来。

一个汉子说：“这妹子不错呀，妹子，你哪里人呀？”

妹子笑着道：“衡山人啦！”

“我们是老乡呢，叫什么名字呀？”

“叫衡山妹子呗！”妹子笑着对其他妹子说，“姐妹们，是不是呀？”

十几个妹子齐声说：“我们都叫衡山妹子呢。”说完，笑声不断，如一串银铃在风中摇动。

“这个妹子会说话。”一个中年妇女走过来，看样子是一个勤快的农村堂客，走起路来带一阵风。她说："妹子，你细皮嫩肉的，不像大姐我皮厚骨头粗，也在这晒太阳，不怕你男人心疼呀？"

旁边一个妹子笑着说："大姐，她还没男人呢，谁来疼呀？"笑得妹子涨红了脸。

"唉呀呀，要是给我做儿媳妇儿好呀！可是我哪有这福气啰？"说得大家又笑了起来。

中年妇女又问："妹子呀，你要什么条件的？大姐帮你找找。"

妹子头也没抬，说："只要能打鬼子就行！"

大家齐声说："好！"

萧志辰刚路过这里，见闹哄哄的，便也凑了过来。中年妇女一把把他拉住，对妹子说："这个伢子不错，能打鬼子，要得不？"

"要得要得，等打跑鬼子就来找吧，我们姐妹们都等着呢！"妹子仍未抬头，笑盈盈地答道。她下意识地瞟了一眼，接着飞快地抬头看过来，认认真真地瞅了几秒钟，惊讶地说："哎呀！怎么是你？"

萧志辰睁大眼睛，一脸茫然地看着她。

妹子问："你姓萧不？"

萧志辰诧异地说："是啊，你是？"

"你五年前到过宁乡不？"

"是啊，你怎么知道的？"

"你救了个小妹子，还记得不？那就是我呀！"说完，眼睛扑闪扑闪着泪就流出来了。

"啊呀，长这么大了，你也是衡山人呀！"萧志辰惊喜地说。

这时，刘仲生突然跑过来，拉着萧志辰就走，说："快！有要紧任务！"

妹子见了急得直跺脚，大声说：“我叫欧阳星，满天星的星，哥哥，你叫什么？住哪里？”

萧志辰回头看着她：“萧志辰，小河里村！”说完，就跟着刘仲生跑开了。

尖啸的唢呐划破夜空，先是如泣如诉，如嫁女道别依依不舍，令人肝肠寸断。继而曲风一转，变得激越奔放，又犹如壮士出征，义无反顾。

东路日军先头部队在泉溪突破了守军防线，渡过耒水抵近城郊，威胁衡阳机场，预计一两天内就会进攻。机场的飞机和其他的设备已抢运了出去，但是，仓库里还滞留着 300 桶汽油。如果销毁，将是一笔很大的损失，如果落入敌人手里，后果更加严重。守军军部找到八路军办事处，请求协助抢运！

地委接到通知后，立即找到刘仲生，命令他在明天天亮前必须把汽油转移至西岸。

刘仲生马不停蹄地赶来找萧志辰了。

得知情况后，萧志辰也急了。300 桶汽油，一桶 500 来斤，背又背不起，抬也抬不动，怎么搬？他问刘仲生："守军的汽车呢？靠我们人力怎么搬呀？"

刘仲生告诉他，第十军的运输车已调往其他地方转运军用物资，来不了。萧志辰心头一紧，汗水"哗"地一下流下了脑门，他说："没有上千劳力怕是搞不成呢，这么急哪里找一千个劳力啊！"

刘仲生说："没人找人，没办法想办法。这是地委给我下的死命令。"他接着说："志辰，我们分头行动吧，回衡山找人去，现在动身，半夜到机场汇合。"

"好！"两人道过别，分路走开。

萧志辰刚走几十步突然停下来，转身叫住刘仲生："老刘，我想到办法啦！"

刘仲生急忙转身跑过来，问道："什么办法？"

萧志辰说："这几年我们小河里的劳力都在码头挑脚对吧？"

"是啊，他们可是好劳力！"刘仲生狐疑地看着他。

萧志辰说："我们村是个大村，400多户人家，这几年挑脚不靠肩挑背驮了，都是用木车子推呢！哪一家没有一架木车子呀！我回村里去动员，找来几百架木车子肯定没问题。"

刘仲生一拍脑门，说："走，我和你一起去！"

小河里村离衡阳市不远，20来里路。村中央有一条蜿蜒的小河直通湘江。这几年，衡阳航运发达，小河里"近水楼台先得月"，壮劳力大多到码头上挑脚，后来生意越来越好，就添置了木车子。

这种木车子只有一个轮子，后面是两根稍弯的六七尺长的木臂，轮子上方安个木架子，装上三五百斤东西，一个人推也不费力。

小河里村名字的由来有两种说法。一种说法是因小河而得名，外人皆信。另一种是传说，相传这里是汉初相国萧何的封地，取"萧何地"的谐音叫"小河里"。这种说法无根无据，但村民多是姓萧确是事实。

村中间有一栋较大的古建筑，叫萧氏宗祠，三进两厢，有厅堂房舍十几间，大门两旁挺立着两株大樟树，樟树下的草坪是村民集会的地方。

掌灯时分，萧志辰和刘仲生赶到了小河里。

他们先去萧志辰家。萧志辰喘着粗气，心急如焚地向他爹萧福堂介绍了来意。他拉过刘仲生说："他叫刘仲生，爹！你一定要帮忙呀！"

萧福堂听完儿子的介绍后，眉毛挑动几下，对刘仲生说："莫急，你们先吃点饭。志辰！你等会儿带老刘到祠堂来！"说完，就快步出门了。

不到一刻钟，祠堂方向响起了一阵震耳的钟声。萧志辰知道，这是他们萧家每年过年和祭祀时召集族人集会的信号。他立即丢下碗筷，拉着刘仲生就走。钟声响过后，小河里村立马热闹起来，绰绰的人影在薄薄的月光下，沿着蜿蜒的小路和窄窄的田埂，飞快地聚拢来。

当他们赶到时，草坪上已站满了人，祠堂里也点上蜡烛。

萧福堂立在祠堂门口，见刘仲生他们过来了，立即拉着刘仲生站在身边，对草坪上的乡亲们说："他叫刘仲生，大家不认识，他和志辰刚从衡阳来，衡阳的战事吃紧啊，鬼子就要进攻了！"他顿了顿，继续说："衡阳飞机场，晓得不？那可是非常重要的地方，现在那里还存放着 300 桶飞机油，如果被鬼子抢走了，鬼子飞机加了油就会来炸我们。"

这时人群中有人说："那怎么行？不能让鬼子抢走！"

"福堂叔，你连夜叫我们来，是不是要我们到机场抢运飞机油？"

"福堂叔，你发句话！"

……

"大家说的没错，我把大家喊来，就是请大家帮忙，今夜就去机场抢运飞机油！"

"好，我们晓得了，什么时候动身呀！"

"这样去不行！"萧福堂刚想说话，萧志辰抢过话头说，

“各位长辈，各位兄弟。飞机油一桶有500来斤，抬不起，背不动，我们得用木车子装着推呢。”

萧福堂把手一挥，说：“大家听明白没有？300桶飞机油，我们要去300架木车子。”

“500斤，我一个人怕是推不动呀！我堂客也去，她在前面拉。”

“对！每架木车子要两个人。”

萧福堂说：“好！大家都明白了，回去准备吧，下半夜到村口等，一起出发！”

大家都很激动，喊着嚷着散开了。

刘仲生被这场面感动了。他握住萧福堂的手连称：“谢谢！”

萧福堂拍了拍他的肩头说：“天下兴亡，匹夫有责。当兵的为打鬼子命都舍上了，我们做点小事算什么？”他对儿子说：“你去把几个叔伯兄弟都喊到祠堂来。”他又朝草坪上的人群喊道：“福林，有事跟你商量。”说完，就拉着萧福林进祠堂里去了。

萧福堂、萧福林是两兄弟，在小河里村颇有威望，特别是大哥福堂，念过两年书，民国十三年还参加过农会，长年在南岳做石匠功夫，见多识广，虽然没有族长之名，但在小河里村萧姓家族里是说一不二的人物。

萧志辰和萧志立也是亲兄弟，大哥萧立志已参加游击队。萧志宏、萧志发、萧志杰是叔叔萧福林的儿子。他们四兄弟来到时，祠堂里已灯火通明，萧福堂、萧福林手捧香火伫立在祖宗的牌位旁边，气氛肃穆。

四兄弟依次跪下，上过香后，萧福堂对他们说：“我们萧氏家族自打大心授姓以来，汉相萧何之后，历代都以忠君报国为家训，从未出过奸贼叛臣！”他抬头望着神台上的对联说：“祖训言犹在耳，曰耕曰读，兴国兴家，先兴国后兴家。”他回头望了望跪在面前的四兄弟，激动地说：“你们大哥志立已参加游击队，昨天在岳云关血战，生死不知。志立已带了个好头，是我们萧家的好男儿！你们几个都参加过游干班培训，现在鬼子已到家门口，杀敌报国的时候到了！”萧福堂说到这里，捧着香火朝祖宗的神位拜了拜，大声说：“你们就要到衡阳去了，我们把你们叫到这里，是要你们向列祖列宗拜别，今夜一去，便是刀光剑影，不把鬼子灭了，不要回头！”

这句话是萧福堂从肺腑中喊出来的，略带嘶哑。四兄弟皆心头一震，抬起头看着父亲们，但见萧福堂、萧福林满眼泪花，嘴角颤动。

“福林！”

萧福林答应一声，看着大哥。

“如果他们死在战场上，我们就去收尸，如果能万幸活着，余生再续父子情！”

萧福林听了眼泪唰地下来了，他哽咽地点了点头。跪在地上的四兄弟已泣不成声，在门外的刘仲生更是泪流满面。

萧福堂敲了一下桌子，大声说：“起来吧，准备动身！福林去把唢呐拿出来。”

这时，午夜刚过，小河里村的乡亲们已陆陆续续推着木车子到了村口，排成了一条两里路长的队伍。队伍中，有父子、有兄弟、有夫妻，也有左邻右舍。萧福堂、萧福林领着萧志辰四兄弟推着木车子也来到村口。

大家都没有说话，只有车轮吱吱呀呀地响。

上弦月已落到了山后，眼前一片漆黑，路面泛着微光，小河的水潺潺地流着。

萧福堂站在路旁，对大家说：“把火把点起来，早点赶到衡阳去。”很快，乡亲们相继把火把点着了，刹那间，形成了一条火龙，随着微微的夜风跃跃欲飞。

萧福堂对身边的弟弟说：“福林，把唢呐吹起来！”

一声尖啸的唢呐划破夜空，先是如泣如诉，如嫁女道别依依不舍，仿佛空气中的每一丝每一缕，都有一个音符在游离，令人肝肠寸断。继而曲风一转，变得激越奔放，又犹如壮士出征，义无反顾。

火把在夜风中呼呼作响，像猎猎征旗，迎风飘扬，汇成长长的火龙，腾跃而起……

几里路长的队伍在坎坎坷坷的土路上扬起了漫天灰尘，与机场腾起的炮火烽烟融在一起，在血色的朝阳里，构成了一幅惊天动地的壮美画卷。

他们赶到机场时，天快亮了。

约有一个班的官兵正在等着他们。见他们到了，招呼都没来得及打，即引着他们赶到油料仓库。

“你们终于到了，再不来，我们就要炸仓库了！”一位军官推开仓库门，指着一排排油桶说，“300 桶汽油，要趁天还没亮搬运到对河中山路中央银行地下室。你们动作要快，天亮后敌机来了就麻烦了，辛苦乡亲们啦！”

大家说一声“好”，便跟着军官走到仓库门前。可是门太窄，一次只能进去一架木车子，这要几时能搬完啊？

刘仲生对军官说：“这么慢怕不行呢，有没有其他门？”

军官正要回答，一个传令兵跑过来对他说：“鬼子有动静，怕是要进攻了，长官叫你们快点。长官还说，实在搬不完，就请乡亲们回去，把仓库炸了。”

军官听了知道情况已非常危急，就对刘仲生说：“请你告诉乡亲们，鬼子要来了，赶快回家吧！”

刘仲生问：“飞机油怎么办？”

“炸了，不能留给鬼子。”

乡亲们听了吵嚷起来，都说不能炸。

“我们连夜跑来，不能就这样回去。”

“对，我们跑这么远的路，不是来赶场的。”

萧志辰围着仓库围墙转了一圈，发现油料仓库是钢构棚子，四周是用砖砌的墙。他对军官说：“我们推倒这两面墙，把油桶滚到草坪里来装车，行不行？”

“好！”

没等军官回话，大家一声喊，来到墙下使劲推！哗啦啦几声响过，砖墙便推倒了。

萧志辰叫大家不要乱，指挥乡亲们把一个个油桶打横，推着滚过残砖破瓦，滚到草坪里，然后再推上木车子，捆好后两人一车，一个在后面推，一个在前面拉，吱吱呀呀就启程了。不到半个钟头，油桶已搬出大多半。

这时天已亮了，橙色的朝霞渐渐泛白，一群白鹭子从远处惊起，晨起的麻雀也尖叫着飞入草丛。

突然，机场东面传来几声炮声，紧接着便响成一片，一时火光冲天，烟尘蔽日。

鬼子进攻了！

大家都心头一紧，慌乱起来。刘仲生赶紧跑到乡亲们面前，大声喊道：“乡亲们别怕，不要慌！前方有国军兄弟在守着，鬼子打不过来，我们抓紧搬！”大家稍微乱了一下，又很快就恢复秩序。

情况紧急，大家都在争分夺秒，前头的木车子跑得飞快，后面的木车子装车费了一阵工夫，搬运队伍便拉开了距离，等到最后一架木车子离开机场仓库时，前头的第一架木车子已跑出了三四里。

在闷热的清晨，几里路长的队伍在坎坎坷坷的土路上扬起了漫天灰尘，与机场腾起的炮火烽烟融在一起，在血色的朝阳里，构成了一幅惊天动地的壮美画卷。喘气声、脚步声、车轮的吱呀声和压过路面的咚咚声与暴烈的枪炮声、喊杀声交织在一起，撕裂着衡阳这座千年古城的晨光。

这时，几架敌机飞了过来，正当大家不知所措时，飞机已擦过头顶，飞向西岸，扔下一串炮弹后又飞走了。

有经验的带队军官大声喊道："大家赶快走，飞机还会来。"

大家加快了速度，走在前面的木车子终于到了桥头，已有官兵正在接应，由于要上一节陡坡，乡亲们累得腿脚发软，好想停下来休息。官兵们马上说："这里停不得，敌机来了不得了。"立即上前帮忙推起来。终于，300 架木车子推上了桥面，推过了大桥。

这时，敌机又来了。

敌机俯冲下来，向大桥投下了一串炸弹，又朝正在下桥的木车子队伍扔下了几颗。随着几声爆炸声，几架木车子瞬间就被炸飞了，油桶滚到了沟里。

乡亲们是第一次经历这样的轰炸，一下子就慌乱起来。有的扔下车子就跑，有的则趴在车底下躲起来，有的像傻了一般，站在原地一动不动。

喊声、哭声响成一片。鬼子飞机又掉过来朝队伍打下了一串机枪子弹。

突然，一个油桶被击穿了，汽油喷出老高。如果着火了后果不堪设想，情况万分危急！

三个士兵冲出来奔向喷油的油桶。他们用刺刀把捆绳挑断，合力把油桶卸下来，推着向前滚动，推下路边的沟里。这时，敌机上一串子弹飞来，他们应声倒下，壮烈牺牲。

这一连串的悲壮与惨烈，就发生在眼前的一瞬间。刘仲生回过神来对慌乱的乡亲们大喊：“大家赶快把车子推走，快！快！”

萧志杰和萧志发两兄弟立即跑上路，推着车子跑起来，接着，乡亲们推着木车子飞快地往前跑。

敌机已离开市区，胡乱地扔下几颗炸弹后往东飞去。紧接着，西边天际飞来一排飞机从头顶掠过向东而去。这是美军飞机赶来支援了。趁着这一刻，他们沿着中山路一路飞奔，跑到了中央银行，把木车推进了地下仓库，一放下车，大家累得瘫坐在地上，喘着粗气。

八路军办事处和第十军军部的人清早就候在这里，等木车子鱼贯进来后，他们上前表达了谢意和慰问。

八路军办事处的参谋周全忠拉着刘仲生的手久久不放，眼里噙着热泪，哽咽着说：“老刘啊，谢谢你！你们完成的是一项艰巨任务啊！地委和八办的领导说，要为你请功呢。”

刘仲生擦了擦汗，拉过萧志辰对周全忠说：“要不是他们，我就是神仙也完不成啊！”他把前后的经过简单说了一遍。周全忠听了十分感动，激动地握住萧志辰的手说：“你们辛苦了，辛苦了。”

这时，人堆里传来了哭声。他们朝着哭声的方向看过去，一个青年妇女正伏在木车上痛哭。他们走上前去，一位20来岁的青年流着泪告诉他们：“她是我嫂子，我哥刚才被炸死了，尸首也没了……”说完就哭了。

旁边的人也哭了起来。

刘仲生告诉周全忠：“小河里村的主要劳力几乎都来了，有的是父子、兄弟，也有夫妻一块来的。刚才在桥头遇到敌机轰炸，牺牲了好几个人。”

青年抹了一下眼泪，说：“周参谋！要为我哥报仇啊！”

“对！我们要报仇！”萧志辰走到周全忠面前，后面跟着一群年轻人。

“周参谋，发枪给我们吧，我们来了就没有打算回去。”

周全忠说：“仇是一定要报的，乡亲们！”周全忠把拳头举过头顶，说：“打鬼子不一定要上前线，我们在后面帮忙也一样是在打鬼子！也是在为死去的亲人报仇！”他对刘仲生说：“老刘，根据地委和八办的领导指示，是要你把乡亲们安全带回家，请你一定要做好工作。”

这时，有人送来了馒头和水。周全忠对大家说：“乡亲们，鬼子正在进攻机场，我们白天过不了河了，晚上再安排回家。守军为了防止鬼子奔袭，打算下午就把大桥炸了，考虑到乡亲们的安全，炸桥已推迟到晚上了。请大家理解守军的良苦用心，配合我们的工作。乡亲们先在这里休息，等到天黑就过河！”说完，他对刘仲生说：“老刘，我到八办去汇报，这里就拜托你啦！”说完，一路小跑出去了。

午后，周全忠又匆匆赶来，他把刘仲生拉到一边，通报了一个紧急情况。

原来，衡阳县支援衡阳前线的民工，上午在途中遭遇鬼子的搜索队，100多人惨遭屠杀。现在，北面虎形山一带要派人挖战壕，机场前线则伤员下不来，弹药上不去，情况万分危急。八办和地委指示，要求刘仲生率领小河里的村民前去支援。

刘仲生一听也急了，忙把萧志辰叫拢来，向他说明了紧急情况，转头看了看面露迷惑的乡亲们。

萧志辰二话没说，转身走到乡亲们面前。

乡亲们已从他们焦急的脸色中感觉出了名堂，哗地围了过来。

萧志辰突然鞠了一个躬，说：“各位叔叔、伯伯、兄弟们！前线出了紧急情况，我们暂时不能回家了。”他把情况简略地转述一番后，说：“我们现在上前线去，帮他们抬伤员，送弹药，好不好？”

“志辰！没说的！”

“当兵的在前线流血，命都不要了，我怕什么！”

“别吵了，救兵如救火，快走吧！”

乡亲们听了萧志辰的话后，引起了一片吵嚷声。

刘仲生说：“乡亲们，听我说，我们不能就这么去，上战线很危险，我们要有组织！”

周全忠说：“老刘说得对，我们不能一起去，要分作三帮。机场去送弹药是一帮，火车站要构筑第二道防线，去一帮人上去挖战壕，北面虎形山还要人去帮忙修工事。”

他看着萧志辰，说：“志辰，都是你的乡邻，你来安排吧。”

“好！”萧志辰略想了一下，说，“下屋场的人都跟老刘去虎形山修工事，三斗冲、老屋场和长冲的人到火车站挖战壕，上屋场和回水湾的去机场。”

周全忠：“志辰，你去火车站，我到机场去。”

萧志辰说：“我是上屋场的，我去机场，周参谋你去火车站吧！”他见周全忠嘴巴动了动，忙阻止说：“别争了，时间紧迫，赶快动身吧！”

刘仲生说：“乡亲们！这一次不比今天早上。危险万分啦，受伤的、生病的、女人就不要去了。”

“不行，女人做事不比男人差！”人群里传出一声女人高亢的喊声。“我黄牛婆不是白叫的！”一个中年妇女挺胸叉腰站在刘仲生面前。

血性的燃点一旦点着了，就会燃烧出烈火。半天血与火的洗礼，让这群本分的农民感受到了心灵的震颤，对鬼子的仇恨已经像点燃的火一样爆裂起来！此时此刻，任何形式的强弱对比都是苍白的。他们脑海里只有一个念头：杀鬼子去！

周全忠和刘仲生又一次被深深感动。

从小河里走出来的600多位乡亲就此分开，他们把赖以生存的木车子丢在中央银行地下室，义无反顾地奔赴战场。

一个小时后，随着轰隆隆的几声巨响，九龙桥只剩下桥墩立在河中央了。

1944年6月23日。

两天前，李芳田离开向湘岳他们后，在萱州河、店门前一带动员群众组织转移，带领长衡公路两厢乡村上万群众破路，把长衡公路挖断了几十处。

他在店门前碰到了前来协助破路的“南岳佛道抗日大刀队”三中队队长罗猛子。

罗猛子的真名叫罗云水，削发前是一位猎人，枪法很好，在一次打猎时不慎摔下悬崖，身负重伤，是能仁寺弘法堂的弘仁法师救了他。受弘仁影响，他在弘法堂出家为僧，打算潜心向佛，不问世事。抗战爆发后，罗云水的血性再一次被唤醒！在一次喝醉酒后大闹法堂，与前来弹压的护法僧发生冲撞，差一点闯下大祸。护法僧也具爱国情怀，并没有追究他的过错，只是用责备的口气说他：“你真是一个猛子呀！”

自那以后“罗猛子”的诨名便叫开了。

后来，南岳佛教协会成立佛道抗日大刀队，他立马报名参加。

三中队只有50多人，别看他们是僧人，却都是热血青年，有的就是为了加入大刀队才削发为僧的，人虽不多，却有枪有刀，又经过武装训练，是一支生力军。

此时，破路的任务已经完成，群众也大多转移进山，李芳田和罗猛子商量后，带领大刀队员奔赴岳云关支援。但是，还没到衡山县城，就得到了岳云关失守的消息。他们又把队伍带到店门前南面的印山冲隐蔽起来，等待命令。

此时，他们还不知道游击队和大刀队的伤亡情况，也不知道他们已撤往何方，更不知道向湘岳和李成来已经牺牲。

这天夜里，交通员老方带着一个国民党军官来到了他们驻地。

据国民党军官介绍，他们是奉衡阳守军军部的命令来炸九龙桥的，不料当地群众不明真相，阻止他们行动。他们反复解释，却又听不懂方言，以致双方僵持不下。

军官对李芳田说："如果不炸毁九龙桥，鬼子就能乘汽车快速到达衡阳，情况万分紧急，天亮前必须炸毁！请你们前去做做工作！"

鬼子已占领衡山，半天工夫即可到达九龙桥。李芳田也感到形势逼人，他把手一摆，说："走！"

九龙溪从狮子峰、红花峰和白石峰等九个山沟汇流而来，过九龙峡后，到这里已变成一条十几米宽的小河。九龙桥横跨九龙溪，长约 30 米，是长衡公路上的重要通道。九龙桥原是一座大型的石拱桥，一墩两拱，气势恢宏。修长衡公路时，石桥被拆，在原址修建了一座钢筋水泥桥，也是一墩两跨。

当他们来到九龙桥时，老百姓和国军正在吵着，互不相让。李芳田是当地人，平时又多在群众中活动，老百姓对他很熟，见他来了便围上前来你一句他一句地说着，叽叽喳喳一大堆。

原来，这一带是衡阳县和衡山县交界处，老百姓说的是"夹山话"，两县的都能听得懂，外地人只能把它当"鸟语"，而今天来的国军是广西人，说的也是方言，这样就产生误会。李芳田跟大家打了一下招呼，站在一块石头上说：“乡亲们，我们这两天破路是为了什么呀？”

一个村民说：“哪个不晓得，不是为了阻止鬼子进攻衡阳吗？”

“说得对呀。”李芳田说，“鬼子已经占了衡山，说不定他们明天早上就能打到这里来。如果我们不把桥炸了，鬼子明天就能乘汽车打到衡阳去。现在，衡阳守军还没有准备好，还有好多乡亲正在挖战壕，我们能看着他们被鬼子杀害吗？”

“哎呀！早说嘛，早说不就没事吗？”

“这桥得炸！等把鬼子赶跑了，我们再建座新桥。”

“来来来，乡亲们，我们来帮忙吧。”

……

李芳田这么一说，乡亲们一下子就明白了，他们一起围上来，要帮助国军官兵安放炸药。

李芳田告诉乡亲们，安放炸药很有讲究，国军兄弟会做好的。他对村民说：“鬼子马上就要打过来了，大家回家转移吧，特别是住在公路两边的，赶快躲到山上去。”

乡亲们听了后，很快就散开了。

一个小时后，随着轰隆隆的几声巨响，九龙桥只剩下一个水泥墩子立在河中央了。

回到印山冲后，天快亮了。李芳田和罗猛子碰了一下头，商量了下一步的行动。他们对外面的情况不是十分清楚，交通员老方去了两次店门前打听，也没有带来上级的指示，他们认为躲在这里也不是办法，还不如到衡阳城郊去。

李芳田说：“我们的任务本来就是迟滞鬼子进攻，为守军准备赢得时间，趁鬼子暂时还没过来，我到衡阳去找地委和八办，顺便打探消息。”

罗猛子也说：“这里离公路太近了，如果鬼子进来搜山，躲在这里不安全。”罗猛子建议把三中队分成两部分，一部分到进山的路口警戒，监视鬼子动向，一部分人留在山里保护群众，一旦有情况，就帮助群众转移。

李芳田想了一下，说：“这个办法好，你安排几个人去路口蹲守,一旦发现鬼子搜山就把群众转移到妙溪冲,那里应该安全。”

罗猛子同意了李芳田的意见，但他又担心李芳田的安危，他说：“老李，我安排几个队员跟你去衡阳。”

李芳田笑着说：“几个僧人跟着我太扎眼了，反而不安全，现在鬼子还没过来，不碍事。”说完抬腿就走。

不一会儿，河港子两岸就架起了几十架水车，满垄里一片呼啦啦的车水声。晚上，又下了一场大雨。第二天，集兵滩和樟木桥一带满垄已成“泽国”。

天刚微亮，李芳田就沿长衡公路快步朝衡阳奔去。路上到处坑坑洼洼，隔一段就有大石块堆在路中央。时令已近端午，正是水稻含苞时节。若在往年，农民已下田放水晒田了，会是一派人头攒动的田园风光。但是，现在田间里看不到一个人影，也听不到鸡鸣犬吠，人们为躲避鬼子已转移进山了。

李芳田一边感慨着，一边想着事情。

路边有几丘田水放干后，黑色的泥地上露出了纵横交错的丝坼来。他突然想到什么，跳下田扒开禾苗看了看，用手压了压半干的田土，又察看了附近几丘，然后站起来拍拍后脑，跳上公路小跑起来。

下午，他终于赶到了虎形山，找到了驻守在这一带的守军指挥官。指挥官是一位30来岁的营长，姓黄。

李芳田告诉黄营长：“昨天晚上我们把九龙桥炸了，沿线几十里公路也破坏了，鬼子暂时是过不来，但是，”李芳田接过他递过来的水杯，喝口水，继续说，“过了集兵滩后，一直到虎形山都是平坦的稻田，现在正是晒田的时节，我刚才看了一下，大部分田里都已把水放干了。黄营长，如果鬼子的装甲车不走公路，从平坦的稻田里开过来，怎么办？”

黄营长听了脸色沉了下来，用疑惑的目光盯着李芳田。

李芳田说："我们把集兵滩、樟木桥几个河港子的水坝关起来，把水灌进稻田，整个这一带就会变成烂泥滩。鬼子装甲车开进去也出不来，步兵也是寸步难行！"

黄营长听了李芳田的想法，沉思了片刻，抬头看着李芳田，眼睛突然放出光来。他叫了一声"好！"，一拳砸在李芳田的肩上，转头对传令兵说："快！把老刘请过来！"

不到一刻工夫，门口闯进一个熟悉的身影，与李芳田一打照面，两人同时惊呼一声，接着紧紧握手问候。原来，紧急赶来营部的是刘仲生。

李芳田把看到的情况和自己的想法告诉了刘仲生。

刘仲生听了也感到问题很严重，他说："办法是不错，只是这样就会影响乡亲们收成，乡亲们会同意吗？"

李芳田说："这个问题我也想过了，田里晒干后，鬼子一定会经稻田进攻，到时候车压人踩，损失更大。"

刘仲生点了点头，他对黄营长说："黄营长，这一带是衡阳县管辖，我们不熟，还得请你与地方上的人打声招呼。"

黄营长说："没问题，我派一个排跟你们先去，随后就把乡长、村长找来，叫他们配合。"

"好！"李芳田对刘仲生说，"情况紧急，老刘！我们走！"

这一带因地势平坦，几个河港子的落差都不大。小河蜿蜒曲折，流水很缓，往年为了抗旱，港子从低到高依次砌了不少河坝，目前是晒田时节，河坝的闸门都是打开的，只要把闸门一关，水就能很快灌进稻田。

刘仲生和李芳田带着十来个民工赶到小河边，他们找到一位正蹲在田里挖圳的大爷，说明了来意。

老大爷说他不能做主，要和乡亲们商量才行。老大爷朝山上喊了几声。不一会，山上跑下来几十个乡亲。他们听了老大爷的介绍后，有同意的也有反对的。

刘仲生见状，赶紧找到他们为头的解释。为首的是一位五十多岁的汉子，他厉声问：“眼看就要晒田了，你们把水灌满，今年不就没了收成吗？”

另一个农民也说：“我还欠着东家的租子没还呢。”

“抗日是大事，我们要配合。”

“抗日是大事，但也不能饿死我们吧？”

你一言他一语，吵得不可开交。

这时，那一排的官兵赶过来了。村民们看到官兵荷枪实弹，更加激动起来，扬言要找当官的说话。

刘仲生找李芳田商量：“老李，这样怕会出事呢。要么我们公开身份吧，这里是老区，群众信任我们共产党。”

李芳田说：“没有请示上级，会不会违反纪律？”

刘仲生说：“非常时刻，要有非常之举，责任我来负！”

“行！责任我们一起负。”李芳田也坚定地说。

刘仲生赶忙跳上田埂，站在高处大声说：“乡亲们，乡亲们！”

李芳田对大家说：“乡亲们！安静一下。”

刘仲生说：“我们是共产党衡山县委派来的，听我说。”

大家听说是共产党，马上安静下来。

刘仲生对大家说：“鬼子已经打进衡山了，很快就会进攻衡阳，这一带是他们的必经之地。到那时，鬼子车压人踩，田里还有收吗？”他见大家张着嘴巴看着他，他心里清楚，老百姓是通情达理的，也是最能承受困苦的，只要把道理说透，他们能把脑袋给你当屁股坐。刘仲生继续说：“我知道大家种田不容易，有的还欠着租谷呢。但是，鬼子可不管啊！他们可是要我们命的呀！”

这时，黄营长也带着人过来了。一个穿着体面的中年人快步走到刘仲生面前，点了一下头说：“鄙人说几句。”他扬了扬手，说：“乡亲们，东家说了，今年租谷免交！”

人群一下子兴奋起来，说：“皮管家，东家说话可要算数呀。”

“算数算数，”皮管家说，“东家还说，乡亲们的损失算他的，等把鬼子赶跑了，他就开仓放粮！”

“好呀！”大家欢呼一阵，立即动手关闸灌水。

这时有几个人抬着一架水车过来了，他们说：“你们太慢了，如果用水车把水抽到田里，一刻就满。”

“这个办法好！”跟黄营长过来的一位村长对大家说：“乡亲们，有水车的赶快把水车抬来。”

大家哟呵一声就跑开了。

不一会儿，河港子两岸就架起了几十架水车，满垄里一片呼啦啦的车水声。

晚上，又下了一场大雨。第二天，集兵滩和樟木桥一带满垄已成“泽国”。

第三章　毁家纾难

刘四老倌的义举，一下子就起了连锁反应。到傍晚时，附近的乡亲们竟运来两百来根木料，还有几户村民把做好的“大料”也抬了来。

虎形山说是山，还不如说是山包更准确，海拔不到 200 米，大树不多，裸露在地表的石头也不多，基本上是黄泥，黄泥上杂树野草丛生，但地理位置独特。它形似一尊卧虎，横亘在衡阳市区北部，呈东西走向，延伸达 4 公里。守军选在虎形山布阵拒敌很有道理。衡阳城区与虎形山有蒸水河相隔，防守虎形山，足以消耗敌人实力，万一失守，即可退守蒸水南岸，不至于让日寇乘势攻入城区。

刘仲生不经组织同意擅自公开身份，是冒了很大风险的，甚至有生命危险。但是，非常时刻，能把个人生死和荣辱置之身外，也是一种高贵的品质。他是这样想的，既然身份已经公开，就干脆以共产党员的名义，全力以赴协助守军守城，哪怕血洒疆场也在所不惜。

在虎形山阵地上修工事的民工，包括从小河里村带出来的 200 来人，一共有 1500 多人，在他的组织下，夜以继日地干，终于完成了前沿近十公里的环形工事。这种工事很特别，需要大量的木料支撑掩体，而且，开挖的土方也特别多。

刘仲生带领民工刚进场就出现了困难。主要是木料不足。虎形山是以黄泥为主的山包，结构较疏松，白天，敌机来炸过两次，把新修的战壕和掩体炸塌了好几处。刘仲生看到眼前的景象，心里急如煮开的水。要是在打仗，鬼子一通炮弹砸过来，工事就全完了。他仿佛看到守军官兵暴露在鬼子的枪口下，一个个倒在血泊之中。

刘仲生找到负责指挥修筑工事的工兵连长曹庆福，提出了自己的担忧。

曹庆福也有同样的忧虑。他告诉刘仲生，修筑这样的工事要有足够的沙包和木材，现在衡阳四面受敌，都在修筑工事，找到合适的材料非常困难。他摊开双手，说："我这个工兵连长也没有办法，巧媳妇难为无米之炊啊！"

刘仲生说："曹连长，我们不能眼看守军弟兄因为我们工事没修好而流血牺牲。走，去找当地的老百姓，一起来想办法。"

刘仲生把几位上了年纪的民工找来，就在工事里召开"诸葛亮会"。大家也认为这样的工事要不得。"挡挡子弹还行，但炮弹一炸就危险啦。"刘仲生说："各位父老，大家都说这样的工事要不得，确实是要不得。"他用诚恳的口吻征求大家的意见："你们见多识广，能不能想出办法来解决呢？"

于是，大家你一言我一语，当起诸葛亮来。

"山那边有几棵大樟树，锯下抬过来行不？"

"几棵樟树能顶什么用？还不如砍些楠竹来！"

一位五十多岁的民工一拍大腿说："你看我们越扯越远啦，我们家里不是有现成的吗？"

"家里有？什么呀？"

“门板呀！”这位民工说，“谁家没有门板，不就是现成的吗？取来就是！”

“你站着说话腰不痛！谁愿意把门板取来？你这主意要不得！”

“谁说要不得，我第一个把门板取来！”

另一位民工说：“我看行！只要一发动，保险大家都会同意的！”

刘仲生问曹连长：“门板可以用吗？”

曹庆福说：“用是可以用，只是打坏了怎么办？”

刘仲生对曹连长说：“现在确实没有好的办法，要不这样吧。”他朝民工代表一抱拳，说：“各位父老，就当是政府向你们借。由曹连长派人登记，等仗打完了照价赔偿，行不？”

“哎呀，一块门板算什么？你们连命都舍得，我们还舍不得一块门板！”

“现在就回去，叫大家把门板取来就是！”

…………

不到半天，就收集了两百多块门板。有一对刚成亲的小夫妻，他们把崭新的衣箱挑到了工事里。他们对刘仲生说：“衣箱里填满土，不仅可以挡子弹，就是炮弹炸也炸不烂呢。”

刘仲生听了大为感动。他对曹庆福说：“有这样舍家抗战的民众，不愁日寇不败啦。”

刘四老倌也被这对小夫妻的举动感动了。他是这一带有名的大木匠。即做大料的木匠，衡阳人称棺材为“大料”，也称“寿器”。无论是普通农民还是乡绅地主，不管有钱没钱，只要到了六十岁，就得准备一副“大料”。

刘四老倌今年六十岁，老伴也五十九啦，今年打算把两副“大料”做好。为别人做了几十年“大料”，现在也得为自己准备准备啦。去年年底，就买来了三十二根大杉木，打算让木料干一个夏天就动手。

中午，他跟管事的打下招呼，就匆匆赶回家。他把两个儿子喊拢来，对他们说，衡阳战场修工事需要木料，他打算把准备做“大料”的三十二根杉木送去修工事。

两个儿子都知道父亲的脾气。定下了的事是改不了的，劝也没有用。事实上，两个儿子受父亲的影响，也投身在抗日活动中。他们听了父亲的话，只说了一个字：“行！”就找来板车。把木料装上后，父子三人把三十二根杉木拉到修工事的工地上。

刘四老倌的义举，一下子就起了连锁反应。到傍晚时，附近的乡亲们竟运来两百来根木料，还有几户村民把做好的“大料”也抬了来。

虎形山阵地上舍家抗战活剧还在上演，又引出了一段动人心魄的传奇来。

因战事吃紧，“三湘木业公司”还有120万根木料滞留在湘江岸边的几个货场，这是他们邬家的全部财产！其他公司也处于类似的情况，大家心急如焚啊！

衡阳西有蒸水，东有耒水，在此与湘江交汇，形成了四通八达的航运体系，因此货运码头十分繁荣。湘、蒸、耒三江均发源于森林茂盛的湘西南的崇山峻岭，木材资源丰富。千百年来，木材商贩从三条江的上游把木材运到衡阳，然后通过码头上岸，由陆路转运到内地，形成了相当规模的产业，历史上曾出现过几个著名的富商。

邬致远家的“三湘木业公司”占了衡阳木材市场半壁江山，杨吉泰、杨三丁、曾广盛和陈卓等几家也小有规模。他们联合一起，成立了“衡阳木业商会”，选举邬致远为会长。木业商会的会员不单是经营木材生意的，与木业相关的也被吸收入会，诸如家具店、棺材店、木工坊，还包括承运木材的车行和杉排客都加入了商会。因此，在衡阳很有影响。

在这次的大转移中，邬致远动员木业商会所有会员，先帮助市民转移，然后再组织自己撤退。不料仅仅几天，市民安全转移后，日军已对衡阳形成三面包围之势，东线已硝烟弥漫，西南也是炮火连天，中路防守门户已开，日寇兵锋不日即可接近衡阳。

情况已经非常危急了！

此时，因战事吃紧，各种运输工具已被调用。“三湘木业公司”还有120万根木料滞留在湘江岸边的几个货场。这是他们邬家的全部财产！其他公司也处于类似的情况，大家心急如焚啊！

如果要将木料运转出去，事实上已不可能！现在最要紧的，是大家如何安全撤出衡阳。

为此，邬致远召集商会代表召开了战前最后一次会议。

大家到齐后，他站起来，向大家鞠了一躬，说：“各位老板，感谢你们的信任，你们为了转移市民，作出了牺牲，我邬某代表公司感谢大家！”他再一次鞠躬说：“各位老板只顾着帮助市民转移，却没有来得及管自己的事，是我欠考虑，没有安排好。想不到鬼子会来得这么快，让大家随我受累了，对不住，对不住啊！”

杨三丁见邬致远这么诚恳，也站起来说：“怪不得邬老板，抗战是大局，之前我们是商量好的，大家都点过头的。”

“对，杨老板说得没错！”曾广盛接着说，“只要能把鬼子打败，我们这点损失不算什么。比起国军兄弟舍命守城，不值一提！”

“只要把命保住了，大不了重新再来！”说话的是家具店的代表左正春，才三十几岁，人年轻，说话声音大，语速也快。

杨吉泰看了他一眼，说：“左老板到底年轻啰，我是老啦，一辈子心血就交给湘江河水啦。”杨吉泰已六十多岁，财产损失令他心痛，但他很快又说：“国家兴亡，匹夫有责。老夫说话欠周全，惭愧惭愧！”

邬致远笑着对他说:“吉泰兄说哪里话？谁不知道你贡献大。”他转头扫视一下大家，说：“财产损失谁不心痛？但是呢，鬼子来得太快啦，容不得我们想那么多啊！”

“要说损失，是邬老板最吃亏！”陈卓说，“他们邬家损失这么大，我们不说了！”他对杨吉泰说：“老哥，我们都是六十多的人了，看开点，钱财乃身外之物，人活一辈子就是个过程，能有今天这样的光景，足够啦！”

“你是站着说话不腰痛，邬老板家大业大，赔得起，我总还要养家糊口吧？”

“留得青山在，不怕没柴烧！”

“就算是舍了吧！舍得精光好，上战场杀鬼子去！”

“你光棍一条，当然不怕。”

…………

大家你一言我一语，吵吵嚷嚷正说着，忽然闯进一个人来。大家一看，原来是车行老板侯七。

说侯七是老板，其实他就是衡阳木材行业里运货板车队伍的领头人，也是“杉排客”领头人。

千百年来，有大河大江的地方就有“放排客”，湘南也不例外。放排是一种非常危险而又充满传奇的职业。从大山里砍倒的木材，经大河大江运往下游的码头，都是“放排客”把木材码成排顺流而下。小排由百千根木材组成，大排则有上万根，连绵几里路，浩浩荡荡。放排客不仅要掌握江河的水性，还要有过硬的功夫，领头的必定是本领高强的人，引着一帮壮年汉子长年在大江大河里放排，往往带有帮会性质，因此，一提到“放排客”往往会充满神秘的色彩。

蒸、耒、湘三江上游的大山中主要盛产杉木，“放排客”在衡阳被称为“杉排客”。近年来，随着衡阳经济的不断繁荣，经码头上岸的货物越来越多，兴起了一种新的搬运职业：拉板车。侯七是第一批从事拉板车的人，在他的带领下，许多“杉排客”也跟着上了岸。他为人仗义，性格豪爽，在板车师傅队伍里威望高，大家就推他做了领头人，尊称他为“七爷”。

他一进屋就大声打招呼："各位老板，我来迟了，对不住对不住！"

他抓起桌子上的一杯水仰头一口喝了，撩起衣角擦了擦头上的汗，说："几个拉车的弟兄，板车被鬼子飞机炸了，堂客们找我哭哭啼啼，被我骂了一顿，回去了，她们就是眼光浅！"他又笑着说："也没办法，拉车的兄弟都要靠板车吃饭呀。哎！没办法。"说完摇摇头。

邬致远问："板车炸了，人没事吧！"

"还好，只伤了一个兄弟的脚，不碍事，谢邬老板关心！"

…………

大家又叽叽喳喳了一通，有感慨的，也有叹气的，没有头绪。

这时候，侯七又站起来，抱拳向四周作了个揖，说："各位老板，你们是我们车行的衣食父母，过去没少照顾我们，谢啦。"

曾广盛说："七爷言重了，知道你有话要说，快点吧！"

侯七说："刚才听各位说话，好像有点怪邬老板的意思呢，要不得！"他语气一转，说："多少年来，我们在座的哪个没受过邬老板的照顾？今天衡阳有难，邬老板也是从大局着想的。要我说，邬老板是条好汉！顶天立地！"

他继续说："听说过小河里的事没？"他见摇头的多，又说："他们小河里上来三百架木车子，没剩一架，六百多人都在没日没夜地修工事，还有的正在跟鬼子血战。"侯七越说越激动，"他们家没在衡阳，衡阳是我们的家。他们命都舍得，为了什么？我们不就损失了财产吗？又没有要我们的命呀！"

他略停顿了一下，语气缓和下来，笑着说："各位老板，话说重了，对不住！我这性格，是狗吃屎改不了啦！莫见怪莫见怪！"

侯七的一通话，说得大家哑口无言。邬致远心里明白，木业商会的代表都明事理，只要把理说透，把话说明，没有人不会站拢来。他知道，该是趁热打铁的时候了。

他站起来，对大家说："七爷说得好！我们守家有责！"他抱拳一揖，说："时间很急，拜托各位老板，赶快回家准备，货场里和店子里的东西暂时别管了，带上必要的东西走。我跟岣嵝峰古衡寺道一法师说好了，到庙里暂住，吃喝不要管，粗茶淡饭，由我邬某安排。"

当夜，他们就上了岣嵝峰。

邬致远因考虑到货场有 120 万根木料，毕竟还是放心不下，就把公司得力的职员留了下来。

衡阳四面都在修筑工事，急需大量木料，第十军军需处知道"三湘木业公司"还有上百万根木料滞留在湘江岸边，立即派人找到货场，商量购买木料构筑工事。事关重大，职员不敢做主，便上山向邬致远汇报。

听完汇报后，邬致远又问了一下其他的情况。

职员说了一些关于东岸和西南方向鬼子进攻的情况，也说了虎形山阵地上的感人事迹。他说："老板，你不知道，有人硬是把寿器都抬到工事上来了！"

邬致远听了深受感动，一个想法很快就在他的脑海中形成了。他对职员说："你去把侯七找来，说我有急事，请他陪我走一趟。"

"好的！老板。"职员转身走了。

邬致远找到道一法师。他与道一是故交。每年夏季，邬致远便要携家眷上山避暑，平时也赞助庙里一些钱财。道一佛学深厚，常感邬致远相助之情，也把自己对佛学对世事的理解说与邬致远听。两人经常推心置腹，相谈甚洽。

此时已是深夜，道一见邬致远匆匆赶来，且脸含凝重之色，知道必有大事要讲，立即起身相迎。

邬致远示意道一坐下，说："大师，衡阳守军要购买邬某的木料修工事，特来找你商量。"

道一看了一下邬致远的眼睛，一瞬间就读出了眼神的肯定之气。他说："施主已有主见，老衲佩服。"

邬致远见道一已道破他的心思，也就没有明说，但也更加坚定了他的想法。

"大师，邬某有一事相托！"

道一赶紧说："施主请讲。"

"我这次下山，少则三五天就会回，就怕行程不顺利。"邬致远双手抱拳，长作一揖，说，"我们商会一百多口就拜托大师照顾，邬某家眷也在山上，有事找他们就是，不要顾虑。"

"施主言重了！"道一站起身朝邬致远回礼，说，"山上房舍不多，挤挤还能对付，一日三餐，我会吩咐伙房用心做，何况施主已有周全安排。"

"施主这次下山，是为守衡阳而亲自涉险，乃大善之举，菩萨会保佑的。"道一深情地拉过他的手，说，"如果我不入佛门，定会随你下山，为抗日出一份力！"说着，一把将邬致远双肩抱住："兄弟，珍重！"

这时，侯七已经来到门外，邬致远别过道一后，带上侯七和职员连夜赶到了衡阳。

邬致远说：“尚处长，你误会了，误会了。”他指着满袋的银元，说：“我是说，钱我不能要，木料也不卖。”他盯住尚文敏说：“我全部奉送，120 万根木料一根不留！”

这天是 6 月 25 日，东线守军已在机场与鬼子血战两天，西南方向也是炮火纷飞，杀声连天。北面，日军占领衡山后，因道路被破坏，影响了给养运送，进攻较缓，但是，兵锋直达虎形山阵地，也就是这两三天的事了。

第十军的军需处设在小西门外的一座教堂里。为了调度军用物资，这几天军需处昼夜转运，还是忙得焦头烂额。

天刚破晓，邬致远就赶到了军需处。

教堂内灯光通明，进出的人都是行色匆匆，电话声此起彼伏。副处长尚文敏已两天两夜没有倒枕，眼睛熬得通红。此刻，他坐在闷热的办公室里用嘶哑的声音说着话，那语气，比孙子还要孙子。

当勤务兵向他报告，说邬致远求见。他愣在那里几秒钟都没有反应过来，问道：“哪个邬致远？”

“就是‘三湘木业’的邬致远邬老板。”

他听了把电话一丢，快步跑出教堂，一见到邬致远就说：“哎呀，救星到了，失迎失迎！”

两人握了手，互通了姓名。尚文敏几乎是点头哈腰地把邬致远迎进屋。“哎呀呀，邬老板你可来了，你再不来，我只有跳到湘江河里喂鱼啦，请请请！”

原来，衡阳四面受敌，都要修筑防御工事，目前最缺的就是木料。邬致远的“三湘木业公司”几个货场屯的木料，正好可以用啊，于是尚文敏就带人赶到货场去协商，打算花钱购买些送到前沿急用。

货场的职员不敢做主，要上山报告老板，并和他约定，一定把准讯带回来。刚才，正是各阵地在打电话催要木料，他只能回复再等等，喉咙都叫嘶哑了。

他转头问职员：“你老板同意卖了？”

职员转头看着邬致远。

尚文敏汗都出来了。他满脸堆笑地对邬致远说：“邬老板，就买 10 万根，行不？真的是救急呀！你看，钱都准备好了。”说着，把一袋银元提到邬致远面前。

邬致远见到银元，赶紧摆摆手说：“不不不！不能卖！这钱我不能要！”

尚文敏一听，汗像泼水一样从脑门冒了出来。他沉着脸说：“邬老板，国难当头……”

邬致远见他会错了意，连忙打断他的话，说：“尚处长，你误会了，误会了。”他指着满袋的银元：“我是说，钱我不能要，木料也不卖。”他盯住尚文敏眼睛：“我全部奉送，120 万根木料一根不留！”

尚文敏惊讶地张着嘴，几秒钟才回过神来，说：“邬老板，你……你……我说什么都无法表达我现在的心情。这样吧，我代表第十军全体官兵向你表示感谢！”说完，“啪”地敬了个礼，两行热泪顺着脸颊流了下来。

“尚处长说哪里话，要感谢，是我们感谢守城的官兵才对。你们为我们守城命都能舍，我送几根木料算什么？”邬致远说，“天也亮了，尚处长，你安排人随职员去货场。”他又对职员说：“把货场的门全部打开，只要守城能用，不管什么全部拉走，不必清理。”

邬致远又问尚文敏：“是哪里最缺木料？”

尚文敏说:“是虎形山阵地。附近的老百姓连棺材都抬来了。”

“好！”邬致远对侯七说，“七爷，我们到虎形山去。你去把车行的兄弟叫来一起走。”

侯七说声好，转身跑出去了。

大约过了个把钟头,侯七带着车行的人来了,有两百多号人，拉着板车，在街上排成一溜长长的队伍。

侯七对邬致远说：“邬老板，能找到的我都带来了，你吩咐就是。”

邬致远朝拉车的队伍抱抱拳，说：“辛苦各位兄弟，我今天想请兄弟们帮个忙，好不？”

车行的人都说：“邬老板，你说，只要兄弟们做得到！”

“好兄弟！”邬致远说，“请你们随侯七爷到我公司货场拉木料，送到虎形山阵地，工钱照付，好不好？”

一位三十多岁看起来十分壮实的汉子说：“邬老板，我要是冲工钱就不来啦，你把木料都捐献了，我好意思要工钱不？”

“对！就让我们出把力吧，也是为抗战作贡献呢。”

侯七对邬致远说：“老板别说了，来时我已经说好了，大家不会要工钱的。”他转身朝车队一招手：“跟着我，走！”

趁着这个空当，邬致远沿着河岸来到了草桥。

草桥是衡阳城区过蒸水往北的唯一通道，他公司的货场离此不远，码头也在附近。这里是衡阳重要的商贾集散地，各种铺面旅舍林立，酒家就上百户。但是，战争已使这里一派冷清，昔日的繁华只能从随风飘落的彩纸花环上找到记忆。走过草桥，往北望去，来雁塔伫立在河岸，顶部已损毁半边，看样子是这两天鬼子飞机犯下的罪恶。衡阳有三塔，珠晖塔在耒水与湘江的汇合处，回雁塔在回雁峰。相传大雁飞来衡阳，会在来雁塔这里放缓速度，至回雁峰绕塔三回，然后停飞歇翅，不再南飞，故衡阳又雅称“雁城”。

站在蒸水北岸，回望城区，石鼓嘴如起锚待发的战船，直入湘江，向北而行。石鼓书院矗立在石鼓嘴上。

这里留下了太多的历史记忆，也演绎过不少历史活剧。赋诗长啸，慷慨放歌。在近代，就有曾国藩、彭玉麟率湘军水师从此启航……邬致远突然觉得，多少年忙于生意，没有仔仔细细地来认识自己的家乡，辜负了自己的满怀清韵和一腔雅致，一丝惆怅涌上了心头。

这时，侯七领着车队上了草桥。

板车车轮碾过草桥的桥面发出的咔咔声，把邬致远从遐想中拉了回来。他朝走在最前面的侯七打了一声招呼，抬头放眼望去，两百多辆板车装着木料，车队拉得老长，浩浩荡荡，就像是将上战场的队伍整装出征了。

突然，河东岸传来轰隆隆的炮声，紧接着滚滚烟尘弥漫半空，鬼子又在进攻机场了。不一会儿，四架敌机从东岸飞扑过来，扔下了一坨坨“铁弹”。

侯七大喊：“邬老板，快躲起来，鬼子飞机来了。”

邬致远赶忙跳进沟里，趴在一颗大石头边上看着天空。敌机在东岸乱炸一阵后，又往城区绕飞一周，走了。

机场阵地连天的枪炮声，让人联想起了战场的惨烈。邬致远心头一震，立即跳出水沟，跑向车队，边跑边喊：“兄弟们，加把劲，跑起来！”

草桥到虎形山不远，不足五公里，他们发一声喊，一顿飞脚就到了。

刘仲生和曹庆福已经接到军需处的通知，要他们安排民工配合接运木料。他们接到通知后，立即赶到路口等待。随着一路烟尘滚滚而来，邬致远率领着运木料的车队来到了虎形山。

刘仲生和曹庆福迎上前去。

刘仲生走到邬致远前抱拳施礼，道：“邬致远，邬老板吧？你真是雪中送炭呀！”

“哪里，哪里！”邬致远不认识刘仲生，见他一身农民打扮，卷起的裤脚沾满黄泥，光滑的脚杆黄中带黑，满脸的汗渍，但眉目间却分明有睿智果敢之气，便满怀狐疑地问：“先生是？”

曹庆福拍了一下脑门，说：“哎呀，光顾高兴，忘了引见啦，对不起。”他对邬致远说：“刘仲生，刘先生，是中共的代表，也是虎形山修筑工事的总指挥。邬老板，多亏了他，要不然，我就是有三头六臂也没有办法呀！”

“失敬失敬！”邬致远抱拳道，“早就听说共产党有本事的人多，今日见了刘先生，果然名不虚传呀！”

刘仲生说：“谬赞谬赞啦，我有什么本事？还不是我们衡阳老百姓了不起！”

“是呀，我们衡阳的老百姓真是了不起！”

邬致远略有所思，问刘仲生：“修工事还差多少木料？除了木料外还差什么？尽管说，只要我邬某做得到。”

“邬老板，说实话，木料至少得好几万根。其他的，除了民工一把力气外，什么都不足，尤其是沙包，一时半会哪里去弄？只能叫民工把战壕挖深一点。哎，没办法呀！”刘仲生叹了一口气，说，“邬老板，你已经作了这么大的牺牲，哪敢再劳你费心啊！”

邬致远说：“刘先生，客气话我也不说了。货场里有120万根木料，其他阵地也在派人搬。你这里也安排民工去货场。”他抬头对侯七说：“七爷，等会刘先生安排人去货场搬木料，麻烦你调度一下。”

他把侯七介绍给刘仲生，说：“他叫侯七，是我们木材行业搬运车行的老板。今天带来了两百多弟兄，我把他们都交给你，听你调遣。”

“邬老板送物又送人，你真是我们衡阳的活菩萨啊！”刘仲生大受感动，动情地说，“将士不惜命，百姓能舍家，不愁日寇不败！”

端午节喝雄黄酒，是镇邪的。他扫视了一下阵地，说：“酒壮英雄胆！酒提英雄气。弟兄们，我们就是要有英雄豪气，镇住鬼子的邪气！”

当夜，邬致远回到家里。这是一座典型的湘南庭院，不大却很雅致，坐落在西湖公园的旁边。举家转移时，管家和厨师都不愿意走，便在邬家留守。邬致远吃过饭洗过澡，坐在书房开始梳理一下这两天发生的事，慢慢地便靠着沙发睡着了。

午夜时，侯七来啦。

邬致远被管家叫醒，听说侯七来了，连忙起身来到客厅。侯七对他说：“老板，已是下半夜了，再不走天亮就不好走了。”

侯七深更半夜来找他，邬致远以为是什么要紧事，见他这么说，悬着的心才落下来。他瞪了侯七一眼，说：“这么急干什么？你也回家休息吧，这几天够辛苦的了。”

侯七说：“老板，明天端午节呢，我们还是早点上山吧，免得老板娘挂念呀！”

邬致远一拍脑袋，笑着说：“哎呀，一忙起来什么都忘记了。”他停顿了一下，说：“侯七，你坐，有事和你商量。”

等侯七坐下后，邬致远说：“现在城里城外，国军官兵加上民工，有多少？两万人不止吧？”

“怕有三万多呢。”侯七惊讶地问道，“老板，你这是？”

邬致远说：“现在战事吃紧，他们的端午节怎么过？”他盯着侯七说，“看这样行不行？我们连夜准备一下，明天备点东西到前线去慰问守城官兵和民工。”

侯七说：“城里连吃饭都找不到店子了，要准备东西慰问，怕是办不成呀，老板！”

“如果要准备粽子、汤圆，的确是做不到啦。”邬致远说，“我家酒窖里不是还藏着酒吗？明天搬出来送到前线去。”

“这我知道，听说有几百缸，对吧？”

“没有几百，一百缸差不多，都是上好的胡子酒，本来是准备送到云南去卖的，松韵说，那边天气湿冷，湖南去的人都爱喝我们衡阳的胡子酒。现在鬼子来了，运不走了。明天端午节，我们搬出来兑成雄黄酒送到阵地上去。”

松韵是邬致远的儿子。邬致远有一儿一女，女儿在国外读书，儿子大学毕业后，去了云南，在昆明成立贸易公司，经营茶叶和烟酒。

侯七说：“好是好，只怕……”

“怕什么？”

“老板，端午节有酒喝当然是好事，守城的官兵和民工都会感激你，但是，”侯七犹豫了一下，还是说出口来，“但是，现在守城的官兵和民工有三万多，怎么照顾得到？只怕他们误会。”

“不碍事！我们分头去送，尽量送到战线，实在送不到也会理解的，主要是表达我们衡阳百姓的一份心意。”邬致远说，“端午喝雄黄酒能镇邪气。现在鬼子来犯，正是邪气来冲。官兵们喝了雄黄酒，正好压压鬼子的邪气！”

6 月 26 日，是农历五月初五端午节。

衡阳的东面和西南方向，鬼子攻势凌厉，北面的鬼子也正在衡山集结，意图一举攻破衡阳北大门。刘仲生已于昨天接到通知，连夜将工事修筑完成。

大战在即，第十军军部要求民工于26日早晨全部撤下来，转移出城，守军全部进入工事。

但是，民工都不愿撤出衡阳，表示要和守军并肩作战。特别是小河里的200多村民，听说要他们回家，都激动起来。他们推选萧吉成、萧楚生、雷广等三人找到刘仲生，要求留下来帮守军守城。

萧楚生说："老刘，让我们留下来吧，守军在前面杀鬼子，我们可以在后面帮忙。"

"对！打仗总要人救伤员，送弹药，是不？"雷广坚定地对刘仲生说。

"老刘，我们不能走。这时候回去，怎么对得起死去的乡亲们啊！"萧吉成说。

"是啊！只怕一辈子都不能抬头做人呢！"

…………

刘仲生正要解释，守军派人找到他，对他说，独立团已进入工事，但弹药没有运上来。"团长请你派人到仓库帮忙搬运。"

萧楚生他们一听，还不等刘仲生开口，立即表示就去，请守军前面带路。

刘仲生摇了摇头，很快又点了点头，感慨地说："这就是衡阳的老百姓，有血性，能担当！"

自从岳云关撤退以后，独立团团长文吉常常叹息不已。他多次派人打探警卫排的情况，得知全部阵亡的消息后，胸中那团仇恨之火愈来愈烈！

今晨，他接到师部命令，命令他率独立团据守虎形山阵地，抵住鬼子北犯！他立即率团进入阵地。官兵们磨刀擦枪，只等鬼子来犯！

中午时分，独立团正准备午饭，邬致远和侯七带人把二十缸雄黄酒用板车运到了阵地上。

邬致远来到独立团指挥所。文吉正在调整望远镜的角度，听传令兵报告说邬致远来访，立即跑出指挥所迎接。

他并不认识邬致远，但邬致远支持抗战的事迹已在衡阳传开。文吉走上前敬了一个标准的军礼后，又双手握住邬致远的手，说：“邬老板，听你的名字如雷贯耳，今天终于见到真人啦！”

邬致远说：“团长如此错爱，实在令邬某汗颜。邬某只是尽了绵薄之力，仅此而已。”他指着板车上的酒缸说：“今天是端午节，我没有办法准备粽子，只备了这二十缸雄黄酒，算是尽我一个衡阳人的心意吧，实在是心有余而力不足，对不住啦！”

“邬老板这份情意，足以令我文吉感佩。”他又敬了一个军礼，说，“这份厚礼收下了，我代表独立团全体官兵向你致敬！”

他吩咐传令兵：“把酒送到各连去，分给弟兄们。”

这时，空气中传来一丝凉意，一阵北风吹来，一幕黑云由东向西漫过了头顶。

文吉筛满一碗雄黄酒，走上指挥所旁边的台地。他双手把酒端起，望了望阵地上的官兵，大声道：“弟兄们！今天是端午节，邬老板送来雄黄酒，这份厚礼，我们接了！”他继续说：“端午节喝雄黄酒，这酒，是镇邪的。鬼子侵我国土，就是邪气冲我中华！”他扫视了一下阵地，说：“酒壮英雄胆！酒提英雄气。弟兄们，我们就是要有英雄豪气，镇住鬼子的邪气！”

“弟兄们！喝！”他双手端起酒，一饮而尽。“喝了雄黄酒，上阵杀鬼子！”

官兵们也一仰脖子喝了酒，齐声吼道：“喝了雄黄酒，上阵杀鬼子！”

突然,天空中划过一道闪电,乌黑的天幕被撕开了一道口子，一阵雷声滚过，大雨倾盆而下。

不到十分钟，一阵狂风扫过，雨停云散。

文吉伫立在风中，抬头向北望去。此时此刻，他在想什么？看什么？

所有人都清楚，他们脚下的这片土地，即将迎来一场搏杀，又有许多英雄的鲜血，带着鲜活的生命渗入这片可爱的热土。

邬致远静静地躺在草席上，苍白的脸上显露着眷恋。道一感觉喉咙一动，一口鲜血喷涌而出。他扑上去大叫一声："苍天，你不公啊！"

邬致远望了望文吉，见他一脸凝重，就没有打扰他，带着侯七和几个职员悄悄地离开了。在路上，他们遇上了正扛着弹药箱的刘仲生。两个人没有说话，只是用眼神对视了一下，就匆匆走了。他们已经在这场战争中融为一体，互相用眼神示意，其实比语言更加动人。这里面，包含太多的深情。有鼓励，有感佩，也有互道珍重。

邬致远带着侯七和两个职员一行四人离开虎形山，沿着长衡公路过李坳，从集兵滩拐入小道。一路上没有碰到行人，也不闻鸡犬之声，一种肃杀之气笼罩在他们周围。雨后的太阳更加热辣，天气也更加沉闷。侯七他们还好，邬致远毕竟没有做过体力活，也极少走过这么远的路，早已汗流浃背，气喘吁吁了。

大约走了个把钟头，翻过一道小山梁后，突然看见十几个村民正慌乱地沿着一条山路快速向山里奔跑。紧接着，响起了一阵刺耳的枪声和惨叫声、哭喊声。这一幕，让他们的心都提到了嗓子眼上。看来，他们遇到鬼子了。

不错，鬼子为了突破衡阳的北面防线，派出了几支搜索队，想另寻通道，绕过长衡公路到衡阳。

这是一支二十多人的小队，刚刚来到这里就碰到了正在一起吃宴席的村民。村民们没有想到鬼子会突然来到这么偏远的小地方，没有一点思想准备，便一哄而散，向外奔逃。

鬼子冲进屋枪杀了几个，又朝往山这边奔逃的村民追来。

躲开已经来不及了。

邬致远果断地叫侯七和两个职员一起躲进路边的柴蓬里。不料，一名职员因为心慌，一脚踩空摔了一跤，弄出了很大的响声。侯七赶紧架着邬致远沿着山边的小路一路狂奔，朝山里逃去。他对早已气喘吁吁的邬致远说："老板，上边有一个山洞，很隐秘，我们去躲一躲。"

很快，他们进了一道山沟，拐过几丘水田，绕过一排黄竹林。侯七翻开一蓬杂草，一个洞口出现在他们眼前。他们刚刚把头探进去就怔住了，原来洞里已藏了几十个村民，一齐惊恐地望着他们。

邬致远立即把侯七拖出洞来，又用杂草盖好洞口，说："我们不能进去，鬼子找不到我们就会搜山，搜到山洞就麻烦大了。"他们跑出了山沟后，邬致远又说："这样不行，我们分头跑，总能逃出个把人。"

两个职员说："七爷，你护着老板从沟里跑过去。我们从山梁上跑，引开鬼子。"不等侯七回应，两个职员已经跑开了。

侯七说了声："兄弟，注意安全。"就和邬致远跳到沟里。沟里的茅草有一人多高，人进去后立即就没过了脑袋。

两个职员从山梁上跑过，故意弄出大的响动吸引鬼子。果然，鬼子立即朝他们追去，随后就响起了几声枪响。

邬致远和侯七正在为他们担心着，不料鬼子又折转身朝他们追来。狡猾的鬼子从职员的行动看出是故意引开他们，鬼子追上去把他们杀了后，立马折了回来。

邬致远和侯七已从沟里爬出来，正要翻过一道山坡，鬼子发现了他们，叽里哇啦叫着追了过来。

侯七急了，赶忙对邬致远说："老板，你快走，我在这里顶着。"

邬致远说："没用的，七爷！"他索性站着不走了，说："看来今天我们是逃不掉了。"

侯七哭着说："老板，我拼死也要保你逃出去。"

邬致远瞪了侯七一眼，说："哭什么！这不是你侯七的性格。"他拾起一截五六尺长的木棒交给侯七，说："留点力气打鬼子，打死一个算一个。"又弯腰拾根棒子握在手里，说："七爷，我们兄弟一场，今天算是缘分尽了，下辈子还做兄弟！与你这样的兄弟一起赴死，不枉此生啦！"

这时，鬼子冲了上来。两个鬼子端着刺刀刺向侯七。侯七是练过功夫的，但此刻他惦记着邬致远，施展不开。

邬致远见状大吼一声："精神点，杀鬼子！"

侯七一听吼了一声，甩开棒子格开刺刀，转手一棒砸在鬼子的头上。鬼子脑门裂开，鲜血喷涌而出，倒了。

另一个鬼子趁机朝邬致远刺来。侯七反手一甩，把鬼子打翻在地。邬致远也来了精神，挥棒朝倒地的鬼子脸上砸去，只听见号叫一声，鬼子满脸开了花。谁知背后一个鬼子冲过来朝他就刺。邬致远毕竟是一个文弱之人，躲闪不及，被刺中后胸，踉跄着倒在地上。

侯七见状哭喊一声："老板！"扑过来抱住邬致远。几个鬼子扑上来，三把刺刀同时刺进了侯七的身体。

岣嵝峰上古衡寺。

这两天，道一法师一直心神不宁。邬致远下山前与他道别的情景在他眼前挥之不去，总感觉邬致远说的那番分别话似乎暗示着什么。

到了端午节，仍不见邬致远回来，一种担心在他心里越来越沉重。入夜后，他实在坐不住了，就叫上两个弟子下山，朝衡阳方向一路走来。

他不知道到底要做什么，也说不清楚到底会遇到什么。

夜半时分，道一来到了邬致远他们出事的地方。一群村民正围在一起，举行着悼念仪式。

原来，等鬼子撤了后，村民们从洞里出来，找到了邬致远、侯七和两个职员的遗体，抬到村里私塾悼念。他们不认识这四个人是谁，也不知道来这里干什么，但他们清楚，是这四个人救了他们，是他们的恩人。

道一拨开人群走进来。他见到了邬致远，邬致远静静地躺在草席上，苍白的脸上显露着眷恋。道一感觉喉咙一动，一口鲜血喷涌而出。他扑上去大叫一声：“苍天，你不公啊！”

第四章　生死奔逃

顺着亮光的方向抬头一看，她心头一热，那是家呀。妈妈正点着灯，坐在灯下等她回家呢！

欧阳星是岳云中学毕业的学生，早两年就加入了衡山抗日救亡青年服务团。服务团是中共地下党的外围组织，吸收了一批衡山籍的进步青年。从1939年到1944年，因国民党军事委员会在南岳磨镜台设立了指挥部，衡山南岳抗日热潮高涨，从城镇到乡村，直至每一位老百姓，都积极投身抗日运动，犹如一团烈火在衡岳大地涌动。在时代浪潮推动下，年轻的欧阳星常常是热血沸腾，激情澎湃。她曾对一起参加活动的姐妹表示过："如果是男儿身，早就扛枪上了战场，愿把一腔热血洒在阵地上。"

长沙沦陷后，中共衡阳地委和八路军办事处对全体民众发出了动员会，动员民众行动起来，帮助第十军守卫衡阳！

欧阳星第一时间就和服务团的姐妹们赶到了衡阳，加入了衡阳抗战后援会，协助衡阳民众撤退转移，帮助守军做好守城的准备工作。

6月24日下午，衡阳地委和八办开始撤出衡阳，她们服务团也随之转移。

欧阳星没有随团转移，而是急着赶回家。

因为，妈妈在等着她回去，妈妈是她最亲的人，也是她唯一的亲人。

欧阳星告别服务团的队员们后，独自一人往回赶。

她家住在南岳古镇旁边的丝竹园村。这是一个美丽的村落。一条小河蜿蜒而过，两旁竹篁成荫，平缓的梯田以小河为轴向两厢展开，山脚边一排排农舍，青砖蓝瓦间，茅屋交错排列，掩映在绿竹青松下。

欧阳星的父亲是一位中医，颇有名气，曾在南岳古镇开了一家医馆。1938 年春，父亲应朋友之邀到了长沙，在朋友的医馆里坐诊，于是，他们举家迁往长沙。那年，欧阳星十二岁，在附近学校读书。

1939年9月，日寇进犯长沙，省政府动员长沙市民转移疏散。父亲考虑到仗打完了还得回长沙工作，便携带妻女投靠在宁乡的同事家暂避。

到宁乡的第三天中午，遇到了鬼子飞机轰炸。

那天，他们全家正准备吃午饭，十几架敌机突然飞临上空。他们还没有反应过来，就听到了一连串的爆炸声。突然，一枚炸弹砸穿了他们的住房落在屋里。父亲下意识地抱起妈妈和她甩出门外。也就在这一瞬间，炸弹响了，红光一闪，她们母女被气浪冲出门外摔到街上。房子随即塌了。

欧阳星被摔蒙了，妈妈爬起来立即去拉她。不料正好有一根木梁砸下来压住了她的裙子，妈妈力气小拉不起来，眼看身后的一堵砖墙就要倒下来砸向她们，妈妈急得大声哭喊："救命啊——"

说时迟那时快，正在危急关头，一个青年学生冲过来，把欧阳星从木梁下拖起，一手抱着欧阳星，一手拉着妈妈，飞也似的跑到空地上。他们刚跑开，那堵砖墙轰然倒下，正好砸在刚才欧阳星被困住的地方。

这时，欧阳星也被吓醒了，她指着滚滚浓烟大声哭喊起来：“爸爸，爸爸——”

青年学生二话没说，又冲进已经着火的屋里，人群中有人大喊：“萧志辰，危险！”

不一会儿，青年学生咳嗽着从浓烟中抱出了父亲。但是，父亲已经没有了呼吸。妈妈和她伏在父亲的身上痛哭了一场。等到她们抬头寻找青年学生时，他早已消失在人群中。

后来，在朋友的帮助下，她们安葬了父亲的遗体，回到了衡山老家。

这之后，妈妈常常对欧阳星说，一定要记住救命恩人，将来有机会，一定要好好报答。

从此，这个青年学生的形象就刻在了她的记忆里。当时有人叫他名字，她只听清他姓萧。

他是哪里人呢？又在哪里呢？五年过去了，她时时在想着，念着，无数次地设想他们重逢的情景，甚至，她还想到了别的，比如说，他有对象吗？结婚了吗？每每想到这些，她脸上就会泛起红晕，眼眶满含泪水。对于一个情窦初开的少女来说，这份感情是日夜思念而积累起来的，是无比浓烈而厚重的。只是，她不知道如何表达，也无法表达啊！

直到那天傍晚，萧志辰突然闯进了她的视线。日也盼夜也盼的相遇，毫无征兆地突然来临了，一股炽热的冲动差一点喷涌而出。遗憾的是，萧志辰又匆匆走了。

要是多待一会，我会怎么做呢？欧阳星想到这里，自己暗暗笑了起来。她觉得自己这种想法非常荒唐。

“唉！算了吧。”她又自我叹息起来。突然念头一转，现在哪能有心思想这些事呀。她又想到了妈妈，妈妈肯定是望眼欲穿呀！

从衡阳出发到家里有七八十里，一路上行人不少，大多是往城外走的，有的还拖家带口，背包挑担，行色匆匆，快步疾走。欧阳星也几乎是跑着往回赶。

过了午夜，终于进了南岳地界。她下了公路，沿着一条石板路又走了三里多，来到了丝竹园村口。

她在小河边喘了几口气，手捧河水在脸上擦了擦。一股清凉沁人心脾。她这时才发觉，自己全身被汗水湿透了。下半夜没有月光，满天的星星像闪动的眼睛，河水在星光里泛着柔柔的白光，突然，她看到柔柔的波光里反射着一点强烈的亮光，顺着亮光的方向抬头一看，她心头一热，那是家呀。妈妈正点着灯，坐在灯下等她回家呢！

她甩了一下两手的水，向家飞奔而去。

是的，妈妈在焦急地等着她！

妈妈是一个善良、勤劳的农村妇女，在当地口碑很好。丧夫之痛使她老了许多，身体也受到影响。从长沙回到老家后，种了几亩水田，平时都是自己打点，只有到收稻子时才请几个劳力帮忙。五年过去了，随着女儿的渐渐长大，心情也好起来，人也开朗多了。

昨夜，她已接到通知，因为鬼子占了衡山县城，马上就到南岳了，乡亲们得连夜转移进山。上半夜，丝竹园的村民都走了。隔壁是欧阳星的叔公欧阳秋谷家，他劝过几次要妈妈跟他们家一起转移。但是妈妈坚定地表示，要等女儿回来一起走。

叔公反复劝她，说："星儿在衡阳，肯定已随服务团转移了。

这么等不是办法，要是总不来怎么办？”

妈妈坚定地说：“不会！星儿一定会回的。”

叔公说：“要么我们先转移进山，留个记号，星儿回来就来找我们。”

妈妈仍然坚定地说：“你们先走吧，我要等她回来！”

叔公看到妈妈眼角闪着泪光，叹了口气，说：“那好，我们家也不走了。等到天亮，如果星儿还不回来，就不等了。”

恰在这时，欧阳星飞奔进屋，叫了一声“妈妈”后扑在妈妈怀里。妈妈深情地看着女儿，仔细打量，好像久别重逢一般。她轻轻地擦着女儿脸上的汗水和泪水，亲切地念道：“回来就好了，回来就好了。”

叔公见欧阳星回家了，忙说：“星儿啊！我们都快急死了。现在好了，赶快收拾收拾动身吧。”

“叔公，谢谢你啦！”欧阳星说，“叔公，你们赶快转移吧，我和妈妈随后就走。”

欧阳秋谷已七十三岁，老伴去年过世了。三个女儿嫁在外地，儿子厚林和儿媳及三个孙子跟他住一块。他是一位老好人，对欧阳星家很照顾。因为在欧阳星回家之前他们已作好了转移准备，一会儿两家人就一起出发了。

一个想法像箭一样穿过欧阳秋谷的心脏。他狠狠地吐了一口痰，咕噜了一句："活了七十三岁，值了！"

这时天已麻麻亮了。

他们刚到村口，就看到十来个人朝他们走来，透过微微的晨光可以看到，他们肩上扛的是长枪。

鬼子！

欧阳星轻轻地惊呼一声，立即示意大家蹲下身来。她对欧阳秋谷说："叔公，这里走不出去了，还有路吗？"

欧阳秋谷说："屋后有条小路，翻过山再过大垄就可以进山了。"

"好！走小路。"欧阳星说完，紧紧抓着妈妈的手，跟叔公一家打转往里走。

屋后是一座不高的小山，森林茂盛，灌木茅草密不透风。他们沿着小路七拐八弯登上山顶。正要喘口气下山时，突然发现，穿过大垄中间的长衡公路上有几处亮点在移动，隐隐约约可以看出，是一支赶路的队伍。

鬼子已经把这里占领了！欧阳秋谷心一沉，悄悄地说："我们今早上怕是过不去了。"

欧阳星妈妈着急地说："阿叔，是我拖累你们啦。对不住啊！"

"侄媳妇别这么说，我们是一家人呢！"他接着说，"我们先在山上躲躲，等鬼子走了再过大垄。"他转头招呼儿子儿媳：

“厚林，你们带好小孩子，不要弄出声音来，惊动鬼子不得了！”说完，他一手牵着一个孙子往山中间走去。

他们来到了一个山沟。山沟里有一条小溪，流水很少，却很清亮，是石头缝里沁出来的泉水。四周是高高的楠竹，周围茅草丛生，如果不熟悉，找到这个地方还真不容易。他对大家说：“这个地方很隐蔽，鬼子找不到。你们先在这里躲躲，等我回来。”

欧阳星问：“叔公，你这是到哪里去？外面很危险呢。”

欧阳秋谷说：“我到山上去打望（放哨），观察情况。”

“那我也到那边山头看看。”欧阳厚林说。

“好，如果有人进来了就学狗叫，你们就赶快躲到柴丛里面吧。”欧阳秋谷又交代了几句后，就爬上山去了。

欧阳秋谷站在山顶朝两边望了望。这时天已大亮，鬼子已经进了丝竹园，正在这边屋进、那边屋出地搜查。大垄里公路上时不时有鬼子来往。欧阳秋谷这才仔细看清，原来鬼子都是小个子，大都还是“罗圈腿”。

“果然不是人种！”他吐了一口痰，骂道。

突然，远处响起几声枪声，公路上的鬼子立马就追了过去。不知道是谁没走脱，看来要遭殃了！他叹了口气，想想自己的处境，心里沉甸甸的。

太阳升起老高了，鬼子还没有走，山上没有大树遮阴，欧阳秋谷顶着烈日，头上肩背上被晒得火辣辣地痛，汗水早已湿透衣裤，口里也干得冒烟。实在难受了，只好悄悄溜下来，找到他们躲的地方。

他们正在小溪边的草坪惊惶不定地发着呆。欧阳星已趴在妈妈的腿上睡觉了。

欧阳秋谷趴在溪边喝了口水。小孙子见到爷爷突然大哭起来，吓得他儿媳妇赶紧捂住孩子的嘴。孩子也吓着了，虽不敢哭出声来，但抽抽泣泣地没有停歇。

突然，传来几声狗叫。

欧阳厚林惊慌万分地跑来，上气不接下气地说："快快！鬼子进山来了。"

看来，是刚才小孙子的哭声惊动了鬼子。

欧阳秋谷说："赶快离开这里，不要躲在一坨，分开走，躲到深柴里面。"说完，他一手抱一个孙子，往旁边的深柴丛钻了进去。欧阳星也拉着妈妈的手，往下走了几十米，躲在一丛高大的茅草蓬里。

欧阳秋谷他们钻进柴丛后，发现有一条小路弯弯曲曲地向山上延伸，像是有人踩出来的。他来不及多想沿着这条小路就钻进了一个阴森森的深沟里，深沟里有一块湿地，长着一人多高的芦笋。他们赶紧钻进芦笋里，不料，芦笋里还躲着二十多个村民，双方一照面都怔住了。

欧阳秋谷没说话，掉头就出来了，对儿子厚林说："这里躲不得，快往山上跑。"

但是，经过一番惊吓后，他们早已是心已慌了，腿也软了，哪里还跑得动？尤其是孩子们，如果不抱着，放到地上就瘫下去了。没办法，他们只好赶快就近找地方躲起来。

搜山的鬼子已经进来了。靴子踩着干柴棍子的咔咔声，刺刀划拉树木的嚓嚓声，越来越近。

这时，山脚下跑出来一头黄牛。黄牛沿着田埂走一段后，把头伸进田里大口大口地吃起禾苗来。

黄牛是欧阳秋谷家的小黄牯。

看到小黄牯，一个想法像箭一样穿过欧阳秋谷的心脏。他狠狠地吐了一口痰，咕噜了一句：“活了七十三岁，值了！”

他钻出柴蓬走到小路上，拾起一根竹棒子挥舞几下，大声骂道：“灾黄牯，找死呀！”

声音凄厉而嘶哑，像一串鞭炮在山谷间炸响。他一边跑一边骂，故意把竹棒子不停地敲打着楠竹和树干。他跑到田埂上，抽了黄牛一棒子，骂道：“灾黄牯，杀你没有三斤肉，要死就早死！”

搜山的鬼子一下就被他的骂声吸引住了。鬼子们叽里哇啦地叫着喊着，端着枪追过去把欧阳秋谷包围起来。

欧阳秋谷并不害怕，他点着头哈着腰，满脸堆笑地说：“老总，这千刀砍的，我找了半天没找着，却跑到田里来吃禾了！”

鬼子们不理睬欧阳秋谷说什么，他们叽里哇啦地叫着，赶着牛，押着欧阳秋谷走上屋堂坪，把欧阳秋谷捆在一棵老枇杷树上。

鬼子端起枪瞄着黄牛的头正要开枪，一个稍肥的鬼子哇哇地叫着拦住，看起来是他们的头。他抽出长刀一挥，黄牛惨叫一声倒在地上，四脚朝天颤抖起来，黄牛的脖子被鬼子砍断一半，鲜血喷涌而出。

胖鬼子怪笑一声，舞刀一顿乱砍，把牛脖子砍断，朝其他鬼子喊了几声。其他鬼子“哈伊”地应着，围上来把牛身和牛头分开，然后，几个鬼子挥着刀，一顿饭工夫，黄牛就被鬼子们砍成了好几大块。

欧阳秋谷看着，心疼不已。但是他只能忍着，因为此刻他心里装着的，是躲在山里的亲人。他要想尽办法稳住鬼子，不能让鬼子再去搜山。

这时，几个鬼子把干柴架在一堆，点上火，噼里啪啦地烧起来，然后把砍下的牛肉堆在火上烤。

欧阳秋谷明白了，鬼子是要烤牛肉吃呢，也许，他们吃饱了就会走。鬼子走了，山里的乡亲们就安全了。想到这，他心里安定了下来。

不一会，空气里弥漫着牛肉的焦煳味和香味。牛肉熟了，十几个鬼子都围过来，吃着牛肉，唱着喊着，还跳起了怪异的舞蹈。

直到傍晚，热闹的场面才静下来。胖鬼子走到欧阳秋谷面前，瞪着他叫了几声。

欧阳秋谷毕竟是七十多岁的老人，捆在树上晒了半天的太阳，连一滴水都没沾过，人早已神志迷糊。他抬眼看了一下胖鬼子，也不知道鬼子在喊什么，好像是问他跑不跑了，他有气无力地回道："不跑了，不跑了。"

谁知胖鬼子一听，怒吼一声，抽出长刀，一刀砍在欧阳秋谷的头上，鲜血涌了出来，刹那间就染红了半个身子。

胖鬼子又叫了一句。

欧阳秋谷已完全神志不清了，他无意识地咕噜了几个字："跑！跑！"

胖鬼子又一刀砍在他的头上。欧阳秋谷浑身抽搐了几下，就不动了。

胖鬼子收起刀，挥了挥手。鬼子抬着吃剩的牛肉，大摇大摆地走了。

山下发生的这一切，欧阳厚林都看得清清楚楚。当父亲骂着"黄牯"冲下山时，他感到非常突然和震惊。但很快，他就明白了父亲的用意。父亲是用自己去吸引鬼子的注意力，把鬼子引下山。这样，他们和乡亲们就安全了。

"爹爹！你这是去送死啊！"欧阳厚林差点哭出声来。蹲在旁边的堂客也被公公的行为感动了，她趴在丈夫的肩上抽泣起来。但他们都知道，此刻不能哭！要配合父亲保护好乡亲们。他们互相擦干了眼泪。欧阳厚林对堂客说："你把孩子们带到里面躲好，别让孩子们看到。"堂客惊慌地看了他一眼，就牵着三个孩子走开了。

在胖鬼子挥刀砍向父亲头上的那一刻，欧阳厚林差一点冲下了山！巨大的悲痛像烈火一样点燃了他的仇恨，使他疯狂！恰好堂客过来了，抱住他一起摔倒在地上。

欧阳厚林挣脱堂客的搂抱，爬起来跪倒在地，使劲地叩头，额头叩出血来。

入夜以后，上弦月从薄薄的云层后面探出弯刀似的脸。满山的树叶泛着凄冷的清辉。

欧阳厚林夫妇从林子里钻出来，牵着孩子们悄悄下山，来到了屋堂坪。他们强忍着巨大的悲痛，把父亲从枇杷树上解下来，平放在地上。父亲的血已经流干了。

他们跪在父亲的身旁哭了一阵。这时，躲在山上的村民也陆陆续续下山来。欧阳星和妈妈也下来了。她们是躲在山沟背面，没有看到下午发生的一切，但知道叔公为了救他们已经出事了，只是没想到会是这么惨！

欧阳星跪在地上，轻轻地呼唤着叔公。她突然感到叔公的手抖动了一下，惊讶地对妈妈说："妈妈，叔公动了一下。"

妈妈探了一下叔公的鼻子，果然，还有一丝微弱的热气。她对厚林说："快，快，把阿叔抬到屋里，不要让他在外面落气。"

这是当地习俗，如果人死在外面，就归不了神位。大家赶忙把欧阳秋谷抬到房里，放到床上，用床薄被盖住。刚刚做完这些，就听到欧阳秋谷口中吐出了一声极其微弱的叹息声，之后，再也没有了气息。

欧阳厚林的怒火再一次被点燃。他从屋角找出一把柴刀，转身就走，堂客一把抱住他。

他哭着说："别拦我，我要报仇啊！"

欧阳星也拦住他，说："叔叔，去不得！"此刻，欧阳星似乎长大了许多。她对欧阳厚林说："叔叔，谁不想报仇呀！但是，你拿一把柴刀去拼命，能报仇吗？"她看了一下屋子里的乡亲们，继续说："鬼子占了我们的土地，抢了我们的东西，杀了我们的人，这仇一定要报，但不能这样报仇。山上驻着游击队，还有大刀队，他们都是杀鬼子的英雄，我们去找他们，参加他们的队伍，报仇雪恨！"

乡亲们听了都说有道理，劝厚林不要冲动，欧阳星妈妈说："厚林，星儿说得对，我们得先把阿叔安葬好，把你堂客和孩子们送出去，才可以去报仇呀！"

欧阳厚林渐渐冷静了下来，他把刀放下，说："嫂嫂，我听你的。"他跪在床前叩了三下头后，转身对乡亲们说："各位叔叔伯伯兄弟，请你们帮帮忙，把我爹爹抬到山上葬了吧，麻烦啦！"说完又拜了一拜。

乡亲们连忙还了礼。一位村民说："说什么麻烦！你爹还不是为了救我们吗？"说完，就和几个乡亲把欧阳秋谷的遗体抬起来，找到屋后面的一棵大松树，把欧阳秋谷埋在松树下。

欧阳厚林领着堂客和孩子跪在坟前。他说："爹，你暂时在这里歇着，等打跑了鬼子，不孝儿再为您老风光大葬！"

这一天一夜过来，妈妈觉得女儿长大了成熟了。她没有劝女儿，只是爱怜地叮嘱：“星儿，小心点，妈在这里等着。”

忙完这一切已是后半夜。

为了缩小目标，他们分两路离开了丝竹园。

欧阳厚林一家和欧阳星母女一路。出了丝竹园后，沿一条贯穿大垄东西方向的水沟悄悄地接近长衡公路。此时，天黑漆漆的，没有动静也没灯光。欧阳星对欧阳厚林说：“叔，你们先过去。我在这里看着，随后就过来。”

欧阳厚林说了声：“好”，带着堂客和三个孩子，飞快地爬上路基，穿过公路，消失在对面的夜色里。

欧阳星和妈妈正准备起身时，突然从北边射出两束白光来，接着便是隆隆的马达声。是鬼子的汽车过来了，她们连忙蹲下躲起来。

这时，传来了几声刺耳的枪声，接着便是“嗒嗒——”一串串火舌从汽车上射出来。只见不远处公路上有几个人影快速地穿过了公路，鬼子的汽车停在他们过公路的地方打了一阵枪后，往南去了。

又等了一会，汽车的灯光完全看不到了，大垄里又恢复了黑暗与宁静。

“妈，走！”欧阳星牵着妈妈的手，快步冲上公路，跑过去，滚下路边的土坡，爬起来又飞快拐进一条水沟里，坐在地上喘着粗气。

“不知道刚才那边死了人不？唉！鬼子太可恨了！”妈妈轻轻地叹息着。

欧阳星说：“我到那边去看看。”

这一天一夜过来，妈妈觉得女儿长大了成熟了。她没有劝女儿，只是爱怜地叮嘱：“星儿，小心点，妈在这里等着。”

欧阳星嗯了一声，悄悄地向刚响枪的方向摸去。

不到半个钟头，欧阳星回来了，还领了一个人来，走近一看，来人一身道姑打扮。

欧阳星告诉妈妈：“妈，她是印山冲黄泥观的静云道姐。”

静云感慨地说：“太惨了，死了七八个啊，要不是你女儿救了我，我怕是见不到明天的太阳了。”

原来，印山冲黄泥观的道姑们虽在空门，却心怀爱国情怀，也常常下山参加一些抗日活动。昨天，她们得到消息，说有几十个村民要经过大垄到印山躲藏，便连夜下山前来接应。

静云是黄泥观的住持，她率领几个弟子半夜来到公路边，正当她们接到了跨过公路的村民时，不料被鬼子开来的汽车发现了。慌乱中，静云不慎掉进沟里，脚被石缝卡住拔不出来。大家争相逃命，又是漆黑的深夜，没有人注意到她，好在刚才欧阳星摸过去发现了，帮她搬开了石头救了她。

她深深地鞠了一躬，说：“你女儿是活菩萨，会有福报的。”

“这年头，能平安活着就是最大的福报啦。”妈妈看着女儿说，“星儿也是一个苦命的孩子呀！”

静云看了看天色，知道离天亮不远了。她问道：“时间不早了，再不走怕不行呢，你们往哪边走？看看能不能同路？”

妈妈说：“我们也不知道。出来时还有几个人，现在都走散了。也不知道他们去了哪里。”

静云说：“要不你们跟我走吧，我们黄泥观很安全，鬼子到不了那里。”

欧阳星看着妈妈疲惫的样子，心疼不已。她也想找一个地方把妈妈安顿下来，听静云这么一说，当然同意啦。她说：“妈，静云道姐一片诚意，我们先到黄泥观再说吧。”

妈妈说：“也好！只怕要叨扰静云道姐了。”

“这是什么话，你们还救了我的命呢，我们走吧，个把钟头就会到呢。”

说完，三个人摸黑上路了。

沿途都是石板路，这条石板路原本是一条官道，是南来北往的主要通道，在没有修公路前，人们走亲访友，或到南岳进香，都是走的这条石板路，后来修了长衡公路，走这条路的人就越来越少了。

石板路沿着山脚蜿蜒前行，时不时从竹林中穿过。进了山，估计已经安全了。她们的心情轻松了许多，一路上聊了许多话题。知道了欧阳星的身世后，静云唏嘘不已，又听说她刚从衡阳前线回来，更是佩服。

提到衡阳，欧阳星突然想起了一件事，她激动地说：“妈妈，我在衡阳遇见了一个人，你猜，是谁？”

这几天发生的事情太多了也太快了，妈妈根本就没有心思想其他的事，见女儿神秘的样子，一时答不上话来。

欧阳星见妈妈不说话，就说：“妈，就是在宁乡救我的那个青年学生，还记得不？”

“啊呀，是他呀！”妈妈抓住女儿的手，说，“他叫什么？

他在哪里呀？”

“他叫萧志辰，也是衡山的。”

“找到了就好。我们要好好谢谢他，他住在哪里？做什么事呢？”妈妈急切问道。

欧阳星说：“妈妈，我也不知道啊，我们就碰了一下面，后来，他就走了，也不知道到哪里去了。”说完就低下了头。

是啊，他在哪里呢？一股惆怅涌上欧阳星的心头。

这时，不远处传来一声嘹亮的公鸡打鸣声，紧接着，公鸡报晓声此起彼伏，打破了山村的宁静。她们才意识到已经进入山里头了。

第五章 李村血泉

第一仗能打成这样，队员们兴奋不已。但廖元很冷静，从鬼子遇袭到有秩序地退走，看出了鬼子的实力。当然，看到战友们兴奋的样子，心里也是高兴的。

南岳佛道抗日大刀队二中队队长廖元按照大队长宋和尚的安排，率领全体队员赴岳北协助国民党军防守西面通往衡阳的通道。

二中队与一、三中队不一样。一、三中队的队员都是以南岳大庙、能仁寺、祝圣寺、南台寺、福严寺等前山大寺庙为中心的各寺庙的僧人，比较集中，易于组织。二中队的队员分布在后山的大小几十座寺庙里，最远的相距 30 来里，集中起来不容易。等到 65 名队员全部到位，已是 6 月 22 日深夜。

此时，岳北已是炮火连天。

廖元率领二中队连夜赶到岳北。不料鬼子已突破国军防线，正沿后山大道直指衡阳，沿途守军准备匆促，虽然拼死抵抗，仍然挡不住日军兵锋。

如果以 65 人的大刀队员去抗击日军的大队人马，等于以卵击石，折了自己也达不到阻敌的目的。廖元果断率领队伍脱离战场，越过界牌楼，沿九峰山山脚赶往衡阳。为了方便，廖元还特意叫大家把僧衣换成了便衣。

6月25日凌晨，他们赶到了呆鹰岭附近。日军正在衡阳西南方向发起进攻，前面已被日军占领，冲过鬼子阵地肯定行不通，就是能绕到南边也是在日军屁股后面，搞不好反而被鬼子包了饺子。廖元感到形势严峻，立即改变计划，率队掉头，经岣嵝峰转回衡山。

午后，他们已抵近岣嵝山麓的樟木桥。

太阳火辣辣地炙烤着大地，空气中的一丝一缕都流淌着热浪。一路上没有看到人影，也无鸡犬之声。队伍经过三天三夜的奔波，已是疲惫到了极点。廖元叫大家暂时停下来，到山里的树荫下躲太阳，吃点东西，喘口气再走。

突然，不远处传来几声刺耳的枪声。廖元立即从地上弹起来，跑到一个小山包上眺望。

一群零散的人正慌乱地朝这边跑来，后面还跟着几个警察，不时回头朝后面开枪，“叭叭”枪声十分杂乱。紧接着，十来个鬼子一边鸣枪一边追了过来。

廖元一看就明白了，这是一群逃难的群众，正被鬼子追杀，后面的几个警察虽拼死掩护，但挡不住鬼子的疯狂，情况已非常危急。

他看了看对面的一条横向的山梁，一个想法立即在脑海形成。他把小队长汪树根叫来，指着对面的山梁说：“你带十个人到那边埋伏起来，兜住鬼子屁股，不要让鬼子发现，行动要快！”

汪树根说声“好”，带领一小队人出发了。

廖元对其他队员说：“我们到前面那道山沟的两边埋伏起来，等逃难的群众过去了，就打鬼子的伏击。大家要注意安全，鬼子打枪厉害，尽量低头隐蔽好！”廖元知道，这是队员们打的第一仗，虽然人数比鬼子多几倍，又是突然袭击，但队员们一定会很紧张。事实上，他比任何人都紧张，只是不敢表露而已。因为他知道，这一仗一旦打不好，后果难以想象，弄不好反而会遭鬼子屠杀。他在游干班培训时，听教官说过，上了战场，沉着最重要，只要开了第一枪，就不会怕了。他把队员安排好后，抬枪瞄向前方，压抑着“怦怦”的急促心跳，等待着开“第一枪”的机会。

那几个慌乱的群众跑过去了。这时才看清，他们不是一般群众，穿的也不像老百姓的衣服，其中一个发福的中年人还是两人搀扶着跑的。五名警察跑到山沟突然停下来，有一名警察试图爬上山坡，看样子也是想凭借山沟的地形来阻击鬼子。

廖元见状忙探出头轻声叫他快走，“不要停下，让鬼子过来。”警察愣了一下，马上跑过去了。

这时，鬼子跑到了山沟里。队员们毕竟没有作战经验，还没等廖元打出第一枪，就“砰砰砰”乱打起来。廖元见状，也瞄准一个鬼子打了一枪，手一抖，却打飞了，便再补了一枪，鬼子应声倒了，却没有伤到要害。鬼子立即爬起来朝这边开枪，于是，山沟里枪声大作。

鬼子见中了埋伏，立即组织反击。他们迅速各自找到掩体，朝山坡开枪，然后交替着退出了山沟。

廖元也不敢贸然追赶。这样，双方互相对射了一阵，虽然枪声密集却并没有伤到人。到了这个时刻，廖元已经不再紧张了，他开始冷静地想着办法。他叫住大家停止打枪。他对身边的几名队员说：“鬼子人少，不了解我们的情况，我们一停手，鬼子肯定会爬起来逃跑，这时我们再开枪，一定能打中他们！记住，要瞄准了打！”

果然，廖元他们枪声一停，鬼子迅速起身后撤。毕竟鬼子训练有素，他们并没有同时起身走，而是交替掩护。虽然队员们是瞄准鬼子开的枪，也只打倒一个鬼子。鬼子凭借着山边的石头、土坡和树干，一步步退走了。在退到山梁时，鬼子没有防备还有埋伏，被汪树根他们一顿乱枪又打死一个。

鬼子跑远了，枪声也停止了。二中队除了一人轻伤外，没有其他损失。

第一仗能打成这样，队员们兴奋不已。但廖元很冷静，刚才，从鬼子遇袭到有秩序地退走，他看出了鬼子的实力。如果不是突然袭击，凭他们恐怕胜不了这么快！当然，看到战友们兴奋的样子，他心里也是高兴的，毕竟提振了士气。

这时，几个警察簇拥着那个发福的中年人过来了。

那人见到廖元他们，连忙快走几步，抱拳施礼说："多谢各位英雄的救命之恩，敝人日后定当厚报。"

廖元也回了礼，说："打鬼子是本分，谈不上感谢。"他见来人穿着不像农民也不像地主，又有警察簇拥，看架势是国民政府的人，忙问："请问你们是？"

那人道："敝人姓王，号才能，衡阳北区区长。刚要撤退到衡阳县西乡去，不料被鬼子发觉，多亏了各位英雄出手搭救，不然恐怕今天难逃一劫了。"他打量一下大刀队员，见他们身穿农民的服装，形形色色，却都光着头，搞不清是什么队伍，忙问："英雄是？"

见是衡阳北区区长王才能，廖元也就没有隐瞒，告诉他，自己是南岳佛道大刀队的中队长，奉命来支援守军守城。

谁知王才能听说是南岳佛道大刀队，脸色就有了变化，笑容僵在脸上半天都没动。大刀队他早有耳闻，但不隶属于国民政府，生怕对他不利，连忙呵呵两声，对廖元说："敝人公务在身，不便久留，告辞！”说完，带着警察赶快走了。

廖元错愕了一下，也没有细想，就带着大家沿山路往衡山方向奔去。

到了这个时刻，王才能已感到无比恐惧了。这种恐惧比死更可怕！什么荣光、良知、气节，都被这种恐惧击得粉碎！他终于迈出了可耻的一步。

王才能与廖元告别后，匆匆往西乡赶。

早几天，他随衡阳市参议长陆钦之等人撤退到了樟木桥的李村，衡山县副县长王文德撤出衡山县城后，也转移到了这里。李村是个小村，难以容纳这么多人驻扎，陆钦之已于前天率部分工作人员转移到了衡阳县西乡。衡阳被围后，政府机构和社会团体大都撤了那里，西乡已成为衡阳战时的大后方。王才能总感觉这里不安全，也于今日早上离开李村往西乡撤。

王才能本已发福，加上刚才的惊吓，早已是骨松腿软，气喘吁吁。走了不到两里路，他瘫坐在地上，说：“不走了，实在走不动了，休息一下。”他的一众随从加上警察共十个人，本来快累坏了，听他这么一说，也一屁股坐下来，不走了。

就这样，他们走走停停，直到日头西斜才走出五六里，还没有离开樟木桥地界。

不料，鬼子却杀了个回马枪。

正当他们坐下休息时，十几个鬼子突然围了上来。

五个警察赶紧开枪抵抗，但寡不敌众，很快就死了两人，另外三个冲出了包围圈，边打边撤，渐渐脱离了他们。鬼子没有去追赶，一齐上前用枪逼住王才能几个。

领头的鬼子冲王才能叽里哇啦叫了几声。一个翻译对王才能说:“这是边村小队长。太君问你，你们是干什么的？到哪里去？”

王才能已吓得直打哆嗦，哪里还说得出话来。他的秘书回答说：“他是我们东家，姓王，在衡阳做米生意。我们不到哪里去，只是逃难。”

翻译听了盯住王才能的眼睛，脸上挂着阴冷的笑。王才能被他的眼光逼得心里发慌，连忙把目光错开。

“王老板，你好大面子，逃难还有警察保护！”翻译逼视着他，说，“太君会信吗？”

王才能一听，脑门上的汗唰地下来了。

翻译在边村耳边嘀咕了几句。

边村大笑几声，对王才能说了一通日本话，把刀抽出半截在王才能面前晃了晃。

翻译对王才能说：“太君说了，如果不说实话就把你们统统杀了！”

王才能低着头不说话，也不敢看他们。边村抽出长刀往他头上一挥，吓得他忙往旁边一滚，两手抱头趴在地上尖叫起来:“我说，我是衡阳北区区长王才能。”

翻译大笑几声，说：“果然身份不凡呀，王区长！”他把王才能扶起来坐好，说：“王区长，你受惊了。”翻译又在边村耳边嘀咕几句，边村也怪笑几声，走到王才能面前又叽里哇啦说了一通。

翻译对王才能说：“王区长，你好！边村太君说了，好好跟皇军合作，不然，就通通杀死！”

王才能心里发毛了。如果答应合作，自己就做了汉奸，生遭人唾骂，死不入祖坟，如果不答应，这一劫怕是逃不过呀！一个随从见他犹豫，便大声对他说：“王区长！一失足成千古恨啊！”

其他随从包括秘书突然跪在他面前说：“王区长，我们跟你多年，蒙你厚爱，今天愿随你一同赴死！”

翻译又对边村说了几句。边村朝鬼子挥挥手，号叫一声。几个鬼子上来，拉起他们五个人就走。此时，随从们知道在劫难逃了，都回头看着王才能。秘书哭着大喊：“王区长，我们先走一步了，你千万不能糊涂呀！”

随着几声枪响，五个人就倒在王才能的眼前。

王才能已经吓得浑身发起抖来。边村走到他面前，一动不动地盯着他的眼睛。突然大叫一声，抽出指挥刀就要砍。

翻译连忙冲过来拉住边村的手，对他说了几句日本话，边村把刀收了起来。

翻译走到王才能身边，扶着他走到路边，让他坐下，然后慢慢地对他说：“王区长，刚才不是我手脚快，你已成刀下鬼了。”

“谢谢！”说完，王才能低着头叹息一声。

“王区长，识时务者为俊杰，就这么死去，不值呀！”翻译说，“俗话说，留得青山在，不怕没柴烧。你先休息一下，想一想，想好了叫我一声。敝人姓吴！”

王才能呆坐在那里，一动不动，任由汗水从脑门流到脚下。生与死，在他脑海里不断折磨，荣与辱，在心灵上反复倾轧。过去，他不是没有考虑过，甚至在内心深处曾不止一次地唱响过视死如归的豪言壮语。但是，当死神真的来临时，他又犹豫起来。此刻，他恨起自己来，恨自己为什么这么软弱，这么怕死。想着恨着，沉重的悲哀袭上心头，他嘤嘤地哭了起来。

这时，天色已晚。吴翻译走过来拍了拍他的肩膀，说：“起来吧，要走了，你跟我来。”

吴翻译并不问他想法如何，只催他动身走路。他错愕地看着吴翻译。吴翻译满脸阴气，让他感觉一股冷气直冲脑门。莫非就要杀我吗？

唉，要杀就杀，死了算了。一想到死，浑身又不由自主地抖起来。

鬼子带着他来到一个村子，进了一户地主家。屋主人早已跑了。鬼子把他锁在一间杂屋里。不一会吴翻译开门进来，递给他一块鸡肉，叫他吃。

王才能哪里吃得下呀，他本想问吴翻译，鬼子是不是要杀他。但几次都没有勇气开口。

吴翻译突然问："王区长，你千万不要想死呀，太君不会让你死的。"吴翻译狡黠地一笑，说道："你是衡阳市一个区的区长，也就是国民政府的一个县长，边村太君还要拿你去请功呢。"

王才能惊恐地看着吴翻译，抓住他的衣袖说："吴先生，我们都是中国人，看在同胞的分上，救救我！"

吴翻译笑着说："不是我不想救你，要看你怎么配合。"

"好，好，我配合你。"

吴翻译说："你一区之长逃难到此，太君会信吗？只要你如实把你去哪里，干什么，还有谁，这几个问题回答清楚了，就有救了。"

王才能听了倒抽了一口冷气。这不是要我当汉奸吗？他低下头不吱声了。

吴翻译吹了声口哨出去了。

两个鬼子冲进来，把王才能押到旁边的一栋房子。一进门，就听到一声声惨叫和一声声啪啪的抽打声。鬼子把他拖进一间亮着火把的屋子里，只见两个鬼子在用竹条子抽打着一个倒立的汉子。汉子浑身已没有一处好地方，鲜血一滴滴地滴在地上。两个鬼子使劲抽打着，汉子嘶哑地惨叫着。

还没等王才能回过神来，押他来的鬼子一下就把他的衬衣撕下，一拳打在他脸上，又用脚踢他肚子，使他差点昏了过去。

鬼子又把他提起来捆在一根木桩上，从地上拾起一根竹条子，看着他冷笑。此时此刻，王才能想到的已不再是生死，脸上和肚子上的剧痛，以及旁边那汉子的惨叫声使他精神开始崩溃。他大声地哭叫着："吴翻译，救我……"

吴翻译走了进来，笑着看他。王才能哭着说："吴翻译，吴先生，叫太君杀了我吧，让我死吧！"

吴翻译又吹了两声口哨。鬼子狞笑一声，用竹条子狠狠地抽在他背上。几条子下去，连皮带肉撕下来了。王才能痛得像杀猪一般叫起来："我说，我说……"

吴翻译示意鬼子停手，他凑到王才能面前，说："说吧！"

"我们是从李村转移到西乡去，在路上遇到你们了。"

"李村在哪？还有谁？下午救你们的是什么人？"

"救我们的是南岳佛道大刀队，李村在山那边，没有人了，都走了。"

"继续打！"吴翻译向鬼子招手。

"别！别！别！"王才能说，"真的，都走了……我走得慢，没走脱……"

"王区长，你相当于一县之长，官不小呢。"吴翻译说，"没有一定分量的情报，怕是救不了你呀！"

到了这个时刻，王才能已感到无比恐惧了。这种恐惧就摆在面前，比死更可怕！什么荣光、良知、气节，都被这种恐惧击得粉碎！他终于迈出了可耻的一步。

当夜，一场暴雨骤至，引起了山洪暴发。洪水挟带着渗有鲜血的泥沙冲入小溪，把溪水染成了红色，像血泉一般奔涌……

王文德撤出县城后，带着几个工作人员转移到了樟木桥李村。

李村坐落在岣嵝峰山脚下，村口有一条小溪流过，一条石板路横过村口通往衡阳与衡山。要进村，必须蹚过小溪，再沿着弯弯曲曲的毛路子,行走三四里才能到。村子后面即是茂密的竹林，一旦发生情况，即可从竹林撤往岣嵝峰。而且，这里靠近衡阳，便于与衡阳联系。王文德驻在一李姓小地主家里。屋子不很大，但很整洁，关键是有后门直达竹林，便于行动。

他们的到来，给宁静的小山村带来了少有的热闹，也带来了一丝不安。陆钦之和王才能他们走后,王文德的压力也少了许多。为了安全，王文德又特意在村口安排了人放哨。但是，由于王才能的出卖，鬼子并没有从村口直接进来，而是从侧后翻过竹林，悄悄进村并迅速包围了王文德的住处。

没有月光，山村里的夜很安静，除了晚风扫过竹林发出的唰唰声，就是百虫鸣唱的夜曲。

最早发现鬼子的是屋主人李申其。

自从王县长住在他家里后，他就多了个心眼，他和老伴轮流守夜，只要有动静立即起身探视。

半夜时分，他家门口的狗突然惊恐地叫了几声，紧接着狂吠不止。他吃了一惊，赶忙开门去看。几把明晃晃的刺刀在微弱的夜光中闪动着朝他冲来。他大叫一声：“鬼子！快跑——”话未住口，刺刀已扎进了他的胸膛，“老倌子呀！”老伴哭喊一声扑过来，一脚踩空倒在地上，也被鬼子一刺刀刺死。

王文德冲出房门就往后门跑。秘书和两个工作人员也从隔壁跑了出来。秘书刚打开后门，就被鬼子一枪击中大腿，倒在门边。鬼子挺着枪要冲进来，秘书突然抱住鬼子的腿不放，大叫：“王县长，快跑——”

后面的鬼子朝他连开三枪，秘书手一摊倒在血泊中。

王文德和两个工作人员哪肯束手就擒，顺手操起墙角的扁担朝鬼子砍去。他们都是手无缚鸡之力的文弱书生，如何是鬼子的对手呢？三人都被刺伤倒在地上。

吴翻译打着手电筒照了照地上受伤的三个人，对躲在身后的王才能说：“认一认，谁是王文德？”

王才能不敢出声，他指了指王文德，就赶快走开了。

王文德被两个鬼子架着拖到了屋堂坪。

屋堂坪的周边有十几个鬼子举着火把。他们把没有逃脱的30多个村民全部赶到了屋堂坪里。

边村打量着王文德，对王才能招了一下手。

王才能低着头走到王文德面前，轻轻地说：“文德兄，好久不见。”

王文德看了一眼王才能。他明白了，是这个畜生把鬼子带来的。他提起一口气，把一口带血的痰吐在王才能的脸上，骂道：“狗汉奸！卖国贼，滚！”

王才能被骂得脸皮抽搐。他用衣袖擦着脸上的血痰，低头不语。

吴翻译拉开王才能，对王文德说：“王县长，我们都是读书人，何必口出粗言呢。”他指着王文德身上流血的伤口说：“哎呀！伤得这么重，得赶快救治，再不治怕有麻烦了。”

王文德冷笑一声，说：“你还配称读书人？王才能，你也读过圣贤之书，我问你寡廉鲜耻，卖国求荣，这几个字你还认识吗？我骂粗语难听吗？”他甩开鬼子的手，指着王才能，踉踉跄跄地走上前去，骂道：“禽兽不如的东西，恨不得一口咬死你！”

边村抽出指挥刀，呀呀地怪叫几声。

吴翻译拦住边村，在他耳边嘀咕几句，然后走过来扶住王文德，说：“王县长，别激动，王才能王先生刚才也和你一样，坚强得很，最后不还是跟皇军合作了吗？何必要受皮肉之苦呢？”他朝王才能努努嘴：“才能兄，对不对？”

王才能说：“文德兄，留得青山在，不怕没柴烧。”

王文德怒目圆睁，喝道：“王才能，你自己要变畜生，我拦不住，别在这里做狗叫！”

吴翻译沉下脸来，对王文德说：“王县长，你已伤成这样子了，怕是承受不起皮肉之苦呀。这样吧，刚才边村太君说，只要你答应合作，你还做县长，和才能兄一样，行不行？”

“你放屁！”王文德大声说，“这里只有抬头挺胸的衡山县长，没有卖国求荣的王文德！”

吴翻译从牙缝里蹦出几个字：“好！你硬！”他朝鬼子说了几句话，挥了挥手。

几个鬼子从里面把受了伤的工作人员拖了出来，用刺刀一顿乱刺，直到没有了动静才住手。乡亲们被吓得哭叫起来。

王文德见两个手下被鬼子当着他面残杀，悲愤至极。他指着吴翻译骂道:“说鬼子没有人性,你比鬼子还要毒！你……你……”

吴翻译狞笑一声，说：“王县长，我也不想杀人呀，太君说了，如果你拒不合作，他们还会杀人的。”吴翻译招招手，鬼子从人群里拖出两个村民，一枪一个，打倒在地。

吴翻译对王文德说：“他们两个是你逼死的！王县长，还杀不？”说完又招招手。

王文德见状，大叫一声：“罢了！”人往后一倒，摔在地上。

吴翻译仰头大笑。

“王县长！”人群里冲出李申其的大儿子。他扑到王文德身边，抱着王文德坐起来。

王文德两腿不停地抖动，不知是气愤还是伤口的疼痛引起，或者二者兼有之。他喘着气说：“小李，你把乡亲们带走，拜托你啦，不要管我。”他强撑着站起来，对吴翻译说：“我答应你，但必须把村民放了！”

不等吴翻译开口，村民们叫喊起来：“王县长，我们不走！”

“我们不会丢下你不管！”

“要死一起死！”

…………

王文德听了泪流满面，嘶哑着声音说：“乡亲们，是我连累了你们，对不住啊。”说完深深地鞠了一躬。

“乡亲们！跟鬼子拼了！”人群里有人大喊一声。这一喊就像火把扔进了一堆撒了火药的干柴，一点就着了，升腾起冲天的烈焰！

“对！死也不做亡国奴！”

“反正是个死！不如拼了！”

随着一片喊声，乡亲们冲上前来。

“嗒嗒嗒——”鬼子的机枪响了，乡亲们纷纷倒下。站在前面的王文德被一串子弹击中，后背爆出了血花……

三十六个无辜村民，加上王文德四人，整整四十条鲜活的生命，被鬼子杀害了！

王才能面对鲜血淋漓的惨状，跪伏在地上大哭不止。谁也不知道，此刻的他，哭的是什么。

人性是复杂的，所谓一念天堂一念地狱！无疑，王文德的灵魂是纯洁的，人格也是高尚的，所以在生与死、荣与辱的十字路口，他没有不二选择！而王才能则不同。他的灵魂深处本来就沉淀着黑暗的污渍，一旦被魔鬼搅动，就会肮脏不堪！

当夜，一场暴雨骤至，引起了山洪暴发。洪水挟带着渗有鲜血的泥沙冲入小溪，把溪水染成了红色，像血泉一般奔涌……

三天以后，王才能将其所有的钱财托人送到李村，说是要为逝者安排后事，举行法事超度亡灵。

李村人知道是王才能送的后，他们愤怒地把钱扔出老远，指着来人的额头说：“回去告诉王才能那狗汉奸，他是李村人的死敌，我们一定会把他抓住碎剐了他！”

第六章　古镇浩劫

道育喘了几口粗气，说："大家不要哭，我们既入佛门，就在三界之外，生即受苦受难，死登极乐世界，何必伤心痛哭呢？"

6 月 24 日上午，日寇的铁蹄踏响了南岳古镇的石板街。

南岳是一座千年古镇，在中华五岳中，以秀美而名扬天下。

南岳古镇背依衡山。衡山以祝融峰为中心，群峰叠翠，林茂水清，古刹遍布，大树参天。早几年，国民革命军军事委员会将指挥部设于半山腰的磨镜台，既隐蔽又能防空，可谓用心颇深。日寇曾侦知指挥部位于南岳，遣飞机几次轰炸，从未找到目标，后派特务潜入，刚刚进山即被当地群众捕获。

南岳大庙是长江以南最大的宫殿式古建筑群，九进八观八寺四门，俨然有皇家气势。大雄宝殿上供奉着南岳圣帝，菩萨高达 7 米，极为威严。相传南岳圣帝是火神，号"祝融"，掌人间烟火，主天下福寿，故南岳又称寿岳。自唐以来，历代帝王俱有敕封，香火极其旺盛。

南岳佛、道、儒三教共存，历史上出过不少名满天下的佛学大师、得道高僧和先哲圣贤。

南岳又位于南北要冲，交通发达，很容易受到外界思潮的影响，对近现代中国历史产生深远影响的湖湘文化即发源于此。南岳宗教人士的思想也从不保守固化，他们把教义和时代精神相结合，推陈出新，并付诸实践。因此，南岳宗教界思想十分活跃，在中国历次社会大变革中，总有僧人走出山门投身社会活动。

1939 年，南岳游干班刚刚设立，南岳巨信法师等高僧当即参与其中，不仅为办班提供帮助，还选派青年僧人入班学习。后来，在巨信的发动下，南岳成立了佛道救亡服务队和宣讲团，还成立了“南岳佛道抗日大刀队”，直接上阵杀鬼子。

日寇侵入衡山时，巨信法师已应邀率宣讲团赴桂林宣传抗日，南岳暂时由道育和演武两位法师主持日常事务。

三天前，南岳镇上的群众已全部转移进山，圣帝大庙和祝圣寺、大善寺等镇上的寺庙僧人，年轻力壮的大都参加“大刀队”上了战场，留守寺院的僧人也随群众上了山。日军冲进南岳古镇发现是一座“空城”，大为光火，便放火点燃了十几栋房子，试图将群众逼出来。

古镇的房子都是砖木结构，火势一旦蔓延，整个南岳将被烧成废墟！道育和演武不忍，带着十多个僧人冒着生命危险下山救火。火扑灭后，道育和十多个僧人即被鬼子控制。

鬼子把他们押到南街的戏台上，将道育和其他僧人分开。十几个僧人被锁在戏台旁边的一间小屋子里，道育则被带到戏台中央。

一个戴着眼镜的鬼子军官走到道育面前，用熟练的中国话说：“道育法师吧？受惊了。”手一招，一个鬼子忙拿把椅子放到道育身后。

“请坐！”鬼子军官满脸笑容地说。

道育惊讶地看着他。想不到鬼子的消息这么灵通，一见面就认出了他。

他不知道，这位鬼子军官是日军第十一军的特攻队中佐松井雄一，是一个出了名的特务头子，也是一个杀人不眨眼的恶魔。

道育毕竟是位得道高僧，眼里只闪过一丝诧异即恢复了平静。他坐在椅子上平视着松井。这是一个看起来斯文的人，白净的脸上架着一副眼镜，一脸笑容。但是，道育从松井眼角边射出来的那丝余光已明显看到了杀气。

松井拖把椅子坐在他对面，把指挥刀丢给他人，笑眯眯地说："我们都是斯文人，见了面就是缘分。"松井接着说："大师是得道高僧，佛学深厚。敝人也信奉佛教，尤其敬重你这样的高僧。"

道育正襟危坐，脸含微笑，两眼平静地看着他。

松井闪避着他的眼光，说："大师乃化外之人，不要信外面的谣传。我们皇军是来为你们谋福的，这与你们佛教崇尚的理想是相同的，对吧？我们合作，共建'王道乐土'，怎么样？"

道育双手合十，依然脸含微笑，平静地说："贫僧乃一化外之人，早已不问世事，更不知什么'王道乐土'。贫僧只知打坐念佛，哪敢合作？谢施主错爱！"

"不不不！"松井已感受到了道育眼光的力量，不敢直视，脸上的笑容僵硬起来。他说，"大师错了，打坐念佛，修行悟道，还不是为天下苍生谋求福祉吗？与我们合作，共建'王道乐土'，实现'东亚共荣'，岂不更好？"

松井把椅子拉近，几乎把脸凑到道育的鼻尖。"大师，我知道你在南岳有很高的威望，老百姓都听你的话。"松井指着戏台外面说，"你把老百姓喊回家，只要回家，皇军送钱送米，怎么样？"

"信口雌黄，一派妖言！"

道育正想着如何拒绝，还没说话就被一声断喝止住。原来，是鬼子把演武抓来了。演武凭着一身功夫，大火扑灭后即闯出了鬼子的包围，却在逃跑中被鬼子开枪打伤。道育抬头看了看，但见演武身上的僧衣已被撕烂，腿上的伤口流着血，尽管被五花大绑着，但英武之气仍在。

演武盯着松井质问道：“你说你是佛教信徒？侵略我们的国土，屠杀我们的人民，是送福来了？”演武挣扎着露出拳头，大声喝道：“你们杀人放火，强奸掳抢，有这样送福的吗？”

道育见状，赶忙起身拦住演武：“师弟，不可莽撞！”

演武甩开道育的手，说：“师兄，巨信是怎么说的？能与豺狼讲斯文吗？”他愤怒地吼道：“鬼子！恶魔！”

已经被激怒的松井哇哇地怪叫几声，抢过一把刺刀刺进演武的前胸。

“鬼子，我生不能杀你，做鬼也要吃了你！”演武大叫几声，倒在戏台上。

“演武师弟！”道育悲痛地哭喊一声，跌坐在戏台上。

松井余怒未消，一枪托砸在道育的肩背上，号叫道：“臭和尚，死啦死啦的！”又朝其他鬼子一挥手：“关起来！”

演武的死，令僧人们十分震惊，悲痛之余又感到绝望。道育始终合十打坐，一言不发。僧人们开始议论纷纷，越说越愤慨。

“早知如此，还不如参加大刀队，跟宋和尚到战场上去杀鬼子！”

“只要不死，就不做和尚了，当兵去！”

“学学演武师叔也好！总比现在等死强！”

…………

道育听了，也是连连叹息。

道育有道育的想法。他并不怕死，巨信师父临走时，曾把南岳的僧众托付于他和演武，现在演武不在了，他必须独力挑起这副重担。

作为佛教徒，劝人为善，为人谋福是宗旨。在穷凶极恶的鬼子面前，连自己的生命都保不住，何谈为人谋福呢！他又想到了早几年巨信大师说的那些话。

“你不杀贼，贼即杀你！保家卫国乃大善举！”这话有道理啊！教义对此也有阐述。这几年，巨信从不死搬教条，发动南岳僧众参与抗日活动，成立大刀队武装自己，确实是有远见卓识啊。

道育一边想着，一边感叹！

半夜时分，突然响起敲窗子的声音。

道育问：“谁？”

“是我，臭皮蛋！”原来是这个二流子，他来干什么？

臭皮蛋说：“师父呀，狗日的太君说了，只要能把乡亲们喊回来，就让你当南岳大庙住持！”

道育现在明白了，为什么松井一见面就认出他来，原来是这个二流子告的密。臭皮蛋平时为人差，心术不正，常干一些偷鸡摸狗的事，曾被道育抓到惩罚过，一直怀恨在心。

道育厉声说：“臭皮蛋，你做贼也就罢了，还当汉奸，不怕死后下十八层地狱啊！”

“师父，下不下地狱以后再说，今天这一关怕是过不去呀！狗日的太君说，如果你不劝乡亲们回家，就把你们统统杀了！”

“臭皮蛋，你去跟鬼子说，杀就杀我一个，这事与他们无关，把他们放了。”

僧人们听了也骂起来：“臭皮蛋，你不要在这里放屁，滚！”

臭皮蛋突然哇哇地哭起来。道育骂道：“你个二流子，还不快滚，在这里哭什么！”

臭皮蛋说：“狗日的太君还说，如果你不肯，把我也杀了，师父，你可要救我呀！”

这时，几个僧人交头接耳商量着什么。

道育问：“你们要做什么？”

一个僧人朝他做了一个卡脖子的手势。

道育说：“不行，杀了他，鬼子不会放过我们！”

“师父，横直是个死，不如先弄死臭皮蛋，解恨！”

“师父你不要管，这个汉奸留不得！”一个僧人说完，就对臭皮蛋说：“臭皮蛋，我们和师父商量了，你过来我跟你说。”

“师父怎么说？”

“你把手伸进来，我就告诉你！”

臭皮蛋怕鬼子杀他，见有活命的机会，哪会想其他？他真的把手从窗子格里伸了进来。

说时迟那时快，一位僧人立即抓住他的手一拖，然后一扭，把臭皮蛋连手带肩拉进了窗子。另一个僧人扑上去按住他的头。

“杀人了！杀人了！”臭皮蛋一边挣扎一边杀猪般地号叫起来。

道育见状连忙叫他们放手，说：“杀不得！鬼子会报复的。”说着，他上前拿开了僧人按头的手。“为了这么个二流子丢了性命不值！”这时，鬼子听到臭皮蛋的喊声，一边喝问一边跑来。

僧人不得不松了手。臭皮蛋赶忙跑开向鬼子哭诉。鬼子叽里哇啦地喊了几声，把臭皮蛋拖到外面。不一会儿，外面传来了几声沉闷的击打声和臭皮蛋的惨叫声……

第二天早上，两个鬼子把门打开，带着他们出来。松井站在臭皮蛋的尸体旁，一脸阴笑，故作惊讶地对道育说：“大师，你怎么把他杀了？”

道育回答说：“不是，贫僧慈悲为怀，从不杀生！”

松井大笑起来，说：“好一个慈悲为怀从不杀生。人都敢杀还不杀生？不愧是得道高僧啦，哈哈哈！”

“你破戒了，杀人了！”松井狞笑一声，说，“你喜欢杀生是吗？好！今天让你杀个够！”他命令鬼子把道育他们押到南岳大庙后面的广场上，一个个都绑在树上。

松井举着喇叭朝山上大喊：“乡亲们听着，皇军欢迎你们回家。皇军知道你们是良民，只要回家，皇军优待你们。”

停一会，他又喊道：“道育是假慈悲，昨天晚上他杀了臭皮蛋。今天他又逼着皇军帮他代劳，帮他杀人。”

他看了看道育，阴笑两声，说：“乡亲们听着，从现在开始，只要你们不下山回家，皇军每三个小时就杀一个僧人。不是皇军要杀人，是道育不叫你们回家，皇军只是帮他杀人。”

松井回头看着道育：“大师，对不对？”

道育听了气得血冲脑门。他大声骂道：“你们这群恶魔，不得好死！”

山上，躲在不远处的乡亲已经看到了广场上的情景，也听到了松井的喊话。

道育在南岳几十年，与老百姓结下了深厚情谊，松井说他假慈悲，老百姓当然不会信。鬼子凶残的传闻已令他们极度害怕，如今亲眼所见更令他们恐惧。

接近午时，太阳火辣辣地照在广场上。道育他们平时在庙里吃斋念佛，体力本来就弱，加上一天一夜的折磨，现在又长时间暴晒在烈日下，已经出现了脱水的症状。道育见大家耷拉着脑袋，无精打采，便大声说：“打起精神来，不要让鬼子小看！死也要死得风光！”

松井听了狞笑一声，说：“好！”提着手枪走到一个僧人面前，顶着脑门“砰”的一枪，一股鲜血喷了出来，僧人头一低，去了！

松井吹了吹枪口，狂笑两声，说：“皇军说话算数，现在三个小时已到，道育大师，我说帮你就帮你，满意不？”

此时，道育已气得说不出话来。刚才这一枪，就像是子弹从他的心脏穿过，他感到心口一阵绞痛，一时急火攻心，昏了过去。

众僧人见了大哭起来。不一会儿，道育醒了，他是被鬼子用冷水泼醒的。松井不想他这么快死去，还要折磨他！

道育喘了几口粗气，说：“大家不要哭，我们既入佛门，就在三界之外，生即受苦受难，死登极乐世界，何必伤心痛哭呢？”

他强打精神，说：“各位同门，是为师的罪孽未除，连累大家了。来，我们祷告超度吧！”

说完，他带头念起了《地藏经》。众僧人也跟着念了起来。念经声先低后高，纷纷扬扬，久久回荡。

平时要花三个来钟头，今天一个多钟头就到了。他找到萧志立和宋和尚时已累得说不清话，浑身被汗水湿透了。“快！快救人！”

呼延春是地地道道的南岳镇人，他在东街司马桥头开了一家“春和酒店”，三层，一楼是散座和柜台，二楼有四间雅座，三楼是卧室，在南岳算是上等规模，也小有名气。他的另一个身份是中共地下党的交通员。

他的酒店早在6月21日就关了门，家人也被送回了妻子的娘家。昨天，他按照上级指示，到藏经殿一带接应从岳云关撤下来的游击队员。

萧志立和宋和尚带着队伍从岳云关撤下来后，最初的计划是上能仁寺，那里曾是游击队的根据地，群众基础好，便于队伍休整。

他们从岳云关转道观音岩上山。这一路山陡林密，又是晚上，走起来十分困难，到半山亭时天已大亮。队员们已经非常疲惫，萧立志只好下令在此休息。

宋和尚看了看萧志立还在渗血的肩头，说：“你肩上的伤还在出血，我包扎一下。”

萧志立耸了耸肩膀。十几个小时都没什么感觉，这时候突然觉得疼了。他没有拒绝宋和尚，皱着眉头说：“擦破点皮，不碍事。兄弟们这么累，不知道什么时候可以赶到能仁寺啊。”

宋和尚一边帮他包扎伤口一边说："要么暂时不去能仁寺，先到藏经殿休整一两天再说。"

萧志立看了看倒在路边的队员们，心里十分难受。这一仗，牺牲了这么多弟兄，连向书记也没了。现在队伍累成这个样子，一旦再遇到敌情，不用打也就垮了。他叹了一口气。

宋和尚见萧立志没有回答，继续说："藏经殿一带是大刀队活动的范围，我情况熟，那里山高林密，便于隐蔽。"这时，他已帮萧志立包扎好伤口，拍了拍手，说："况且，二中队在岳北，离藏经殿不远，如果有情况还可互相策应。"

萧志立站起来，伤口虽然包扎好了，但仍隐隐作痛。他用手轻轻按了按，说："有道理。"他略停了一下，说："队员们确实需要找一个安全的地方休息一下。但是，我们现在改变计划得派人去报告，免得上级着急。"

"好，我就去安排。"宋和尚当即挑了两个靠得住的兄弟下山，然后和萧志立带着队伍到了藏经殿。

于是，就有了呼延春接到上级指示上藏经殿接应一事。

6 月 24 日凌晨，呼延春在藏经殿旁边的一个山洞里找到了萧志立和宋和尚。他们正在焦急地等待上级的指示，呼延春的到来，让他们一下子精神了许多。

呼延春告诉他们，地委完全同意他们的安排。地委已经知道了向湘岳牺牲的消息，决定衡山县委书记暂时由萧志立代理。

目前抗战形势已发生了很大的变化，今后一段时间将会有更残酷的恶仗要打，地委认为"南岳佛道抗日大刀队"的名称已不适合当前的形势，应当撤销，队伍和游击队合并，建议成立"衡山抗日游击总队"，仍由宋和尚担任队长，萧志立兼任政委，统一领导衡山县的所有抗日游击队和地方武装。地委还要求，必须按照游击战的战术作战，目前的主要任务是破坏日寇的补给线，袭扰敌人后方，支援第十军守卫衡阳。

接到地委的指示后，他们心里踏实多了。接着，他们三人又商量了一些具体的想法和办法。

对于地委就目前工作的部署，萧志立表示坚决服从，但是，撤销“南岳佛道抗日大刀队”，他却有不同的看法。他认为，“南岳佛道抗日大刀队”要继续沿用，原因有三，第一，“大刀队”是在全民抗战的大背景下产生的，有重要的历史意义，而且，就佛教而言，这在全国也是唯一的，具有重要的独特性，应该让“大刀队”的名称伴随抗战全过程，将来抗战胜利了，便于更好地载入史册；第二，“大刀队”是国民革命军第九战区和湖南省政府同意创建的，如果撤销可能会在政治上造成不利影响；第三，“大刀队”是巨信等大师倡议成立的，也应该征求南岳佛教协会的意见。萧志立把自己的想法说出来后，请呼延春转呈地委，他还说，成立“衡山抗日游击总队”也不妥，因为国民政府已有“两衡抗日游击总队”，以免造成混乱。

呼延春和宋和尚都觉得萧志立说得有道理。但是，地委建议成立“衡山抗日游击总队”，目的就是统筹全县的抗日武装。而且，“岳云关”防守战已有血的教训，统一领导确实迫在眉睫，想到这些问题，三个人陷入了沉思。

萧志立沉吟了片刻，继续说：“地委的决策是及时的，虽然叫游击总队不妥，但我们确实要有一个这样的机构来统一号令和指挥。”

呼延春看了看萧志立，用征询的口气说：“取个代号行不？”

“呵，说说看？”萧志立问。

呼延春说：“祝融是火神，祝融峰是他的化身，也是南岳圣帝，我们可不可以借火神的威名，叫祝融游击支队，或火神游击支队？”

宋和尚一拍脑袋，说：“就叫火神游击支队！我们就是要借助火神的威力，烧一把抗日的大火，灭了鬼子！”

萧志立也表示了赞同，但他又提出了担心：“地委会不会同意呢？”

呼延春说：“地委只是建议成立游击总队，并没有作出决定，我明天就去汇报，把理由说得充分些，问题不大。”

萧志立来回走了几步，坚定地说：“好！辛苦春老板再跑一趟，顺便请示一下地委对下一步行动的安排。事不宜迟，现在就动身吧。”

呼延春答一声“好”，抬腿就走。萧志立又叫住他，说：“春老板，还有两个意见也请代我请示。第一，如果地委同意，建议火神游击队的队长仍由宋和尚兼任。第二，暂时不设政委，或者不公开设。目前，鬼子已经对衡阳发起了进攻，衡山是鬼子北犯衡阳的必经之地，我们的任务是动员一切力量协助守军，宋和尚身份特殊，影响也大，发号施令非他不行！”

宋和尚听了急得跳起来，大声叫道：“那怎么行？这副担子太重了，我担不起！”

萧志立拍了拍他的肩膀，说：“和尚，你放心，我还是县委代理书记，一样能配合你！”

呼延春接过萧志立的话头，对宋和尚说：“志立想得很周全。如果公开设政委，就是告诉国民党，‘大刀队’是我们的队伍，你的身份也就公开了。你名义上还不是我们的人，队伍由你‘挂帅’，仍隶属国民政府，对抗日大局更有利。”

“明白了。志立，当家做主还得是你！”

萧志立朝宋和尚的胸膛砸了一拳，用赞许的语气说：“行！我一定当好参谋长！”又转头对呼延春说：“春老板，快去快回，我们等你的好消息！”

这时，天已亮了，呼延春别过他们后，快步往山下赶。

中午时分，呼延春刚刚走到玉板桥，就听到一声刺耳的枪声。他吃了一惊，连忙加快了脚步，这时，十几个乡亲朝他迎面跑来，神色十分慌张。呼延春忙问：“刚才响枪，出了什么事？”

乡亲们都认识他，忙对他说：“春老板，别下去了，日本鬼子正在杀人呢。”他们把昨天到今天上午发生的事简单地跟他说了，几个堂客子哭了起来。

呼延春听了大为震惊！来不及细想，他立马转身就往山上跑。

平时从山下到藏经殿至少也要花三个来钟头，呼延春今天一个多钟头就到了。他找到萧志立和宋和尚时已累得说不清话，浑身被汗水湿透了。“快！快救人！”他喘着粗气说，“快下山，鬼子在杀庙里的僧人。”

他们看他这么急，知道出了大事，忙端碗水给他喝。喝了水后，呼延春上气不接下气地把经过说了一遍。

“该死的鬼子！”宋和尚听说演武被杀害，大叫一声，提着大刀就要下山报仇。

萧志立连忙拉住他，说：“和尚冷静，我们要想好办法再下山。”他对呼延春说：“鬼子这样逼着乡亲回家，一定有名堂，事不宜迟，我们现在就动身，边走边商量。”

“全体集合，下山救人！”宋和尚大喊一声，队员们赶紧跑了过来。

萧志立说：“宋和尚，事情没有那么简单，我们这样去，不仅救不了人，反而会激怒鬼子的。”他拉着宋和尚说：“我们三个人先动身，到了再说。”说完三个人就跑了起来。

如果不答应下来，鬼子肯定不会放过他们，也许还会死更多的人。不如答应下来，利用维持会长的身份，能更方便为抗日工作。

萧志立一边跑一边想着对策。他感觉鬼子这么急着要乡亲们回家，很可能是要搞什么新名堂。想着想着，心里的谜团慢慢明朗起来。他对呼延春说："春老板，看样子鬼子会在南岳驻扎下来，说不定要把指挥部设在这里呢。"

宋和尚接着说："可能有什么大人物要来。"

呼延春说："有道理，鬼子要搞什么'王道乐土'那一套，没有老百姓，他乐土个屁！"

"如果是这样，乡亲们回家就不会有危险。"萧志立判断，鬼子肯定是想拿群众做文章，对外宣传他们所谓的"王道乐土"和"东亚共荣"。

"这样就好办了。先动员乡亲们回家，把僧人救出来再说，就怕时间来不及呀！"呼延春说。

"要不这样，我和你下山去见鬼子，就说我们是乡亲们的代表，宋和尚先去通知乡亲们做好准备。只要鬼子放人，乡亲们晚上回家。"萧志立对呼延春说。

"不行，志立你不能去，万一被鬼子识破身份怎么办？太危险了，志立去不得！"宋和尚不同意萧志立的意见，是怕出了问题，无法向上级交代。

“我是本地人，脸上又没有写字，鬼子知道我是谁？就这么定了，快走！”萧志立坚定地说。

他们火急火燎地赶到南岳大庙后面广场时，松井正把枪口对准第二个僧人的额头。

萧志立和呼延春见了大吃一惊，赶紧跑过去对松井喊道：“太君，枪下留人！”

松井见有人从山上跑下来，叫他住手，脸上露出一丝阴笑，把枪口从僧人的额头移开，转向他们问：“你们是什么人？要干什么？”

呼延春点头哈腰地说：“太君，我们是南岳街上的百姓，我们回家，要做良民。”

“对对对，我们是老百姓，就回家，就回家。”萧志立也满脸堆笑，低头说道。

松井瞪着眼睛，厉声道：“就你们两个，其他人呢？”

萧志立说：“老百姓都在山上，他们胆子小，派我们两个下山来跟太君说，只要放了道育他们，我们今晚全部下山，都回家。”

“不行！再不回家我就杀了他！”松井又把枪对准僧人。这时，一个矮矮的鬼子跑过来对他叽里哇啦地说了几句，松井收起枪来，对他们说：“今晚必须回家。”

“一定一定，请太君把他们都放了，你看，他们晒了一天，都快要死了。”呼延春仍点头哈腰地说。

松井叫道：“不行！通通带走关起来，老百姓今晚不回家，明天通通杀掉。”

呼延春又满脸堆笑地说：“太君，请给他们喝点水，吃点东西。”

松井走过来用枪顶住呼延春的肩膀，问：“你是干什么的？”

呼延春说：“我是春和酒店的老板，明天请太君喝酒，咪西咪西！”

松井又指着萧志立问：“他是什么人？”

萧志立也点头哈腰地回道：“伙计！”

松井这才收起枪，突然露出了笑容，对呼延春说：“你们两个是聪明人，好好做个良民，你们的要求我答应，给他们喝水，吃东西。”

说完，手一挥，和鬼子们带着道育等一众僧人走了。

晚上，为了动员乡亲们回家，他们又颇费了一番周折。

呼延春在南岳街上有威望，说话有人听！好办，宋和尚一袭僧衣，也有人认得他。萧志立则不同，他不是南岳人，大家不熟悉。鉴于此，他们商量了一下，决定萧志立回藏经殿，游击队和大刀队刚刚落脚，伤员救治、给养解决、思想稳定等问题都还没有头绪，再加上他们没有跟队员们说明原因就匆匆下山，怕产生误会，因此，萧志立就连夜回了藏经殿。

南岳街上住着一万多居民，大部分都躲在山上。如果一户一户去动员，时间来不及，效果也不好。于是，呼延春和宋和尚便分头把二三十个有一定影响力的乡亲找来，在玉板桥开会商量。

“春老板，你半夜三更把我们叫过来，什么事这么急呀！”

“听说是叫我们回家呢。”

“鬼子不是还没走吗？就叫我们回家？”

大家刚到就议论起来。呼延春跟大家打了一下招呼，说：“各位父老，不瞒你们说。就是想请你们下山回家呢。”

“回家？鬼子没走，我们哪敢呀！”

“你懂个屁，我们不回家，鬼子就要杀人了，白天就杀了一个僧人！”

一提白天的事，大家骂不绝口。

呼延春说：“救人如救火，不急不行呀！”他双手抱拳作了个揖说：“各位父老，十几条人命呢，下午我们和鬼子说好的，明天早上你们回到家里，鬼子就放了道育他们，不然，鬼子就杀了他们。”

听呼延春这么说，大家屏住了呼吸，他们都知道，鬼子杀人不眨眼，一旦兑不了现，鬼子肯定会杀人的。

米店老板王东月说：“我们回家了，鬼子真的能放了道育吗？哪个能保证？”

“只怕连我们也走不脱。”铁匠罗黑粒摊开双手叹道，“就怕救不了人，还折了自己。”

呼延春继续说：“大家的担心不是没有道理，我们分析呀，鬼子这次不会杀我们，如果要杀我们，鬼子何必费那么大功夫，拿几个僧人来逼我们回家呢？派人搜山不是更直接吗？”

宋和尚接着说：“鬼子这么做，是要拿乡亲们演一场戏呢。”

“演戏？演什么戏呀？”乡亲们满眼狐疑地看着宋和尚。

“宋和尚说对了。”呼延春说，“鬼子到处推行他们所谓的‘东亚共荣’‘王道乐土’。依我看，他们是要在南岳驻扎呢，让我们回家做他们的顺民，也就是良民，然后到处宣传他们的那一套，所以，我们回家不会有危险。”

“做鬼子的顺民，放屁！”

“就是饿死在山里也不做汉奸！”

几个乡亲听了，愤慨起来。

“大家别激动！听我说，”宋和尚说，“我们不如将计就计，就演一回戏给他们看。表面上向鬼子低头，心里不顺从就是。”

“对呀！要是鬼子长时间不走呢？乡亲们可不能总躲在山里

呀！我们不如假装做鬼子的良民，等待机会，时候一到，就反咬他一口！”呼延春握紧拳头挥了挥。

王东月说：“春老板，我们明白了，你说怎么做吧？”

呼延春说：“大家辛苦一下，回去后分头通知乡亲们，务必在天亮前打开店铺，我和宋和尚好去救道育他们。”

“道育是救我们才被鬼子抓住的，我们不去救良心上过不去。时间不早了，大家赶快行动吧！”

第二天清晨，平静了几天的南岳街上，忽然又热闹了起来。大家虽然提心吊胆，但铺面还是打开了，只是脸上没有平日那般暖融融的热情形色。

鬼子也从庙里退到了外面，上街巡逻时，也没有对他们怎么样。

宋和尚也半夜回山上去了。呼延春就带着王东月和罗黑粒来找松井。

今天的松井却是一脸斯文，笑容可掬。见他们三个到来，特意请他们到他屋里坐下，还安排人沏了三杯茶。

呼延春说：“太君，乡亲们都回家了，请太君把道育他们放了吧！”

松井笑眯眯地说：“别急别急，人会放的，先喝茶！”他推了推眼镜，说：“我们大日本和你们中国一样，茶酒不分家，客来上茶，这是礼数，对吧？”他盯着王东月，示意喝茶，问：“你叫什么？做什么的？”

王东月本来是麻着胆子来的，现在松井盯着他问，紧张得端茶杯的手瑟瑟发抖，茶水都溢出来了，哪里还敢开口！

呼延春见状，赶紧说：“太君，他是东升米店老板，叫王东月。”

松井又盯着罗黑粒，问：“你呢？”

铁匠倒是爽快，说：“打铁的，叫罗黑粒。”

呼延春又轻轻地问松井：“太君，请把道育他们放了吧，乡亲们也等着呢。”

松井仍笑眯眯地说：“不急，不急！”他盯着呼延春说：“我有一事请你们三位帮个忙，可以吗？”

“太君请吩咐！”呼延春回道。

“我知道，你们三个在南岳是有影响力的人物，也是大大的良民。皇军要在南岳驻扎下来，要成立维持会，请你们来组织，呼延春当会长，王老板和罗老板任副会长，与皇军合作，怎么样？”他突然收住笑，两道凶光从眼镜后面射出，说：“不要推辞呵！”

三人听了大吃一惊！呼延春知道，如果他们不答应，今天想活着出去怕是不可能了。不仅救不了人，自己也折了。

“可恨的鬼子！”他心里骂了一句，迅速谋划起来。看来，他们昨天的分析是对的，只是没有想到松井会来这么一手。他突然想到演戏一说，思想上灵光一闪，主意就有了，他忙站起身，点头哈腰地说：“感谢太君抬爱，我们一定效力，好好与皇军合作。”说完，向王和罗使眼色。王东月和罗黑粒此时已是六神无主，见呼延春使眼色，不明白他葫芦里卖什么药，也跟着点头打哈哈。松井听了又笑眯了眼睛。

呼延春又说：“太君，这是大事啊，光宗耀祖呢，三天后到我春和酒店庆贺庆贺，到时候请太君当众宣布，我们也名正言顺了。”

松井眼珠子转了几圈，笑着说：“很好！”

呼延春见松井高兴，说：“能不能现在把道育他们放了？”

松井站起来，略停了一下，说：“好！答应你。先把那些僧人放了，道育三天以后放。”

“太君！”呼延春还想请求，松井打断他的话，说：“你放心，皇军会优待的。”他拍了拍呼延春的肩膀，露出狡黠的笑容，说：“你狡猾狡猾的，我喜欢！”说完，又哈哈大笑几声。

从松井屋里出来，王东月和罗黑粒已经被汗水浸湿了全身。王东月说：“哎呀，总算逃过一劫，菩萨保佑菩萨保佑！春老板，你真要当这个维持会长呀？”

“不当怎么办？先过了这一关再说吧。”呼延春回答说。

“这是辱没祖宗的事，今后会被骂死！”王东月忧心忡忡。

“我现在就跑，看他鬼子奈得我何！”罗黑粒气愤地跺了一下脚。

呼延春忙说：“千万跑不得，你一跑，乡亲们就遭殃了。刚才我也是没有办法，你们想想看，如果不答应，我们能活着出门吗？鬼子能放过道育他们吗？乡亲们今后怎么办？”

两人听了点了点头，也就没有吱声了，只是叹息连连。

其实，呼延春是另有想法的，只是不能跟他们说罢了。

他是这样想的，如果不答应下来，鬼子肯定不会放过他们，也许还会死更多的人。不如答应下来，利用维持会长的身份，能更方便为抗日工作。只是，这样的事必须向上级报告得到批准才行。

因此，他就向松井提出了延缓三天的要求。

第七章　山鸣谷应

我教最先释义云：阿罗汉即为杀贼，不把贼杀净，成不了真罗汉。鬼子就是贼，遇贼必杀，才是真修行！保家卫国，才是大善举。

呼延春把萧志立的意见报告地委后，地委进行了认真研究，认为萧志立的意见很正确，对他的意见进行了完善。

地委提出，要在衡阳城的外围再筑一座“城墙”，即“人民战争的坚城”！动员衡阳、衡山两县和城区的民众及抗日武装，开展游击战，破坏交通，袭扰鬼子，全力支援衡阳守军。为了统一部署，取代号为“火神行动”。衡山由萧志立任总指挥，刘仲生和宋和尚任副总指挥。“大刀队”仍沿用原来名称，队长由宋和尚兼任，从岳云关撤下来的游击队员全部并入“大刀队”，暂时转移到能仁寺休整。

地委还指出，成立“火神游击支队”可能造成指挥重叠，没有必要。

接到地委的指示后，他们感到肩上的担子重了，一起讨论了实施“火神行动”的具体方案，之后，呼延春回了南岳，萧志立和宋和尚带着大刀队离开藏经殿，向能仁寺进发。

为了避开与鬼子遭遇，他们绕道后山经光明岭，来到了雷钵峰脚下。

一条小溪从水洞坳一跃而下，跃进响水潭。碧水之上，一块高丈许的石碑立于石板路旁，刻有“能仁寺”三个斗大楷书。石碑侧有一排一层砖木结构的房舍，简朴而洁静。四个僧人正在忙着拿碗沏茶。看样子，他们对大刀队的到来已有准备。

萧志立和宋和尚一行歇了片刻，别过僧人，沿石板阶梯拾级而上，算是进了能仁寺的山门了。

能仁寺是一个寺庙群，有十寺八庵十二观，僧人多时上千，平时有300来人。他们除修行打坐外，主要是耕种依山而砌的千亩梯田。所以，能仁寺以武僧为主，既是南岳的后勤供应基地，也是衡山派武术的传承场所。

他们沿着石板路蜿蜒而上，时而在竹林中穿行，时而又与梯田相伴。梯田里水稻正在晒田，偶尔能见几个光屁股孩子在田埂边翻盘泥鳅。这里离南岳不过40里，鬼子来了的消息早已传遍了，山里人随时都在准备“躲兵”，突然看见他们这一队扛着枪的队伍进了山，远远地躲进了竹林深处。

他们继续沿着石板路拾级而行，大约走了两个钟头，来到了能仁寺的山门外。

山门是条石砌成的方门，一根巨大的金银花藤攀缘在门上，枝繁叶茂。石门两边刻着一副对联，上联是“自在观自在”，下联是“如来见如来”，横批四个字隐在绿叶里，仔细一看，是“不二法门”。萧志立把对联读了两遍，略有所思，说：“果然是千古名寺，一副对联，已把佛教的深奥禅理诠释得淋漓尽致。”

山门旁边有十几株参天大树，一株栎树足有十数丈高，主干上斑驳着岁月的古老和沧桑。萧志立抬头望着这株大栎树，感受到了大自然的神圣与威严。他对宋和尚说：“和尚，我们这么多人贸然进去，有些冒失，要么让兄弟们在外面等等吧，我们两个先去拜访！”

宋和尚说：“还是志立想得周到，兄弟们，你们先在这里休息一下。”

萧志立和宋和尚两个进了山门，拐一个弯，眼前豁然开朗——里面竟然藏着一个上百亩的村落。整个村落呈圆碗形，最底层是一个有四五亩的圆形湖面，梯田沿湖的边沿一圈绕着一圈，层层叠叠，直达竹林深处。

能仁寺就在圆湖的正北上方，依山势而建，三进，两旁僧房数十间，都是条石砌墙，青瓦盖顶，古寺背倚大山，四周绿树成荫，竹林浩浩荡荡。

他们身寄其中，不禁感慨山河的壮美。萧志立对宋和尚说：“这么幽美的化外之地，仿佛世外桃源，我们贸然打扰，真的有些不忍呢。”

宋和尚也感慨地说：“几年前我来过一次，那时刚入佛门，只感觉这里幽静而神秘，这次却有不同感受，也许是刚从战场上下来，怀有仇恨，心有杂念吧。”

萧志立说：“是啊！日本鬼子来了后，哪有心情体会这清净之美啊！”

他们正感叹着，能仁寺大门里走出一个须发皆白的僧人来。僧人双手合十，对他们说：“两位施主辛苦了，老衲有失远迎。”

萧志立和宋和尚连忙回礼。他们一看就知道，来的是能仁寺的住持演真法师。萧志立说：“不敢劳驾大师动步，我等贸然打扰，有失礼数，请大师海涵。”

“大师，我是演武师父的弟子，请允许我冒昧叫您老一声师伯吧。”演真演武同辈，宋和尚叫他师伯是正当礼数。演真说：

“早就听说演武有个好弟子，今天总算见到了，师侄是我们佛教界的英雄，叫我师伯是老衲沾了师侄的光啊！”

礼让一番后，演真把他们迎进客堂坐下，开始询问他们的打算和要求。

他说：“老衲身在空门，但心有家国，只是年事已高不能提刀上阵了，不过你们放心，抗日的事还能帮得上忙的。”他激动地说：“日寇犯我国土，杀我国人，我们纵入佛门，也不能置身事外。何况大刀队本来就是我们佛教协会自己的队伍，你们就当是回家来了，不要见外。”

他们听了，连声称谢。

萧志立说：“早就听说大师佛学深厚，深明大义，今日听了大师的一席话，令我们更加敬佩。”他对宋和尚说：“大师如此顾全大局，我们也就不讲客气啦。”

宋和尚说：“师伯，我们可能要在这驻扎一段时间，会经常进出山门，甚至招来麻烦，只怕会打扰佛门清静了，如有闪失，是弟子罪过呢！”

演真说：“这是哪里话！我教最先释义云：阿罗汉即为杀贼，不把贼杀净，成不了真罗汉。鬼子就是贼，遇贼必杀，才是真修行！保家卫国，让百姓安康，才是大善举，鬼子来了，哪有佛门清净！师侄放心，能仁寺房屋简陋，但供你们遮风避雨还行，粮草也有些储备，真有事时，我们共渡难关。”

他们听了非常感动，正要说话时，演真起身说：“你们不要急，我带你们去看一个好地方。”说完，就领着他们出了寺门，沿着一条石板路到了湖边。

已近中午，正是太阳火辣辣的时候，但是，萧志立和宋和尚却感觉凉风习习，刚才爬山出的一身臭汗早已干了，周身格外舒爽。

他们绕湖一圈，来到了湖的边沿，穿过一畦菜地。菜地外边用乱石堆成围墙，一条小柴门通往墙外。演真搬开柴门，对着外面连击三掌。接着，下面传来了三声狗叫，演真轻轻回道：“打铳狗，跟我走——”

这时，一个僧人从围墙外探了一下头，又下去了，不一会儿，升上一架木梯子来。

他们跟着演真走出小柴门。

围墙外是两丈来高的悬崖，一条瀑布从上落下。他们顺梯而下，从瀑布的旁边绕过一块大石头，来到了瀑布的背面。回头一看，瀑布就像一道透亮的帘子，在阳光下闪着七彩的光。原来，这里是一个隐秘的洞口。

洞口出来两个僧人，引着他们沿乱石铺成的台阶往下，进了一个幽深的石洞，洞壁上挂着几盏油灯，光线有些昏暗。石洞若有两米来高，一米多宽，中间是一条奔流的小溪。小溪两边用乱石铺了一条小路供人行走。洞顶石板上悬着两根长竹竿，洞壁也是石墙。很明显，这是人工修建而成。

演真引着他们继续往下走了几十米，就现出一个米筛大的洞口，洞口外有茅草掩着，阳光从茅草的缝隙中透过来，形成了彩色的光柱。他们跟着演真上了十几级台阶，扒开茅草钻出洞口，原来外面是一丘稻田。

演真笑着问他们：“看出什么没有？”

萧志立和宋和尚都疑惑地看着演真。

演真说：“这就是我们先祖的智慧呀，我们先祖在造田时，先在山沟里砌出这个石洞，然后把两边山上的土填在石洞上方，就有了层层梯田。”他指着两边的山，说：“你们看，这两边的山都很陡，一旦下大雨，山洪怎么排出去？”

萧志立问：“莫不是从洞里排出去了？”

演真说：“不错，山洪就是通过稻田边的山沟引入洞中排走的。”他又指着洞口露出来的两截竹竿说：“还有更神奇的作用呢，这两根竹竿的竹节是打通的，田里需要水时，就用竹竿把洞里的水引入稻田，防洪抗旱，两全其美啊！”

“这个洞，后来又有了其他用处。”他们又下到洞里，演真继续说：“当年太平天国举起反清大旗，能仁寺的僧人也跟着响应。后来，太平天国失败了，清军便来围剿能仁寺，僧人们便进洞躲起来。剿了几次都不成，就放火烧了能仁寺。直到光绪年间，湖南巡抚陈宝箴采取抚的办法才平息。陈宝箴又拨款重修能仁寺，才有了现在的规模，唉！”

演真叹息了一声，说：“后来，陈宝箴被慈禧太后赐死，能仁寺僧人感念他的恩情，便在白石峰下为他修了一座空墓，年年清明都去拜祭。”

宋和尚说：“我也抽空去拜祭一下。”

说着说着，已在洞里走了一里来路，到了洞的出口。出口隐在一片竹林中的崖壁之上，从外面看是看不出来的。他们出了洞口，攀着岩石下到地面，又来到了上山的石板路上了。

演真对他们说：“这个洞的秘密暂时不要告诉其他人，一旦遇到紧急情况即可进洞躲藏。”

萧志立和宋和尚点头答应。

宋和尚说：“古人说福地洞天，今天总算感受到了。”

萧志立说：“是啊，祖先的智慧，不得不令我们佩服。”

“我们有这么壮丽的大好河山，有这么多祖先留下来的宝贝，哪能让小鬼子践踏。”演真也感慨地说。

下午，演真准备让游击队员住到庙里，萧志立和宋和尚都不同意。他们说：“游击队驻扎能仁寺，目的是打鬼子，随时都要下山行动，进进出出不方便。”

演真见他们这么说，也就没有坚持。他说，能仁寺南门外有一道山梁，叫打望台，那里有他们搭建的十几间茅屋，是供收割水稻的帮工休息的，生活用具都有，要他们到那里暂住。

萧志立和宋和尚便带着队员们来到了打望台。

打望台是一道山梁，从山腰横出有半里路长，尽头是陡峭的山崖，足有 200 米高。站在打望台向远处看，山下的田园山丘道路房舍尽收眼底，连南岳也能看个大概，如有动静，站在这里必能看到。

突然，隐隐约约传来轰隆隆的声音。萧志立朝队员打了个安静的手势，侧耳细听。听出来了，是爆炸声。他们不约而同地向东南方望去——腾起来的烟尘正弥漫开来，乌黑一团笼罩在衡阳上空。

他们默默地望着那团乌黑的阴云，隆隆的炮声撞击着他们的耳膜。他们的心情沉重起来，但同时，一腔怒火也在燃烧。

他们刚从火线上下来，沉重的悲伤早已孵化成拼杀的欲望。此时此刻，他们恨不得插上翅膀飞入敌阵……

“书记！我们几时能上阵杀鬼子呀？”一名队员大声问萧志立。

还没等萧志立回答，队员们激动地嚷起来。

“我们不要待在山上，要上战场杀鬼子！”

“对！上战场杀鬼子！”

“下命令吧！与鬼子血拼到底！”

…………

队员们挥舞着手中的刀枪齐声大喊，山鸣谷应。

宋和尚也是激动不已，他大喊道：“兄弟们，听我说！”

等队员们安静下来，宋和尚继续说：“兄弟们，我们是一支有组织的抗日队伍，一切行动要听指挥。衡阳守军正在与鬼子血拼，我们肯定要去支援他们，但是，我们不能蛮干！”

“队长说得对！”萧志立说，“我和兄弟们一样，恨不得冲到战场上去杀他个痛快！”他走到宋和尚身边，说：“国军在守城，在血拼，而城外呢？鬼子的背后呢？”又说：“我们大部分人在游干班学习过，都知道游击战的重要性。现在是敌强我弱，我们不能硬拼，要在敌人的背后捅刀子，炸桥破路，袭扰据点，掐断鬼子的补给线，叫鬼子没饭吃，没水喝，没弹药！”

宋和尚接着说：“志立说得对，我们以后再不能蛮干了，要跟鬼子捉迷藏，使巧劲，发挥游击战的长处！”

听他们这么一说，队员的情绪平静了下来。

是夜，萧志立和宋和尚商量了下一步的一些工作。

自一中队中队长李成来牺牲后，还没有安排人接任，宋和尚提出在游击队员中选出一个人来。萧志立没有同意，他认为“大刀队”是一个完整的集体，又有其特殊性，成分不宜过于复杂，游击队和“大刀队”合在一处，但不能参与领导。宋和尚考虑了一下，也觉得他的意见很周全，便没有提出异议。最后，确定由李翠刚担任一中队队长。

李翠刚才二十四岁，是第一批加入“大刀队”的，之前是在老圣殿，十五六岁即入了佛门，法号和顺。自加入“大刀队”后，李翠刚表现很积极，在战场上很勇敢，为人也很好。

萧志立要宋和尚找他深入地谈一次，好好培养。他说：“经过岳云关血战，这支队伍算是走向成熟了，我们要把这支队伍建设好，发展壮大，成为一支生力军。以后要多注意培养骨干，队伍才有凝聚力，才有战斗力。”

他还对宋和尚说：“一中队不能集中在一起，要分散驻扎，多设几个游击点。”

宋和尚同意萧志立的意见。经过一番研究后，制定出了一个游击方案，即以南岳为中心，划分几个游击区，把队伍分成几个小分队，以小分队为单位进行活动。

萧志立说：“一中队暂时这样安排，三中队在妙溪一带活动，可以相互策应。可是，二中队在哪里呢？向志武他们呢？上了四方山吗？还有，其他游击队和抗日武装的情况也不清楚。和尚，‘火神行动’已经启动，我们要尽快把地委的精神传达下去，把全县的抗日力量调动起来。”萧志立停顿了一下，继续说：“事不宜迟，我先到妙溪去，今晚就走。”

“还是我去吧，我是大队长，他们对你不熟悉。”宋和尚说。

“和尚，这里刚刚稳定，你不能离开。”萧志立说，“现在一中队分开行动，最要紧的是纪律。李翠刚才上任没经验，你是大队长，你不在，出了问题怎么办？”

萧志立的这番话，说到了宋和尚的心坎上，他低着头沉思起来。萧志立见他沉吟不语，接着说：“我去那里，正好与其他县委的同志取得联系，研究下一步的工作。”

宋和尚抬起头来，说：“你去我没意见，但不是这时候去，现在好好睡一觉，下半夜我叫你。”

“好！一说睡觉，真的就困了。”萧志立打了一个哈欠，感慨地说，“好凉快！要不是有任务还真舍不得下山呢，难怪神仙都在山里啊！”

宋和尚也笑着说：“等抗战胜利了，我陪你到山上来过神仙日子。”

“萧大哥！我不怕！”邬松韵听萧志立同意收他，心里十分高兴，说，“我已经死过一回了，还有什么可怕的！”

下半夜，萧志立带着和义、慧思两位大刀队队员，趁着天还未亮出发了。本来，他们原计划是经道子坪，翻过狮子峰下山去妙溪，那一带都是大山，荒无人烟，很安全，但路太远。为了节省时间，他们便临时改变路线，沿山腰的小路经印山到妙溪。这条路比山上的路近一半。

一路上很安静，下半夜没有月光，也看不到一点灯火。若是平时，赶场的做工的早已来来往往了，鬼子来了以后，老百姓都躲了起来，连鸡和狗都藏到了隐蔽处。

快到印山时天已大亮，路上还是没有行人。这一现象引起了萧志立的警觉。他说：“看情况有点不正常，我们要小心。”他指着旁边的一个小山头说：“和义，你爬上去观察一下，注意隐蔽。”

和义说声好，就爬到了山头上。他伸了一下头，又迅速把头低下，朝萧志立打了一个手势。

萧志立心里一惊：“看来情况不妙！”

他和慧思也爬上山包一看，原来，在进印山的路口已有几个鬼子在设卡守着。

萧志立悄悄地说：“这条路不能走了，我们从山里绕过去。”

于是，他们下了山包，离开小路钻进竹林，翻过一道山梁。但是，前面也有一队鬼子正在搜索前进。

他们吃了一惊，只好蹲在草丛里躲起来。萧志立对他们说：“鬼子在路上设了路卡，又到处搜索，我们得另想办法。”

慧思说：“我对这一带很熟，我们翻过这个竹山，从黄泥坳绕到妙溪去，那里有个黄泥观，路不好走，估计鬼子找不到那里。”

“行！”萧志立和和义跟着慧思又钻进竹林，翻过竹山后，来到了黄泥坳。

不料，他们刚刚走上进山的路，就迎面碰到了两个扛着长枪的鬼子。鬼子也发现了他们，举着枪哇哇地叫着。

看来，躲是躲不过了，逃也来不及了。和义和慧思正要拔枪，萧志立连忙阻止，说：“现在情况不明，不可贸然行动，看看再说。”

鬼子一边哇哇地叫着，一边向后招手。这时，一个穿便衣的年轻人又带着两个鬼子跑来。这个年轻人不是汉奸就是翻译！萧志立招呼和义和慧思冷静，自己迎上前去。

那个年轻人白白净净，戴副眼镜，对萧志立说：“日本人叫你们到黄泥观集合呢。”

萧志立指着和义和慧思说：“他们两个是出家人，算了吧！”

年轻人用衡山土话说：“哎呀，你们要躲就躲远点，他们到处抓夫修路，现在被抓到了，有么子办法？”他又大声说：“太君说了，和尚也要去，走吧！”

萧志立听他说土话，也看出来不像坏人，悄悄地对和义和慧思说：“鬼子在抓夫，我们见机行事。”

他们被鬼子押着来到黄泥观。黄泥观前的屋堂坪上已经站着二三十个老百姓，男女老少都有。

那年轻人对着乡亲们说："各位乡亲不用怕，日本人是要你们去帮他们修路呢，还有饭吃。"乡亲们一动不动，没有人答应。

年轻人见大家不搭理他，跺了跺脚，说："乡亲们啊，答应去吧，不去会死人的。"他见大家还是不说话，抱拳弯腰说："求你们啦，日本人急了真的会杀人呀！"

这时，人群中开始议论起来。

突然，黄泥观内传出几声尖叫，紧接着，一个鬼子押着四个道姑走出来。其中一个很年轻，十七八岁的样子，长得很清秀。

"哟西！"一个鬼子军官见了，奸笑一声，走了过去。

那年轻人跑过去点头哈腰地对鬼子军官说："太君，她们是道姑，动不得。"鬼子军官没有听懂他的话，转头瞪着他。他忙用日本话再说了一遍。鬼子军官扬起手，一巴掌把他打倒在地。

萧志立观察了一下周围的情况，一共五个鬼子，除了这个军官外，还有四个，站在四周。他对和义和慧思说："看来要出事，等下听我的命令。"

鬼子军官走到年轻道姑面前，一扬手打掉了她的帽子，一头乌黑的长发甩落下来。鬼子奸笑两声，把手伸向她。其他三个道姑扑上来，一把拖住鬼子军官，年轻道姑也奋力反抗。

突然，"砰砰"两声枪响，两个道姑被鬼子开枪打倒在地，乡亲们吓得尖叫起来。

萧志立果断地说："和义，你到那边开枪引开鬼子，慧思，等把鬼子引开后你就开枪。这个鬼子交给我！行动！"

和义掏出枪，朝天开一枪跑向屋堂坪外。

果然，鬼子听到枪声，四个人立即放开群众追过去。

慧思也抬手两枪就打倒一个。萧志立冲向鬼子军官，鬼子军官推开抓住他的道姑掏出手枪来。说时迟那时快，萧志立一枪打在他的肚子上。鬼子军官往前一扑，手枪掉在地上。年轻道姑捡起手枪对着鬼子的后脑开了一枪，然后跑上前去，跑了几步又转回身，跑到正在哭喊着的道姑面前，说："妈，你快跑！"

萧志立见年轻道姑反应沉着，还会开枪，忙对她说："快带乡亲们进山，快！"他朝慌乱的乡亲们大喊："快，跟我走。"乡亲们正吓得惊慌失措，听萧志立一招呼，立即跟着他跑起来。

慧思开枪打死了一个鬼子后，那三个鬼子反应过来了，立即伏在路边朝他们射击。

为了掩护萧志立和乡亲们，他们朝山下跑去。

正在山下搜索的鬼子听到枪声，也朝他们扑了过来。

上下都有鬼子逼过来，他们被包围了。

和义对慧思说："慧思兄弟，你对这一带很熟，逃得出去，我掩护你。"

慧思说："兄弟，要死一起死，我不能丢下你。"

"好，我们就在这里顶着，能顶多久是多久，让萧书记他们跑远一点。"

突然，离他们不远的竹林里响起一阵枪声，山路上的鬼子一下就倒了两三个，鬼子见状掉头就跑。枪声过后，竹林里冲出来十几个僧人追了下去。

"是三中队的人来啦！"他们心头一喜，朝山上追来的鬼子连连射击。

鬼子见他们来了援兵，慌忙离开小路，钻进竹林逃下山去了。

萧志立带着逃跑的乡亲一口气跑了里把路，估计到了安全地带，便停了下来。这时，山下的枪声突然停了，萧志立的心悬了起来。他招呼乡亲们躲到竹林里，自己跑到路口焦急地张望。

“哥——”一声清亮叫声把萧志立从焦急中拉了出来。他转头看过去。年轻的道姑正深情地看着他，红晕渐渐涨满了脸。

“叫我吗？”萧志立诧异地问。

年轻道姑盯住他的脸认真看了一下，又羞涩地低下头，喃喃地说：“好像！”

她身边的道姑问她：“星儿，怎么啦？”

年轻的道姑轻轻地说：“妈，真的好像！”

突然，下边传来沙沙的脚步声。

萧志立朝大家挥挥手，压低声音说：“有人来了，快躲起来！”说完，一个箭步跨上去，趴在一堆石头后面把枪指向路口。

脚步声越来越近，快到跟前时，有人喊起话来：“萧书记、萧书记——”

萧志立听出来了，是慧思和和义在找他。

他收起枪走出去，回应道：“我在这里，你们怎么样？都好吗？”

和义和慧思快步上前，后面跟着十几个僧人。那个年轻的翻译也跟来了。

和义对身后的高个僧人说：“这就是衡山县委代理书记萧志立。”没等和义把话说完，高个僧人伸出手与萧志立握了握，说：“萧书记，终于把你盼来了，我是大刀队三中队队长罗云水，外号罗猛子，以后就叫我罗猛子吧。”

萧志立拍了拍他的肩膀，说：“好，就叫罗猛子！早就听说你罗猛子有一身功夫，为人豪爽，今日一见，果然名不虚传！”他看了看后面跟来的人，问：“这是怎么回事？”

罗猛子说：“书记——”萧志立打断他，说：“以后不要叫我书记，叫我名字吧，叫老萧，小萧都行。”

“好！那我叫你志立吧，看样子你比我小几岁。”罗猛子说，“我们三中队分成了两股，一股随县委老李在妙溪，我带一股守在进山的口子上，防止鬼子进山偷袭。今天一早，就有乡亲来报信，说有鬼子在黄泥坳抓了几十个乡亲。我们赶过来救，正好碰上了和义他们被鬼子围住了。”

慧思说：“多亏了罗猛子他们，要不然我这一百多斤就丢在那里啦！”

“真是踏破铁鞋无觅处，想不到在这里遇上了。”萧志立问罗猛子，“你说县委老李，是哪个老李？”

罗猛子说：“李芳田。上次炸九龙桥，就是他带我们去的。”

“萧书记，还有一个情况向你报告。”慧思把那个年轻翻译拉过来，说，“这个人一定要来见你，我见他人还不坏，就把他带上来了。”

年轻翻译低着头说：“长官，我不是汉奸，当翻译也是被抓来的。我也恨日本鬼子。”他突然哭了起来，说，“我要加入你们队伍，和你们一起打鬼子，就怕你们嫌我当过鬼子的翻译。”

萧志立问：“你叫什么？哪里人？”

翻译说：“我是衡阳人，我妈是衡山人。我叫邬松韵，父亲是‘三湘木业公司’的老板邬致远。”

“呵，难怪会讲衡山话。你怎么落到鬼子手里啦？”萧志立问。

“长官——”

“不要叫我长官，我们这里没长官，你叫我老萧吧，萧大哥也行！”

“好！萧大哥。”邬松韵说，“我本来在云南做生意，听说日本人要打衡阳，我特意回来接我爹娘，哪知道刚到衡山就被鬼子抓住，两个随从当场被打死了，好在我会日本话，没有杀我，不料鬼子又逼着我来当翻译。昨天才来的，想逃跑还没有找到机会。今天万幸遇到了各位英雄。”

“邬松韵，你父亲我知道，是个好人。”他们都还不知道邬致远支援守军的事迹，更不知道邬致远已经牺牲。萧志立接着说：“估计他老人家不在衡阳了，你这样回去很危险，加入我们，我们欢迎。刚才我也看出来了，你是个有良知的中国人，只是，我们这里很苦，你一个公子哥，受得了吗？”

“萧大哥！我不怕！”邬松韵听萧志立同意收他，心里十分高兴，说，“我已经死过一回了，还有什么可怕的！”

“那好，以后你就是我们游击队的一员了。”他对罗猛子说：“猛子，还是按照你原来的计划不变，把兄弟们布置在进山的路口。鬼子吃了亏肯定会来报复，要把群众保护好，自己也要注意安全。”

他突然想起一件事，便朝年轻道姑走过去。

此时，年轻道姑已经脱下了道袍，穿一身简洁的夏装，长长的秀发披在肩上。萧志立见了一怔，问道：“小妹子，你刚才叫我哥，还说好像，像谁呢？”

小妹子抬起头，两眼闪着泪光，说：“刚才他们叫你萧志立，是吧？”

“是啊！我就是萧志立，怎么啦？”

“那——萧志辰是你什么人？”

“萧志辰，你说志辰呀，他是我弟弟呢，怎么？你们认识？”

小妹子红着脸点了点头。

萧志立忙问：“妹子，你见到他了？”

小妹子说：“早几天在衡阳，我见到他了。”

“他在衡阳？在衡阳干什么？”

“带着民工支援守军呢，我们就见了一面，没说几句话就走了。”

“哎呀，这个调皮鬼！”萧志立带着几分骄傲的口吻，说，“你不知道，志辰可是出了名的神枪手，凭他那性格，肯定是上战场打鬼子了！这小子，我还打算把他带到游击队来呢。也好，让他磨炼磨炼！”

他见她一直红着脸，泪花闪动，便问道：“小妹妹，你们两个是不是——”

这一问，弄得小妹子头都不敢抬了。

她妈妈忙说：“你不知道，她是单相思呢，不怕丑！”随后，她就把这件事情的来龙去脉告诉了萧志立。

萧志立听了连连称奇，笑着说：“下次我见着志辰了，就叫他来提亲，这么好的妹子，哪里去找！”他又问小妹子，说：“刚才我见你沉着冷静，还会打枪，是怎么回事？”

小妹子说：“我参加了抗战青年服务团，军训时学会了打枪。”说到这，娇羞的脸上一下子就显出了自信。

“这是我们萧家的福气呢，我这大伯哥也脸上有光啊！”萧志立这番话，说得她一脸通红，喜悦的气息一下子浮上了两颊。

萧志立正要道别，突然问：“哎呀，小妹妹，你还没告诉我叫什么名字呢？”

“欧阳星！”她笑盈盈地回道。

萧志立对欧阳星的妈妈说：“阿姨，我们要到妙溪去了，你和乡亲们要注意安全，保重！”道完别出发了。

“我把头发剪了！”欧阳星说罢，摸出一把剪刀，咔嚓一声，把一头秀发从中剪断。

欧阳星站在路口，看着萧志立他们渐渐消失在竹林深处，她又把目光伸向东南方向。

那里，正是战火纷飞的衡阳。

欧阳星对萧志辰的思念，突然变得强烈起来，尤其是萧志立刚才说，志辰上战场打鬼子了。枪炮无眼呀！残酷的战争让她感到了恐惧，她不由自主地担忧起来。这种担忧来得如此突然又如此揪心，与刻骨铭心的思念交织在一起！情窦初开的少女哪曾经历过啊！

过去的五年想念，是为了一份恩情。相遇之后，恩情一瞬间就升华了。多少个日日夜夜的想念，终于像决了堤的洪水喷涌而出，在她的心湖里掀起了巨浪，冲击着心房，强烈而执着。

她已下定决心要到衡阳去！志辰就在衡阳，寻找了五年，不想再失去了！哪怕是见上一面，应我一声“哥哥”也行啊！

但是，她又舍不得妈妈啊。

这么些年，妈妈一个人把她拉扯大不容易，吃了不少苦，如今又来了日本鬼子，把她们逼到了这里。她看着妈妈脸上的皱纹和渐露花白的头发，一股辛酸涌上心头。尤其是上午那一幕，妈妈为了救她，不要命地扑向鬼子，让她十分感动。她想过把妈妈托付给道观，但是，静云下山还没回来，留在道观的两个道姑也被鬼子杀害了，把妈妈一个人留在黄泥观怎么放心呢？

此刻，她的心又飞到了衡阳。

夜静，欧阳星一个人爬到黄泥观的楼上，凭窗眺望。

妈妈明白女儿眺望着什么。每到此时，妈妈的心也会抽动一下，叹息一声：星儿的心好苦啊！

三天之后，静云回来了。

妈妈把星儿的事跟她说了，静云听了感叹不已。“想不到星儿如此重情重义，实在难得。”她对星儿妈妈说：“世间万般，情最难了。一旦入了心，就不可久锁，锁久了，最会伤神伤心啊！”

妈妈听了惶恐不安，她对静云说：“道姐，现在衡阳正在打仗，战场上枪炮无眼，又没有志辰的消息。这么下去，不知是福是祸啊。”

静云双手合十，念了几句阿弥陀佛，也不好回答这个问题，她叹息一声，问：“星儿呢，是上楼去了吗？”

妈妈说：“上去一阵了，一站就是半夜，唉！”

静云说：“施主莫急，我上去看看。”

静云登上楼来，但见欧阳星静静地倚着窗台，举目远眺……上弦月的清辉洒在脸上，一丝幽怨在波动，眼睛时不时眨一下，闪着浅浅的泪光。

静云在她身后站了很久，不忍打扰。直到欧阳星发觉，她才轻轻地唤了一声：“星儿！”

“道姐，你回来了。”欧阳星也轻轻地回了一句，叹息了一声，说，“这么晚了，还没休息呀。”

静云走过来，轻柔地抚着她的肩，感慨地说：“人之相遇啊，是应前世的两种因果呢。”

静云的一声感慨，触动了欧阳星的心弦，她漠然地看着静云，静云脸上却平静如水。

静云又叹息一声，说：“一种是缘分，一种是劫数啊！”

欧阳星听了，如千斤石头砸进了心湖，掀起了巨浪。她再也忍不住情感的冲动,叫了一声“道姐”,伏在静云的肩上痛哭起来。

良久，她抬起头来，擦干眼泪，说：“道姐，缘分也好，劫数也罢，我不管结果，就算万劫不复，我也心甘情愿啊！”

欧阳星说完这句话，突然跪在静云面前，说：“道姐，我有一事相托。”

静云连忙躬身去扶，说：“星儿礼重了，有话站起来说。”

欧阳星站起来，坚定地说：“道姐，我要到衡阳去找他，不管生死，不找到他我死也不甘心。”她再次跪下对静云说：“道姐，妈妈是我唯一的亲人，我放心不下。我们有缘相遇，也是上天注定，今夜星儿就把妈妈托付与你。道姐不要推辞，星儿在此拜谢深恩。”

静云扶起欧阳星，说：“星儿言重了，你于贫道有救命之恩，你妈就是我妈，哪来谢恩一说。”她顿了顿，说：“衡阳正在血战，鬼子到处杀人放火，必定是危险万分，还是不去为好，等有了准确的消息再去，好不好？”

欧阳星说：“道姐，正因为衡阳在血战，我怕……我怕呀，道姐！如果真的见不到他，我会悔恨终生啊！道姐，我已下定决心，不要拦我。妈妈就托付给你了。”

静云说：“星儿，你何必呢？”她犹豫了一下，说：“你一个柔弱女子,不方便呀,遇到鬼子不是羊入虎口吗？还是去不得。”

欧阳星坚定地说：“我女扮男装，就不怕了。”

“你这一头长发怎么办？”

“戴一顶帽子，就看不出来了！”

“傻妹子，这么热的天戴顶帽子，你哄谁呀！”

“我把头发剪了！”欧阳星说罢，摸出一把剪刀，咔嚓一声，把一头秀发从中剪断。

静云吓了一跳，一把抱住她，泪流满面。

“星儿——”妈妈早已登上楼来，一直站在门口听着，见女儿突然把头发剪了，伤心地奔了过来。

“妈——”母女俩相拥而泣。欧阳星说：“妈，原谅星儿不孝，不找到他我一辈子都不会甘心啊！”

“星儿，妈知道，你放心，我会在菩萨面前为你上香祷告，保你平平安安。”妈妈哪里忍心让女儿去呀，此去生死未卜，也许是条不归路，但是，在妈妈的心目中，女儿的一切就是妈妈的一切呀！妈妈纵然不舍，也只能把伤心的泪水咽进肚里！

到了这个时刻，静云知道再劝也没有用了。她说：“星儿，妈妈在这里，我会像你一样孝顺，这个你放心。只是你到衡阳去，凶险万分，可要小心啊。”

当晚，静云把欧阳星的头发剃成了小平头，又找了一身男人衣服换了。

次日凌晨，欧阳星女扮男装，拜别妈妈和静云，下山往衡阳奔去。

第八章　女扮男装

这种冲动是长时间积累的一种爆发，就像火山，一旦喷发是任何力量都阻挡不了的。

欧阳星虽然是一个才十八岁的文弱女孩，但是这几年，她经历过生与死的考验，已成长为一个意志坚强的青年。正如她自己所说，如果是男儿身，早已扛枪上了战场！如今，她女扮男装赶到衡阳去，她十分清楚，此去前路漫漫，不仅有她的爱情，还有凶险万分的危机，甚至将付出生命！

像一只追求光明的飞蛾，明知前面烈火焚身，也要往前一扑。这种冲动是长时间积累的一种爆发，就像火山，一旦喷发是任何力量都阻挡不了的。

从黄泥观出发到衡阳，如果沿长衡公路走，是一天一夜的路程。鬼子已占领了公路，并在两厢扫荡，欧阳星只能避开大路，沿小道翻山越岭。

欧阳星走的是一条古老的石板路。这条路她过去没走过，听老人说，在长衡公路未修之前，这是一条官道。南来的客人到南岳进香都是走这条路，商贩和官差也是通过这条路往来。因此，每隔五里就有一铺，如果是荒山野岭，会有好心人捐建凉亭供路人遮阳挡雨。长衡公路修通后，这条路逐渐冷清了，现在已是一派荒凉，两旁杂草没膝，有时候要拨开荒草才能通过。如果不是深刻在石板上的车痕蹄印，很难想象这条路曾经也有过繁华。

欧阳星孤独地走着。

山风穿过树林轻轻地拂着她的脸，太阳从树叶的间隙投下一条条光柱，在风中晃动，石板上斑斑点点有如繁星闪烁。美丽的风光不合时宜地在她眼前展现。

唉！欧阳星深深地叹息着。

中午时分，欧阳星来到一处断崖。石板路从这里蜿蜒往下，便是一望无际的田野。水稻青里泛灰，风吹过，宛如浪涌浅海。田野村舍棋布，却闻不到鸡鸣犬吠，连一个人影都没有。欧阳星朝田野的尽头望去，那里烟尘滚滚，不时传来枪炮的爆裂声，那里是衡阳，正在经历着战火的蹂躏。

这时，田野中间腾起一路灰尘。这是鬼子的汽车在驶过，这种景象，让欧阳星加深了对鬼子的仇恨！

突然，山崖下传来几声咳嗽。有人！欧阳星警觉起来。她连忙爬上路边的岩石向下张望。路边有一座凉亭，凉亭里坐着四个鬼子！原来，鬼子为了整修长衡公路，四处抓夫，在一些主要路口设卡拦人。

欧阳星屏住呼吸，向四周望去，除了这条石板路，看不出有其他地方可以绕过凉亭。如果要穿过那片宽阔的田野，还得另想办法。

不料，鬼子却发现了她。一个鬼子朝她指了指，就带着另一个鬼子往上跑来。

欧阳星心一慌，连滚带爬地钻进路边的树林朝山上跑去。山上杂柴丛生，前面像是有人走过踩出了一条道来，她顾不得那么多，低头钻进一片松树林。松树下杂柴没有了，但地上铺满松叶，很滑。她一步没踩稳摔倒了，刚爬起来，就听到后面传来了打斗声和惨叫声，很快又恢复了平静。欧阳星屏住呼吸，侧着耳朵仔细听，突然脚步声又起，踩得杂柴咔嚓作响，渐渐往这边来了。她索性滚到一棵松树的后面躲起来。

脚步声越来越近，当走到她摔跤的地方时停住了。

“刚刚才跑过，哪去了？”

“你看，在这里摔了一跤，估计没走远！”

他们说的是本地话，不是鬼子！欧阳星侧着头来看，只见五个汉子站在树下指指点点。

“今天杀了两个鬼子，解恨！”

“你看，两把好枪，子弹是满的！”

欧阳星听出来了，刚才的打斗声肯定是这几个人把追她的鬼子杀了，悬着的心终于放下，便站起身走了出来。

那五个人先是一愣。一个三十来岁的汉子说：“哎呀，是一个伢子呢。小兄弟，你怎么一个人跑到山里来了？”

欧阳星拍了拍身上的泥巴，打量了一下他们五个人。

五个人中，有三个穿着警察的黑衣服，两个是山里人打扮。她便问：“你们怎么会在这里？”

一个年纪稍大的警察说：“我们是南岳佛道抗日大刀队的，在这里打游击。”

“大刀队？”欧阳星疑惑地看着他们，说，“听说大刀队都是僧人啊！”

那警察笑了笑说：“我们是大刀队二中队的。”话未落音，一个警察推了他一下，说：“你跟一个小伢子说什么？他又不懂。”他笑着对欧阳星说：“小兄弟，你一个人跑到山里来，不怕呀？幸亏遇到了我们。”

欧阳星回道："回家迷路啦。"

"小兄弟，碰到我们也是缘分。不瞒你说，没有你帮忙，我们还不知道怎么弄呢。"

"是呀，鬼子到处设卡，害得乡亲们有家不能回。早就想弄死他们几个！"一个村民说，"我们在山上蹲了一上午，一直没有机会下手，正在发愁呢，料不到你却把鬼子引到山里来了。嘿嘿！"他把手里的枪在欧阳星眼前晃了晃，笑了起来。

"鬼子这么久不回去，亭子里的鬼子会起疑心的，此地不宜久留，快走吧。"年纪稍大的警察对欧阳星说："小兄弟，跟我们走吧，一个人落单很危险。"

欧阳星答应一声，跟着他们走了。

一路上，他们把自己的情况跟欧阳星说了。原来，这三个警察原是王才能的手下，年纪稍大的叫王庆云，其他两人一个叫黄伍生，一个叫赵长林。那天王才能当了汉奸，他们趁乱逃脱了，后来躲到山里，遇到李兆兴、戴发林两老表。大家都恨鬼子，便商量着拉起一支队伍，号称"集兵滩抗日游击队"。因为大刀队二中队救过他们的命，又见过中队长廖元一面，便借大刀队的名头立威。

欧阳星见他们诚恳，也就没有瞒他们。当然，她没有说自己是女扮男装，只是说自己到衡阳去找哥哥，哥哥在衡阳战场上打鬼子。

王庆云听欧阳星说是去衡阳找哥哥，吓了一跳，说："欧阳兄弟，去不得，那里天天要死好多人，听说河里的水都是红的。"

大家也纷纷劝她千万不要去。

欧阳星笑了笑，坚定地说："我答应妈妈了，一定要找到哥哥，死也要找到！"

走了个把钟头，他们来到一个山角落。这里三面环山，树木茂盛，一条小溪从林中冲下来形成一个小瀑布，瀑布跌入水潭里，哗哗作响。水潭边上搭建了一排草棚子，几个乡亲正围在一堆聊天。

他们与乡亲们打了一下招呼。棚子里又陆陆续续钻出来十几个人，男男女女，老老少少。

他们都是李兆兴和戴发林的家人和邻居，在这里躲鬼子。欧阳星的到来，给乡亲们添了不少话题，尤其是刚打死两个鬼子的事，更是说得神乎其神。

晚上，欧阳星跟他们说，躲在这里不是长久之计，今天死了两个鬼子，鬼子肯定会来报复，迟早会找来的，建议他们转移到妙溪去。说那里驻扎着一支抗日游击队。“你们去参加游击队吧，合在一块更好跟鬼子干，乡亲们住在那里也安全。”

第二天天刚亮，欧阳星执意要走，他们见留不住，也就没有霸蛮。临别时，欧阳星又提了要他们转移到妙溪去的事，他们没有表态，只是含含糊糊地答应着。

因为石板路有鬼子守着，欧阳星按照他们的指点，沿着另一条山路爬上了对面的山梁。正走着，忽然听着有杂乱的人声从对面传来，隐隐约约。她转头望去，一队约二十来个鬼子正沿着石板路往山上走，已过了亭子了。欧阳星大吃一惊：不好！肯定是鬼子来报复了。

她想都没想，折转身就跑。

鬼子来了的消息，令乡亲们乱作一团，王庆云他们几个也不知所措。欧阳星喘了一下气，对李兆兴说：“李大哥，你路熟，你去对面山头烧一堆火。”她指着约一里开外的山头说：“把烟弄大些，鬼子还摸不清方向，肯定会往冒烟的地方去。”

她又对戴发林说：“戴大哥，你带乡亲们往妙溪方向走，走石板路，越快越好。”

“王大哥，”欧阳星说，“我们几个找个地方躲起来，如果鬼子朝村民方向追，我们就开枪阻击。”她又朝乡亲们大喊：“乡亲们，快点，东西不要了，保命要紧。”

不到一刻钟，大家都走了。欧阳星和王庆云等四个人在通往妙溪方向的一个山口埋伏起来。

由于欧阳星通知及时，又采取了疑兵之计，鬼子在山里折腾了一天，连个人影都没找着，傍晚时分，鬼子胡乱朝山里放了一阵枪后，下山走了。

王庆云他们没有去妙溪，而是在白石峰南面的一个小山村里扎了下来。欧阳星的沉着冷静让他们十分佩服，几次劝说想把她留下来加入他们的游击队。

欧阳星的心早已飞到了衡阳，哪能留得住啊！

但是，鬼子吃了亏不甘心，加紧了搜剿，一连几天没有停，路上的哨卡也增加了兵力。欧阳星想下山也没有办法，只能心急如焚地等着机会。

直到五天后，鬼子的搜剿终于有了松懈。

欧阳星在死人堆里待了一个晚上！一想到刚才的情景，还是头皮发麻。

欧阳星告别王庆云他们，心急火燎地往山下赶。

月亮上来后，她沿着一条偏僻小路下到山脚下。小路的尽头是一块菜地，绕过菜地，便到了小河边。

阴历五月，正是南方多雨的月份，虽然今年的端阳雨迟迟未来，但从山上流入小河的水很丰沛，因此小河的水是满的，但流速不快。

圆圆的月亮挂在空中，朵朵白云从东往西缓缓移动。云行西，雨凄凄。看来这两天会有雨来。欧阳星透过模糊的月光望去，河堤上长着一排柳树，后面则是一眼望不到边的稻田。她判断了衡阳的方位，如果沿着这条小河，穿过这片宽阔的农田，就可以避开长衡公路了。

日军正在抓紧准备对衡阳的第二次强攻，由北往南开进的步兵和运送给养的车辆不断，有的步兵还沿着田野的小路走，甚至直接踏着稻田前进。

河滩上长满了蒿草和芦笋，足有一人多高。河水已漫上河滩，没过了蒿草半折。不时有鬼子从田野下来到小河里喝水。

初夏的晚上，正是毒蛇出来捕杀蛙虫的时间。欧阳星知道，毒蛇只会在河滩上的草丛里活动，不会到水里来，她便小心地在河里的草丛中穿行，又怕被鬼子发现，有时还要停下来蹲进水草里，等到鬼子上了岸安静了再往前走。

大约走了三里远的样子，小河上出现了一座桥，是长衡公路跨过小河的公路桥。鬼子巡逻队每隔个把小时就来桥上察看。欧阳星观察了一会，趁着鬼子走远了，快步走到了桥下。

这是一座一墩两跨的水泥钢筋桥，桥下也是杂草丛生。欧阳星感觉有些累，就坐在草丛里喘息。月光已过头顶，桥下面乌黑一片。她感觉有几个人也躺在桥下休息，模模糊糊不太清楚。因为怕惊动路上的鬼子，欧阳星没有问，也不敢弄出声音来。

等到又一拨巡逻队过去后，欧阳星悄悄走出桥洞往下走。她下意识地回头看了一眼。大约六七个人的样子，躺着一动不动。大概也是躲鬼子的吧！欧阳星猜，又继续往下游走去。

过了一个急弯，前面不远处传来灯光和戏水的声音。她蹲下身来，目光透过草尾，看到几个鬼子打着手电筒在河里洗澡。欧阳星朝周围看了一下，这里河滩上草很稀小，没有树，如果绕过去很容易被发现，没有其他办法，只好折回桥下躲起来，学着那些人的样子躺着一动不动。

田间嘈杂的蛙声渐渐稀少，百虫的鸣叫也安静下来，一只春哥子拖着长长的尾音从田里飞入山林。欧阳星坐起仰头望去，月亮已经落入西山。离天亮不远了！

洗澡的鬼子已经离开，巡逻的鬼子刚刚过去。欧阳星赶紧爬起来，她突然想到躺着的这些人一晚上都没动，一直保持着不变的姿势，莫非？

一股冷气沿背梁骨直冲脑门，吓得腿都软了！她掐了一下大腿，跳起来刚迈步，突然从桥上冲下一个人来把她按住，吓得她趴在地上，惊叫一声。那人连忙捂住她的嘴巴，低沉地说："别叫，鬼子刚走不远！"

那人把她拖起来往一条小路跑。欧阳星已经蒙了，不由自主地跟着，她只觉得有好几人从她身边跑过，还听到低低的哭泣声。

走了半个钟头，来到一片竹林。那人把她往地上一放，累得气喘吁吁。

欧阳星这时已经清醒过来了，也不怕了。她判断这些人是本地的乡亲，是趁鬼子巡逻的空隙去抢桥下躺着的“人”。她坐起来揉了揉发酸的腿，望着刚才拖她的人。

那人仔细瞧了瞧，低沉地惊叫一声：“你是谁？”

虽是夜里，但从模糊的样子可以看出，那人是一个壮年汉子。欧阳星说：“我回家迷路了，在桥下躲了一夜，不知道为什么你把我拖到这里来了。”

“哎呀，吓死我了！”那汉子拍了拍心口，见欧阳星说话很平静，惊讶地说，“小兄弟胆子真大。鬼子昨天在那里杀了 7 个人，都扔在桥底下，刚才我还以为你是活过来的人呢。”

果然是尸体！想不到跟死人待了一个晚上！欧阳星尽管胆子大，一想到刚才的情景，还是背皮发麻。

这时，陆陆续续又过来了十几个人，有的轻轻地哭泣着，他们抬着尸体穿过竹林，往山里去了。

那汉子告诉欧阳星，他姓黄，刚才过去的都是这里的村民。昨天鬼子把他们抓去修路，干了一天，只给了两个红薯。后来，他们趁鬼子不注意就逃跑，不料，有七个人被抓了回去，杀死在桥头。“唉！可恨！”他说完一拳砸在地头上。

鬼子的残暴又一次激起欧阳星的仇恨。她咬着牙说：“黄大哥，别难过，鬼子的仇一定要报！”

“真想冲过去杀他几个鬼子，可惜我们手里没武器，唉！”

“鬼子欠我们的血债太多了，不是你一个要报仇。”欧阳星说，“我哥哥在衡阳打鬼子，我去找他，就是要和他一起打鬼子，报血海深仇！”

“小兄弟，你年纪轻轻，想不到会有这般英雄气概，不简单！”他看了看夜空，说，“衡阳进不去呀，四周都被鬼子围住了。”

“我不怕！”此刻，欧阳星胸中又激荡起了强烈的思念。她也知道十分危险，但危险阻挡不了她。她坚定地说：“我就不信鬼子的包围圈会密不透风，就是钻也要钻进去！”

“这里到衡阳还有 20 多里，到处是鬼子，走过去不容易。我给你指条路吧。”他站起来指着远处一道黑黝黝的山梁说，“你沿着小河边一直下去，到了那里就有一条小路，你从小路上那座山。那座山有十多里长，叫长岭，山上树多，只有岭上一条山路。你沿山路走到尽头。对面就是虎形山，国军在那里守着。等到晚上，你看有没有机会摸进去，实在不行就打转来，不要把命丢在那里！”

欧阳星说：“黄大哥，谢谢你！我找到哥哥后，一定多杀几个鬼子，报仇雪恨！”

“快天亮了，小兄弟！”他拉着欧阳星的手说，“你走吧，一路小心，愿你逢凶化吉，找到哥哥！”

欧阳星知道，自己终于到了衡阳，紧张的心弦一下子就松弛下来，腿一软，竟然昏了过去。

欧阳星抬头看看东方。东方已露出微微的白光，启明星闪动着，在夜空中格外显眼。她告别黄大哥，又回到小河边，沿河滩一路往下，走到了黄大哥指的那条小路上。

这时，天已微微亮了。阳光从东方的云层中投射出来，照得大地宛如镀上了一层金色，一瞬间就消失了，又是灰蒙蒙一片。

从小路到长岭要经过半里路的开阔地，两边是稻田和菜地，几栋农舍点缀其间，门窗紧闭，周围雾气弥漫，灰尘缥缈。

欧阳星小心翼翼地从小河里上来，沿小路向长岭跑去。刚刚跑到一半时，从旁边的黄竹丛里拐出一个略胖的中年人来，与她迎面相撞。两人对视了一下，欧阳星装着若无其事的样子从他身边走过。突然，中年人一把抓住她的手，大叫道："又抓住一个！"欧阳星挣了两下没挣脱。两个鬼子跑过来，用刺刀逼住她。中年人堆着笑脸说："伢子，不用怕，太君是叫你去修路，修完路就放你回家，走吧！"

欧阳星心头一震，逃跑已经不可能了，只好被鬼子押着离开小路，来到一栋农舍。中年人叫看守的鬼子开了门，把她推了进去。屋里蹲满了人，大概有二三十个，看样子都是被抓来的乡亲。欧阳星找了一个墙角蹲下。旁边一位大叔轻轻地对她说："没有逃脱吧？唉，造孽！"

“大叔！那胖子是谁？”欧阳星问。

大叔说：“王才能，是衡阳北区区长，别看他一副笑脸，人坏透了。”

“狗汉奸！”欧阳星骂了一句。

“小声点，让他听见不得了。”汉子惊恐地制止她，说，“昨天死了好几个。”

这时，王才能端着一皮箩盖熟红薯进来，笑了几声，说：“乡亲们，吃早饭啦。”一边说话一边把红薯分到大家手里。“吃饱了好做事，不要惹皇军生气，公路修完了就放你们回家。”

大家没有说话，接过红薯默默地吃起来。欧阳星也一样，吃了红薯后，鬼子就押着他们往长衡公路方向走。

这时天已大亮，厚厚的云层把天空捂得严严实实，没有一丝风，闷热的空气使人喘不过气来，还没走到公路上就已浑身是汗。

“鬼天气，热死算了！”一个乡亲骂了一句，谁知鬼子冲上来就是一枪托把他打翻在地上，号叫一声，又用刀逼着他起来赶路。

王才能跑过来对鬼子点头哈腰地说：“太君别生气，打坏了就不能做事了。”他转头瞪了被打的村民一眼：“想死呀！”

公路上已有稀稀落落的村民在做事。鬼子押着他们沿公路往南又走了一阵，到了一处山梁下。公路沿山脚弯弯曲曲绕了半圈往上爬，爬过一个山坳后，又是一片开阔的稻田，稻田里到处都是壕沟，直的斜的，一直伸到烟尘弥漫的远处。欧阳星猜测，这里应该就是鬼子进攻衡阳的前沿阵地，现在还空着，一旦开战，鬼子就会沿壕沟进攻。欧阳星又朝四周观察了一下，从山梁至田野一线扎着鬼子的营盘，一眼望不到边，一个山头上隐隐约约藏着几十门大炮。看来，鬼子又准备进攻了。烟雾弥漫的地方就是虎形山守军阵地了，从这里走过去，应该不会超过五里路远。

她暗自下决心：只要有机会就逃，冲过这片稻田就到衡阳了。想到衡阳，心里又有了莫名的冲动，但很快又沉下来。鬼子守得这么严，怎么逃呢？

几个鬼子把锄头分发给他们，王才能摇着扇子把他们领到各处。

公路破坏得很严重，到处是坑，还有石头和树桩堆在路上。这应该是游击队干的！

下午，随着一丝凉意过后，一场大雨泼了下来，短短几分钟，身上已淋得透湿。大雨过后，云开日现，太阳更加毒辣，晒得皮肤火辣辣地痛，空气更加沉闷，仿如置身蒸笼。

王才能和鬼子经不住这种闷热，躲在路边树荫下喘气。

远处经常传来鞭打声和惨叫声，时不时还响起枪声。

到处都弥漫着绝望的气息。

一位七十岁的老人熬不住倒在地上，鬼子发现了冲过去就是一枪托砸在他头上。老人额头上流着血，他艰难地爬起来举起锄头无力地挖着。另一个鬼子走过来，把老人拉到一堆石头边，叫他和一个中年汉子抬石头。中年汉子同情他，就把绳子往自己一头挪，鬼子又一枪托砸向中年汉子。中年汉子咬着牙关没有说话。老人轻轻地说：“没事，就放到中间吧，我抬得起。”两人抬起石头，老人在前面摇摇晃晃才走十来步，脚一软摔倒了，石头砸在他腿上，他痛得“哎呀”大叫一声。中年汉子连忙放下竹竿来扶，鬼子冲过来用刺刀逼着中年汉子离开，然后朝老人的头开了一枪。一股鲜血喷了出来，老人趴着不动了。

大家愤怒了，吼叫着围过来。

王才能连忙拦住大家，说："乡亲们，别人的事不要管，快去做事！"

中年汉子瞪着他，朝他脸上吐了一口痰，骂道："狗汉奸，不得好死！"

王才能脸皮唰地就白了，他抹了抹脸，指着中年汉子说："我来帮你，你还骂我，不知好歹！"他朝鬼子挥了挥手："你们想死是吧？别怪我不管！"

鬼子冲上来一刺刀扎进中年汉子的胸口，中年汉子抽搐着倒了下去。

几个鬼子挺着刺刀冲过来，一名军官挥着长刀哇哇地叫着，鬼子把枪端平瞄准村民。

王才能狞笑着背过身去。

一场屠杀眼看就要开始了！

突然，西南方向传来飞机的轰鸣声，一瞬间就到了头顶上。鬼子们抬头看一眼，风一样跑开躲到公路下。

"嗒嗒嗒——"一串机枪子弹从俯冲的飞机上射来，打得砂石飞溅，接着便是连续的爆炸声。

欧阳星大叫一声："快趴下！"拉着身边的人往石堆后面一滚。她知道，这是美军飞虎队的飞机来轰炸日军阵地了。

她趴在石头后面看到，一颗炮弹落在鬼子躲的地方，随着"轰"的一声，两个黄色的影子飞上半空又摔下来。"啪啪"几声，炮弹掀起的石头落下来，一支步枪随砂石落在她的身边。她一把将枪抓到手里，对旁边的村民大喊："快跑！"她明白，此时不跑，等飞机飞走后，就没有机会了！

她提着枪跳起来，扑进壕沟里低着头向前冲去。修路的乡亲也趁乱四散奔逃。

不到几分钟，飞机飞走了。躲在路边的鬼子爬起来，公路上已不见人影。鬼子号叫着朝奔逃的乡亲胡乱开枪。

“砰砰——”欧阳星感觉到有子弹从头顶飞过，她转头一瞧，三个鬼子正沿着壕沟朝这边追来。她提了一口气加快了脚步。壕沟里尽是没膝的烂泥，跑起来十分困难。她索性甩掉鞋子光着脚跑。

跑了一阵，鬼子的号叫声越来越近了。毕竟自己气力不如男人，又饿了一天，早已是身疲腿软，眼看着鬼子就到了背后，她猛提一口气，奋力一跃，跳上土坡滚到田里，翻转身就把枪举起瞄向鬼子。

“砰”的一枪，跑在前面的鬼子应声倒下，后面两个鬼子愣了一下，又挺着枪扑了过来。欧阳星朝鬼子打了两枪，都没打中，再扣扳机时，听到“咔”的一声，没有子弹了！她的心提到了嗓子眼上。

鬼子见她枪不响了，也知道她子弹打光了，便站起身，挺着刺刀逼过来，欧阳星翻身爬起，端起刺刀准备拼命。

“砰砰——”突然，从她身后传来两声枪响，两个鬼子应声倒地。几条人影冲过来，拉着她跳进壕沟趴下。欧阳星定了定神，侧目看了看，原来是几个国军救了她。等了一会，一名国军走过来夺了她的枪，低沉地命令道：“撤！”

欧阳星知道，自己终于到了衡阳，紧张的心弦一下子就松弛下来，腿一软，竟然昏了过去。

第九章　意外收获

宋和尚打开文件袋，抽出一个卷宗打开看了看，全是日本字。卷宗上有四个大字像是中国字，他拿到灯下一瞧，惊呼一声："冈村宁次！"

南岳街上的乡亲们回家后虽然开了店铺的门，但人却不敢往街上走。几天后，大家见鬼子没有怎么样，胆子也就大起来了，互相有了走动。周边农村的乡亲见了，也陆陆续续来做买卖，街上渐渐又有了一点生气。

呼延春的"春和酒店"也开张迎客了，他的维持会长也粉墨登场。松井几乎每天都要来他酒店一趟，有时还会坐下来喝几杯酒。

这天晚上，"春和酒店"的三楼正在召开一个会议。呼延春上次的想法得到了地委的同意，为了便于开展工作，地委还派成海云来组建南岳特别支部，由成海云任书记，呼延春为委员。另外，从"大刀队"抽调了三名队员，以酒店伙计和杂工的身份作掩护开展工作。成海云则做起了酒店的账房先生。

成海云是萱洲河的一位打鱼人，早年参加过赤卫队。

开会的一共三人，除他们外，还有地下情报员刘吉福，他是白龙潭迎宾山庄的厨师。

开会的起因是刘吉福下午反映的一个情况。

白龙潭圣经学院曾是“游干班”的基地，迎宾山庄坐落在圣经学院旁边的半山腰上，四周古松环抱，环境幽静。“游干班”举办期间，国民党要员多下榻于此。鬼子占领南岳后，迎宾山庄本已停业，在松井的要求下，早几天又开门了。今天上午，松井带领队伍进驻了圣经学院，将迎宾山庄的工作人员全部清了出来。

当时，刘吉福还以为是松井要住进迎宾山庄，但他只派人四周守着，并没有进去。

下午，刘吉福又发现，鬼子在白龙潭两边的路上设了哨卡，对过往行人盘查很严，除日本人外，其他人均不能靠近，连当地老百姓回家也不允许通过。刘吉福感觉这一情况很不寻常，特意从暗渠偷偷摸下山来报告。

等刘吉福汇报完，成海云脑海里迅速翻滚起来。他对刘吉福说：“老刘，你下来其他人知道不？”

刘吉福说：“不知道，我们几个被锁在迎宾山庄屋坪下的杂屋里，角落里有个漏洞直通暗渠，日本人还没有发现。”

成海云说：“你是厨师，鬼子随时可能找你。你赶快原路返回，别让鬼子发现 。如有新的情况，赶快来报告。”

刘吉福说声好，立即走了。

成海云对呼延春说:“春老板,你觉得鬼子在搞什么鬼名堂？”

“松井是日军的特务头子，还是中佐，来南岳这些天，先是杀人放火,后又成立维持会,装起了斯文,这里面肯定有鬼名堂。上次志立和和尚也这么认为，鬼子要在南岳长驻。”

“但从现在的情况分析，鬼子不只是长驻，很可能要把指挥部设在这里。”呼延春走到窗口朝白龙潭的方向望去。外面是漆黑一片，什么也看不清。山上的风一阵阵呼啦啦地刮下来，刮得窗纸啪啪作响。他转头对成海云说："我在想，让一个特务头子在这里打前站，会是一个什么级别的指挥部呢，难道是十一军军部吗？！"

成海云说："也不太可能！这里什么通信设施都没有，又是一个难以屯兵的小地方，而且，这里曾是抗战的核心区域，日本人很狡猾，不可能如此冒险！莫非——"他用询问的目光盯着呼延春。

呼延春也在一步步地做着判断。他说："会不会是鬼子的什么大人物要来？"

"对！这个可能性非常大！"成海云捶了一下窗格子，说，"不然，鬼子把迎宾山庄腾空干什么，肯定是鬼子的什么大人物要来住！"

两个人这么一分析，鬼子的目的就猜着了八九分。为了保险起见，他们立即安排人上山找宋和尚，要宋和尚派人下山侦察。

宋和尚得到消息后，也感到鬼子这种举动很不寻常。他立即把刚刚担任一中队队长的李翠刚叫来。他命令道："翠刚，你挑选十个得力的兄弟，跟我去南岳执行任务，你自己也去！"李翠刚答应一声，转身跑了，不一会儿，他带着十名队员站到了宋和尚面前。

他们没有停留，连夜就往南岳赶。到达南台寺时天已亮了。为了不惊动白龙潭的鬼子，宋和尚他们没有走大路，而是沿着南台寺下面的一条陡峭的小路走，在金牛岭停了下来。

宋和尚叫李翠刚和队员们隐蔽在树林里，自己则沿着百步云梯，登上金牛岭的最高处向下张望。

金牛岭是从黄庭观至南台寺之间的一道石梁，长达百米，高达二三十米。石头上寸草不生，但在断崖处却长着一簇丛林，上有几株百年古松。因石梁形似牛背，早晨日出或傍晚日落时，霞光洒在石头上，闪动着金色的光芒，故被称为金牛岭。上金牛岭必须登上百步云梯，极其险峻，很少有人攀登，所以，这条路几近荒芜。

李翠刚安排队员们隐蔽后，也爬了上来。今日天气不错，晨雾正在悄悄散去，从这里看迎宾山庄，虽然不是十分清楚，但还是能看个大概。

整个上午，除了进进出出的人影外，没有发现什么异样。

山上有风，太阳也没有像山下一样炽热，但是，他们一直趴在石头上，仍然感到似有火苗在喉咙里跃动。口干还好，山崖下有泉水，喝几口就解决了，最难对付的是这里的蚊子，叮你时毫无感觉，吸饱血飞走了你才感到奇痒无比。他们的一双手几乎没有停过。

傍晚时分，突然响起了一阵汽车的轰鸣声，不一会儿，一溜汽车驶进迎宾山庄的院子。前后是两辆大汽车，跳下来二三十个持枪的鬼子，中间三辆乌龟壳，钻出来七个人，依次进了迎宾山庄的大门。

李翠刚对宋和尚说："队长，有情况！"

宋和尚压低声音，说："我看到了，别出声。"

虽然看不清人的模样，但从鬼子的排场可以判断，是鬼子的大人物到了，而且就住在迎宾山庄。

他们又观察了一阵，迎宾山庄三楼的灯亮了起来，过了一会儿，出来了 4 个人，又钻进两辆乌龟壳走了。

宋和尚朝李翠刚打了一下手势，两人沿百步云梯下来。宋和尚对李翠刚说："鬼子来了个大人物，今晚住在迎宾山庄不会走了。”

李翠刚说：“那怎么办？要么我带弟兄们摸进去杀了他！”

宋和尚瞪了他一眼，说：“你现在是中队长了，要多用脑子。”他略思考了一下，说：“你和兄弟们继续在这埋伏，不要乱动。我去街上找春老板他们商量。你们轮流观察，一刻也不要错过，直到我回来，记住！”

宋和尚连夜下山来到春和酒店。

成海云和呼延春正焦急地等着，见他来了，连忙一起上了三楼。

宋和尚告诉他们，鬼子的大人物到了，就住在迎宾山庄。“但是，”宋和尚摊开两手说，“眼巴巴地看着，没有办法对付，真是急死人！”

成海云说：“莫急，迎宾山庄的厨师刘吉福是我们的人，如果不出意外他很快就会来。他情况熟，会有办法的。”

正说着，门外响起了三下敲门声。他们赶紧安静下来。接着又敲了三下。

呼延春轻轻说：“啄木鸟，啄木鸟，不要把门啄坏了。”

门外的人回道：“啄木鸟，啄木鸟，啄穿了吃不了。”

呼延春笑着说：“说曹操曹操到，老刘来啦。”说完把门打开。

刘吉福喘着气走了进来，一身都是泥巴。他不等大家问，就急着说：“鬼子的大官到了，住在迎宾山庄的三楼。”

“这个我知道了，现在就等你来，一起想想办法呢。”刘吉福不认识宋和尚，见他说知道，一脸茫然。

呼延春忙说：“他是大刀队的宋和尚，也是刚从白龙潭来。”

“哎呀！你可是出了名呀，今天终于见到你了。”刘吉福惊讶地上前握住宋和尚的手，说，“你来了我心里就有底了。”

宋和尚说："刘师傅，客气话不讲了，你情况熟，说说吧。"

刘吉福说："迎宾山庄我最熟，鬼子没来前上上下下都可走动。"他喝一口水，继续说："一楼是吃饭的地方，二楼是客房，现在空着，三楼是贵宾楼，一直空着，白天进去都阴森森的。三楼只有两个卧室，小的是双人间，警卫住的，大的是套房，一共三间，有会客室、办公室和卧室，卧室在东头。"刘吉福一边说一边比画着。

宋和尚说："你也别比画了，我们也搞不清楚。"他对呼延春说："春老板，去弄笔和纸来，请刘师傅画给我们看，刘师傅，好不？"

"行行行——"刘吉福连连点头。

不一会儿，呼延春拿来纸和笔墨。刘吉福把纸摊在桌子上，一边画一边讲解。

宋和尚一边看着他画一边在想。等画完了，他自言自语地说："警卫与主卧室隔了两个屋，这个空子我们可以利用，就算卧室弄出了动静，等警卫赶过来也晚了。可是——"他对刘吉福说："怎么进去呢？你有没有办法？"

"有，"刘吉福肯定地说，"白天我观察了一下，东头有棵大松树的树枝刚好搭在屋檐上，沿着树枝上到屋檐就可以从阁楼的气窗爬进去，下到办公室，再进卧室，小心一点应该不会惊动警卫。只是要练过功夫的人才能去得。"

宋和尚指着图纸的外面说："鬼子在这里戒备很严，五步一岗三步一哨，我们的人怎么能进院子呢？进不去也是空的。"

刘吉福说："这个放心，我不是刚从里面出来吗？"他指了指身上的泥巴，说："今天上午，鬼子把我们几个都赶进杂屋里。下午我又从暗渠里爬进去，在里面躲了几个钟头，鬼子连我影子都没看到。”

宋和尚不说话了。他在房间里踱起步来，一边走一边想着办法。然后，又把纸拿在手里看了一会，说：“我看这样行不行？”三个人把头凑拢来，听着宋和尚说着办法……

宋和尚说完后，大家都点了点头。呼延春突然说：“鬼子明天不会走吧？这才是关键呢！”

宋和尚说：“这个我也想过了，今晚行动肯定来不及，只能等明天晚上了，鬼子实在要走也没办法。”

成海云说：“不管鬼子明天走不走，我们都要做好行动的准备。就算是搞他一家伙，也能起到震慑作用，杀杀鬼子威风！”

次日，午后下了一场大雨，白龙潭的瀑布突然增大了两三倍，老远就能听到轰隆隆的跌水声。闷热的天气终于被一阵北风驱散，南岳迎来了一个凉爽的下午。傍晚，迎宾山庄三楼的灯就早早亮了。院子里那辆乌龟壳和两辆运兵的大汽车一直停在原地未动。虽然门口有人进进出出，但还没有发现鬼子离开迎宾山庄的迹象。

入夜以后，李翠刚带着两名队员，在刘吉福的带领下，已从暗渠摸了进去。

杂屋是在围墙内，到那棵大松树不到十米远，只要避开在院子里巡逻的鬼子就可以几步跨过去。他们伏在杂屋的角落里，一直等着三楼的灯熄灭。

可是，到了深夜灯还是亮的。

这一情况引起了宋和尚的担忧。他率领其他队员埋伏在圣经学院后面山上接应。他一直盯着迎宾山庄的灯。他和李翠刚约定，熄灯十分钟后采取行动。

但是，直到深夜灯还是亮着。

此时，埋伏在里面的李翠刚也急出了一身臭汗。他没有料到三楼的灯会一直亮着。他分析了几种可能性，最后果断地采取了行动。

他们按照设想的计划，从松树上爬进了阁楼，来到了办公室的上方。办公室灯虽亮着，却没有一个人影，所有东西都整整齐齐。他们揭开一块楼板轻轻地下到办公室，沿着墙悄悄接近卧室，推开卧室的门一看：没人！床上的毯子还整齐地摆在那里。三个人失望地对视了一眼，李翠刚只好打个手势，下令撤退。这时，一名队员发现枕头下压着一个东西，伸手抽了出来，原来是一个文件袋。李翠刚把文件袋塞进腰带里，然后依次从原路返回，沿暗渠退了出来。

与宋和尚会合，李翠刚只是失望地摇了摇头。宋和尚也没问，心里已明白八九分，便迅速带人撤离了白龙潭，沿小路进了南台寺。

在南台寺留守的明觉法师把他们迎进禅房。明觉亦是游干班学员，因在一次训练中摔伤了腿，行动不便，遂留在南台寺养伤。

宋和尚问李翠刚是什么原因导致了行动失败。

李翠刚摆了摆手，告诉宋和尚，不是行动失败，是迎宾山庄根本没人。他遗憾地说："我们进去很顺利，结果卧室是空的，床上的东西动都没动。"

宋和尚说："看来鬼子比我们想象的要狡猾，给我们放了个烟幕弹。既然惊动了鬼子，再行动已无机会，撤吧！"

李翠刚从腰里掏出文件袋来，交给宋和尚说："顺手拿了这个，看看有用不？"

宋和尚打开文件袋，抽出一个卷宗打开看了看，全是日本字。卷宗上有四个大字像是中国字，他拿到灯下一瞧，惊呼一声："冈村宁次！”

听到这个名字，在场的人都吓了一跳。这可是日本鬼子的魔王呀！

他们面面相觑，谁都不敢把自己的猜测说出来，谁也不相信这个魔王的名字会是这样呈现在面前。

宋和尚感到事关重大，他把卷宗重新塞进文件袋，对李翠刚说：“这个文件非常重要，务必交给志立，向他汇报这次行动的情况，你再辛苦一趟，亲自把文件送给志立手里。”他把文件交到李翠刚手里，说，“挑几个弟兄随你一起去。记住，就是死也要把文件送到！”

李翠刚听宋和尚这么一叮嘱，知道任务的重要性，一股神圣的使命感涌上心头，他大喊一声：“队长放心，保证完成任务！”

当夜，李翠刚挑选了几个队员随他出发了。宋和尚也告别明觉法师，率队撤回了能仁寺根据地。

他转头对李翠刚说："告诉宋和尚，要马上派人找到鬼子在南岳的补给点，我们必须抢在鬼子调整前炸掉它！"

妙溪冲位于岣嵝峰、白石峰和狮子峰三峰之间的一个盆地，从三座山峰上流下来的小溪在这里汇成了九龙溪，九龙溪从妙溪冲的入口处转向九龙峡，弯弯曲曲绕过十几座山才奔出峡谷。

萧志立清早起来，带着游击队员在操练大刀。

宋和尚曾跟他说过，与鬼子对阵时，只要握把大刀在手，胆气就壮了三分！萧志立相信这句话，所以，他要求所有游击队员必须学会用大刀，自己也不例外。

萧志立在岳云关受的伤已基本好了，只是还不能用力过猛。正当他练得起劲时，一名大刀队员飞奔而来，说宋和尚派人来了，老李叫他赶快回去。

萧志立吃了一惊，这么早就到了，肯定是连夜赶过来的，莫非宋和尚那边出了什么大事？

他来不及擦洗汗水，一路跑步来到住处，只见李芳田正和几个人在说什么。一看到李翠刚满身的泥巴和汗渍，知道事情很急，问："翠刚，出了什么事？这么急！"

李翠刚把文件袋交给萧志立，说："你先看看这个，我再告诉你！"

萧志立抽出卷宗，上面赫然现出"冈村宁次"四个字。他打开卷宗一看，里面全是日文。惊问道：“这是哪里来的，到底发生了什么事？”

李翠刚说：“早两天我们发现南岳来了鬼子的大人物，住在迎宾山庄。昨天夜里我们摸进去想杀他，结果扑了空，顺手就把这个带了出来，和尚命令我连夜送了过来。”

萧志立舒了一口气，绷紧的心弦松了下来。他对李翠刚和同来的三个队员说：“兄弟们辛苦了，先休息一下。”

“老李，看来事情不简单，邬松韵在吗？”

“刚出去。”李芳田叫一个队员赶快去找，说志立有急事，要他赶回来。

邬松韵也是跑进来的。他刚想开口，萧志立就把卷宗交给他：“松韵，鬼子的东西只有你看得懂，看看里面写着些什么。”

邬松韵接过卷宗打开，认真看起来。看着看着脸色起了变化，一片惊讶的神色，两手竟然抖动起来。

“松韵，怎么啦？”萧志立见状，忙问。

“哎呀！萧大哥，这下可立了大功啦！”邬松韵指着卷宗里面的文字说：“这是日军十一军司令官横山勇呈给冈村宁次的报告，你看。”他指着卷宗左上角说：“绝密，这是绝密文件，而且，只有冈村宁次才能看！”

“你是说！这个文件除了冈村宁次，谁都见不到吗？”李翠刚惊问道。

“应该是！你看看，上面写得很清楚，呈冈村宁次司令官！”

李翠刚惊讶地张开嘴一下子合不拢来，望了望萧志立，又看了看队员们，捶着脑袋说：“哎呀，可惜可惜！早知道是这个魔鬼，就是把白龙潭翻个底朝天也要弄死他！”

萧志立也是惊出了一身冷汗，他对李芳田说：“老李，想不到是冈村宁次呀！看来不简单！”

李芳田说：“对，一定有大名堂，松韵，里面讲了些什么？”

邬松韵刚要开口，萧志立忙制止他，说：“到房里说。”他示意李芳田和李翠刚跟进来，叫其他人离开。

邬松韵告诉他们，横山勇是向冈村宁次汇报进攻衡阳的战况。

报告说，自进入衡山以来，无一日不遭游击队袭击，无一处不被游击队攻击，道路全部挖断，桥梁全部炸毁，补给线从来没有畅通过。老百姓坚壁清野，无处筹粮，无法拉夫，前线将士十分困难，往往发动一次强攻，要准备两三天，甚至四五天补充给养。士兵没饭吃，没水喝，连饿几天是常事，有的吃腐烂的动物尸体，喝发臭的脏水，很多士兵拉稀甚至得痢疾。文件中还提到了一个重要情报，鬼子为了缩短补给线，已经在南岳设了一个补给站囤积军用物资。

这个情报太重要了！看来，我们的“火神行动”起了大作用，打中了鬼子的要害！

萧志立思考了一下，说：“老李，这个情报很重要，务必尽快送到守军军部。冈村宁次发觉文件丢了后，一定会采取相应措施，我们必须跟他抢时间。”

他当机立断，作出了三条决定：“第一，这个情报要绝对保密，除我们四个人外，不得向任何人透露。第二，老李你对这一带熟，请你亲自把情报送到第十军军部，顺便向地委汇报，请示下一步行动计划。等会安排几个得力的队员护送你去衡阳。”

“老李！”萧志立握住李芳田的手，说，“你一要把情报安全送到，事关重大，务必小心！”他转头对李翠刚说：“第三，请翠刚现在赶回能仁寺，告诉宋和尚，要马上派人找到鬼子在南岳的补给点，想办法搞掉它！鬼子不可能短时间内转移，增加兵力也要时间，我们必须抢在鬼子调整前炸掉它！”

李芳田说：“我补充一点，最近鬼子在重新架设九龙桥，到处抓夫修路。我们要组织群众躲进深山，继续派人破坏长衡公路，最好能阻止鬼子修桥。”

“老李说得对，我来安排，大家行动吧！”

冈村宁次确实来了南岳，国民党方面也得到了情报。那天晚上大刀队之所以在迎宾山庄扑了空是一次巧合错过了。

冈村宁次喜欢钓鱼，那天下了一场雨后，天气转凉，冈村宁次突然有了钓鱼的兴致。晚饭过后，松井便陪他到白龙潭钓鱼。白龙潭大约百来平方米，深达三四米，是山上瀑布长年累月冲击而形成的。大雨过后，白龙潭的水很浑浊，但养分足，鱼很活跃。冈村宁次很高兴，就钓到了深夜，后来困倦了，就在旁边的一座小庙里架张行军床休息，因此躲过一劫！

冈村宁次发现文件丢了后大为光火，命令松井加强警戒和进剿，妄图扑灭抗日火焰。

骄狂自负的冈村宁次为了自己的面子，始终没有公开文件失窃一事。

第十章　奇袭箭楼

马年求也是义愤填膺，说："好！我们兄弟一起打鬼子。"

他把枪拿出来，说："我们抗日也要打个旗号，就叫紫盖峰抗日先锋队吧！"

宋和尚安排李翠刚走后，本来是要回能仁寺的，刚动身就被呼延春派人拦下了。来人告诉他，呼延春和成海云在观音岩等他，那里发生了紧急情况，等他一块去处理。

宋和尚心头一惊，这时候派人来叫他，肯定出了什么要紧事，他二话没说，带着侦察员胡定赶到了观音岩。

观音岩位于南岳的西北方向，是湘潭和岳北方向的香客进香的通道，也是通往紫盖峰的主要隘口。

观音岩地势险要，西面有一巨石形似观音打坐的莲花而得名，石岩下方是一条石板路，两边上下都要登百步石阶。

宋和尚他们到了观音岩后，带路的人叫他们停下。他朝山上学了几声狗叫，对面山坡上则回了几声鸡鸣。不一会，黑暗中走来一个提着鸟铳的汉子，上前打了一声招呼就带着他们沿一条小路上山，来到了一户农家茅屋。

屋里坐着五六个人。见宋和尚到了，成海云和呼延春连忙起身。

呼延春指着一位二十多岁的农民说:“他叫马年求,我表弟,是紫盖峰抗日先锋队的队长。”他又指着旁边的几个人说:“这些都是他手下的兄弟。”

宋和尚和他们一一打过招呼,疑惑地看着他们,问:“怎么没听说过呀?你们是什么时候成立的?”

呼延春说:“他们是自发成立的,还没几天。”

自从鬼子来了后,衡山各地的抗日武装风起云涌。或三五成群,或十数人一队,不管有枪没枪,只要有机会就对鬼子下手,袭击运输车队,骚扰鬼子据点,攻击下乡打掳的小队鬼子,特别是落单的鬼子,逮着了就别想逃脱。

呼延春说:“我表弟在国民党军队当过兵,打过鬼子,今天他们抓了一个日本兵,不知道怎么处置,就把我找来商量。”他对马年求说:“带进来给宋队长审审。”

马年求早就听说过大刀队和宋和尚,他起身抱拳施礼,说了声“幸会”,然后朝门外招了招手。

一个壮汉把五花大绑的日本兵拖了进来。日本兵很年轻,看样子还不满 20 岁,脸上有一个手掌印,显然已被打了一顿。

他进来后双膝跪在地上,用中国话说:“各位好汉,我不是日本鬼子,我是朝鲜人。”说着说着就哭了起来。

“信你个鬼!”壮汉抬起脚就要踢下去。

成海云连忙制止,说:“不可,看他怎么说。”他低下头问:“你不要怕,我们是抗日游击队,你说你是朝鲜人,怎么当了日本兵?”

“日本兵”止住了哭声,说:“我是被鬼子抓来当兵的,想逃跑一直没有机会，今天跟几个鬼子下乡打掳，我故意掉队跑出来了。后来就遇到了他们几位好汉。”

马年求说：“本想一刀剁了他，听他说是朝鲜人，就没杀。”

那壮汉骂了一句，说：“朝鲜人当了鬼子也不是好东西，我就打了他一巴掌。”

毕竟他们不是正规的游击队，打人虽然过分，宋和尚也不好说什么，他对马年求说：“把绳子解开吧。”

“好吧。”壮汉把他提起来，解开了绳子。

马年求是当地人，本来在国民党军队当兵，参加过长沙会战，在一次战斗中队伍被打散，自己也负了伤，就回了家。他有四个好兄弟，一个叫谭立朝，是个石匠，长得五大三粗，个子又高，大家叫他“朝大汉”，他的叔伯兄弟谭立光，是个篾匠。刚才那个壮汉子叫彭广城，耍得一手好拳棒。南岳有个风俗，每年正月十五开庙会，四里八乡的龙狮队都要上街来比赛，还要摆擂台比武。彭广城一手拳棒在这一带十分有名，打擂从未输过。另一个是做豆腐的叫胡新林。五个人年纪差不多，从小一块玩到大，后来各人有各人的事就分开了。鬼子来了后，他们五个又聚在一起，天天想着打鬼子的事。

端午节那天，他们村里一个姓李的青年农民，带着堂客回娘屋搭节，回来的路上遇到了三个打掳的鬼子，躲避不及被堵在一座桥上。鬼子兽性大发，要把他堂客拖到桥下去强奸，两夫妻奋力反抗。小李操起扁担横扫，砸到了一个鬼子的脸上。鬼子恼羞成怒，朝他刺了几十刀，刺死在桥上。他堂客见丈夫死了，便一头撞到桥下。鬼子又赶到桥下，也把她打死了。

这件惨案一下子就传开了。谭立朝他们四个人找到马年求，说："大哥，再不动不行了，鬼子已经把刀架到脖子上了！"

彭广城一拳砸在桌子上，说："你们不干，我一个人也要干！"

马年求也是义愤填膺，说："好！我们兄弟一起打鬼子。"

马年求回乡时带了一支步枪和三发子弹。他把枪拿出来，说："我们抗日也要打个旗号，就叫紫盖峰抗日先锋队吧！"

胡新林说："马大哥你当过兵，有枪，你就当队长，我们跟着你干！"

其他三人连声说好。谭立朝说："选个好日子，把乡亲们请来，告诉他们，我们正式成立抗日先锋队，专打鬼子！"

谭立光说："选什么日子，择日不如撞日，杀了鬼子就是好日子。"

"对！我们找机会杀个鬼子，拿鬼子的血祭旗！"

第二天，"紫盖峰抗日先锋队"就开始了行动。

第三天，他们在八里坪到九龙泉一带的山里埋伏，专等下乡打掳的鬼子，只要有落单的就下手。

呼延春说：“好呀！朴兄弟今天也算是死里逃生，获得新生啦，就叫——”他略想了一下说：“就姓皮吧，叫皮新生，好不？”

这天下午，十来个下乡打掳的鬼子大摇大摆地从九龙泉经过。一个鬼子落在队伍后面，越走越慢，渐渐落下了一段距离。正埋伏在树林里的马年求悄悄朝队友们招呼一声，准备对这个落单的鬼子下手。

突然，落单的鬼子跳下公路朝山里跑来，边跑边脱下上衣。跑到山顶上后，鬼子把枪挂在树枝上，又用一根长竹竿把上衣举起来，使劲摇动。

他们不知道鬼子在干什么。马年求是当过兵的，他猜测这个鬼子可能是要投降，但觉得又不可能！鬼子又不知道他们埋伏在这里，向谁投降？不知道鬼子到底要干什么，也不敢贸然行动。

过了一会，鬼子取下枪，举着竹竿往里走，走到另一个山头，鬼子又把枪挂在树上，举着竹竿使劲摇。

谭立朝问马年求：“马大哥，鬼子这是搞什么鬼？我们怎么办？”

彭广城吐了一口痰，说：“管他搞什么鬼名堂，他一个我们五个还怕他？”于是，五个人一齐朝鬼子冲了过去。

鬼子见他们冲过来，不但没有去取树上的枪，反而举起双手对他们笑。

彭广城本来想冲上去一棒子把他打翻，见鬼子冲他笑就犹豫了。

鬼子举着双手对他们说："我不是日本鬼子，我是朝鲜人。"

马年求见他说的是中国话，又说是朝鲜人，就拦住了他们几个。

彭广城正怒火中烧，一时没忍住，上前一巴掌把他打翻在地，骂道："管你是什么人，当了鬼子就该杀！"

"他是来投降的，杀不得！"马年求便叫谭立朝和谭立光拿根绳子把他绑了，取了枪带回了观音岩。

这个"鬼子"也被彭广城一巴掌打蒙了，一个劲地叫"好汉饶命"，弄得马年求也不知道怎么办。还是胡新林提醒了他，说南岳"春和酒店"老板呼延春是马大哥的表哥，见多识广："要不请他过来看看？"

马年求不知道表哥的真实身份，还怕他不肯来，就亲自到"春和酒店"，特意报了自己的名号，说抓了一个鬼子，请表哥去看看，如果不去就怎么怎么吓唬他！

呼延春听说他拉了一支抗日队伍，确实感到意外，但心里高兴。他对这个表弟很了解，为人正直豪爽，当过兵打过鬼子。呼延春想，目前的形势敌强我弱，如果能把表弟的队伍争取过来，就壮大了自己的力量，岂不更好！他把自己的想法对成海云说了，成海云也很赞同。接着，他们俩又商量了一下，觉得把宋和尚也请来，利用这个机会，让他们俩先认识一下，有利于今后的工作。

商量好后，呼延春派人去找宋和尚，自己就和成海云跟马年求到了观音岩。

这个朝鲜人名叫朴淳一，家在中朝边界上。日本鬼子占领朝鲜后，在那里实行奴化教育，强制学日语，还给他取了一个日本名字，叫朴淳一郎。去年，他刚满 18 岁，在参加一次反日宣传活动时被抓。当时，日军兵源严重不足，就把朝鲜青年强征入伍送到中国战场。他就这样成了“鬼子”了。

宋和尚听了后心里犯起了嘀咕，不知道怎么办。他用征询的目光看着成海云和呼延春。

成海云也觉得这事很重要，必须商量一个稳妥的办法。他对呼延春说：“春老板，要不我们商量一下？”

呼延春说声好，对马年求说：“我们三个出去一下，你和兄弟们等等。”

他们三个人来到屋角边的一株松树下。

成海云对他们说：“现在抗日形势已经发生了很大的变化，鬼子内部也出现了矛盾。”成海云毕竟是地委派来的，又在长沙工作过，知道的比他们多。“这几年鬼子四处打仗，死伤了很多人，国内兵源严重不足，就强迫朝鲜人入伍。这些人大都痛恨日本鬼子，朴淳一就是一个例子。看能不能做做工作，争取他加入我们的队伍。”

“不会是鬼子的探子吧？”呼延春长期做地下工作，看问题角度不一样。

“不会！”成海云肯定地说，“春老板警惕性高是好事。但朴淳一不会是探子。我观察了一会，他不可能是探子！”他对宋和尚说：“今后斗争形势更复杂，队伍里有一个会说日本话的有好处。”

宋和尚说：“大刀队这么苦，就怕他不肯。”

“那也没关系。”成海云说，“如果他要回朝鲜，我们就请示地委，派人护送。”

“好！我去做工作。”宋和尚正要转身，成海云又叫住他，说：“春老板，我是你的账房先生，有些话我去说不方便，你们两个做主就是。至于争取你表弟的事，现在还为时过早。”他停顿了一下，说：“他的人品我不怀疑，但他毕竟是当过国军的，你的身份暂时不能让他知道，以后有的是机会。”

三个人商量好后走进屋来。

宋和尚对朴淳一说：“你能从鬼子队伍里跑过来，就是我们的朋友，我们欢迎，刚才彭兄弟打你一巴掌是误会，我向你表示歉意。”

彭广城听了举起手说：“哎呀，这一巴掌把自己朋友打了，你看，我这手还在发抖呢！”他对朴淳一说：“朴兄弟，对不住，要么你也打我一巴掌，扯平了。”

“不敢，不敢。”朴淳一连连摇手。说得大家笑了起来。

马年求说：“朴兄弟，他最恨日本鬼子，打重了你莫怪，这也叫不打不相识。”

“对！以后我们就是自己人了。”宋和尚对朴淳一说，“现在有两条路由你选。一条是加入我们一起打鬼子，我们欢迎。”他盯住朴淳一的眼睛，说：“另一条路是回家，你放心，我们一定保证你的安全。”

朴淳一突然扑通跪倒，哭着说：“长官，我不回家，我要加入游击队，跟你们一起打鬼子！”

宋和尚连忙扶起他。“以后不要叫长官，我们这里没有长官，你看，”宋和尚摸摸长着短发的头，说，“我还是和尚呢，你愿意加入我们游击队，好！我们以后就是兄弟，一起杀鬼子！”

马年求说：“朴淳一，这个名字不好听，怪怪的，表哥，你读了书，帮他改个名字吧！”

呼延春说：“好呀！朴兄弟今天也算是死里逃生，获得新生啦，就叫——”他略想了一下说：“就姓皮吧，叫皮新生，好不？”

大家都说好。从此，朴淳一就改名叫做皮新生。

这时天已麻麻亮了。呼延春和成海云怕回去晚了引起松井的怀疑，就告辞走了。宋和尚带了皮新生，白天走也不方便，就留在马年求的茅屋里。

几个人通宵未睡，一躺下就睡着了。

萧志立听着他们的建议，计划渐渐成熟。化装劫车，奇袭箭楼湾。

妙溪。

萧志立送走李芳田和李翠刚后，总有一种把心提了起来又放不下的感觉。他叫上邬松韵，对他说：“松韵，跟我到南岳走一趟。”他带着邬松韵出九龙峡，在印山冲找到罗猛子，把刚才的事跟罗猛子说了，要罗猛子派人观察鬼子的动向，寻找机会破坏九龙桥。

罗猛子看起来是个粗人，但想起事来倒是很有心计，要不然宋和尚也不敢让他带领三中队独当一面。他听了萧志立介绍情况后，沉思一会儿，说：“志立，要搞鬼子的补给点，有两个关键。”

萧志立见他这么说，疑惑地看着他问：“哪两个关键？说说看。”

罗猛子说：“找到鬼子补给点不难，鬼子运输主要靠汽车，跟踪一下就找到了。关键有二：一是时间，二是如何进补给点。”

“猛子，你说到点子上了。”萧志立见罗猛子粗中有细，心里高兴。他接着说：“我带松韵来，也是考虑这一点。他会说日本话，看能不能在这方面做点文章。”

“鬼子补给点肯定戒备很严，搞它不容易。”罗猛子说，“到时候，我们三中队先在这边打起来，把动静弄大点，吸引鬼子注意，好让你们腾出手来行动，行不？”

萧志立想了一下，说："这个办法好，到时候通知你，你一动手，那边就行动。"

萧志立又做了一些具体安排，然后就到了南岳"春和酒店"，和成海云、呼延春碰面后，互相通报了情况。

萧志立对他们说："情况非常紧急，现在我们分一下工，分两步棋走。"他对呼延春说："春老板是本地人，情况熟，你去侦察鬼子的补给点，我估计就在附近，离长衡公路也不远。今天一定要找到。老成，我们一起到观音岩去找宋和尚。"他又对呼延春说："找到补给点后就来观音岩会合，李翠刚如果到了，也通知他到观音岩来。"

临行，萧志立再强调一句："争取今天晚上就搞掉它！"

下午，萧志立一行到了观音岩。宋和尚听说差点就杀了冈村宁次，吃了一惊，连说可惜。

萧志立说："这个魔王还命不该绝，迟早逃不过！你把皮新生叫来，我有话问他。"

宋和尚把皮新生叫来。萧志立先对他说了一些勉励的话，然后问他："鬼子在南岳附近有个囤积军用物资的临时补给点，你知道不？"

皮新生听了摇了摇头，说："这样的事鬼子不会让我们知道的。"

萧志立说："你回忆一下有没有一些异常的情况，比如，看守特别严的地方，或者，汽车进出繁忙。"

皮新生回忆了一下，说："有个叫'箭楼湾'的地方，我没去过，听我们小队长提起过，说有辆运弹药的汽车在那里翻了，死了两个鬼子。"

萧志立抬头看看宋和尚。

宋和尚说；“箭楼湾我知道，在谭家冲有栋好大的箭楼，听说是明代建的，如果在那里囤积给养，要炸掉它，还真不容易，鬼子好狡猾！”

箭楼湾位于南岳到店门前之间的谭家冲，距长衡公路约三里路远。这是一个隐藏在山谷里的村落，一条土路伴着一条小溪，弯弯曲曲绕进去,不熟悉的人还真找不到。那座箭楼有三层楼高，全是两尺厚的青砖砌成，四面没有窗子，只留箭孔。箭楼规模不小，占地两亩多，有房几十间。箭楼四周都是深达数米的水塘，只有一座石桥相通。据传是一位谭姓财主囤积物资的地方，为了防止匪患，就建了这座箭楼。

萧志立听了宋和尚介绍，眉头皱了起来。成海云安慰他说：“也不一定就是，等春老板来了就清楚了。”

掌灯时分，呼延春和李翠刚到了，呼延春侦察到的情况，证实了鬼子的临时补给点，就在箭楼湾！

他说：“我们是步着汽车轮子印去的，轮子印下了公路就拐进了谭家冲，我们爬到山上，看到箭楼前面停了三台汽车，我判断就是那里。”

呼延春继续说：“我观察了一下周边的情况，鬼子在口子上布了岗哨，周围也有巡逻的，人不多，总共也不过 20 多个。但是箭楼湾这个地方怪，早几年我去过，只有一条路进去，三面都是断岩，箭楼建在垄中间，四周都是稻田，没办法隐蔽，也很难接近，如果要炸，只能智取。”

呼延春介绍的情况，使大家的心凝重起来。萧志立站起来，走到窗子边。

凉爽的晚风穿过竹林，发出呼呼的声音，一只夜归的鸟尖叫一声没入林中。百虫开始鸣唱，显得嘈杂不安。

“我们能不能劫台汽车进去？”邬松韵轻轻地说。

萧志立盯着他，说：“松韵，你是怎么想的，说说看。”

邬松韵说：“如果劫台汽车，假装是运给养的，就可以混进箭楼湾。”

“嗯，有意思。”宋和尚说，“可是，谁会开车呀？”

“我会。”邬松韵说。

“这个主意不错。”成海云对萧志立说，“志立，你看呢？”

萧志立没有表态，邬松韵的主意确实不错。问题是……他望着窗外渐渐浓郁的夜色。这时，一轮圆月已挂在空中，一片片厚云朝东移动，又像是月亮在云中穿梭。他突然想起，今日是农历五月十五，月亮通宵都是圆的，这样的夜晚行动，虽然不便于隐蔽，但更适合突袭。

“松韵这个办法可行，但有几个问题要解决，解决好了才能成功。”宋和尚说，“首先是劫车，怎么去劫？鬼子汽车什么时候来？几台车一路？我们只能劫一台落单的车，否则会出大麻烦。”

大家看着他纷纷点头。

呼延春说：“鬼子汽车一般都是下半夜来，这几天都是，一台汽车的情况有，但有时是几台汽车一路。”

李翠刚想了一下，说：“我看这样行不行？我们事先埋伏在路边，等第一辆车过去后就把路堵住，挡住后面的车过不去，前面的车就落单了。”

呼延春接着说：“这个办法好，公路上本来就坑坑洼洼，汽车走走停停是常事，况且，前后两车之间往往会有半里路的距离，拦住后面的车，前面的车很难发现。”

萧志立认真地听着他们的建议，一个计划渐渐成熟。他对邬松韵说："松韵，如果让你当一回鬼子的司机，你怕不怕？"

"萧大哥，你放心，办法是我想出来的。鬼子的司机肯定由我来当。"萧志立拍了拍他的肩，对皮新生说："新生，做一回假鬼子，敢不？"

皮新生挺了挺胸膛说："怕什么？要不是你们救我，我还是真鬼子呢！"

萧志立听了笑起来，惹得大家也笑声一片。萧志立转头对呼延春说:"如果能弄几套鬼子的服装就更好,春老板有没有办法？"

呼延春笑着说："有现成的。早几日松井要我当维持会长，送了我和王东月、罗黑粒一人一套，我们怕乡亲们戳背皮，都没穿，找来就是。"

"好！我的计划是这样的。"萧志立看着大家，说，"和尚，劫车你负责，地点选在九龙泉的上坡处，把车劫下来。松韵和新生会说日本话，你们一个开车一个押车，另外安排几个弟兄换上鬼子的衣服，随车混进箭楼湾。和尚，如何炸也由你来安排，要做好充分准备，确保一炮成功。翠刚，你带几个弟兄佯攻白龙潭，只要看到汽车过了南岳，就开始打，打得热闹些。我在上塘冲负责接应和阻击。"他对呼延春说："春老板，你安排一个伙计去印山报信，告诉罗猛子，南岳这边枪一响，就带人攻打九龙桥。"萧志立想了一下，对成海云说，"老成，你和春老板仍回酒店，不要引起松井怀疑。"又对呼延春说，"春老板！把你表弟请来。"

不到一刻钟，马年求来了。双方简单地寒暄了几句，萧志立把今晚的行动计划告诉他后，说："马大哥，事情紧急，我们的人手不够，有劳你们先锋队了！"

马年求说："萧先生不要客气，只要是打鬼子，我把这100多斤豁出去就是！"

“马大哥英雄豪气，佩服！”萧志立说，“请你们先锋队连夜赶到石市街，多动员些群众。估计鬼子今夜会有汽车通过，你们等第一台车通过后就设法堵住后面的车，今晚行动的关键是看你们堵不堵得住，如果堵不住就前功尽弃了。”

马年求说：“这个我有办法，放心！”

萧志立抱拳施礼说：“成败在此一举，马大哥，重任系于你一身，我代表大刀队谢谢你！”

马年求连忙回礼，道：“哎呀，谢什么谢，打鬼子是我本分！以后还有这样的事，萧先生吩咐就是！”

萧志立说：“好！马大哥，你们把车堵住了就撤，不要被鬼子发现，千万要保护好自己。”他转头对宋和尚说：“挑选几个功夫好的弟兄随车，记住，一定要保护好松韵和新生，他们两个可是我们的宝贝。”

他用征询的眼光看着大家问：“还有没有没想到的？”

大家互相看了看，没有说话。

呼延春说：“没有了，我去把鬼子的衣服找来。”

“好！”萧志立对大家说，“今晚行动风险很大，只要哪个环节出问题，都会有大麻烦，甚至会造成很大的损失，大家一定要小心。”他想了想，走到马年求跟前，握住他的手，诚恳地说：“马大哥，初次见面就让你涉险，对不起。如果实在堵不住，就赶快撤离，千万不可与鬼子纠缠。”

马年求动情地说：“萧先生！初次见面就委此重任，足见你光明磊落。我马某与众兄弟就是舍了性命也要完成任务！”

萧志立抱了一下他的双肩，转过身对大家说：“今天晚上的行动，是‘火神行动’实施的第一次联合行动，一定要遵守纪律，听从指挥。大家记住，只要发现哪个环节出了问题，马上自行撤离，千万不可心存侥幸，不要犹豫，如果今晚任务失败，我们还可以组织下一次行动。”

脚下的地皮都在抖动。他们回头望去，箭楼湾腾起的火光已烧红了半边天。

石市街。

马年求带领先锋队的五个人，又动员了20多个村民连夜赶到了石市街。石市街到衡山县城，有一段上坡比较陡，上完坡后就是一个急弯下坡。马年求把堵路的地点选在这里。他把带来的人分成了五组，每个组相隔一里远。他的想法是等第一辆车过去后，就依次把石头、树木堆到路上，鬼子要搬离五次路障，不到半夜过不了。

过了午夜，鬼子的汽车果然来了，两条光柱从远处射来，因为路面破坏严重，汽车光柱上下跃动，晃得眼睛都看不清，发动机的轰鸣声也是高一下低一下，像喘着气的老牛在爬坡。

呼延春提供的情况果然没错，由于路面不平，鬼子的汽车走得慢，有时还会熄火停下来，两车的距离拉得好远，足有里把路。

汽车开始爬坡，“轰轰轰”走得很慢，费了好一阵才上来。过了坳后就是下坡，鬼子汽车一加油，飞快就过去了，扬起的灰砂打得两边的树叶啪啪作响。

马年求一挥手，大家把准备好的树木和石头抬到路上。后面的汽车爬上来，见路中央堵了好多石头和树枝，只好把车停住，从车上下来几个鬼子骂骂咧咧地来到路障处，动手搬石头和树枝。看那架势没有个把钟头，怕是过不去了。

马年求见完成了任务，挥了一下手，带领大家消失在夜色中。

鬼子的第一辆汽车没有发现后面的车被堵，一直往前飞奔，快要上完九龙泉的坡时，鬼子发现路中央有几个人正在搬什么东西。他们把车停下来，警觉地拿起了武器。

这时，一个日本兵向汽车跑过来，边跑边喊，指着路上的石头和树木告诉车上的人，他们是驻在衡山的巡逻队，看到公路上堆了石头和树枝，正在搬离，请他们下车帮忙清理。车上一共四个鬼子，见是自己人，就放下枪过去了。突然，从路两边冲出几条人影，还没等鬼子反应过来，只见寒光闪动，四个鬼子已经躺下了。

其实，这些人是宋和尚率领的大刀队。

九龙泉处在衡山至南岳之间，是一个山坳，上下坡都有三四里路，没有一户人家，公路两旁都是茂密的树林，宋和尚他们早已在这里埋伏。到了下半夜，远远看见了两条光柱，随着隆隆的马达声渐行渐近。再看看后面，远远望去，除了汽车扬起的灰尘在惨白的月色中弥漫，没有任何迹象。宋和尚知道，马年求他们得手了，于是，他立即下达了按计划行动的命令，迅速把车劫了下来。

宋和尚自己和邬松韵、皮新生，另外挑选了四名大刀队员，一共七个人，换上鬼子的服装，乘车向南飞奔，半个钟头后到了南岳。按照先前的约定，汽车灯光闪了三下，继续往前开。

李翠刚见到信号后，立即率领队员向白龙潭圣经书院发动攻击。

激烈的枪声把松井从睡梦中惊醒。他第一个念头就是指挥部的安全，爬起来就冲出屋外，命令部队迅速赶到迎宾山庄防守，朝四周猛烈射击，又调来迫击炮，往枪响的方向轰，一时间，枪声大作，炮声连天。

南岳的枪炮声惊动了罗猛子，他把枪一挥，率领三中队向九龙桥的日军发动了进攻。

九龙桥的守军遇到突然袭击，摸不清情况，乱作一团，连忙打电话求援。驻扎在店门前的日军接到电话后，立即派兵增援。刚到月山坳就遇到顽强阻击。因为是夜里，日军无法判明对方情况，赶忙躲在公路边开枪射击，不敢贸然向前。

上塘冲有一个日军哨所，只有四个鬼子，枪炮声响起后，他们警觉地进入了防守位置。正当惊疑不定时，邬松韵开着鬼子的汽车过来了。四个鬼子冲出哨所，拦住了汽车。

皮新生跳下车打招呼，指着南岳方向大呼大叫。不料一个鬼子认识他，叫了他一声。皮新生愣了一下，马上就反应过来了，鬼子不可能这么快就知道他加入游击队的事！便将计就计，对认识的鬼子说，游击队正在攻打南岳，他们奉命随车护送运输车队，也遇到了伏击。

“不是司机反应快就可能见不到你了。”

皮新生又灵机一动，问他箭楼湾的哨所有没有认识的兄弟。鬼子毫不怀疑，告诉皮新生是渡边几个人，然后让开大路，让他们过去了。

汽车过了上塘冲向左一转上了土路，拐进了谭家冲，到了箭楼湾哨所前，不等鬼子来查问，皮新生跳下车就朝他们喊：“渡边兄，渡边兄！”

一个矮墩墩的鬼子走到他面前，用手电筒照了他一下，问：“谁呀？”

皮新生猜到是渡边。他立马上前热情地跟他打招呼，掏出包烟来递给他，说刚才在前面哨所听说渡边兄在这里，特意带了包烟送他。皮新生这么一糊弄，渡边也就相信了。事实上，鬼子也不会怀疑大刀队来袭，因为他们一路南进，还没有碰到过敢来主动攻击的游击队。刚才南岳的枪炮声，他们也当是国军正在夜袭。渡边把烟收起来，问了一下路上的情况，皮新生又把刚才编的那一套跟他说了一遍，松韵也插了几句话，渡边见他们讲的都是日本话，也没有多问，只是撩开篷布，用手电筒照了照，见车厢里装着物资，还坐着几个日本兵，打了一声招呼，就放行了。

汽车直接开到箭楼对面的平地上停了下来。

南岳方向的枪炮声早已惊动了守军。汽车一停，他们就跑了过来。皮新生下车和他们打招呼。

宋和尚跳下车来，观察着四周。平地上停着三台车都装着物资，箭楼高高耸立在夜里，显得威严而神秘，透着一股压抑的杀气。他知道除了出来打招呼的几个鬼子外，周围肯定还埋伏了不少，正把枪口对着他们，只要情况出现异常，鬼子就会开枪，他们便会血洒箭楼湾。

他朝队友打了一个手势，卸下物资，扛着就往箭楼里头搬。

正在和皮新生说话的鬼子见了，朝宋和尚哇哇地叫起来。宋和尚听不懂，赶忙停下来。邬松韵见了连忙从宋和尚手里接过箱子，放到地上，悄悄做了一个停下的手势，大家赶紧把东西放下了。

日本话他们一句也听不懂，又不能问邬松韵和皮新生是怎么回事，站着不动久了也会引起鬼子怀疑。宋和尚急得汗都出来了。原来，衡阳前线给养催得急，鬼子打算在九龙桥修通后，即把给养送上去，所以，这两天来的车都没有把物资卸下来，停在坪里待命。

这样的突发情况谁都没有料到。皮新生和邬松韵又不能跟宋和尚说，也是急得不知所措。这时，南岳方向的枪声越来越急，又响起了迫击炮的轰炸声。听到炮声，皮新生急中生智，对鬼子说，刚才路上他们中了埋伏，后面有车被炸坏了。松井太君命令他们把物资卸了，赶快掉头去接应。他指着炮声隆隆的南岳方向说："松井太君他们很危险，我们要赶回去救援！"

鬼子犹豫了一下，朝后面的几个鬼子挥了挥手，喊了一声。

邬松韵见宋和尚他们仍站着不动，赶紧抱起地上的箱子就往箭楼送，宋和尚他们这才明白过来，开始卸下车上的物资。

在来的路上，宋和尚他们已经把炸药换进了弹药箱里。为了不让鬼子发现，他们几个抢在鬼子前面，扛着那几个弹药箱进了箭楼大门。这一车给养，除了弹药还有面粉。快要搬完时，宋和尚示意周清动手。

周清把箱子放下后，趁鬼子不注意，一翻身就钻进了物资堆里。箭楼里非常黑暗，他从模糊的轮廓上估计，一楼的几间房子都堆满了。周清是弄炸药的里手，参加大刀队前就在家里的鞭炮作坊做炸药，后来在游干班又专门学习了爆破技术。他摸黑把几个塞满了炸药的弹药箱码在一堆弹药前，然后接上引线，悄悄把引线拉到门口藏好。

这时，物资已经全部搬完。

宋和尚为了不引起鬼子怀疑，先和其他几个队员爬上车厢。皮新生则热情地与鬼子打着招呼，邬松韵为了掩护周清，故意把车子的声音弄得很大，在坪里倒来倒去。周清点燃引线后，飞也似的跑出来爬进车厢。皮新生见状，跳进了副驾驶室。邬松韵一脚把油门踩到底，汽车轰的一声，扬起一路灰尘冲出了箭楼湾。

汽车刚刚驶上公路，后面红光一闪，一声巨大的爆炸把汽车都震得弹了起来。邬松韵猛踩一下油门，汽车冲过上塘冲后，停在公路上。他们跳下车，迅速钻入树林，登上了山坡，遇到了接应他们的萧志立。

他们脚下的地皮都在抖动，一连串巨大的爆炸声把沉睡中的万物都惊醒了。他们回头望去，箭楼湾腾起的火光已烧红了半边天。

李翠刚听到巨大的爆炸声后，知道宋和尚已经炸了鬼子的补给点，他兴奋地大叫一声："炸得好！"然后带着队员迅速撤离，沿小路上山。

但是，罗猛子却遇到了麻烦，没有撤下来。

廖元赶到九龙桥，碰到三中队被围，从鬼子背后冲杀过来，恰好救下了罗猛子。

三中队本来人手就少，装备也不好，接到任务后，罗猛子把队伍分成了两股，他带了二十多个队员埋伏在九龙桥对面的一个小山头上，安排王吉光带十个弟兄守在月山坳阻击店门前过来的援兵。

战斗打响后，罗猛子对九龙桥的守军发动了猛烈攻势。最初，守敌见进攻猛烈，又是晚上摸不清情况，唯恐九龙桥有失，便打电话到店门前据点，请求增援。

鬼子守桥的部队是一个小队，有二十多个，加上工兵竟有六十多人，这么一大坨摆在那里，罗猛子牙齿再硬也啃不动。因为是佯攻，罗猛子打算一通猛打，把鬼子打蒙，吸引店门前的鬼子过来增援就行了。不料，打了一阵后，鬼子看出了名堂，发现游击队没有重武器，一阵猛攻后，枪声渐渐稀落了。鬼子小队长迅速做出判断，认为敌军兵力很弱，进攻是假。他立即命令部队发起反攻，一时间攻势凌厉，罗猛子有些招架不住。这时，月山坳已经响起了激烈的枪声，他见调动援敌的目的已经达到，打算边打边撤，拖住敌人。但是，已经撤不下来了。鬼子猛烈的火力已经把他们压制在山头上，动弹不得。

此时，在月山坳阻击敌人的王吉光也遇到险情。

从店门前赶过来的鬼子见九龙桥守军催得很急，担心有失，遇到阻击后，只略做停留，就强行冲锋。王吉光也下了狠心，向鬼子甩出了几颗手榴弹。毕竟敌强我弱，加上武器处于劣势，身边的弟兄一个个倒下，最后只剩下他和三个队员，都带着伤。这时，箭楼湾传来了巨大的爆炸声，王吉光知道鬼子的补给站被炸了，对身边的队友说："兄弟们！我们的任务已经完成了，撤也撤不下去，看来要死在这里了。"

队员们愤怒地说："炸了鬼子的补给点，死也值了！"

"死就死！拼了！"

王吉光大吼一声"杀呀！"抽出大刀扑向鬼子。

巨大的爆炸声令鬼子愣了一下后，又很快就明白了对手的目的。爆炸声使他们更加愤怒，发疯似的冲向王吉光，双方一下子搅在了一起。

王吉光以一敌三，他挥刀格开一把刺刀，反手一转砍倒一个，但另两把刺刀同时刺进了他的腰。他大吼一声，倒在血泊中，其他三名队员也在一片喊杀声中倒下了。

月山坳离九龙桥只有三里路，剩下的七个鬼子很快就赶了过来。这时天已亮了，双方阵地的情况已经看得清清楚楚，从月山坳赶来的鬼子迅速插到罗猛子的背后，截住了他们上山的退路。

九龙桥的守军也被巨大的爆炸声激怒，见月山坳的鬼子已经截住了对手的后路，便发起了疯狂的进攻。

罗猛子看了看趴在山头上的队员们，因为是匆促应战，没有构筑防守工事，队员们伤亡很大。这时，子弹也没了，罗猛子知道已经到了生死关头。他感到了一阵心酸，他不是怕死，而是想到生死相依的兄弟就此永别，心有不甘。他用沉静的语气说："兄弟们稳住，等鬼子靠近了，我们用大刀砍他，杀出一条血路来，冲出一个是一个。"

鬼子见山头上没有了枪声，知道对手已经打光了子弹，便停止了射击，挺着刺刀冲了上来。

突然，鬼子的背后响起了一阵激烈枪声，正在冲锋的鬼子一下子就倒下了好几个。随着枪声响起，一支人马从对面山坡上冲下来，边喊边开枪。鬼子后面遭到袭击，立即掉转枪口。鬼子见援兵攻势很猛，料定占不到便宜，又怕丢了九龙桥，便收缩队伍，边打边撤，退回了原来的防守阵地。

罗猛子正准备拼命，突然来了援兵，一时精神大振，大喊："兄弟们，杀！"挥刀扑向小山后面的敌人。后面的鬼子只有七个人，见九龙桥的守军已经退了下来，慌忙撤退。罗猛子紧追不舍，把鬼子赶上了公路。

"罗猛子，穷寇莫追，先突出去！"这时，有人喊他不要追。罗猛子猛然惊醒，赶快收住脚，率领队员撤下山头，沿小路进了九龙峡，后面的队伍也一路跟了进来。

到了安全地带，罗猛子停下来，转身等队伍靠近。不一会儿，一个熟悉的身影跑了过来，近前一看，原来是二中队队长廖元。罗猛子迎上前去，两人一句话都没说，紧紧拥抱在一起，队员们见了面也是相互拥抱。曾经生死与共的战友，经历了劫后重逢，又是绝处逢生，说不尽的感动和兴奋。

原来，廖元率领二中队绕过岣嵝峰后，在樟木桥碰到了李村逃出来的村民。他们向廖元哭诉了鬼子的暴行，请求廖元为他们报仇。

廖元听了十分愤怒，他抽出大刀砍在树枝上，大骂王才能忘恩负义。本来，他想归队后请示上级再说，经不住村民的哭求，就答应了。

他们又折回岣嵝峰，在山里潜伏了三天。后来，终于探知这队鬼子扎在集兵滩的一户地主家里。昨天晚上，他们趁着夜色袭击了鬼子，打死了边村和吴翻译，却跑了汉奸王才能。

战斗结束后，廖元率队向衡山开进，快到九龙峡时，就听到前面响起了激烈枪声，便一路赶了过来，恰好救下了罗猛子。

萧志立和宋和尚率着队伍向能仁寺撤退。在路上，他们听到九龙桥的枪声不仅没有停下，反而一阵紧似一阵。萧志立对宋和尚说："和尚，猛子到现在还不撤，会不会遇到了什么麻烦？"

宋和尚听了一下，说："不错！这是鬼子的枪声，估计罗猛子遇到麻烦了。志立，你先上能仁寺，我去增援。"说完，提枪就走。

"等一下。"萧志立叫住他，说，"现在情况不明，天又亮了，你这样去起不了大的作用。我们暂时不回能仁寺，先去增援罗猛子，把他抢出来再说。"

宋和尚说声好，就和大家一起跑起来。过了月山坳后，九龙桥方向的枪声突然停下来，他们心头一紧，难道罗猛子他们……正当担心时，从九龙桥撤下来的鬼子慌慌张张沿公路跑过来，正好撞上了他们。说时迟，那时快。宋和尚抬枪就打，萧志立和队员们跟着射击。鬼子没有料到会在这里遭到伏击，不敢还手，丢下两具尸体逃跑了。

他们也没有追赶。宋和尚对萧志立说："鬼子像是在逃跑呢，看来，罗猛子安全了，我们没必要去九龙桥了。"

萧志立说："分析得对，我们去妙溪吧。鬼子经此打击，一定会疯狂报复，我们得好好研究一下如何应付。"

第十一章　热土英魂

第一次上战场，第一次开枪打死人——尽管是鬼子，还是感到十分紧张，汗水一下子就湿透了全身。

刘仲生率200多小河里的乡亲去了虎形山后，周全忠和萧志辰也带着乡亲们赶往河东。

机场方向已是炮火连天，滚滚浓烟遮住了太阳。

鬼子的飞机在头上盘旋，投弹扫射。河岸和桥头的高射机枪对空射击，驱赶敌机。美国空军“飞虎队”也一拨拨飞来助战。

一场惨烈的城市攻守战在惨白的夏日里上演着。

趁着鬼子飞机飞离衡阳的空隙，周全忠和萧志辰指挥队伍快速冲过大桥。

这时，鬼子的飞机突然擦着屋顶扑来。走在队伍最后的萧志杰刚到桥中央无处躲避，只好扑倒在桥边。敌机朝队伍扔下了几颗炸弹后，又转头扫射了一串串机枪弹。已经走下桥头的萧志辰叫声不好，连忙转身跑上桥，冒着腾空的烟尘奔向炮弹爆炸的桥中央。

桥上的烟雾还未散去，他透过弥漫的烟尘看到了几个乡亲倒在桥上，一个熟悉的身影横卧在桥边。

“志杰！”他大喊一声跑过去。萧志杰扑卧着，身体下面的鲜血浸漫了一大摊，萧志辰把他翻过来抱在怀里，志杰的肚子已被炸烂，肠子都流了出来，人还活着。

萧志宏和萧志发也奔了过来，萧志杰两只手吃力地伸向他们，他们赶紧一人握住一只手，焦急地哭喊着弟弟的名字。

伤得太重了，志杰已气若游丝，他断断续续地叫着哥哥，说："哥……，爸妈今后靠你们了……"突然大声喊道："没杀一个鬼……鬼子，心不甘啊！"话音一落，头一歪就停止了呼吸。

一朵生命之花还没有迎来灿烂的花季，就被残忍地摧折了！

他们身旁也响起了哭喊声，乡亲们喊着亲人的名字。

萧志辰放下萧志杰，拉着萧志宏、萧志发站起来，深呼吸了一下，把巨大的悲痛压下，坚定地说："弟弟，现在不是哭的时候。"他朝乡亲们大喊："乡亲们，我们走！杀鬼子报仇去！"

大家止住了哭声，擦干了眼泪，跟着萧志辰冲下桥，奔向前线。

机场前线已经吃紧。鬼子从清晨到下午，不停地炮击和轰炸，步兵发疯似的冲锋，七八个小时没有停歇。守军抱着死守的决心，也把枪弹泼雨似的砸向鬼子。由于长时间消耗，至下午弹药几乎告罄，守军已准备好刺刀与敌肉搏。

鬼子从渐渐稀疏的枪声中已觉察到守军的弹药吃紧，突然从掩体冲出，疯狂扑来。

危急关头，萧志辰带着小河里的村民扛着弹药冲上了阵地，守军立即士气大振。"用手榴弹炸他狗日的！"一位军官从萧志辰肩上抢过弹药箱，迅速打开拿起一颗手榴弹，拉线就扔。于是，一颗颗手榴弹从阵地飞出，在空中划出一道道黑色的弧线，落到敌群中间。"轰轰轰"随着一连串的爆炸，鬼子倒下了一片，活着的迅速后撤，躲到了掩体后面。狡猾的鬼子一撤，迫击炮立马砸向阵地，守军和民工都出现了伤亡。

一名战士被炮弹炸伤，额头流下来的血遮住了眼睛，他用手擦一下，又把枪瞄准前方。军官指着日军阵地上一名挥刀的鬼子喊：“杀了他！杀了他！”因为流下的鲜血影响了视线，战士连打两枪都没打中，突然一发炮弹在他身边炸响，战士往后一弹，重重地摔在战壕里，步枪脱手甩出，恰恰落在萧志辰的脚边。

萧志辰拾起枪，朝着那鬼子抬手一枪，“砰”，鬼子应声倒地。萧志辰下意识地往下一蹲，把枪紧紧攥在手里。

他曾在游干班训练时就因枪打得准而出名，教官特意让他专门练习狙击。但是，毕竟今天是他第一次上战场，第一次开枪打死了人——尽管是鬼子，还是感到十分紧张，汗水一下子就湿透了全身。他强抑住自己狂乱的心跳和急促的呼吸，爬起来把枪瞄向敌阵，“砰——”又一个鬼子被他击倒。

军官侧过脸来，惊异地看着他，说：“好小子！”他指着远处的机枪阵地说：“把机枪打了！”

萧志辰抬枪瞄准，“砰”的一枪，鬼子的机枪手往后一栽，倒了。旁边的副手立即扶住枪把。萧志辰再一枪把他打倒，机枪顿时哑了。

萧志辰突然感到一条人影一闪，把他扑倒在地。“噗噗噗”，他刚才打枪的地方被敌人的一串机枪子弹打得泥沙飞溅。

“哎呀！”萧志辰惊呼一声。

军官把他的头拍了拍，说：“鬼子精得很，你得打一枪换一个地方。”他看着萧志辰一身农民的打扮，惊讶地问：“是游击队员吗？”

萧志辰告诉他，他是刚刚送弹药上来的民工，不是游击队员。他说：“长官，我在南岳游干班训练过，今天还是第一次打鬼子！”

军官说："我不管你是谁，能杀鬼子就行！你枪打得好！就这么打，专打鬼子当官的和机枪手！"

萧志辰突然想起了上阵来的乡亲们，忙拿着枪，弓着腰跑到其他阵地。他看到的一幕是：乡亲们夹杂在守军中间，有的在打枪，有的帮忙搬弹药，还有的在抢运伤员。萧志辰知道，这时候叫乡亲们撤下阵地已经不可能了。

萧志宏和萧志发一上阵就走散了。萧志宏看到一位受伤的士兵向他招手呼救，他愣了一下，立即和另一位乡亲跑过去。伤员浑身是血，也不知道伤在哪里。萧志宏忙叫乡亲把伤员扶到自己背上。他背着伤员就往山下跑，沿着一条交通壕到了救护站。一名护士见了跑过来帮忙把伤员放在床板上。

护士手一探鼻息，阵亡了！她板着脸大声道："伤得这么重，你还背着跑，有救吗？担架呢？怎么不用担架抬？"萧志宏被骂得一头雾水，脸涨得通红。

一个国军士兵跑过来对护士说："别骂别骂！怪不得他，他是刚来送弹药的民工。"说完，拉着萧志宏找到一副担架就离开了救护站。

萧志宏和这名国军士兵来回跑了十几转，救下了十几位伤员。他在阵地上碰到了正在送弹药的萧志发，萧志发腿上绑着纱布，看来是受伤了。他们只打了下招呼，就各自跑开了。

傍晚，鬼子终于停止了进攻，呼啸了一整天的战场安静了下来。炮火形成的烟尘慢慢聚集在战场的上空，像黑云一般压在头上。太阳开始向西斜去，薄薄的白云刹那间就被染成通红。阵地上到处都是鬼子遗下的尸体和武器，新翻开的黄土显出刺眼的红色，仿如被鲜血浸过一般……

萧志辰再没有看到那位军官。他向四周望了望，国军官兵都抱着枪趴在战壕里，乡亲们也三五成群聚在一堆。

这一仗打下来，杀死了不少鬼子，但自己也损失很大，守军伤亡过半，送弹药的乡亲们半天工夫就没了 30 多个，还有不少受伤的。

萧志辰跑到乡亲们聚集的地方，一遍一遍地询问乡亲们的情况。此刻，一股巨大的悲痛正在乡亲们中蔓延。来时，都是活蹦乱跳的，互相亲切地打着招呼，开着玩笑，才一天时间，已是阴阳两隔。

萧志辰没有办法阻止这种悲伤的蔓延，他的心也被巨大的悲伤撞击着，撕扯着。他找到志宏、志发两位弟弟，三兄弟默默地坐一起，想着白天发生的事，想着下午死去的志杰，这一切发生得太快了。

深夜，军部突然来了急电，命令守军死守机场，同时，要求民工撤出战场。

萧志辰对他们说："乡亲们，我们这四十几个人，就是衡阳抗战后援会武装分队了，我们要和守军一样，拿枪上阵打鬼子！"

守军立即通知萧志辰，要他尽快带领民工撤下阵地，转移出城。

接到通知后，萧志辰找乡亲们商量。可是，乡亲们都不愿意撤退。

萧树林说："志辰，国军兄弟在此舍命死守，我们这时候撤走，有失道义啊！"

"我叔说得对！"萧范生是他侄子，但和他同年。他说："国军兄弟能舍命，我们的命也不要了！"

"对！大不了把这一百多斤菜丢在这里。"旷文周说。旷姓在小河里是少姓，但他为人豪爽，与萧志辰兄弟几个合得来。"我本来就没打算活着回去。志辰，去找守军说说，发枪给我们，老子的手早就发痒了！"

萧文水把上衣脱了，露出渗血的伤来，说："鬼子杀了我们这么多人，不能就这么走了，我们也要杀他几个！"

"对！我们要报仇！"

…………

是啊！这仇要报！

萧志辰根本就不想撤。乡亲们是他带出来的，他有一份责任啊。这份责任只能让他暂时把仇恨压在心底。他对乡亲们说：“乡亲们，留得青山在，不怕没柴烧！鬼子的仇，我们以后一定要报！”

“家也没了，还留什么青山！”

…………

乡亲们你一言我一语，吵着嚷着不愿撤，深深地感动着他。但是，他决心难下啊！

这时，萧志宏领着周全忠匆匆赶过来。

萧志辰见周全忠走上阵地，似乎一下子就有了主心骨，连忙迎上去急切地问：“周参谋，怎么办？”

周全忠把萧志辰拉到一边，说：“志辰，你别急，现在乡亲们撤下去也很危险，鬼子已经在这一带全面展开，这时候让乡亲们回家，一旦遇上鬼子，能活着出去吗？”

萧志辰听了，汗一下就布满了脑门。他抹了一下，问：“周参谋，怎么办？”

周全忠说：“我们衡阳成立了抗战后援会，组织民工协助守军守城，现在留在衡阳城里头就有一万多，城外还有两三千，包括你们小河里的人。”他拍了拍萧志辰的肩膀说：“志辰，小河里出来六百多人，我能体会到你肩上的担子有多重。但是，在保家卫国的大局面前，我们必须作出牺牲。”

经他这么一说，萧志辰心里敞亮了许多，刚才还在犹豫的想法更加坚定了。

“留下来协助守军要有组织。”周全忠继续说，“我们分析了一下，这场仗没有十天半月不会结束，我们要做好长久的打算。志辰，我过来就是和你商量。由你来挑重担，牵这个头，领导小河里的乡亲们协助守军抗战，你看行不？”

萧志辰没有立刻回答。他在想，仗才刚刚开始，就死了几十个乡亲，志杰也没了，今后怎么办呢？

萧志宏见了催促说："哥哥！你别犹豫了，你不领头谁领头？"

萧志辰坚定地看着他们，说："好！"

"知道你不会丢担子，老刘没有看错人。"周全忠对萧志辰说，"现在这里有两百来人，不能这样没有组织，我们要分成几个组分别负责救伤员、送弹药、送给养，还要负责自己的吃喝休息。每个组找人牵头，这样就不会乱套。"

"周参谋，我想还要加一个组。"萧志辰说。

"好！你说。"

"我们小河里有三十几个人参加过游干班，加上平时训练的，会打枪的有五十多人，这次都来了。"萧志辰说，"我想把他们组织起来，成立一个武装队，打仗时，可以上阵杀鬼子，撤退又可以保护乡亲们。"

"这个想法好！我同意！"周全忠问，"你这里有多少人？"

萧志辰回道："大部分都在这里。"

周全忠想了一下，说："行！暂时叫抗战后援会武装分队吧，由你担任这个队长，我回去就跟上级汇报。"周全忠握着萧志辰的手，说，"志辰，我还要赶到火车站，这里全靠你啦！"

说完，周全忠很快就消失在夜色中。

周全忠走后，萧志辰立即把几个辈分大的、能做主的人找来商量，分配了任务。

救护伤员由萧树林负责，论辈分他是萧志辰的族叔。送弹药由谭清泉负责，他本来就是码头上挑脚的小包头，他来组织送弹药，萧志辰放心。萧范生是厨师，萧志辰考虑到守军的给养运送和吃喝，厨师会想得周全些，便要萧范生牵这个头，要萧志宏协助。

之后，他把旷文周、萧银华等会打枪的乡亲们找出来，他数了一下，一共有46人。他又把队伍分两个小队，一队由旷文周负责，一队由萧银华负责。

分配完了后，萧志辰把会打枪的46个乡亲召集在一块，对他们说："乡亲们，我们这四十几个人，就是衡阳抗战后援会武装分队了，我们要和守军一样，拿枪上阵打鬼子！"

一个队员说："志辰，没枪怎么打鬼子？"

"跟守军说，发给我们枪吧！"

萧志辰举起手里的枪，说："武器没问题。我会跟守军要的。"

他继续说："从现在起，我们就是抗日的队伍了，要听命令听指挥。不管是姓萧的姓旷的，还是姓李的姓罗的，都是小河里出来的好兄弟，亲兄弟！"

他停顿了一下，激动地说："上阵亲兄弟，打仗父子兵。从今往后，我们拧成一股绳，一起杀鬼子！"

旷文周大声喊道："小河里没有怕死的人！只有同生共死的兄弟！"

"对！我们一起杀鬼子！"

萧志辰找到守军营长藏振汉，把乡亲们都留下来当民工和组织武装分队的事跟他说了。

藏营长认识萧志辰，昨天他在阵地上杀鬼子的事已经在守军中传得神乎其神。藏营长听说乡亲们都已留下来当民工，既感动又高兴，又听说武装分队有40多人，都是经过了训练的，握着萧志辰的手兴奋地说："哎呀！你可是给我增加一个加强排呀！行！武器没问题！"他对传令兵说："传我命令，武装分队和我们一起上阵地。领志辰去领武器！"

"谢谢藏营长！"萧志辰告别营长后，立即带着队员去领武器了。

牺牲了，就把一腔热血染红冲锋的路，受伤了，爬起来继续跑。他们只有一个念头，就是拼了命也要把弹药送上阵地。

昨天，鬼子遭到了守军的顽强抗击，死伤惨重，特别是在阵地前沿的壕沟里。守军把前沿削成了垂直的土坡，高达四五米甚至十来米，中间壕沟深达三四米，对面则挖成缓坡。鬼子冲进壕沟里后无法攀缘，守军先扔一排手榴弹炸，后用机枪，冲锋扫射，步枪点射。日军被打得鬼哭狼嚎，遗尸遍野。

昨天来进攻的是鬼子先头部队，今天，他们作了调整，趴在阵地前沿等待后续部队上来。

上午，鬼子发起了两次进攻，都被守军击退。下午，鬼子先用飞机在阵地上扔了一会炮弹，步兵再发起冲锋。这时，美军飞虎队的飞机扑了过来，在敌群中扔了几颗炸炮，又对敌阵地进行了轮番轰炸。鬼子损失惨重，还没冲到守军阵地前就退下去了。

入夜，萧志辰和藏营长碰了一下头。藏营长告诉他，今天的进攻，不是鬼子惯用的打法，他们死了那么多人，一定会疯狂报复，明天肯定是一场恶仗，要提前做好准备。他们商量后，当夜就把重伤员运进了城，救护站撤到了阵地后方的山坡下，弹药也进行了足够的补充。

有了合理的组织，一切都显得秩序井然。

6月25日早晨。

藏营长从观察口看到，对面黄澄澄一片，正在朝这边移动。鬼子准备进攻了！根据经验判断，鬼子肯定又是先来一轮猛烈的炮击。他立即叫传令兵去通知萧志辰，赶快躲炮。

果然，不到一刻钟，但见对面红光闪闪，阵地上即刻响起了一片爆炸声。这次炮击持续了半个钟头，地面的工事被炸得七零八落。好在先有准备，守军和民工都躲到了阵地背面，鬼子炮击没有造成多大的损失。

炮声一停，守军立即冲进工事。萧志辰率领武装分队也进入了阵地。

守军仍按照昨日的战术，把鬼子引进壕沟予以大量杀伤。但是鬼子今天也学乖了，他们并不急着冲锋，而是伏在 300 米开外的掩体里，朝守军开枪。双方互相对射，一时间阵地上的各种枪声如炒豆一般响个不停。约两个小时后，鬼子才组织冲锋，但不像昨天那样，挺着枪哇哇叫着就扑过来。鬼子冲到壕沟边时立即散开，各找掩体与守军对射，没有找到掩体的就地伏下。打了一阵后，又迅速撤了下去。如此反复了几次，一直到下午。

萧志辰感到不对劲，但是又想不出哪里有问题。他对藏营长说：“鬼子这么搞，会不会玩什么新花样呢？”

一句话提醒了藏营长，他问身边的士兵：“弹药怎么样？”

士兵回答说：“差不多了，送弹药的还没上来。”

士兵的回答让他大吃一惊：不好，原来鬼子是在故意消耗我们的弹药，他们一定会用飞机炸我们的补给线。他对萧志辰说：“快去通知送弹药的民工，飞机就要来了。”

但是，已经来不及了。他话音刚落，四架鬼子的飞机已经扑了过来。

谭清泉是老江湖，他本来也是一个挑脚的，因为脑袋瓜子活，又有几分江湖义气，爱打抱不平，日子久了就慢慢树立了威信。于是，一些挑脚汉子就拢在他的身边听他安排。船家货主们知道后，有事就找他商量，一来二去，他就成了一个小包头。但他为人正直，没有私心，从不打挑脚汉子的主意，赚到钱就和大家平分，因此，在湘江码头，提到“谭包头”没有不竖大拇指的。

虽然初上战场，但谭清泉已经有了一些经验。三天以来，目睹了亲朋好友倒在鬼子的枪炮下，早就憋了一肚子仇恨。萧志辰要他牵头带领乡亲们运弹药，他知道这副担子的分量。

从弹药仓库到阵地上，有一条约 300 米宽的大垄，都是平坦的农田，无遮无挡。守军为了运输队安全，已从农田中间挖出了一条半人高的交通壕，鬼子飞机来轰炸，运输民工就可以趴在交通壕底躲炮弹，效果很好。

后来，他又想了一个办法，把运输队分成四个小组，每个组十二个人。在通过交通壕时，四个组分别行动，依次而过。这样，即使被鬼子飞机的炮弹炸着了，也不至于造成全军覆灭。

萧启仁带的这个小组快要过完交通壕时，鬼子飞机来了。四架敌机几乎是擦着地面扑过来的。

萧启仁他们刚刚趴下，鬼子飞机就扔下了一串串炸弹，随着轰轰轰几声炮响，交通壕及两厢腾起滚滚烈火，一瞬间就烧成了一片火海。

鬼子扔下的是燃烧弹！

谭清泉在前面接应，被一股热浪掀翻在地。他爬起来一看，傻眼了！萧启仁他们全部被烈火吞没！

十几条活生生的汉子，都是朝夕相处的弟兄啊！他用双手捶打着地面，嘶哑地哭喊着他们的名字。

突然，一条火影爬出交通壕，伸出手向他呼救。他下意识地跳起来扑过去。但是那只手连人影一起很快就被大火吞没，响起了一阵噼啪的爆裂声。

鬼子的飞机又掉头用机枪扫射过来。谭清泉站在土堆上傻傻地盯着火海，全然不顾。一条人影冲上去把他扑倒在地。谭清泉感到一股冲击力撞在背上，他推开身上的人一看，是他的邻居萧秋云。萧秋云背上正冒着鲜血，为了救他献出了生命。

这时，交通壕又响起了一连串的爆炸声，火星冲天而起，飞得到处都是，是大火引燃弹药爆炸了。

一股巨大的悲伤比烈火还要炽热，燃烧在谭清泉的心口。

而此时，阵地上已万分危急！

守军虽然英勇，但因弹药运不上来，渐渐处于劣势。

鬼子冲下壕沟，开始搭“肉梯”往上攀。他们把同伴的尸体垒成斜坡，踩着“肉梯”从一处较矮的坡地爬了上来。

藏营长赶紧调兵去堵。

萧银华就在近边，他抓起一把铁锹冲向鬼子。两个鬼子挺着刺刀扑来。萧银华站在高处，顺手一铁锹甩过去，“啪”的一声格开了刺刀，反手又一砍，铁锹深深地砍进了鬼子的肩膀。鬼子怪叫一声倒了。另一个鬼子的刺刀已刺到他的胸前，一条人影冲过去，把鬼子扑倒在地。萧银华上前一铁锹砍在鬼子的脖子上。他转头一看，原来是旷文周救了他。两人交换了一下眼神，飞快地拾起鬼子的枪，朝冲上来的鬼子“叭叭”就是几枪，鬼子终于被赶了下去。

这时，藏营长已调兵过来堵住了缺口。

阵地稀疏的枪声和震天的喊杀声把谭清泉从巨大的悲痛中唤醒过来。他跳起身，绕过大火熊熊的交通壕，从上方的稻田穿过去，找到正躲在山岩下的那三个组的乡亲。他大喊道：“乡亲们，守军子弹快打光了，我们冲上去！”他扛起一个弹药箱，朝乡亲们一招手：“跟我来，从田里冲过去。”

乡亲们扛着弹药箱，跟着他争先恐后地冲进稻田。这时，鬼子的飞机又飞过来了，朝他们打机枪扔炸弹，他们全然不顾。牺牲了，就把一腔热血染红冲锋的路，受伤了，爬起来继续跑。他们只有一个念头，就是拼了命也要把弹药送上阵地。

阵地上险象环生，已有几处开始肉搏。

刚才被堵住的缺口又被鬼子撕开。萧银华和旷文周把子弹打光后，与鬼子拼起了刺刀。守军士兵也杀红了眼，拼死冲杀。但是，涌上来的鬼子越来越多，他们渐渐不支，最后只剩四个人，被鬼子压缩在一个石崖后面舍命抵抗。鬼子抓住机会，向两厢展开，并巩固了占领的山头阵地。

因为没有子弹，萧银华、旷文周和另外两个士兵不得不退了回来。

被鬼子撕开的缺口长十来米。鬼子大队人马正往上扑，是想通过这个缺口冲入守军阵地。

危急关头，谭清泉率领运输队赶到了。

藏振汉立即命令守军朝冲锋的鬼子开火。一时间，一颗颗手榴弹砸向鬼子，枪声响成一片。冲到半路的鬼子没有防备，死伤一大片，爬上“肉梯”的鬼子也被打下了壕沟。

后面的鬼子回过神来，在一个挥着长刀的鬼子军官的驱赶下，疯狂地往前扑。

萧志辰见了，把枪抬起来，略一瞄准，“砰”的一声，鬼子军官应声倒地。军官一死，鬼子的攻势立即减弱了。抓住这个空当，藏营长迅速调整部署，很快，阵地上恢复了秩序。

鬼子又进攻了两次，都没有成功。这时天色已晚，鬼子退了回去。

但是，守在缺口小山头的鬼子却像一根刺一样扎在阵地上。他们虽然只有七八个人，明天鬼子肯定会利用他们的策应再次在缺口上做文章。藏营长盯着鬼子占据的小山头，想着对策。

无论如何，一定要把它夺回来!

藏营长找到萧志辰。他指着小山头说：“鬼子守在那里，对我们威胁太大,我们今晚一定要把他们灭了！有没有好的办法？”

萧志辰也清楚，如果不夺回小山头，后果不堪设想。他对藏营长说：“趁天黑我带人摸上去，把它夺回来。”

“志辰老弟，拼命的事还轮不到你！”藏营长拍着胸口说，“我准备组织敢死队，拼死也要攻下来。我找你来，是想和你商量下一步的打算。”

藏营长叹息了一声，说：“仗打到这个份上，不敢妄谈胜利，只求不辱使命了。”他对萧志辰说：“我是这样想的，今夜就把救护站和救护队、运输队撤到火车站。由你带武装分队护送！”

“藏营长，这怎么行？上级命令是死守阵地，我们怎么能提前撤退呢？”萧志辰听了着急地说。

“死守的命令是对我们守军下的,你们没有必要遵守,再说,”藏营长转头看了看身后正在休息的战友们,“再说,你们是民工,往后还有大仗要打,还要靠你们去支援,不能全倒在这个阵地上。”

“志辰，你想一下。”他见萧志辰没有说话，就拍了一下他的肩膀，说，“如果今夜不撤，明天天一亮，鬼子飞机喊来就来，再撤就撤不出去了。”

“好，我听你的！”萧志辰听藏振汉说的这番话，觉得很有道理。一天下来，守军已伤亡一大半，武装分队也没了十几个人，明天万一阵地被突破，救护站的医生护士和民工，就只能惨遭屠杀。

“但是，我有一个要求。”他说。

“你说。”藏营长说。

“把他们护送过去后，我们武装分队还要回阵地来。”

藏营长没有马上答应，他在犹豫。

从白天战场上的表现来看，武装分队确实是一支生力军，目前，他手下的部队防守阵地确实有困难。他思量再三，对萧志辰说：“行！”

萧志辰立即组织大家后撤，但又费了一番功夫。乡亲们都不愿意撤下去。

谭清泉早已急红了眼睛，他对萧志辰说：“你这时候要我们撤下去，怎么对得起死去的乡亲啊！”

萧志辰抱了抱他的两肩，深情地说：“清泉大哥，不走不行啊，天一亮鬼子飞机就来炸，到那时就走不成了。”他转头对吵着不愿撤的乡亲们说：“我们小河里没有人怕死，但是，我们不能白死！后面是第二道防线，还有第三道第四道防线，都要我们帮国军去守啊，要你们撤，又不是回家，乡亲们！”

听萧志辰把道理说明后，大家才没有了想法，收拾收拾就跟着撤向了火车站。

萧志辰安排了十几个武装分队的队员在前面探路，他带人在后面断后，直到所有撤退人员进入安全地带，他才把武装分队的战士们带回阵地。

在萧志辰护送民工和救护人员撤退的这段时间，藏营长组织敢死队摸黑强行攻击缺口的鬼子，经过激烈战斗，鬼子被全歼，阵地终于夺了回来。

几个鬼子来到他身边正要开枪，他突然抱着几颗手榴弹拉出引线冲向鬼子，大叫一声：“老子今天有鬼子垫背，值了！”一声巨响后，他与鬼子同归于尽。

6月26日，端午节。

坚守在阵地上的国军官兵和武装分队的战士们，在与日寇的拼杀中，对时间早已没有了概念。此时此刻，恐怕没有一个人能想起这个传统节日。当太阳从天际线上升起来后，他们只知道，新的一场生死搏杀又要开始了。

上午，除了飞机飞过他们的头顶轰炸衡阳城区之外，鬼子没有发动进攻。

中午后，突然下了一场雨，给闷热的空气带来一丝凉意，但是，雨刚停，鬼子的轰炸使阵地上更加紧张。

下午，鬼子开始用重炮轰击，在持续的炮击中，有几处阵地被炸塌，崩下的泥土填平了壕沟。接着，几架飞机又扑向阵地，扔下了几十颗炸弹。

藏振汉看到前沿的工事被炸塌了几段，心一下子悬了起来：看来鬼子今天是势在必得啊。

对于生死，藏振汉早已抛之脑后。他心里已作着最坏的打算。

他穿过连天的烟幕找到萧志辰。实在是不忍心让这位才认识三天的青年农民把命丢在这里呀！他大喊道：“萧志辰，我命令你带着你的人撤出阵地！”

此时，萧志辰也涨红了眼睛，也对藏振汉大声说：“我不是你的兵，你无权命令我，不撤！”

藏振汉抓住萧志辰的肩膀使劲摇了摇，指着阵地后面的小山包说：“你看到了吗？那座小山，你们撤到那里去守着，等我们撤退时掩护我们，懂吗？”

萧志辰看了一下，半信半疑。但还是答应了，带着队员们撤到了小山包上。

半个钟头后，阵地上枪声大作，手榴弹的爆炸声连成一片。不到一刻钟，阵地上传来了疯狂的喊杀声。

鬼子攻上阵地了！萧志辰惊呼一声，心一下子揪紧了。他突然回想起刚才藏振汉的眼神：那分明是视死如归啊！他一下子明白了，藏振汉要他们撤下来，是不想让他们去死啊！

他对旷文周和萧银华大喊道：“鬼子攻上阵地上了，我们赶过去支援，快！”

他们带着队员们又一阵风地冲上了阵地。

由于前沿工事几处被毁，经过一番疯狂的冲锋后，十几个鬼子冲上阵地与国军展开刺刀拼杀。武装分队撤走后，守军兵力不足，眼看着阵地即将突破，萧志辰带领队伍冲了上来，战场形势瞬间就发生了变化。他们挺起刺刀加入战斗，合力把攻上阵地的十几个鬼子杀死，阵地再一次被守住。

但是，这场拼杀，又牺牲了二十多人。

下午五时，太阳开始西斜。

藏振汉看了看怀表，又望了望天。

萧志辰趴在阵地上，握着步枪。

……

一切都在等待着，包括时间、子弹，甚至空气中弥漫的烟尘。

五时十五分，几发炮弹落在阵地上，炮声响过，一股黄色的烟雾弥漫开来。

藏振汉大叫一声：“鬼子打毒气弹了，快趴下。”

毒气迅速蔓延，一下子就罩住了整个阵地。工事里传来了一片咳嗽声和喘气声，不一会儿，就有人中毒倒下了。

随着一阵风吹过，毒气消散了。但是，国军官兵和武装分队的队员已有多人中毒。萧志辰和旷文周处在上风口，没有中毒，他们迅速冲入工事。

此时，已有几个鬼子冲上了阵地，正在举枪屠杀中毒的守军和队员。

萧银发虽中了毒但人还清醒。几个鬼子来到他身边正要开枪，他突然抱着几颗手榴弹拉出引线冲向鬼子，大叫一声：“老子今天有鬼子垫背，值了！”一声巨响后，他与鬼子同归于尽。

藏振汉也中了毒气，但很轻，他带着十几个兵被鬼子追着打。萧志辰带几个人冲上去，把他们抢了回来。

此时，阵地已损失大半，收复已不可能。藏振汉对萧志辰说：“兄弟，明知是死还要回来，何必啊！”

萧志辰说：“没别的，一起打鬼子，要死一块死。”

藏振汉一边喘气一边说：“还没有接到撤退的命令，我们只有死在阵地上了。”他对萧志辰说：“把弟兄们都收缩到这里来，我们死守待援！”说完，他又感慨地笑道：“能和你们同生共死，三生有幸啊！”

入夜之后，传令兵送来命令：“全营后撤，退守火车站！”

藏振汉把命令揉成一团，使劲地砸向远处。他朝着已经失去的阵地跪下，号啕大哭……

“六百多弟兄啊！苍天有眼，日寇必败！”

当夜，他们撤到了火车站第二道防线。

机场防守战，国军一个营仅剩 40 多名官兵，小河里走出来的村民，有 132 人献出宝贵的生命。

第十二章　转战敌后

萧志辰把枪还给吕范，说："你放心，还是那句话，既然来了，就会和你一起死守！"

湘江东岸，衡阳火车站。

守军在血战四昼夜后，大部分阵地被摧毁，落入敌手。但是，核心阵地仍牢牢掌握在自己手里。为此，守军付出了血的代价，摆在一线的兵力伤亡巨大，整连整排几乎全部被打残，连排长所剩无几，有的连排长连换数次均牺牲。藏振汉从机场撤到火车站后，稍作休整即上了前线，至 7 月 8 日，全营只剩下 12 个人了！

开始时，受伤的官兵被送下来，处理伤口后，轻伤员在救护站休息，重伤员即送往西岸。随着战斗的持续，守军伤亡越来越严重。到后来，轻伤员在救护站处理后又返回了前线，有的干脆不下战场，作简单包扎后即与鬼子拼杀。

整个火车站防守阵地，已根本分不清前后，事实上已无法分清。鬼子的炮火进行着覆盖式轰击，加上天上飞机的轮番轰炸，到处是翻滚的火焰，每一寸土地都经受着燃烧。

支前民工在火海中穿插，生死早已置之度外。他们与守军已经完全混杂在一起，如果不是服装有别，很难区分。

遇到危急关头，民工即冲进工事，会打枪的举枪就打，不会打枪的则扔手榴弹，挥舞扁担、铁锹扑向鬼子……

几天下来，支前民工也付出巨大牺牲。

防守杨家花园阵地的是国军一个连，战至 7 月 10 日下午，全连仅 7 名活着的战士，弹药也不多了，连长和连副已经阵亡，由排长吕范代行指挥。吕范已做好最后一拼的打算。

如果杨家花园失守，将直接威胁火车站阵地侧翼！鬼子可沿湘江岸线嵌入，对火车站形成包围之势。情况万分危急。而此时，守军处处紧张，已无援兵可调。

谭清泉和萧志发率领十几个乡亲扛着弹药正往杨家花园赶，他们并不知道情势如此危急。

杨家花园是湘江东岸一处著名的园林，是衡阳旺族杨家的后花园。楼台廊舍，茂林修竹，建得十分精致。但是，战火已经把这一切摧毁了，只剩下残砖断墙，碎瓦乱石。

吕范把七个人收缩在花园后的假山上。假山依一棵百年古樟而建。古樟的枝杈向四周伸展，已被炮火削断了十几根，斑驳的树身伤痕累累。

吕范靠着樟树喘了口气。刚才打退了鬼子的一番进攻，额头上被弹片擦了一下，幸好只破了皮，他用衣袖擦了擦渗出来的血，望了望趴在工事里的战友们。战友们都把目光朝着前方，刺刀在烈日下闪着惨白的光。

这时，谭清泉和萧志发率领民工上来了，互相打了一下招呼，即帮助守军安放好弹药。

谭清泉扫视了一下四周，对吕范说："伤员在哪？"每一次送完弹药后，他们都会顺路把伤员运下火线。

吕范指着工事里的战友说："没有伤员，活着的都在这里。"他对谭清泉说："你带人快撤，鬼子很快就会进攻。"

谭清泉惊讶地说："就剩7个人？怎么守？要么撤到后面去吧。"

"不行！必须死守！"吕范说，"这里一旦被鬼子占领，整个阵地就可能突破。你回去报告团长，说我这里只能守到晚上，要他们早作打算。"

听吕范的口气是要与阵地共存亡了。这几天，遇到了太多惨烈悲壮的场面，但此时，他仍被感动了。吕范见他犹豫，大声叫道："怎么还不走？难道要等到全军覆没吗？"

谭清泉咬了咬牙，带着民工走出了阵地。

但是，他们走到杨家花园的围墙边时，遭到了鬼子的截击。他们没有武器，只能趴在墙后面躲起来。很快，鬼子也发现他们是赤手空拳的民工，就端着刺刀冲了上来。

火车站守军指挥部。

团长仇战举着望远镜望着炮火连天的前线。四天血战，守军伤亡已达四分之三，三个营长阵亡两人，团副也身负重伤。刚才，参谋长已率领团部文职和后勤人员上了前线。

他把望远镜朝杨家花园方向望去。那里枪声已经稀落了，阵地正在收缩。他突然意识到杨家花园已出现了危机，心提了起来。

这时，周全忠满头大汗地闯进了指挥部，他大喊道："仇团长，杨家花园阵地……"还没等周全忠把话说完，仇战把望远镜往桌子上一丢，叫道："卫兵！"

"到！"一个小个子士兵跑进来，看样子还是十五六岁的伢子。仇战从墙上取下一支枪，说："跟我去杨家花园！"

周全忠连忙拦住，说："仇团长，不能去！你要掌握全局，你一走，一旦引起混乱，局面不可收拾！"

仇战何尝不知道！他瞪着眼睛说：“杨家花园失守，也会全线动摇。与其守在这里等死，不如死在前线！”

“不要冲动，仇团长！”周全忠坚定地说，“我已安排援兵上去了。”

“哪里来的援兵？”仇战错愕地问。

“萧志辰的武装分队，已经在路上了。”他来到瞭望窗口，指着杨家花园的方向，说，“你看，他们快到了。”

仇战望过去，只见一支人马正快速往那边赶，已接近杨家花园围墙。他激动地回过头，嘴巴动了动却说不出话来，连忙“啪”地敬了个军礼。

自从机场前线撤守火车站后，萧志辰带着武装分队一直活跃在战场上，配合守军杀敌。他们发挥自身的优势，专门挑选指挥官和机枪阵地打，给予鬼子很大杀伤。但是，自身的损失也非常大，四十六名弟兄，只剩下二十个了，而且还有挂彩的。

刚才，安排谭清泉和萧志发走后，他和周全忠碰了一下头，分析了战场形势。他们都认为，火车站失守的可能性非常大，应该早作准备。

周全忠说：“乡亲们已经牺牲了这么多，如果撤退，一定要保护好他们。”

连日来，小河里的乡亲们在他们面前一个个倒下，一幕幕惨烈的景象又在他们眼前浮现。萧志辰站起来，恨恨地踢了一脚。“没想到会如此惨烈！”他对周全忠说，“真想冲上阵地杀个痛快，死了算啦！”

周全忠看着萧志辰因悲愤而绷紧的脸，心里也是激动不已。他曾参加过长沙会战，率领百姓支援前线。他站起来抱了抱萧志辰的肩。“志辰，你的心情我理解，但是，”他语气诚恳地说，“肩上的担子重啊！”

这句话，把萧志辰从巨大的悲愤中拉了回来。他叹息了一声，说：“守军守到今天，也不容易，死了这么多人，就是不退！可是，他们的援军呢？难道都打不过来吗？周参谋，有时候真的想不通啊。”

周全忠没有回答。

“周参谋，我心里一直有个疑问，不知道该不该说。”

周全忠看了他一眼，还是没有说话。

萧志辰叹了一口气，说：“周参谋，你说，我们真能守住衡阳吗？”

周全忠紧紧盯住萧志辰的眼睛，目光由震惊转成诧异，又渐渐平和下来。他把目光移开，望向湘江西岸的城区，也叹息了一声。他没有正面回答萧志辰，他说：“志辰，如果火车站出现了危险，你要想办法把乡亲们带出去。”

“那怎么行？乡亲们也不会答应的。”萧志辰听了着急地说，“周参谋，我们出来时发过誓的，鬼子不灭，决不回家！”

“志辰，你听我说，你把乡亲带出去后，不一定就回家呀。”周全忠拍了拍他的肩膀，继续说，“志辰，乡亲们的英勇我们都看到了，特别是武装分队，是一支抗日的好队伍。出去后，你把队伍重新组织起来，在鬼子后方打游击。你们是本地人，情况熟，能发挥更大的作用。”

萧志辰听了低头沉思起来。他觉得周参谋说得很有道理，但是，突然离开战场独立去打游击，怎么打？他甚至怀疑自己能不能带好这支队伍。

周全忠看出了萧志辰的担忧，对他说：“你不用害怕，周边还有几支游击队在活动，可以相互策应。你们出去后，先要找到落脚的地方，然后与其他抗日队伍联合行动。衡山正在实施‘火神行动’，想办法联系上他们……”

正说着，杨家花园方向的枪声突然稀落下来。他们对视了一下，意识到了情况不妙。周全忠连忙打住话头，急切地问：“是不是失守了？”

萧志辰说：“不像，枪声还在响，可能是守军伤亡太大，人不多了。哎呀！不好！”他对周全忠说，“谭清泉他们还在那里！”

周全忠说：“杨家花园一旦失守，我们就会被鬼子包围，情况万分危急。志辰，你赶快带人上去增援，我去通知仇团长！”

“好！”萧志辰答应一声，带着队员们奔过去了。

谭清泉已做好拼命的准备。他对萧志发说：“志发，你带乡亲们去假山那里，我在这里顶着。”说完，握根扁担站起来。萧志发正要开口，鬼子后面突然响起了喊杀声，随着“砰砰砰”几声枪响，跑在前面的几个鬼子倒在地上。一阵枪声过后，鬼子退了下去。

萧志辰率领武装分队及时赶到了。他一跃翻过围墙，立即指挥队员布防。谭清泉一屁股坐在石头上，拍着胸口说：“志辰你再不来，我们就见不着了。”

萧志辰关切地问：“乡亲们呢？怎么样？”

“哥，”萧志发跑过来说，“没事，都在呢，幸亏你们来得及时。”

“好，这里不能停留，你们快撤！”话音刚落，几发炮弹落了下来，“轰轰轰”随着几声爆炸声，萧志发身后的几名乡亲已经倒下。

“趴下！”萧志辰大叫一声，一把把萧志发推倒扑在他身上。炮声过后，急促的枪声响了起来。

萧志辰爬起来，对萧志发说：“跟在我身后！”

他迅速冲到围墙缺口边，对武装分队的队员们大喊：“鬼子扑上来了，把乡亲们保护好！”喊完，端起枪朝冲锋的鬼子开了一枪，一个挥刀的鬼子往后一仰，倒下了。他又喊道：“文周大哥，你带几个人把乡亲们送到樟树那边。萧银华，你们跟我打掩护。”

旷文周答应一声，就领着乡亲们往假山方向退去。萧银华则跑到萧志辰身边，开枪射击。

萧志辰观察了一下，发现鬼子正源源不断朝这边涌来，已经截住了他们的退路。谭清泉他们再退回火车站已经不可能了。他对萧银华说：“银华，看样子我们已经被鬼子隔开了，这里也不能久留，我们退到樟树那边去，那边有守军。”

两人又商量一下，带领队员边打边撤，来到假山上。

吕范正准备前来接应，见萧志辰到了，阴沉的脸色一下子转晴了。他握住萧志辰的手，说：“有你们来，我就不怕了。”

萧志辰的一手好枪法，早已在阵地上传得神乎其神，他率领的武装分队也被视为一支生力军。今天来支援，吕范心里自然轻松了许多。

但是，战场形势却不容乐观。

这时，鬼子向他们发动了疯狂的进攻，企图趁他们立足未稳，一举占领杨家花园。

萧志辰没有说话，立即组织队员进入阵地。谭清泉和萧志发也加入进来，虽然没有枪，但手榴弹却扔得老远，帮了守军不少忙。

鬼子的进攻持续到傍晚才停。

吕范找到萧志辰。他要萧志辰带乡亲们先撤。他说："现在弹药充足，我们七个人守一天没问题，你们先撤，火车站那边更重要。"

萧志辰说："鬼子已把我们与火车站隔开了。他们的意图很明显，就是想把我们一举歼灭，占领杨家花园，包围火车站。我们不能让鬼子的阴谋得逞！你放心，我们既然来了，就会和你一起死守！"

吕范说："谢谢你们。但是，乡亲们怎么办？难为他们了！"

是啊！乡亲们怎么办呢？萧志辰观察了一下地形，他发现虽然被鬼子分隔在这里，只要守住了，包围圈就合不拢，火车站阵地和湘江浮桥还是连在一起的。守军已于6月23日晚上炸毁了湘江大桥，后来为了保障东岸守军撤退，又在火车站前的码头处架起了一座浮桥。如果他们从杨家花园撤退，完全可以从这座浮桥上撤向对岸。但是他们一撤，鬼子就会乘隙嵌入，封死火车站守军的退路。

如果让谭清泉率领乡亲们先从这里撤到西岸呢？一个担心又不得不让他打消了这个念头，因为，谭清泉他们手无寸铁，肯定会遭到鬼子截杀，如果去救，势必是一场混战，弄不好，鬼子趁乱就打进来了。于是，他对吕范说："乡亲们暂时躲起来，等机会把他们护送出去。"

吕范也没有好的办法,听萧志辰这么一讲,也就没有说话了。

这一夜鬼子袭扰过两次，均被打退。

第二天上午，鬼子组织了一次大的进攻，但是攻势没有昨天凌厉。喊杀声此起彼伏，枪炮声却不密集，一直持续到下午。

他们不知道，鬼子也遇到了困难。

由于后方游击队和广大民众的袭扰和破坏，补给线被切断，弹药运不上来，连续几天的轮番进攻，鬼子的弹药也差不多耗尽了，所以，形不成密集的攻势。

天快断黑时，鬼子突然飞来几架飞机，对他们的阵地进行了轮番轰炸。

由于阵地过于窄小，大家来不及分散，造成不少伤亡。守军暴露在最前沿，损失最大，仅存吕范和一名重伤的战士。武装分队也牺牲两名队员。

敌机飞走后，鬼子发起一次攻击，萧志辰率领武装分队进入前沿阵地反击。鬼子发起的冲锋遭到反击后，就退了下去。战场暂时安静了。

萧志辰和谭清泉清点了一下人数，鬼子刚才的进攻没有造成人员牺牲。为了防止鬼子夜袭，他们把武装分队放置在前沿阵地休息，其他乡亲则轮流站岗，一旦发现情况，立即通知他们。

此刻，吕范几近崩溃。一个连的战友，全部扔在了阵地上，只剩下他和一个重伤的兄弟。他痛哭了一场后，对萧志辰说："志辰，我吕范已无脸面再活在世上了，受伤的弟兄拜请你照顾。"说完，举枪就要自杀。

萧志辰冲上去夺了他的枪，说："吕排长，一百多战友牺牲了，他们为了什么？你这样去死，有脸去见他们吗？"

吕范打了自己一个耳光，又哭了起来。

谭清泉走到他身边，对他说："吕排长，看到自己的兄弟一个个倒下，谁不伤心？我们也是一样呀！兄弟！"他抹了一下眼睛，说："我们一定要活着，活着才能杀鬼子，才能为他们报仇呀！"

"兄弟们都没了，怎么报仇呀？"

“不是还有我们吗？”萧志辰说，“清泉大哥说得对！”他把枪还给吕范，说：“你放心，还是那句话，既然来了，就会和你一起死守！”

我们都是小河里出来的兄弟，同在一个战场上打鬼子，现在掩护守军和乡亲们撤退，这副担子我们一起挑！

火车站守军指挥部。

入夜以后，鬼子停止了进攻，刚才，敌机对杨家花园进行了轰炸，仇战一直担心阵地失守，后来，见鬼子退走了，才放下心来。仇战长长地吁了一口气，开始琢磨明天的防守。

这时，通讯兵送来一份电文，电文是军部直接发来的，要求他今夜撤至湘江西岸布防。电文里还特意交代，必须安排好民工安全转移。

仇战看了看电文，立即命令传令兵把参谋长和周全忠请来。

周全忠跑到指挥部，仇战把电文交到他手里，说："现在是九点半，我给你三个小时，请你尽快安排民工转移，无论伤残，一个都不能落下，我们在后面为你们顶住鬼子。12点半后守军全部撤到湘江西岸。"

周全忠看了看电文的内容，思索了一会，说："仇团长，现在有两个问题。"

"你说，哪两个问题？"仇战急切地问。

"第一个问题，是民工转移的方向，现在鬼子在东岸已全部展开，如果民工从东岸转移出城，一旦遇上鬼子，只会遭到屠杀，我建议也撤到河西。"

仇战想了一下，说："同意。老百姓为了我们守城，已经牺牲不少人，不能再让他们涉险了。还有一个问题呢？”

周全忠说：“杨家花园那边怎么办？我们一撤，他们就孤立了。”

仇战没有说话。这时，参谋长进来了。他征求了一下参谋长的意见。参谋长想了一下，说：“杨家花园的弟兄守在那里恰恰为我们撤退作了掩护。”他说：“他们暂时不动，起了疑兵作用，拖住鬼子。”

“好！通知他们掩护主力撤退，等我们过了江再撤。”仇战看着参谋长和周全忠说，“问题是，通知怎么送进去呢？如果不通知他们，到了明天，一个都出不来！还有几十个民工，对吧？”

参谋长接着说：“还有，如果不及时把浮桥炸了，后果不堪设想！”他避开仇战的目光，看着周全忠。

周全忠说：“我安排人去通知吧。”

仇战握住周全忠的手，说：“周参谋，每到关键时刻，总是挺身而出，谢谢你！”

杨家花园。

萧志辰突然感到了巨大压力。守军只剩下吕范一人，已完全丧失了战斗力，守卫阵地的担子就落到了他们分队的肩上。武装分队成立不久，队员们十多天前还是老实巴交的农民，虽然经过惨烈的战场洗礼，毕竟没有正规训练过，包括他自己，对如何防守也没有经验。况且，他们武装分队擅长打游击，机动灵活是优势。现在，要守卫阵地，怎么守？守得住吗？

他站在樟树下面，望着河对岸，湘江在月光下泛着清辉，时不时有黑乎乎的东西往北漂去。对岸漆黑一片，交错排列的房子像卫士伫立在岸边。他把目光收回来，向火车站望去。火车站上空弥漫着滚滚烟尘，强烈的火药味呛得人喘不过气来。他问着自己，鬼子什么时候进攻呢？他不知道，明天能守得住吗？守不住怎么办？

谭清泉悄悄走到他的身边。他回头看了看，后面跟着旷文周和萧志发、萧银华。见到他们，萧志辰内心突然涌出了一丝愧疚。如果没有这场战争，如果不把他们带到这里来，此时此刻，他们正在小河里享受着家的温暖。现在，都身临险境，每时每刻都将面临死亡！明天？后天？兄弟们还能见面吗？会有谁要倒在战场上呢？

他又回想起战场上的惨烈场景，多少弟兄在战火中倒下，喷血的场面刻在他的脑海深处怎么擦也擦不掉，时不时像刀子一样划过！

萧志辰轻轻地叹了一口气，说："清泉大哥，乡亲们还好吗？"

谭清泉看了看萧志辰，见他眼里闪着泪光，心头涌起一阵震颤。他说："乡亲们都好，就是想家。"

听了谭清泉说这话，犹如巨石砸在湖面，掀起汹涌的波涛。想家！是啊，谁不想家呀！尤其在生死关头！此时此刻，家里人也在想着他们，盼着他们呀！萧志辰突然悲从中来，泪水涌出了眼眶。他背过脸去，生怕他们看到他的泪水，轻轻地说："告诉乡亲们，打完这一仗，我们就回家。"

"哥！"萧志发怯怯地问，"我们还能回到家吗？"

旁边的旷文周扯了扯他的衣角，示意他不要说。谭清泉也看到了，他对萧志辰说："志辰，乡亲们要求加入武装分队。"

"他们找了我，怕你不肯。"旷文周说。

萧银华接着说："他们也跟我讲了。乡亲们说，现在困在这里出又出不去，不如拿枪打鬼子，拼一个是一个！"

萧志辰问谭清泉：“清泉大哥，你是怎么想的？”

谭清泉说：“我没有意见。”

萧志辰回头看着他。

谭清泉继续说：“武装分队成立时是四十六人，几仗下来，现在只剩下十八个了。如果再打几仗，怕是要死光了。”他提高声音说：“志辰，武装分队不能没了，还要继续打鬼子，报血海深仇！乡亲们也是这个想法。”

正说着，阵地上传来一阵嘈杂声。他们警觉地望过去。一条人影跑过来，上了假山。近前一看，原来是萧文水。

萧文水气喘吁吁，边擦汗边说：“志辰，清泉，守军撤退了，周参谋要我来通知你们。”

他们听了这个消息有些意外，刚才还在拼杀，现在撤退，太突然了。

萧文水继续说：“周参谋和萧树林也在组织乡亲们过江，要你们在这里掩护，等他们撤完后，就把浮桥炸了。周参谋还说，你们不要撤到城里去，要找机会撤到外面，到鬼子的背后去打游击。”

“好！”萧志辰答应一声，说，“文水大哥辛苦了，你回去告诉周参谋和树林叔，我们一定会安全转移出去的。”

萧文水说：“我不回去了，志辰。”他回头看了看火车站方向，“也回不去了，刚才我是摸过来的，鬼子已经把这里封死了。”

萧志辰听了没有说话。谭清泉用商量的口气说：“志辰，如果到明天，我们怕是走不脱了，能不能早作安排？”

萧志辰不假思索地说：“清泉大哥，我明白你的意思。我们不能这样做。”他示意几个人围拢来，继续说：“刚才说乡亲们要加入武装分队，我没有意见，我们都是小河里出来的兄弟，这些天来，同在一个战场上打鬼子，没有分开过。现在，我们要掩护守军撤退，还有我们的乡亲们，这副担子我们一起挑！”

他把手中的枪举了举，说：“告诉大家做好准备，等他们撤走后，我们就冲出去！”

“对！杀开一条血路，冲出去！”

“志辰！我们跟着你干到底！”

“死了作罢！不死还要回来杀鬼子！”

萧志辰见群情激愤，也激动起来，说：“好！乡亲们，我们现在就动手，把炸药安放好，炸了浮桥就走！”

从此，这支年轻的抗日队伍将独立面对生死血拼！

守军撤出火车站，尽管是秘密行动，但还是惊动了日军。也许，是弹药不继或其他原因，鬼子并没有逼上来，而是等守军全部撤到西岸后才迅速跟进。但是，当他们发现杨家花园仍有守军时，又突然停了下来，只派出一支搜索队插入湘江岸边，进行试探性进攻。这一举动，虽然对守军的整个行动没有产生大的影响，但是，萧志辰他们与西岸的通道就被完全切断，现在只有撤到外围的一条路可走，别无选择了。

月已西斜，东方的启明星挂在灰白的天幕上眨着眼。谭清泉对萧志辰说：“志辰，天很快就亮了，再不走不行了！”

“行！”萧志辰叫道，“旷文周！”

旷文周回应一声走上前来。

萧志辰说：“文周大哥，你带几个人打头阵，沿湘江河堤往北走，过耒水。鬼子动作不会这么快，这一带应该安全。清泉大哥，你带乡亲们跟在后面。丢掉不用的东西，尽量多带枪支弹药，记住，一定要带好乡亲们。”

两人答应一声，正要走开，谭清泉回头问：“志辰，你呢？”

萧志辰说：“我留下炸桥，炸了桥就来追你们。”

“要不得！还是我来炸吧。”旷文周抢着说。

萧志辰挥手打断他的话，坚定地说：“没有什么要不得！时间紧迫，你们动作要快，如果遇到鬼子，能不开枪尽量不要开枪。”他们还想说话，萧志辰又挥了挥手，说：“不要争了，快走！”

萧志辰走到吕范身边。那位重伤的战士因救治不及已经牺牲，吕范蹲在身边轻轻地整理着他的衣服。

“吕排长，你也跟他们走吧！”

吕范站起身来，朝牺牲的战友行了个礼，转身对萧志辰说：“志辰，我留下来炸桥，掩护你们撤退，你先走吧！”

萧志辰说：“那怎么行，要走一起走！”

吕范突然拔出枪顶住自己的太阳穴，语气坚定地说：“我给你两个选择。一、你带人撤出去，现在就走！二、我死在你面前。”

萧志辰吓了一跳，赶紧说：“不可，留得青山在，不怕没柴烧。我们先冲出去，再找机会报仇雪恨！”

“我数三下，你不走我就开枪！”

吕范见萧志辰还在犹豫，他开始数：“一……二……”

萧志辰见他态度坚决，便盯着他眼睛看。夜色朦胧中，萧志辰从吕范圆睁的眼里看到了两道瘆人的凶光。他明白，吕范已下定了必死的决心，再劝无用了。

他咬了咬牙，低沉地喊一声：“撤！”带着队员迅速离开了杨家花园。

萧志辰他们消失在夜色中。

吕范拾起战友们遗在阵地上的武器，除了一支步枪外，还有四颗手榴弹，他把武器收集起来，爬到樟树下，靠着树身坐着，等着鬼子来攻。

但是，鬼子没有来。直到晨光初现，鬼子还是没有进攻。

清晨，他听到北面响起了一阵枪声。那是萧志辰他们撤退的方向，应该是他们跟鬼子遭遇了。枪声并不密集，不一会就停下来。他侧着耳朵听了一会，北面再没枪声，他估计，萧志辰他们已经冲出去了。

现在，鬼子并没有上来攻打，他突然又有了新的想法。守在这里已经失去了掩护的意义，不如找机会过河去。

他离开杨家花园，悄悄地来到浮桥边，回头朝鬼子的阵地看了看，点燃了炸药引线，然后跳起来，一头扎入湘江河里，迅速朝下游游去。吕范生长在洞庭湖边，水性极好，几分钟后，他借着水势已游出半里路远。突然，身后火光一闪，响起了一连串的巨大爆炸声，一瞬间湘江就掀起了巨浪，浮桥的碎片飞满了半边天。

吕范深吸一口气，沉入水中潜游了一会，升出头回首一望，只见漫天烟尘滚滚，一堆堆黑乎乎的杂物挤满了江面从上游漂下来。吕范已一天一夜粒米未进，此时已有些气力不足，便就手拖住一根木头抱着，顺水漂起来，用手轻轻地划着水控制漂流的方向，渐渐漂过了江心。他抛开木头，奋力向西游去，终于登上了西岸。

上了岸后，吕范实在是太累了，便在草丛里睡了几个小时。下午，他爬上江堤四处张望，突然发现，他已离开战场来到了鬼子的背后。他溜下江堤，在野地里找了一些野菜和草根填了肚子。打算挨到深夜，趁天黑摸进城去。

到了夜里，吕范试了几次都没有成功，只好继续潜伏下来。后来，又碰到了同样想摸进城去的几个打散的士兵，吕范便把他们拢在一起，组成一支小小的武装队伍，在城郊一带打起了游击。

二十天前，小河里走出来六百多人，除眼前的二十七人，还剩下多少？巨大的悲伤突然像山一样压下来。他一屁股坐在地上，半天都没出声。

旷文周率领几个队员沿湘江堤岸一路往北，走了个把钟头，来到了鲇鱼崖。

鲇鱼崖是一处自然景观，一道山梁横亘在湘江东岸，山梁上除了稀疏的杂草，没长一棵树，到湘江岸时，呈扇面展开，远远望去，确有几分与鲇鱼相似。来到崖下后，旷文周叫队员们停下，他一个人登上山梁察看情况。

天已微亮，东方现出一道血红色的口子。漫天的堆积云像一座座沉重的大山悬在空中。从鲇鱼崖再往北三四里就是耒水的入湘口，耒水在这里拐了一个大弯，在灰蒙蒙的晨光中像一条白色的布带绕过鲇鱼崖。

突然，鲇鱼崖的侧后传来了说话声。旷文周侧耳细听，声音就在近处，叽里哇啦听不清楚。他的心一下子提起来，看样子是鬼子！他观察了一下地形，鬼子待的地方恰恰是通往耒水的必经之地。鲇鱼崖下都是浅草覆盖的山野，平坦而开阔，无法隐蔽。要过去只有硬闯。

他溜下山梁走回来，对队员们说："鬼子已把通道堵住了，过不去。"

队员们面面相觑。

“文周，我们硬冲过去，打鬼子个措手不及！”

“对，冲过去。”

…………

听了队友们的建议，旷文周摇了摇头，说：“现在还不知道鬼子到底有多少人，冲不过去怎么办？就算冲过去了，后面的人怎么办？”他看了看跟着他过来的五个队友，说：“我们从旁边摸过去，趁鬼子不防备来个突然袭击，然后朝山梁后面撤，把鬼子引开！”他盯着侄子旷运良说：“你别去，留下来等志辰。”

“阿叔，我跟你一起去！”旷运良才十七岁，是他大哥的儿子。

旷文周瞪了他一眼，骂道：“你怎么这么蠢！”他对其他四个队员说：“跟我走！”

他们绕到鬼子侧后，突然发起攻击。随着“砰砰砰”几声枪响，正在休息的鬼子惊慌起来。旷文周见鬼子乱成一团，又开了一枪，往山后撤去。鬼子回过神来，一边开枪一边朝他们追过去。旷文周回头看了看，鬼子至少有二十多人，他心里咯噔一下；如果硬闯，不仅自己过不去，整个队伍怕是要折在这里了！

他朝队员们大叫一声：“撤！”一边开枪一边喊着，故意把鬼子引开。

听到枪声，萧志辰吓了一跳。他连忙加快脚步赶了上来。这时谭清泉也带着乡亲们来到了鲇鱼崖。旷运良见到萧志辰，“哇”地哭出声来，断断续续地说了刚才发生的事。

萧志辰一下子就明白旷文周的意图，他是要把鬼子引开腾出路来让后面的队伍过去。一股感激与悲伤同时涌上心头。他没有停留，朝身后的人一挥手，带头跑上了山梁，冲过了开阔地，沿着河滩来到了耒水入湘口。

这时，旷文周那边的枪声越来越远，渐渐听不到了，大家的心悬了起来。

萧志辰没有把自己的担心说出来，死劲咬了咬牙。

这个三角区是一块死地！西有湘江北有耒水，东南方已被鬼子占领，如果不赶快渡过耒水，鬼子一旦围上来，只有死路一条。

他对谭清泉说：“这里不能停留，赶快过河！”

因是雨季，耒水已涨满河滩，涉水过河肯定不行。小河里离湘江不远，乡亲们大多在码头做事，没有不会水的。谭清泉对乡亲们说：“自己找东西做浮子，游过去！”

等到乡亲们下了水，萧志辰却反而往回走。谭清泉见了着急地大喊：“志辰，你干什么？”

萧志辰说：“浮桥还没炸，我担心吕排长一个人完不成任务，我得赶回去……”话还未落，“轰轰轰——”突然传过来一连串爆炸声。他们一齐回头望过去，只见火车站方向浓烟滚滚。萧志辰知道，这是吕范把浮桥炸了，敬佩和担心在他心里同时涌起！

谭清泉冲上岸来，拖着他一起扑进水里。

很快，二十多个人都过了耒水。

这时，天已大亮。

萧志辰回头向衡阳望去。衡阳淹没在一片白茫茫的雾霭中。十几只鹰在空中盘旋，时不时有枪声响起，盘旋的鹰四处惊散没入云中，不一会又飞回上空。

从进入衡阳到今天冲出来，刚好二十天！这二十天，变化太大了！战场上的一幕幕惨烈的情景又在他脑海里闪过；一张张熟悉的面孔在他眼前飞快地消失。悲伤像一把刀在他心头划过，疼得直打哆嗦。

这时，西南方向传来了轰隆隆的炮声。炮声告诉他，鬼子又在进攻衡阳了。看了看躺在地上的乡亲们，他一骨碌从地上跳起来，对大家说："乡亲们，这里离鬼子太近了，不安全，我们不能停留。"他对谭清泉说："清泉大哥，叫乡亲们起来，快走！"

谭清泉看着躺在地上喘气的乡亲们，说："志辰，乡亲们累成这个样子，怕是走不动了，要么等天黑再走吧？"

"不行！"萧志辰坚定地说。他见谭清泉满脸疑惑，似有委屈之色，连忙放松语气说："清泉大哥，文周他们刚把鬼子引开，但是，鬼子非常狡猾，他们一旦回过神来，肯定会过来搜山的。"他深情地看着乡亲们，说："乡亲们好不容易出来了，我们必须把他们安全地带出去，不能有丝毫松懈呀，清泉大哥！"

萧志辰这么一说，谭清泉也明白了，他问萧志辰："我们往哪里走呢？"

萧志辰指着远处的一座大山说："上凤凰山。"

凤凰山海拔不到 600 米，这在以山地为主的湘南是小山了，但凤凰山森林茂盛，特别是楠竹，连绵百里。它北与四方山遥遥相望，相距不过二十里，东能深入攸县茶陵。萧志辰在接到萧文水传过来周全忠的话后，就已经在考虑武装分队的去向了。

经过一天走走停停，直到傍晚才来到凤凰山脚下，但是，一条铁路横亘在他们面前，阻住了上山的通道。这就是粤汉铁路，是武汉经湖南到达广东的主要交通动脉。日军南下之前，铁路线上十分繁忙，经常有列车驶过，沿铁路线的村镇，特别是车站周边，商贸发达。现在，这一切都被战火烧光了，铁路上两道硬邦邦的铁轨在夕阳下闪着惨白的光，沿线村镇不见人烟，两旁的稻田也被鬼子践踏得面目全非。

萧志辰让乡亲们躲在丛林里，他带着萧银华爬上铁路边的一个山包上瞭望。

等了一阵，十来个鬼子沿着铁路走来。这是鬼子巡逻队，鬼子不紧不慢地走过，渐渐消失在远处。大约十来分钟后，另一队鬼子巡逻过来了。

看来，鬼子对铁路线的安全很重视，巡逻很频繁。如果要通过铁路，必须在鬼子巡逻队换防的十分钟内完成。

萧银华是萧银发的哥哥。自从弟弟牺牲后，萧银华一直处于悲痛之中。现在旷文周为了引开鬼子生死不明，他感到自己肩上的担子重了。他对萧志辰说："志辰，我带两个弟兄先过铁路，目标小，不会发现。我们分别在两头埋伏打望，等鬼子巡逻队走远了，我学三声狗叫，你就带领乡亲们冲过铁路，行不？"

萧志辰用赞许的目光看着他，说："这个办法好！萧文生跟你去，千万注意安全。"

萧银华答应一声下去了。不一会，他和萧文生飞快就过了铁路，消失在对面的丛林里。等鬼子巡逻队过后，远处传来三声狗叫。萧志辰溜下山包，朝大家一挥手，带着大家快速冲过了铁路，沿着一条小溪进了山。又走了个把钟头，翻过一道山梁，来到一个竹林深处的山沟里，停了下来。

萧志辰估计安全了，便招呼大家坐下来休息。他对萧志宏说："志宏，你带个人到山口放哨，机灵点。"萧志宏答应一声，带着旷运良放哨去了。

大家确实是累坏了，一停下来就躺倒在地上。这时已是深夜，月亮透过浓密的竹叶洒下点点光斑，清风轻轻地吹过，丝丝凉意让紧张的气氛一下子就轻松了许多。

萧志辰开始清点人数。他数了一下，跟着他出来的武装分队只剩十三个人，连同谭清泉带来的乡亲，一共二十七人！

二十天前，小河里走出来六百多人，还剩下多少？除眼前的二十七人，周全忠那里呢？刘仲生那里呢？他看着躺在地上的乡亲，巨大的悲伤突然像山一样压下来。

他一屁股坐在地上，半天都没出声。

第十三章　防线濒危

文吉脸露喜色，走到欧阳星面前，拍了拍她的头。

吴参谋笑着说：“小兄弟，你立大功啦！”

衡阳蒸水北面虎形山守军阵地。

欧阳星醒来时，已是第二天早上。

她发现自己躺在一张行军床上，惊得坐了起来。一抹阳光从窗外照进来，房间的墙上挂着黄色的军用袋和水壶。这时才想起，昨天是国军救了她，这里应该就是他们的营地。

她轻轻地咳了一声。

门口的哨兵见她醒了，看了她一眼就出去了。不一会一位军官走进来。欧阳星和他对视了一下，认出来就是这个人昨天把自己救了。

军官板着脸，盯着她看了几秒钟，冷冷地问：“你是干什么的？要讲实话！”

欧阳星本来想说几句感谢的话，见他这么问她，话到嘴边又被噎回去了，不知道怎么回答好。

军官继续说：“你会打枪，反应又这么快，肯定上过战场。这里是第十军独立团，你必须说实话，告诉我，你到底是什么人？来干什么？”

欧阳星听了，脑子里飞快地梳理一下了脉络，很快就冷静了下来。她平静地说：“我叫欧阳星，是衡阳抗战后援会会员，在南岳参加过军事训练，所以会打枪，但还没有上过战场，昨天也是急的，第一次打死个鬼子。”

军官点了点头，再问道：“你怎么到了这里？鬼子怎么会追你？”

欧阳星答道：“我哥在衡阳，和你们一样在打鬼子，我来找他，路上被鬼子抓了去。”到了这个时候，那军官绷紧的脸才松开。他说：“敝人姓吴，是独立团的侦察参谋。这里是前线，有些情况我必须问明白。”

欧阳星突然问：“吴参谋，我哥叫萧志辰，你认识吗？”

吴参谋想了一下，说：“不认识。”

“萧志辰？”旁边的哨兵说，“好像听说过，有个神枪手也叫萧志辰，不知道是不是他？”

欧阳星高兴地说：“肯定是他，他枪打得好！在哪里？”

哨兵说：“听说在湘江东岸，到底在哪我也不知道。”

“湘江东岸，我去找他。”说着，跳下床来，发现自己是光着脚，这才想起是昨天逃跑时把鞋弄丢了。

吴参谋说：“东岸守军已撤进城，那里已被鬼子占了，你怎么去找？”他从哨兵的挎包里拿出一双半旧的布鞋丢到欧阳星的脚边，说：“穿上吧，可能松了点。”

欧阳星说了声谢谢，把鞋子穿上，果然有点松。

吴参谋说：“欧阳兄弟，你胆子好大，一个人敢到衡阳来找哥哥！”

欧阳星当然不能说出自己的心事，她撒了个谎，说是妈妈要她来找，一定要找到。她坚定地说：“我答应妈妈了，死也要找到！”

吴参谋叹息一声，继续说：“欧阳兄弟，你是从鬼子那边跑出来的，有没有发现鬼子有什么情况？比如说他们的阵地等等。”

欧阳星突然一脸严肃，说：“有，我发现了鬼子的大炮阵地，还有他们的营房。”

吴参谋惊异地盯了她几秒钟，转头对哨兵说：“快去报告团座，说我有重要情报。”

“是！”哨兵答应一声跑开了。

独立团指挥所。

文吉立在地图前一动不动地研判着。几天来，他连续派出了几批侦察人员出去，总是在快要接近鬼子阵地时就被打了回来，每次都没有有用的收获，让他非常苦恼，早几天，军部传来消息，说南岳佛道抗日大刀队炸了鬼子的临时补给点，确实让人兴奋。但是，鬼子很快就会调整过来，而且，很快就会发起新的进攻。他盯着地图看了好久，始终无法判断鬼子的兵力部署情况。这对于临战前的指挥官来说是无比痛苦的。

这时，哨兵的一声报告打断了他。哨兵说，吴参谋有重要情报。

文吉听了两眼放出光来，正要问时，吴参谋已领着欧阳星跨进门了。

“团座，这位小兄弟发现了鬼子的炮阵地。”他敬了个礼，立即拉过欧阳星，说，“快把情况向团座报告。”

欧阳星来到地图前看了看，用手指着地图比画着。但她个子矮，踮起脚也够不到。吴参谋忙把一根棍子递给她。欧阳星拿棍子指着地图上的长岭，说：“这里就是鬼子的炮阵，有几十门大炮。”

“小兄弟，你确定在这里，没看错？”吴参谋问。

“不会错！”欧阳星肯定地说，“我特意多看了几次，这一带是低矮的树林，鬼子的大炮就伪装成树林藏在这里，他们的兵营从这里一路到江边，排得老长，估计人不少。”

文吉盯着地图看了几秒钟，叫了一声传令兵，说：“快把参谋长请来，通知陆占奎，马上来团部。”

不一会，参谋长田云和炮兵连长陆占奎进来了。文吉指着地图上标注的鬼子炮阵地说：“参谋长，这是鬼子的炮阵地，你盯住这个地方，看有没有异动，不管有没有，即刻向我报告。”

田云答应一声，跑出去了。

文吉对陆占奎说：“陆占奎，等我命令，命令一到，你立即朝这里开炮，摧毁鬼子的炮阵地！”

陆占奎大声说：“团座放心，明天鬼子还有炮打，你就把我陆占奎当炮弹打出去！”行过军礼后，转身跑了。

文吉在房间踱了一圈，又对传令兵说：“把民工队老刘请来，说有急事，要快！”

这时，桌上的电话铃响了，文吉拿起电话。是田云打来的，田云说：“鬼子的阵地上没有任何异动，从昨天到现在，都保持原样。”文吉连连说好，他把电话打给炮兵连，大声命令道：“陆占奎，立即开炮！”

几分钟后，地皮突然抖动一下，紧接着便是一连串的爆炸声。他们朝长岭方向望去，鬼子炮阵地已是一片火海，隐约可以看到一些大炮的部件飞上了半空。

炮声持续了半个小时才停下来。

文吉脸露喜色，走到欧阳星面前，拍了拍她的头。吴参谋笑着说："小兄弟，你立大功啦！"说完，拉着欧阳星到隔壁房间坐下，说："小兄弟，你在这里休息一下，我到阵地上看看。"

几百个人的生命摆在这里，不容我刘仲生草率，我得对他们负责任！

刘仲生正在安排民工的工作，接到文吉的通知后马上就来了。他一进门就问："文团长，刚才这一通炮，怕是有大名堂，我猜得对不对？"

文吉把刘仲生迎进屋，端茶让座，说："刚才把鬼子的炮阵地端了，请你来是有要紧事商量。"

"哎呀！炸得好，大快人心。有什么要紧事，请说吧！"刘仲生与文吉虽然相处不久，但知道他是个爽快人，见他犹豫不说，便催促道："文团长，这不是你的性格，有事就说，怎么变得婆婆妈妈了！"

文吉问："民工的伤亡情况怎么样，大家的情绪还好吧？"

刘仲生叹了一口气，说："太惨了。一千多民工，死的死，伤的伤，只剩三分之一啦。"

文吉吃了一惊，说："哎呀，想不到会损失这么大！"

"不过你放心！大家的情绪很好，只要战场需要，我们立马就上！"刘仲生说。

"不是这个意思，老刘！"文吉转头望着窗外，说，"刚才炸了鬼子的炮阵地，鬼子肯定会疯狂报复，我估计，今天上午鬼子的飞机就会来轰炸。"文吉看着刘仲生，继续说："老刘，我想拜托你趁敌机未来，把民工带出衡阳，送回家去。"

刘仲生听了，诧异地站起来，说：“文团长，这时候叫民工撤出衡阳，怕是不妥啊！”

文吉说：“一千多民工，死伤三分之二！牺牲之巨，旷世未闻！我们不能再让民工留在阵地上送死啦！”

“文团长，说到牺牲，国军兄弟也一样啊。不是我刘仲生心狠，你这时候叫我带民工出城，肯定不行！绝对不行！”

文吉见刘仲生语气坚定，大声说：“老刘，我们现在没有时间争论了，行也得行，不行也得行！”

刘仲生还想解释，文吉不等他开口，一掌拍在桌子上，说：“贵党自诩以爱民为民为宗旨，你这么做，于心何忍啊！”

刘仲生见文吉发怒，知道他是听误会了，激动地说：“我党爱民为民，怎么会是自诩？衡阳已被日军围得水泄不通，你让我带领一群手无寸铁的百姓出城，出得去吗？一旦遇上鬼子，不是羊入虎口吗？”“衡阳县的民工惨案才几天？百多乡亲被鬼子包围，一顿饭工夫就惨遭屠杀！”刘仲生说到这里，声音嘶哑了。“民工们听说后无不义愤填膺，要求发给武器，上阵杀敌。说实话，我也希望扛枪上阵，杀个痛快！文团长，”刘仲生语气恢复了平和，说，“民工若有武器，进可杀敌，退能自保啊。”

文吉沉吟了片刻，说：“老刘，你是真不明白我的良苦用心啊！”说完，从文件夹中抽出一张纸递给刘仲生。

刘仲生接过一看，是中统衡阳站转来的一份电文。内容大致是：近闻共党乘民众支前之机，大肆活动，宣传赤化。为严防渗透，必要时须采取措施……

刘仲生把电文丢到桌子上，冷笑一声，说：“我们在前线流血，他们却在背后磨刀。这种把戏，见得多了，你放心，一纸电文冷不了一腔热血！”刘仲生把衬衣敞开，坦露胸膛，说：“共产党人光明磊落，从来不搞这一套！也不怕这一套！我刘仲生也是有血性的衡阳人，保家乡杀鬼子，恨不得一腔热血洒在阵地上！”他穿好衬衣，继续说：“每次看到国军兄弟一个个倒下，民工们好想挺枪上阵帮一把啊。”

“文团长，这几天你也看到了，他们把生死置之度外。小河里一个村出来六百多人，没有回去一个。那是他们全村的壮劳力啊，每次总是争先向前，牺牲最大……”

“老刘，别说了。这些我都知道，”文吉挥手打断他的话，说，“刚才是我考虑欠周，对不住。鬼子飞机说来就来，麻烦你赶快组织民工防空，不管阵地上发生什么，切不可走出掩体，拜托！”

“感谢文团长坦诚相待，告辞！”刘仲生也知道情况紧急，转身走了。

隔壁的欧阳星已经哭成泪人。文吉和刘仲生的对话，让她无比震撼！十几天来，她也经历了艰难，直面过死亡，但是，比起战场上的军民，又算得了什么呢？刚才，刘仲生提到了小河里，小河里不是志辰哥的家乡吗？她听了是又喜又忧。喜的是志辰哥还在衡阳，忧的是枪炮无眼呀！想到这里，一种恐惧竟然莫名地涌上心头。这种恐惧非常急迫，心脏一下子就狂跳起来。她站起身朝门外走去。

哨兵一把将她拦住，说：“小兄弟，你不能走，团长交代，让我保护你的安全！”

欧阳星正要解释，阵地上突然响起警报声。

紧接着，飞机的轰鸣声由远而近，转眼就到了头顶上。“啪啪啪”密集的机枪子弹像暴雨一般泼在阵地上。刹那间，又是接连不断的爆炸声。随着地面的抖动，泥沙和灰土掉落下来。哨兵尖叫一声，把欧阳星推到桌子下蹲着。房间突然漆黑一团，仿如没有月光的夜晚。

轮番轰炸了半个小时后，敌机飞走了。

欧阳星跑到阵地上一看，眼前一片狼藉。到处是掀翻的木料和泥土。守军已经从掩体里钻出来抢修工事。欧阳星没有说话，也上前帮起忙来。

下午，敌机又来轰炸。因为没有做好充分准备，刚整修的工事又毁坏不少，人员也造成了伤亡。

敌机刚飞走，鬼子地面部队就发起了进攻。大炮被毁，鬼子是挟仇而来，进攻非常疯狂。他们先用机枪向阵地上泼雨般扫射，然后步兵扑到阵前，号叫着往前冲，生死不顾，前面倒下了后面跟着上。

文吉对鬼子这种疯狂进攻心中有数。他明白，鬼子是因为补给线被破坏，弹药不足，企图通过一波疯狂冲锋，击垮守军，占领阵地。所以，他非常沉着，指挥守军不惜子弹，往鬼子的冲锋队猛烈射击。守军虽然英勇，但因工事多被敌机炸毁，有几个地方差点就被鬼子攻破，真是险象环生。

枪声就是命令。战斗一打响，躲在掩体里的民工立即奔上战场。

欧阳星也上了前线。她沿着战壕低头一路狂奔，来到枪声密集的地段。一名国军战士被子弹击中，向后一仰倒在战壕里。欧阳星立即上前去扶。受伤的士兵甩开她的手，叫道："杀！杀！"爬起来踉跄着扑向前沿，伸手去摸枪，但是，手在空中僵住，头一歪就不动了。见到这一情景，欧阳星怔住了，一动不动。路过的一个民工推了她一把，说："快来帮忙。"欧阳星惊醒过来，立即跟着民工跑了过去。民工把担架放下，示意欧阳星抬伤员。欧阳星便和他把一个伤员扶上担架。伤员抓着欧阳星的衣袖，轻轻地呻吟一声，唤道："妈妈……妈妈……"欧阳星看着他带血的脸：还是一个十五六岁的孩子呀！她眼泪流了出来，柔柔地安慰他："好好，伤好了就带你回家找妈妈！"说完，和民工抬着担架到了救护站。

刘仲生从文吉那里回来后，立即组织防空，因此没有造成大的损失。

飞机走后，田云来找过刘仲生，说文团长要求刘仲生今晚必须把民工撤进城。田云告诉刘仲生："团长态度很坚决，老刘你务必按他的意见执行！"

刘仲生认为文吉的意见是草率的。从虎形山到城区，只有草桥一条通道，中间相隔几公里，都是低矮的丘陵和平坦的田地。连日来，敌机的狂轰滥炸，其间的民房均被摧毁，连一棵挺立的树都看不到。带领民工通过这里，等于是完全暴露于野外，假设敌机来袭，躲都没地方躲。

他刚才抽空观察了一下地形，觉得还是风险太大，决定不按文吉的意见执行撤退，也就没有告诉大家。

伤员那张稚嫩的脸一直在欧阳星的脑海里挥之不去。她一连在阵地上打了六七个来回，毕竟没有做过这么累的事，体力渐渐不支。民工也看出她累坏了，就叫她歇一下。她走进救护站，想找到那张稚嫩的脸，医护人员见她在救护站走来走去，不耐烦地叫她出去。

时近黄昏，鬼子终于退了回去。

因为没有风，黄灰色的烟尘笼罩在阵地上久久不散，火药味呛得眼睛都睁不开，沉闷的空气里游移着一种令人呕吐的臭味。这股怪味像瘟神一样令人恐惧！

欧阳星感到一阵昏眩，她觉得喉咙发干，便走到救护站找水喝。救护站前摆着一排守军的遗体，她看到有一具似乎眼熟，那张稚嫩的脸又浮现在眼前，心一下就揪紧了。她走过去拿开脸上的白布，果然是那张脸！在暗淡的黄昏里显得毫无血色。欧阳星突然间又想到了萧志辰，强烈的恐惧和巨大的悲痛一瞬间就冲了出来，她"哇"地哭了，一边哭一边抚了一下这张没有血色的稚嫩的脸，盖上白布后，跑到一处没人的坡下，号啕大哭……

哭声惊动哨兵，哨兵正在四处找她，见到她时几乎也哭了，说："哎呀，我的祖宗，你还在哭呀。再找不到你，团长就要枪毙我了。"

欧阳星随哨兵来到指挥所。文吉和刘仲生又在争吵，听话音还是民工撤退的事。哨兵不敢进去打扰，便把欧阳星领到隔壁休息，拿了干粮和水给她。

刚才，刘仲生来指挥所找文吉，文吉以为刘仲生是来道别的，哪知他一进屋就说不同意，气得文吉连茶杯都摔了。

刘仲生倒没生气，仍是心平气和地说着理由。他说："鬼子报复心极强，下午经此一败，必不甘心，说不定今天晚上还会派飞机来。"刘仲生指着窗外说："天上没有一丝云，这样的夜晚飞机是可以飞的。几百人暴露在野外，敌机来了，往哪里躲？"

文吉说："我独立团两千多弟兄，守了半个多月，剩下已不到两百人了。天天说援兵明日到达，明日却遥遥无期。现在工事没有一处不坏，弹药也快消耗殆尽，阵地随时可能失守。到那时玉石俱焚，我们军人守土有责，死而无憾，叫民工一同赴死，我文吉决不允许！”

“民工撤了，伤员撤不撤？没有民工支援，阵地还守不守？”

提到伤员，文吉不说话了。这的确是他的一块心病。轻伤员还好办，关键是重伤员。现在救护站已躺了几十个，如果不及时撤进城去，一旦失守，必遭屠杀！他对刘仲生说：“重伤员随你们转移，我派一个排护送。”

刘仲生总感不妥，好像要有什么事发生，他说：“文团长，这样撤退过于仓促，风险很大。要么等我今晚到城里去一趟，衔接好了再撤……”

不等刘仲生说完，文吉打断他，大声说：“这也不行，那也不是，再等阵地就失守了！你到底要怎样？”

刘仲生一听也火了：“几百个人的生命摆在这里，不容我刘仲生草率，我得对他们负责任！”

文吉觉得不能再拖了，他突然有了不祥的预感，担心阵地随时会被鬼子突破，后果将不堪设想！他朝门外叫一声：“卫兵——”

两个卫兵应声进来。文吉朝刘仲生挥挥手，命令道：“把他扣起来，关到屋里再说。”

卫兵上前拉着刘仲生就走。

刘仲生大怒道：“文吉，想不到你如此刚愎自用，这么多年的兵白带了！”

文吉挥挥手，说：“老刘，你先委屈一下，撤退的事我来安排。”他又朝传令兵说：“叫吴参谋来！”

吴参谋刚跨进来，文吉就说：“今天晚上民工和重伤员必须撤到城里，这个任务交给你。”文吉拍了拍他的肩膀说：“我把警卫排交给你，全程护送，要确保万无一失。”

吴参谋敬个礼，说：“团座放心，我就是舍了性命也要完成任务！”

吴参谋转身走时，看到欧阳星站在隔壁房里发愣，便叫她一起走：“小兄弟，随我撤到城里去，走吧！”

欧阳星也没多想，就跟着走了。

她奋力往上爬，终于全身趴到了木板上。一股剧烈的疼痛从右手臂扩散开，意识开始模糊，慢慢失去了知觉。

吴参谋走后，文吉走出指挥所，爬到后面的山包上，夜色已深，但仍很闷热。对面，鬼子的营地时不时冒一下灯光，下午拼杀的气息依然在阵地上游离，开阔的田野上可隐约看到纵横交错的壕沟。此刻，他的心情烦躁不安。刘仲生的意见他没有采纳，并不是说没有道理，他只是担心时间来不及。但是，现在又担心起来了，几百个人暴露在野外，一旦遇到敌机轰炸，那是一幅怎样惨烈的情景呀。难道真的如刘仲生所说，是我文吉草率吗？

他一直站在那里望着东北方向的天幕。月亮还没有升起来，满天星光闪烁。

将近午夜，星光悄悄淡去，一轮半圆的月亮升起来，眼前的景物渐渐清晰。文吉抬头看看天，天上万里无云。他又朝城区方向望去，隐隐约约能听到嘈杂的声音。他想，撤退的队伍应该到城里了吧。

也就在这个时刻，东北方传来了隆隆声，越来越大，很快就过来了，几点黑色的影子已朝这边扑来。

文吉大叫一声："不好！"但是，敌机已到头顶，几枚照明弹划过后，一颗颗炸弹落在阵地上，文吉眼前已是一片火海。

突然，敌机朝城区方向俯冲而去，机枪声、爆炸声响成一片。

文吉知道，敌机发现了撤退的队伍，一场屠杀就在他眼前发生了。

他一屁股跌坐在地上，木然地盯着腾空而起的滚滚烟尘。

敌机飞走后，阵地上传来了一片骚乱声，文吉一骨碌爬起来，快步走回指挥所。

参谋长田云进来了，一身尘土，看得出是刚从阵地上下来。文吉急切地问："阵地上的情况怎么样？损失大不大？"

田云拍了拍帽子上的土，说："鬼子肯定是派了探子摸进来了，要不怎么会专炸炮兵阵地？幸好陆占奎这小子聪明，早就把大炮转移了，没有大的损失，炸塌了几处工事而已。"

文吉听了舒了一口气。但愿撤退的民工也没事！他问田云："撤退的民工呢，有没有被炸？"

田云说："我已安排人过去了，很快就会有消息，鬼子真是卑鄙！阵地上吃了亏，就拿赤手空拳的民工出气！可恨！"

文吉叫传令兵把刘仲生请来。田云说："正在屋里砸东西呢，我已经安排去请了。"

说曹操，曹操到。田云话音刚落，刘仲生已站在文吉的面前。

文吉怔了一下，已做好被刘仲生痛骂的准备。但是，刘仲生虽脸含愠色，却没有骂人，只是瞪了他一眼。

文吉倒了一杯水递给他，说："老刘，悔不该不听你的话，但愿民工没有造成损失，否则，我文吉罪不容恕啊！"

刘仲生接过茶杯，喝了一口，说："文团长，这时候说后悔有用吗？事已至此，准备应对之策吧。"他问："情况怎么样？"

"派人上去了，很快就有结果。"

大约过了半个小时，警卫排长周力进来了。他满脸臭汗，上衣破了一块，手臂渗着血迹。他走进指挥所就急切地报告了撤退民工的情况。他说:“上半夜我们就到了草桥边,因为没有衔接好,那边的人不让进,吴参谋好话说了几皮箩,才同意把伤员送进去。民工们把伤员安置好后，只好返回草桥。这时候敌机就来了，民工们都四散躲了起来，应该不会有大的损失。只是吴参谋，为了掩护民工被炸死在桥头。我们警卫排也损失了两个弟兄。唉！”

刘仲生问：“民工们现在怎么样了？”

周力说：“都聚在蒸水岸边，不知道怎么办！”

“哎呀！带我去，快！”刘仲生对周力说，“兄弟，辛苦你再走一趟。”他回头朝文吉和田云说：“我现在就走，我不去怕要出大事，告辞！”

“老刘！”文吉叫了一声。今天晚上，让他感受到了刘仲生的人格魅力，他大受感动，说：“有你这样的人才，是贵党之幸呀！”

刘仲生立住脚，回头说；“你说错了。我们共产党人都是普通老百姓，就像一颗颗石子一抔抔黄土，散落在地上毫不起眼，垒起来便是坚城！”

文吉听了似有所悟，他定眼地看着刘仲生。文吉知道，此一别就不知道何日能相见了。他走过去抱住刘仲生的双肩，动情地说:“兄弟,等把鬼子消灭了,只要我文吉不死,一定会来找你！”

“好！我等着！”说完，就随警卫排长消失在夜幕中。

敌机飞来的时候，欧阳星正在吴参谋身边。

民工们已经经历过好多次飞机轰炸，防空已有经验，当照明弹亮起时,即四散跑开,大都躲到了河堤下,在桥头上来不及的,也趴在桥边的沟里和石头后面。欧阳星正处在桥头中间，她连忙往桥边跑去。吴参谋朝她后背猛地一推,她就势一跳，飞身下桥。

随着红火一闪，站在桥头的吴参谋就没了。欧阳星还没有来得及叫一声，一股气浪把她掀起，在空中翻滚一圈后，“哗啦”一声重重地摔在水里。她使劲伸展手脚，却怎么也伸展不开，人慢慢往下沉去，已触到了冰凉的河底。猛然间，志辰哥和妈妈同时出现在她脑海，思念像箭一样刺中了她的心房，求生的欲望陡然腾起，她猛憋一口气，脚一踹，借着浮力弹出了水面。但是，右臂仿如被一股尖锐的力量控制着，一动就痛，只能靠着左手划动使自己仰浮在水面上。她发现有一个黑黑的东西向她靠近，来不及考虑就侧身爬过去，使劲趴在上面，上半身浮了起来。好像是块木板！她歇了一下，又奋力往上爬，终于全身趴到了木板上。她松了一口气。气一松，浑身力气也就泄了，一股剧烈的疼痛从右手臂扩散开，意识开始模糊，慢慢失去了知觉。

第十四章 “请君入瓮”

道育口中念念有词，声音极其微弱，但还是能听出念的是《地藏经》。声音由弱而强，继而弥漫开来，在空中缭绕，穿透了静静的夜空。

道育一直被松井软禁在庙里。

最初，松井自诩是中国文化的爱好者，十分崇尚中华佛教，假以师礼对待道育，实则是对其进行精神上的折磨。道育十分清楚，松井这番假斯文，必定隐藏着大的阴谋。他沉着应对，既保持了节操，又稳定了局面。同时，他利用与松井交流的机会，窥探其险恶用心。

有一次，松井乘着酒兴要与道育下棋。道育是棋坛高手，为了稳住松井的情绪，他有意让棋又不留痕迹。每每让松井处于危急关头，又能走出险招，杀出重围，艰难取胜。

松井一时高兴，终于暴露出了他的可耻目的。

他直接对道育说：“皇军每到一处，必将珍宝收集运往本土，大师明白我说的话吗？”松井眼含凶光逼视着道育。

道育心头掠过一丝战栗，但仍以平静的语气说：“老衲愚钝，真不明白施主所说何意，希望施主明示，如老衲身边确有施主钟爱之物，取走就是。”

松井冷笑道："如大师真有诚意，请把五百罗汉浮雕献出！"语气不容置疑，而且盛气凌人。

道育吃了一惊。想不到鬼子打上了这件宝贝的主意，也不知道消息是如何走漏的。他强抑住情绪的波动，若无其事地说："阿弥陀佛，五百罗汉浮雕，老衲也曾听说，却无缘识其真容。据老衲多年考证，只是传说而已。"

松井听了大为光火，借发酒疯将棋盘踢翻。

自此，松井天天威逼利诱，采取各种手段，要道育供出五百罗汉浮雕，但始终不能如愿。

后来，因"箭楼湾"补给点被炸，横山勇气得差点把松井劈了。松井一恶口气难出，回到南岳即撕下了伪装，露出了獠牙！

他找到道育，凶狠地逼着道育供出罗汉浮雕。

道育见松井一副凶神恶煞的样子，知道他不会放过自己，便沉静地端坐在椅子上，一言不发。

咆哮一阵后，松井命手下将庙里的僧人全部押来，逐一严刑拷问。

僧人们自始至终没有开口。

为了迫使僧人屈服，松井当着众僧的面，对道育进行了惨无人道的折磨。

他命令手下把道育仰面横放在板凳上，撬开嘴——强灌辣椒水。道育被呛得喉咙冒火，咳都咳不出来，但仍不开口。松井命令鬼子再灌。鬼子用一个筛油的漏斗插在道育口中，再把辣椒水倒进去。道育的肚子渐渐胀成了一个圆鼓。松井又命令手下拿一块木板压住道育的肚子，站在上面用力踹。一股红色的液体从道育口中喷出，鼻孔和眼里都流出了血水。

僧人们跪在地上哭成一片，但谁也不愿招供。

松井气急败坏，又命令手下再灌辣椒水。如此三次，道育已被折磨得不成人形。僧人们跪伏在地上，痛哭不止。松井见状，怕道育死了再也找不到罗汉浮雕的下落，便走了。临走撂下一句狠话：如果明天还不招供，全部活埋！

挨到半夜，道育清醒过来，五内如火在烧，咳一口痰都是鲜血。僧人们围拢过来问候，道育已经说不出话来。僧人们一边哽咽一边把他扶上软榻躺着。

道育突然坐起来，双手合十，口中念念有词，声音极其微弱，但还是能听出念的是《地藏经》。

僧人们先是安静下来，接着便盘腿坐在道育面前，跟着念起来。声音由弱而强，继而弥漫开来，在空中缭绕，穿透了静静的夜空。

诵经声惊动了松井，他带着手下闯进来，见到这庄严肃穆的情景，知道已无法征服这些僧人，杀心生起。

他命令手下将道育和众僧拖到庙后的菜地里，用机枪一顿扫射，全部屠杀。为了掩盖事实，又挖坑将尸体埋了。

道育和僧人们的惨死，激起更大的仇恨。看似平静的南岳，已埋藏着一团烈火，只要有机会，就会爆裂出来。

这天下午，三个下乡打掳的鬼子将抢来的一只鸡挂在枪尖上，歪歪斜斜地往回走。也许是酒喝多了，天气又热，他们都把上衣脱了，坦着上身，吹着口哨。

几双仇恨的眼睛一直盯着他们。

三个鬼子走上枫木桥。一个农民打扮的汉子挑着一担皮箩从对面走来。走到面前时，汉子突然把皮箩一甩，抽出扁担朝鬼子横扫过去。鬼子猝不及防，又喝了酒，已有两个被甩到了桥下。桥上的鬼子见状，连忙横枪便格，“啪”的一声，扁担竟被断成两截。汉子丢了扁担，顺手抓住枪管扭打起来。这时鬼子酒已醒了，便扣动扳机开了一枪。汉子一愣，忙撒手跳开。突然，一条人影扑来，寒光一闪，鬼子号叫一声，倒在血泊中。汉子一惊，抬头看时，但见两个提刀的农民已经冲上了桥头。

桥下面也传来一片打斗声，两声惨叫后，钻出四个人来。

挥刀砍死鬼子的农民对汉子说："快走！"

汉子捡起地上的枪，跟着他们朝山里跑，跑了两三里路远，到了一处岩下停下来。

那挥刀的农民看样子是领头的，他走到汉子的面前，竖起大拇指说："胆子真大，佩服！"接着问："兄弟是哪里人？叫什么？"

汉子说："我叫欧阳厚林，丝竹园的，早就想弄死几个鬼子，一直没有机会。"他拉过跟来的青年说："他是我舅子，叫旷继光，我们郎舅在桥边等了半天了。"

"我们是紫盖峰抗日先锋队，我叫马年求。"又把其他几个一一介绍认识，说，"我们也把这三个鬼子当成猎物了，跟了半天，也打算在桥上动手，呵呵——"说完，大笑起来。

马年求对欧阳厚林说："你们今后有什么打算？"

欧阳厚林说："家是回不去了，加入你们先锋队，收不？"

马年求大笑道："好！今后我们一块干，杀鬼子！"

一天傍晚，大树庵下来一老一少两个尼姑上街买东西，正准备往回走时，在西街口碰到了两个鬼子。两个尼姑害怕，慌忙躲到一个丝瓜棚下，鬼子发现后追了过来。她们赶紧跑进一条巷子，见旁边有栋庭院，就慌忙往里跑。鬼子追上来，把她们拖到巷子里，淫笑着扑向她们。年纪大的尼姑忙把小尼姑护在身后，厉声喝道："走开！我们是佛门中人，不怕得罪神灵吗？"

鬼子怪笑两声，把老尼姑推开。老尼姑扑上前揪住鬼子，大喊："快跑！"鬼子一听，挺起刺刀一刺，把老尼姑刺倒在地。

"畜生！天打雷劈！"老尼姑一边骂一边倒了下来。

恰在这时，从门里冲出几个持刀的人来，一顿乱砍，把两个鬼子砍死，然后把小尼姑拉进屋里。

原来，这里是王东月家的后门，刚好，家里有几个伙计在搬东西，碰到了鬼子行凶，几个伙计冲出来把鬼子杀了。

王东月见杀了鬼子，慌作一团，忙叫伙计去请呼延春。

呼延春也吃了一惊，赶紧跑过来。呼延春连连问道："鬼子有没有开枪？有没有鬼子跟着？跑了鬼子没有？"

小尼姑早已慌了，这时才回过神来，见呼延春问，小尼姑告诉他后面没有鬼子跟着。伙计也说，没听到枪声，也没有鬼子逃跑。

呼延春拍了拍心口，匀了一下气，说："松井已经疯了，丢了两个鬼子，他肯定会追查到底。"他对伙计说："赶快把鬼子的尸体搬到山上扔了，造成是游击队下山袭击的假象。尼姑的尸体先埋在菜地里，以后有机会再说。"几个伙计赶紧往外走，呼延春又交代："如果被鬼子发现，能跑多远就跑多远，千万不要回来，记住了！"他又对其他伙计说："快洗掉巷子里的血迹，别让人看见。"

停了一会，呼延春对惊魂未定的王东月说："王老板，你也不能留在家里了，以防万一。赶快搬到山上去住一段时间，家里人都走，把小尼姑也带上。"

王东月听了急得团团转，说："这可如何是好啊，我走了，松井那里怎么交代？"

呼延春催促道："松井那里我去应付，你们赶快动身，东西能不带就不带，保命要紧！"

当晚，王东月全家逃到了山上，米店也关了门。

第二天，松井见两个手下通宵未归，猜到一定是出了事，即派搜索队四处搜查，在山上找到了两具尸体。

狡猾的松井一看，知道尸体是别处搬来的，他立即牵来狼狗嗅着气味，一路跟踪到了王东月家的后门。

松井命令鬼子砸开后门冲进王东月家，进行了一番疯狂的搜查。他料定王东月就是抗日分子，便一把火烧了他的家，又追到街上，把王东月的米店也洗劫一空。

事发突然，呼延春回到酒店立即与成海云商量应对策略。成海云主张全部撤退，原因是王东月一旦暴露，就会牵扯到呼延春和罗黑粒。

呼延春不同意，他说："王东月加入维持会是松井强迫的，与我没有关系，牵扯不上。如果我一撤，那就坐实了抗日分子的身份，罗黑粒也跑不了。街上的乡亲也会遭殃。"他沉吟一会，又说："松井暂时还不会拿我怎么样，他手里没有我的把柄，况且，他还想利用我这个维持会长做点事。"

成海云觉得呼延春分析得有道理，但还是不放心，说："话是没有错，但是，万一他要对你下手怎么办？松井已经疯了！"

"老成，我也经过仔细考虑了。如果撤退，确实能保全性命，但是，我们好不容易建起来的交通站就没有了，以后要在南岳立足就难了。不撤是有风险，但这个风险值得冒。"

成海云还想劝他，呼延春打断他的话说："老成，就这么定了。罗黑粒也不撤，就装着什么都不知道。真的有什么事，我也会有办法应付的，放心。”

成海云见他决心已定，也就同意了。他说：“我今天就到妙溪去，跟志立他们通报一下这里的情况，好让他做好准备。南岳的事暂时托付于你，千万要注意安全，一旦情况有变，尽快撤离。”

两人又商量了一些具体的细节，握手道别。

成海云走后，呼延春又采取了一些应对办法，他叫伙计通知了罗黑粒，要他不动声色，当作毫不知情。第二天一早，他又照常开门迎客，似乎一切如常。鬼子放火烧王东月的家时，他带领伙计前去救火，还动员乡亲们跟着去了，到那以后，又被鬼子赶了回来。

晚上，松井带着一腔火气冲进春和酒店。

呼延春把他迎进楼上雅座，一边赔着笑脸，一边安排酒菜。松井一言不发，只拿狡黠的目光盯着他看。呼延春无法揣测出松井的真实想法，不敢有丝毫松懈，一边招呼松井饮酒夹菜，一边想着应付办法。看似平常的一番主客交流，其实是一场充满杀气的心灵较量。呼延春早已作了安排，隔壁埋伏着两个伙计，只要松井发难，他们三人立即下手，哪怕同归于尽，也要将松井除了！

松井酒醉饭饱后，擦擦嘴巴起身，拍了拍呼延春的肩膀说：“春老板，你可别学王东月，皇军不是谁都惹得起的！”

“不敢！不敢！”呼延春仍然满脸堆笑，哈腰送客。

松井走到楼梯口，转身说：“春老板，你很聪明，我喜欢！”说完，大笑下楼去了。语气虽然平和，但狡黠的双眼里却透出了杀机。

尽管，呼延春早有准备，沉着应付，但仍惊出了一身臭汗。他掏出手巾擦着脸上的汗水，重重地舒了一口气，这一关算是过了！但同时，杀气也涌上了心头：松井不除，后患无穷！

松井大嚎一声："统统杀光！"谢家冲二十七条无辜生命，一夜间就被松井屠杀了！

松井开始了疯狂的报复。

他亲自带着搜索队，以搜查抗日分子为名，四处烧杀抢掠，扰得南岳周边鸡犬不宁。

在探知炸毁补给点和袭击白龙潭是“大刀队”所为后，松井更加狂怒，几近歇斯底里。

鬼子挨家挨户搜查，只要发现与僧人相关的饰物或器具，即被认定与“大刀队”相通，抓住后枪杀刀砍，甚至沉塘活埋。

大树山位于南岳西面，相距十五六里，十分偏僻闭塞，平时都很少有人下山走动。有一个山冲里住着二十多户农家，都姓谢，人称谢家冲。

谢家冲的一个小地主，极其孝顺。农历五月二十六，是他母亲八十岁生日。母亲年事已高，并不知道山外面发生了什么事，欣逢八十，便想热闹一番。临到五月二十日，她把儿子叫到床前，问儿子怎么安排她的八十寿庆。儿子吓了一跳，忙把鬼子来了的消息告诉母亲。

母亲早已不问世事，以为他是借故推托，找根竹棍打了儿子几下，生气地说："日本人也是人生父母养的，我就不信不许过生日！"

儿子拗不过母亲，一想母亲的话也对，就跟家里人商量。最后确定还是做一下，定在五月二十五日晚上的下半夜，不请客，不办酒，谢家冲里自家人聚一聚。

五月二十五日，松井带着三十多个鬼子进山搜剿“大刀队”，折腾了一天毫无收获，只好收兵。

半夜时分，鬼子搜索队从大树山下来，在经过谢家冲时，发现一处农家灯火通明，人头攒动。松井即命令鬼子将农家包围起来。

谢家正在为母亲庆生，冲里家家户户都来齐了，坐拢也有四五十人。儿子刚把母亲请到堂屋坐好准备拜寿时，突然响起一阵急促的狗叫声，紧接着又响了几声枪声。客人们一片惊慌，四散奔逃，但是鬼子已经把这里团团围住，逃脱的不到一半人。

儿子也吓得不知所措，连忙去关大门。

“砰”的一声，大门被一脚踹开，松井提着刀满脸杀气地闯进来，大嚎一声：“搜！”一群鬼子风一样冲了进来。

儿子赶忙站到母亲面前护着，点头哈腰地对松井说：“太君，老母八十岁生日，亲朋好友正在庆寿！”

松井一巴掌打得他倒在地上，喝道：“半夜庆寿？谁信！”

老母亲已经吓得从椅子上滚下来瘫在地上。松井弯下腰朝她怪笑一声，问：“大刀队，知道不？”

这时，一个鬼子拿着一件黄灰色的长衫递给松井。松井一看与僧人的长袍相似，大怒道：“果然是大刀队。”抽刀一挥，竟把母亲一刀砍死。儿子见母亲惨死在眼前，不顾一切扑向松井，松井又一刀砍在儿子的脖子上，一股鲜血喷出好高，儿子大喊一声：“娘啊！”便倒在了母亲的旁边。

屋外的客人们已是哭声一片。松井大嚎一声："统统杀光！"

一阵枪声过后，屋堂坪已躺下了几十具尸体。松井丧心病狂，竟命令手下割下乡亲们的耳朵，用铁丝穿成一串带回去表功，说是找到了大刀队，打死了上百名"大刀队员"。

谢家冲二十七条无辜生命，一夜间就被松井屠杀了！

火光一闪，“轰”——石屋内已成炉膛。别说松井是血肉之躯，就算是钢筋铁骨也会被烧成焦炭！

如何除掉松井，已成为大刀队的头等大事。

萧志立、宋和尚、成海云商量了几次，都没有想出很好的办法。

松井确实很狡猾。他知道大刀队已经对他恨之入骨，想除之而后快！所以，行踪更加诡秘。自从发生谢家冲惨案后，他大部分时间龟缩在白龙潭，即使出来行动，也会把人马带足，至少是一个小队。过去，每隔一两天都会去“春和酒店”打“牙祭”，自那以后，呼延春再也没有见过他的影子。

萧志立他们一直在寻找松井的防守弱点，经过梳理松井这段时间的言行，发现他对中国的文物情有独钟，为了得到五百罗汉浮雕，还害死了道育和十几个僧人。于是，他们便打算从这个方向入手，策划了一个“请君入瓮”的方案。

呼延春从福严寺泓茂法师处要来了一张五百罗汉浮雕的拓片残纸收在店里，然后故意放出风声。

果然，第三天松井就得到了消息，派人来酒店叫呼延春把拓片送到白龙潭。

呼延春在白龙潭见到松井后，拿着一角残片递给他。松井拿在手里看了看，又放在阳光下反复瞧。脸上的神色由惊而喜，又由喜而惊。他问呼延春：“哪来的？”

呼延春笑着说："五年前吧，太君，说起这个拓片的来历，还有一段故事呢。"呼延春故意停下来，盯着松井的眼睛看。松井的目光始终盯着拓片没有移开。

呼延春继续说："当时五百罗汉浮雕还安放在祝圣寺传法堂，一个外国商人买通了知客，打算夜里盗走，不料太大根本搬不动，知客只好偷了一张拓片给商人，离开时被其他僧人发现了，双方发生争抢，我得到消息后和乡亲们赶进去帮忙，把外国人打了一顿。我趁乱抢到了这一角残片。"

松井对呼延春说的这个故事将信将疑，便问道："还有呢？在哪里？"

呼延春故意叹了一口气说："唉！没有了，我就这一张，其他的不知道被谁抢走了！"

松井拿着拓片看了又看，问呼延春："你怎么知道这就是五百罗汉浮雕的拓片？"

呼延春说："我们南岳的宝贝谁不认识？"

"还在祝圣寺吗？"松井故作镇定地问道。

"没有。后来演武为了防止再发生盗窃，便转移出去藏起来了。"呼延春瞟了一下松井的脸，从他镇定的神色中看出了惊喜。

松井又把拓片看了看，狡黠地盯着呼延春，说："道育果然不老实！春老板，你不会不知道藏在哪里吧？"

呼延春明白，松井这时刻提道育，其实是在威胁他。他听了心中一阵窃喜：松井已经动心了，再加点料，他一定会上钩的！便说："太君，藏的地方确实没有几个人知道。"

松井皱起了眉头，叹了口气说："春老板，听说只有有福之人才能看到五百罗汉图，我是无福了，唉！"

"不不不，太君是有福之人呢，想看还不容易？我明天带你去就是。”呼延春观察一下松井脸色的变化，也叹了一口气，说：“去年见过一次，应该还在吧。”

此刻，呼延春已经猜测到了松井的想法，为了不引起他的怀疑，故意不把话说透。

松井沉吟了一会，显出漫不经心的样子，笑着招呼呼延春喝茶：“春老板，喝茶，别只顾说话。”

呼延春见时机差不多了，故意说：“哎呀，酒店还有事。太君，还有什么吩咐没？如果没有了，就告辞了。”

松井笑着对呼延春说：“春老板先忙。”说完做了一个送客的手势。

从白龙潭下来，呼延春感觉脚下格外轻松，但他仍保持着不紧不慢的姿势。他知道，松井肯定在盯着他看，一旦被他看出异样，这条鱼必定会脱钩而去。果然，松井等他出了白龙潭后，一直盯着他，直到背影消失，松井才收回目光。

回到酒店后，呼延春立即按原计划做了安排。他判断，凭松井的狡猾，一定不会留时间给他们准备。

果然，松井下午突然来到春和酒店。呼延春连忙出来迎接。松井对他说：“春老板，我想看看五百罗汉浮雕，不知道有没有这个福气啊？”

“太君说哪里话！好，我带路，应该还在！”说着欲转身进屋，“换一下衣服就走。”

松井笑着说：“不必啦，现在就走。”

狡猾的鬼子！呼延春暗自骂道，但仍哈着腰说：“请！”

松井一招手，一队荷枪实弹的鬼子包围了酒店，另外四个鬼子跟着他们后面。呼延春吃了一惊：松井不愧是日军的高级特工，连后一手都想好了。

他仍一路赔着笑脸，引着松井朝祝圣寺后面走去。他们沿着一条石板路登上了祝圣寺的后山，转过一块巨大的岩石，眼前出现了一栋石砌的小屋。石屋的门口落满了松针和树叶，杂草丛生，像是好久没有人来过。石屋的大门被一把大铁锁锁着，铁锁也是锈迹斑斑。

松井叫鬼子把铁锁砸开，费了好大的劲才把门打开。一股刺鼻的霉味和腐臭味冲出来，呛得他们连连咳嗽。松井只当是放置在石屋的东西因时间久了而散发出的怪味，一路上又没发现什么异样，不疑有他，便捂着口鼻走进了石屋。石屋不大，里面一堵墙被布遮着，灰蒙蒙的，走近去看才看出透着一丝红颜色。

呼延春对松井说："这块布遮着的就是五百罗汉浮雕。"

松井抑制不住兴奋。但他十分谨慎，手刚伸出又缩了回来，示意手下上前。四个鬼子走上前伸手扯布。

说时迟，那时快。呼延春一个纵步已跳出门外，门就"咔"的一声关了，随着"呼"的一声，火光一闪，"轰"——石屋内已成炉膛。

原来，石屋内早已放满了火药，外面的布置也是呼延春他们为了迷惑松井而做的假象。等呼延春跳出来，门一关，埋伏在旁边的罗黑粒立即点燃引火。别说松井是血肉之躯，就算是钢筋铁骨也会被烧成焦炭！

埋伏在山上传递信号的人见腾起了一股浓烟，知道得手了，便朝"春和酒店"发出信号。春和酒店的伙计立即从后门悄悄溜出来，沿着河边的小路迅速转移。

呼延春和罗黑粒也迅速撤离，当晚就到了能仁寺。

第十五章　雨夜炸桥

利用松井被除的机会，制造混乱，趁乱奇袭，炸毁九龙桥，切断日军长衡公路补给线。

萧志立站在能仁寺打望台的石崖边，眺望着远方。

此时此刻，南岳街上应该已乱成一锅粥了吧，杀了松井，鬼子必定会进行大搜捕。不过，他们已提前作了安排，与呼延春有过密切往来的人都已撤了出来，鬼子再怎么折腾也不会有什么结果。

萧志立翘首以待：呼延春撤退是否顺利？他心里正筹划着另一项行动。

这几天，地委和守军方面多次询问九龙桥的情况，虽然没有明确表达意图，但他明白，是在试探，或者说是在征求他们的意见，真正目的就是要炸毁九龙桥，切断日军长衡公路补给线。

衡阳守军已苦战一月有余，鬼子在城下遗尸数万，仍无法击垮守军的核心防线，其重要的原因之一，就是日军的补给线遭到了严重破坏。上次游击支队截获横山勇呈给冈村宁次的报告提到的情况说明，日军也十分困难。那份报告使守军掌握了日军进攻的规律，也提振了守城军民的信心。

双方都在调整，焦点还是补给线。

湘江东岸，日军试图修复粤汉铁路，但修复一段炸一段，始终无法通车。曾改走水路，船在湘江是逆水而行，速度慢且无法隐蔽，还没到衡阳即被美军飞虎队的飞机炸沉。最后日军只能选择长衡公路，车行不通，就抓夫抢运。

这一变化早已在我方的掌握之中。

天气有些凉意，刚刚下过一场雨，浓雾围绕山腰在微风中慢慢翻腾，渐渐形成了浩瀚的云海，不断掀起“惊涛骇浪”。

上午，萧志立、李芳田、宋和尚、成海云等研究了行动计划，大家都认为，要炸毁九龙桥，困难很多。九龙桥地处开阔地带，两边都是农田，不好接近。时值雨季，九龙溪水深且急，经河床偷袭也行不通。如果强攻，大刀队没有重武器，万一久攻不下，就会引来鬼子增援，不仅要付出巨大牺牲，还无法达到目的。最后商量来商量去，一致认为，利用松井被除的机会，制造混乱，趁乱奇袭。

关键是，呼延春他们行动的成败！

这时，一名队员跑过来对他说：“春老板来啦！”

萧志立收回目光，快步来到茅棚里。呼延春正眉飞色舞地描绘着行动的过程，说到关键处，大家点头赞叹。见萧志立进来，大家收住了说笑。

萧志立没有问呼延春的结果，看他兴高采烈的神情就知道行动十分顺利。笑着拍了拍他的肩，说：“春老板辛苦啦。”他对宋和尚说：“行动安排好了吗？”

宋和尚说：“都动身了。”

“好！”萧志立把皮新生叫到面前，说：“新生，本来不打算叫你参加，但行动非常重要，没有你又不行，谢谢你理解。”

皮新生挺了挺胸，着急地说：“萧大哥，你把我当外人是吧？”

“好兄弟！”萧志立握拳捶了一下他胸膛，说，“你和松韵把戏演好，关键就靠你们！”

呼延春朝门外看了看，用征询的口气说：“下半夜可能会下雨，说不定是场暴雨呢，志立，能不能推迟到下半夜行动？”

萧志立没有回答。他用征询的目光扫视了一下大家。

成海云赞同呼延春的意见，但宋和尚不同意，他说：“今晚行动有两个关键。一是奇袭，要跟鬼子抢时间，等到下半夜，就怕鬼子有了准备。二是撤离，下半夜行动，万一不顺利怎么办？白天撤离风险太大。”

李芳田问呼延春：“春老板，你有把握？”

呼延春说：“有把握，下半夜必有雨下。”

李芳田对萧志立说：“志立，我看可以考虑春老板的建议。”萧志立抬头看了他一眼，还是不说话。如果下雨，晚上更黑，确实对行动有利。但是，如果时间拖得太久，挨到天亮怎么办？

萧志立看看宋和尚，宋和尚也没有说话，皱着眉头在沉思。

萧志立很清楚，只有宋和尚打仗最有经验，他现在一言不发，肯定是在思考着行动计划。

的确不错，宋和尚陷入了深思。自鬼子入侵衡山以来，大刀队还是第一次集中行动。作为大队长，不仅要对行动负责，还要对兄弟们的生死负责！几次行动下来，大刀队的兄弟只剩下一半人了。他们本来已入空门，可以不理世事，但是为了保家卫国，为了打鬼子，他们扛起刀枪，上了战场，置生死于不顾！每每想到这些，他都会感到肩上担子的沉重！

当呼延春提出推迟行动时间的建议时，他就开始权衡利弊。他用忧虑的目光看着萧志立。萧志立明白了：他是决心难下啊！

想了好一会，宋和尚问呼延春：“春老板，你说下半夜有雨，有没有准确的时间呢？”

呼延春回答说：“不会过午夜。”

宋和尚站起来，看着萧志立说：“志立，我也赞同作适当调整，具体如何实施，你来安排。”萧志立见宋和尚这么说，知道时机成熟了，他说：“今晚的行动很重要，除了时间略作调整，其他不变。”

“我现在把行动方案再重复一遍，请大家记住了！”萧志立朝大家看了看。大家都把目光投向他。

“我们采取梯次行动。首先由马年求他们袭扰衡山补给站，把南岳的鬼子吸引过去，鬼子赶到衡山没两三个钟头不行，何况松井已死，群龙无首。不等他们赶到衡山，一中队就派人攻打白龙潭，白龙潭是日军指挥部，店门前的鬼子肯定会去救，这一头。”萧志立用手比画着，指向衡阳方向，说：“廖元进攻集兵滩，拖住鬼子。这样，九龙桥就孤立了。”他抬头看了看大家，继续说：“我算了一下时间，这样一处一处地梯次动手，肯定会是大半夜，从衡山到集兵滩，一百多里都动起来，局面会更混乱，鬼子更摸不着方向。趁着混乱炸桥，把握更大！如果下雨，又能添几分把握！”

大家听了连连称好，认为这个计划更周密。宋和尚想了一下，说：“九龙桥这边也演一下戏。”他继续说：“其他地方都受攻击，唯独九龙桥不见动静，一旦鬼子看出破绽，炸桥就有麻烦。”他抬手敲了一下桌子，说：“我建议集兵滩那里只埋伏不进攻，做好准备阻援即可。这样，让鬼子认为我们的行动目标是进攻南岳指挥部。”

萧志立拍了一下脑门，说：“对，和尚想得周全，通知廖元改变计划。大家还有什么想法没？”

大家又议了一会，都说没有什么意见，行动方案就定下来了。

宋和尚把萧志立拉到外面，说："志立，你要指挥全局，还是由我带人炸桥吧。"

萧志立严肃地说："方案是大家商量定好的，不能随便改变。你带人在外面接应，也一样重要。"他换了一下语气说："上次袭击箭楼湾是你带的队，这次炸桥当然是我去。"

宋和尚还想争取，萧志立没有让他开口，说："今晚的行动很重要，确实有一定风险。"他拍了拍宋和尚的后背，继续说："和尚，越是关键时刻，越需要行动果断，决不可犹豫不决。'火神行动'实施以来，全县的抗日队伍都站拢来了，我们必须统筹安排。今晚行动不能出任何差错，否则后果会很严重。我们现在要想的是如何完成任务，不是谁去谁不去的问题。"

宋和尚点了点头，说："好吧，我听你的。"

萧志立从他的话尾中听出了勉强，便加重语气说："和尚，今晚行动不比以往，必须一环紧扣一环，如果哪个环节出了问题，要迅速采取补救。你指挥打仗比我有经验，有你在外面接应我们放心。"

"我明白了。"宋和尚盯住萧志立的眼睛，认真地说，"志立，注意保护好自己。"

"好！我会的，你也注意安全。"

说完，两人紧紧地握了握手，道别走了。

九龙桥被炸毁，日军的补给线再一次被切断！萧志立和罗猛子也化作了一团血花，洒在了这片可爱的土地上。

马年求已经接到了配合大刀队行动的通知。

如今，紫盖峰抗日先锋队算是“兵强马壮”了。经过几次袭击鬼子据点和小股日军，在衡山一带搞出了影响，马年求也有了一定名气，吸引了几支小的抗日武装来投。其中，副队长彭金林的加入就有几分传奇色彩。

彭金林是衡山沙泉人，在紫金山开了一个金矿。鬼子来了以后抢了他的金矿，还逼着他把原先淘的沙金上交。开始，为了息事宁人，不想得罪鬼子，也就咽下了这口气。不料，鬼子的军曹看上了一位矿工的堂客。有一次，鬼子军曹喝了酒，竟然提出要那矿工的堂客陪睡，好在当时矿工的堂客回了娘家。彭金林赔着笑脸，好话说了几皮箩，军曹就是不答应，临走撂下一句狠话：“明天我还会来，如果再见不到，统统杀光！”说完，抽出长刀砍断了路边一棵桃树。

彭金林也是一条血性汉子，哪曾受过这样的气！当晚，他和几个矿工商量了一个办法，决定弄死军曹！

第二天，那军曹果然带着三个鬼子来了。一跨进门就拿贼眼四处瞟。当看到正房有一位穿红花衣的年轻堂客时，就要抬脚进去，房里的年轻堂客赶紧把门关了。

彭金林连忙拦住军曹，说堂客们怕丑，等一下再进去。又拉着军曹的手往外拖，点头哈腰地说：“太君，我们已准备好酒菜，先喝酒再说。”

军曹斜着眼对彭金林说：“不会跑了？”

“不会不会，我把门锁起来。”说完叫矿工把房门锁了。

军曹大笑几声，连称彭金林是良民，带着手下的鬼子来到侧边的堂屋里。堂屋中间已摆好酒菜，热气腾腾。军曹也不客气，坐上凳子就吃，也不顾他的手下。

彭金林见状赶紧招呼其他鬼子喝酒，军曹因惦记着那年轻的堂客。连喝了三杯酒后，放下了筷子就起身。彭金林朝矿工使了一个眼色，矿工连忙上前来扶。军曹一把推开，喝道：“开门去。”

矿工低着头，开门去了。

军曹起身后走起醉步来。他满脑子都是美色，哪里有闲心想其他？就一步一摇地跨进了房门。

军曹刚把头伸进去，“年轻堂客”一把按住他的头，旁边一个男人又用抹布塞进他嘴里。军曹想挣扎手脚却不听使唤，想呼救又被塞住嘴，正在惊慌之际，只觉得脖子一凉，眼前便是红光一片，意识渐渐就没了。

同一时刻，那三个鬼子也喝醉了，正要怀疑时，几名矿工已经冲进屋来，一阵噼里啪啦乱响，三个鬼子被一顿锄头砸死了。

彭金林知道，紫金山是待不下去了，便放一把火烧了这几间茅屋，拿着四条枪，带着七个伙计投奔了马年求。

马年求见他勇敢又头脑灵活，就让他担任了副队长。后来他们又搞了几次袭击行动，吸收了十来个当地农民加入，队伍发展到了三十多人，二十多条枪，还抢了一挺机枪。一个月不到，就壮大成一支响当当的抗日武装了。

接到萧志立的通知后，马年求知道事关重大，也作了精心安排。他把先锋队的人分成两队，一队由彭金林领着，在九龙泉设伏。他交代彭金林：“不要往死里打，打一阵就撤，让鬼子相信有大部队进攻衡山就行。”他把机枪也交给彭金林，说：“这可是我们的宝贝，别弄丢了。”

彭金林拍着胸膛说：“放心，就是舍了性命也要把机枪带回来。”

马年求忙打断他的话，说：“别当真，我就说说而已，保命比什么都重要，枪丢了还可以去抢。兄弟，你是第一次带队打伏击，千万小心，别让鬼子缠上了。”

马年求领着一队攻打衡山鬼子补给站。

月上树梢时，他们来到了衡山。补给站设在县城西南的一处庄园里，一条小溪从庄园旁流过。两条土路夹着小溪一进一出。

马年求把队员们分布在庄园进口的山坡上，各自找好掩体，然后一声令下，一排子弹射向门前的岗哨，接着又是几颗手榴弹砸过去。

鬼子如临大敌，守在门口的两挺机枪响起来，其余的守军也向山坡上胡乱打枪。

鬼子枪一响，马年求立即带人换一个方向，又是一阵枪响过后，甩出几颗手榴弹，鬼子立即调整枪口。如此几次，鬼子以为是国军前来攻击补给站，立即打电话给南岳指挥部请求支援。

南岳指挥部接到电话，听说衡山补给站受到攻击，一下子紧张起来，补给站可是日军的命根子，一旦有失，影响整个战局，那可是掉脑袋的事！松井已死，临时指挥官是松井的副手井上树。他不敢做主，忙打电话请示。上级本来就为松井的死十分恼火。听他报告说补给站危急，一顿“蠢猪”骂得他不知东南西北。井上树放下电话立即带着大队人马往衡山赶。

过了两个多钟头，站在金牛岭上观察的李翠刚隐隐约约听到了衡山方向响起枪声，知道是鬼子已到了九龙泉。“砰——”他举起枪朝山下开了一枪，发出了攻击的信号。刹那间，子弹像泼雨一样朝圣经书院砸去。

指挥部的守军早已去了衡山，剩下的大多是机关非战斗人员，能上阵抵抗的不多，连忙慌里慌张打电话到店门前，以指挥部的名义命令他们赶来救援。

店门前的驻军唯恐指挥部有失，接到电话后不敢怠慢，立即倾巢出动。

这时已近午夜，萧志立带着罗猛子他们早已埋伏在九龙溪畔。

一阵北风扫着地头刮过来，周身立即有了凉意。光线也突然暗了下来。萧志立抬头看看天空。一朵朵乌云正从东面漫过来，远远的云脚闪着光。果然如呼延春所料，一场大雨将至。

南岳的枪声已经响了一阵。守在月山坳的宋和尚也发来了信号：店门前的鬼子出发了！萧志立悄悄对罗猛子说：“行动！”

九龙桥是长衡公路的“咽喉”，鬼子十分重视。桥修复后，派了一个小队驻在这里守护。鬼子在桥头修建了掩体和机枪阵地，并有岗哨和巡逻队二十四小时巡视，防守非常严密。

这一夜，鬼子又像往常一样，例行着防守和巡查，似乎一切如常，很平静。

突然，九龙桥北面响起枪声，大约十几个“鬼子”一边跑一边朝后放枪，渐渐到了九龙桥桥头。

守桥的鬼子听到了枪声后，已架起枪炮严阵以待。他们见一队友军被追着往这边来了，立即枪上膛，刀出鞘，封死了通道。

一个鬼子横着枪上前喝问。

走在前面的是化装成鬼子的皮新生。他用日本话回道：“南岳指挥部受到攻击，长官怀疑敌人声东击西，命令我们前来协助贵部守桥。在路上遇到游击队，被他们攻击，情况危急，请贵部放我们进去准备迎敌。”

鬼子拿手电筒照了照。来的果然是友军，前面几个已到桥头，后面几个正伏在路边开枪回击，看样子确实危急。正在狐疑时，一名日军好像是中了枪，捂着受伤的手臂用日语大喊大叫：“你们见死不救，良心哪去了。”一边叫着一边往前冲过来。

远处的子弹在夜空中划过，枪声越来越近。刚才冲过来的是化了装的邬松韵，他朝惊疑不定的鬼子大吼一声：“打开！”然后甩出一记耳光。后面的人趁鬼子愣神时迅速搬开路障一拥而上，冲进了鬼子工事。还没等鬼子回过神来，立即扑向鬼子，用刀刺死几个，夺取了桥头阵地。南面桥头的鬼子发觉异常，马上用机枪朝这边扫射，并挺枪冲了过来。

萧志立已经上了桥，他果断命令队员们朝鬼子反击。工事里有鬼子的两挺机枪，他一把抱起一挺朝鬼子扫射，另一挺机枪也掉头吐出了火舌。

这时，罗猛子也赶到了他的身边。萧志立对罗猛子大声喊道：“安放炸药，准备炸桥。”

罗猛子刚说一声“好！”突然，电光一闪，天空中滚过几声炸雷，豆大的雨点倾泻而下，刹那间，眼前一片漆黑，只有机枪喷出的火舌把人的脸映得通红。

罗猛子趁着天黑，把一包包炸药安放在桥侧边的木头缝里。他们已经侦察过了，鬼子为加快架桥速度，不知从哪里运来几十根圆木头，横架在桥墩上，然后铺上木板，又在两边垒上沙包固定，既能行车又能走人。圆木间的缝隙正好安放炸药。

雨越下越大，桥上已形成混战。鬼子疯狂地朝这边冲击，桥中间没有遮挡物，双方近距离对射，黑夜中谁也看不见谁，心中只有一个念头，把对方击倒，不让对方冲过来。

罗猛子安放好炸药，装好引爆装置，滚到萧志立的身边，大声喊道："撤吧！"

萧志立没有回答，他单膝跪在桥上抱着机枪，枪口喷射出火舌。罗猛子抬手去拉，萧志立突然歪在他怀里，机枪掉在桥板上。罗猛子一惊，忙抱住他往桥边拖。一名队员扑上来捡起机枪继续打。

罗猛子把萧志立抢出桥头后，朝队员们大喊："快撤——"

队员们听到喊声，边打边撤，退出了桥头阵地，鬼子几乎是贴着扑了上来，又把桥头阵地占了。

幸好大雨倾盆，一团漆黑，鬼子没有发现炸药，趁这机会，罗猛子已把启动装置的线拉出桥头。

他挥手命令队员们快撤，抱着萧志立往后退，一名队员过来帮忙，被鬼子一枪击中倒在身边。

罗猛子转头一看，队员们已全部撤到十几米外的坡上，身后的路面被鬼子的机枪子弹打得扑扑作响。不好！退路已经被鬼子封死了。有两名队员试图过来救他，也被鬼子的机枪子弹打退。

这时，萧志立在他怀里轻轻地动了一下，他叫了一声："志立！"萧志立使劲地说了两个字："炸桥！"头一歪身子就软下去了。罗猛子抱紧萧志立眼泪流了出来。此刻，鬼子已经扑到了眼前，他来不及多想，一拧启爆装置。

红光一闪，"轰隆隆"几声巨大的爆炸声震得地动山摇。

九龙桥被炸毁，日军的补给线再一次被切断！

萧志立和罗猛子也化作了一团血花，洒在了这片可爱的热土上。

第十六章　河东烽烟

天亮时分，铁路上传来了一阵轰隆隆的巨响，接着又响起了一连串爆炸声。鬼子运送弹药的火车翻下了路面，巨大的撞击力又引爆了车上的弹药，引起了连环爆炸。

湘江东岸四方山。

从岳云关撤下来后，向志武带着幸存的大刀队员和游击队员以及雷云的警察大队，经过三天三夜的艰难行军，终于冲过了鬼子的封锁线，进了四方山。

一路上，他们被一种沉闷的气氛笼罩着。对牺牲的战友的怀念和对鬼子的仇恨时时交织在胸中，像一锅煮开的热水一样在翻滚。他们谁都没有说话，只是默默地往前走。他们衣服破损，武器不整，脸上尽是污渍，带伤的还渗着血污，有的队员光着脚板。一看就知道，这是一支才从火线上下来，刚刚经历了一场惨烈搏杀的队伍。

向志武看到了路口的那棵大松树。

他每次执行任务回来，只要看到那棵松树，心里就会涌出一种归属感，好像游子归来时见到了母亲的那种感觉，紧张的心也会随之放松下来，今天也是如此。一阵困倦袭来，向志武差点摔倒，赶紧扶住路过的楠竹喘了几口气。他对身后的队员们说：“休息一下。”话刚出口，自己就坐在了地上。身后的队员和警察们呼啦啦一齐瘫坐在路边，有的倒头就睡着了。

向志武也迷糊起来。正要进入梦乡时，突然被一阵嘈杂声惊醒。原来是四方山的群众见他们回来了，跑下山来接他们。

乡亲们提着井水，端着煮熟的红薯和米粥，把他们一个个叫醒。一位白发苍苍的老大娘手执一根桃树枝，轻轻地拂着他们的头和肩背，口中念念有词：“污秽尽除，出入平安。”当来到雷云身边时，老大娘见他一身黑警服，略怔了一下，依然拂着他的头和背，之后没有停留，逐一拂过警察大队的队员们。其他的乡亲也把喝的吃的递到了他们手上，热情而亲切。

老大娘拂过落在最后的队员后，走上前向山外张望，其他乡亲们也走到她身边张望着。

向志武知道他们在张望什么。是在盼望其他的队员回来啊！

他走到大娘面前，正要开口说话，老大娘一把抓住他的衣袖，问：“他们呢？向木匠呢？都没了？”说完，眼泪哗哗就下来了。

“大妈，你别急。”向志武不能把队员牺牲的情况告诉她。他说：“向书记没事，他带着其他的队员到南岳去了。队员们都好着呢。”

老大娘擦着眼泪，喃喃地说：“那就好，孩子们都好！好！”

这一幕让雷云十分震惊。他们平日从警时，没少干老百姓不喜欢的事，群众见了他们也是能躲多远就躲多远。但今天，他感受到了温暖。他不知道，这种温暖是如何产生的，更不清楚是一种什么神奇的力量，能够使冷漠变成温暖。

安顿下来后，向志武立即安排侦察员下山打探情况。

第三天上午，侦察员回来了，告诉他，游击队和大刀队牺牲了几十个，剩下的由萧志立和宋和尚带到南岳上山了。他们还带来一个震惊的消息：县委书记向湘岳牺牲在岳云关。

听到这个消息，向志武半天没有说话。他问打探消息的人说：“向书记牺牲的事，其他人知道不？”

“应该不知道，我还没有说。”

“好，暂时保密。”向志武强压住悲痛，说，“特别是乡亲们，千万不能说。”

侦察员告诉他，地委决定实施“火神行动”，衡山县由萧志立任总指挥，要求四方山游击队在县委的统一领导下执行“火神行动”计划，开展游击战，破坏鬼子的补给线，支援国军守城。

这几天，向志武一直心神不宁。虽然回到了四方山，但突然与上级失去联系，一时没有了方向。现在有了地委的指示和县委的消息，悬着的心终于落下来了。

他们在四方山休整了几天，没有赶上岳云关战斗的游击队员也陆陆续续来了，总算恢复了一点元气。

这几天，雷云一直在反思。

他们住在村民家里，吃喝都有安排，没有一个人给过他们脸色，更没有听到过半句怨言。他回想起自己在过去的工作中所做的事，虽然算不上“大恶”，但大都是老百姓不喜欢的，不止一次地听到老百姓骂他们是“黑狗子”。如今，曾经被称为“黑狗子”的他们，却受到亲人一般的照顾。这一切，不得不令他反思。

6 月 30 日，也就是日军向衡阳城区发起强攻的第二天，萧志立派人送来通知，命令四方山游击队想法破坏日军的铁路补给线，配合第十军守卫衡阳。

向志武是本地人，情况非常熟悉，铁路线从朱亭到衡阳，几乎每一段山地田园，每一处桥梁隧洞，他都清清楚楚。这些地形特点，在他脑海里迅速过了一遍。他在寻找破坏铁路的最佳地段，也在酝酿破路方案。

现在，向书记不在了，萧志立去了南岳。这副重担，已经落到了他的肩上，他感受到了巨大压力，但必须勇敢地担起来。

他找到雷云，与他商量如何行动。

雷云跟他说，这几天，警察大队的弟兄们正在想着去留的问题，大家都知道，回是回不去了。他对向志武说："向队长，让我们加入你们的游击队吧，弟兄们都是这个想法。"

"这个事我不能做主，得请示上级才能定。"向志武看了看雷云，说，"你们的英勇我是看在眼里的，打心里佩服，说实话，我们游击队真需要你们这样的人。"他停顿了一下，略有所思，说："你看这样行不？我们两支队伍合兵一处，警察大队还是由你来带，至于加入游击队的事，等请示了上级再说，我们统一行动，行不行？"

"行！我把警察大队全部交给你，听你调遣。"雷云说。

"兄弟，我们不谈调遣不调遣，只谈合作，团结抗日。"

接着，两人又商量了具体的行动方案。

当天晚上，向志武和雷云带着几个人潜入铁路两旁侦察情况。他们发现，除重要的桥梁和隧洞外，其他地方都没有驻兵守卫，巡逻队要三个多小时才过一趟。石湾至新塘之间多为山地，长达 10 多公里没有鬼子据点。他们确定，准备在这里搞他一次。

上半夜，雷云把警察大队带到新塘火车站北面，埋伏在铁路两边的山头上，游击队则在石湾站以南警戒。向志武带领 500 多乡亲来到铁路旁，藏在几百米外山沟里。

午夜后，上弦月悄悄躲到了西边山头的后面，微弱的夜光映照在铁轨上，只能隐隐约约地看到黑乎乎的两条线。

这时，两条光柱从石湾方向照射过来，很快就到了眼前。这是鬼子的巡逻车。鬼子非常狂妄，他们的探照灯只盯着铁路，两厢的路边连扫也不扫一下。

向志武轻轻地提醒大家沉住气，不要弄出动静。他两眼盯着鬼子的巡逻车从跟前开过，轰隆隆渐渐远去。两束光柱过了前方的山坳后，余光慢慢消失在远方，眼前又恢复了黑暗。

按照侦察的情况判断，鬼子的巡逻车要在快天亮时才从衡阳返回。向志武立即下达了行动的指令。

乡亲们迅速从沟里跃出，跑上铁路一齐动手，他们用扳手很快就把枕木上的螺帽拧了下来。十几个青壮年把卸下的铁轨扛上肩抬到了不远的水稻田里。

今晚组织来的群众都是住在铁路附近的村民，他们很多做过铁路的维修工，动起手来非常熟练。藏铁轨的水稻田也是白天就选好的，是离铁路三百来米远的一丘烂泥田，从来都没有干过，泥脚深可没膝。

乡亲们先把水稻扯出移开，腾出了一条条藏铁轨的水沟，把铁轨运过来放到沟里后，踩到烂泥里面，再把移开的水稻复原。十几根铁轨就这样被藏起来了。

原计划是把枕木烧毁，向志武临时改变了主意。他叫正在朝枕木上浇煤油的村民停下来，说："别烧了，一点火就会惊动鬼子，火车就不会开过来了。我判断天不亮就会有火车赶到衡阳去，鬼子现在还不知道铁路被破坏，火车开到这里肯定会翻！"

向志武的主意大家都赞同。于是大家又一齐动手，把枕木也运到了一里开外，沉到了一口大水塘里。

不到一个小时，任务顺利完成，他们迅速撤了回来。

天亮时分，铁路上传来了一阵轰隆隆的巨响，接着又响起了一连串爆炸声。果然如向志武所料，由于衡阳前线催促得紧，鬼子运送弹药的火车连夜从长沙出发，过了石湾后没有发现铁路已毁，翻下了路面，巨大的撞击力又引爆了车上的弹药，引起了连环爆炸。

从此，向志武和雷云以四方山为中心，在湘江东岸开展游击战。后来，队伍不断发展壮大，他们四处出击，袭扰鬼子据点和补给线，给日军造成了沉重打击。

警察大队已正式加入四方山游击队，雷云担任副大队长。这天，向志武和雷云正在商量下一步的行动计划，侦察员向他们报告，说凤凰山来了一支抗日队伍，打着“火神”的名号，正四处活动，攻击鬼子。

向志武听了吃了一惊：难道是萧志立和宋和尚他们过河来了？

凤凰山位于四方山的西南方向，相距只有二十来里，由于更靠近衡阳城郊，他们很少到那一带活动。最近，日军开辟了一条新的补给运输线，正好经过凤凰山到达衡阳。向志武正在为如何破坏这条补给线发愁，现在得到了这个情报，脑海里马上就有了主意。

他对雷云说：“老雷，要破坏凤凰山补给线，单靠我们的力量有些困难，现在那边也有了抗日队伍，不知道是不是萧志立他们真的来了。不管是不是，反正都是抗日的队伍，如果能和他们联合行动，成功的把握就更大了，要不派人去联系一下？”

雷云听了也很高兴，摸了一下络腮胡子，说：“要得！事不宜迟，我就去安排。”

许柏林拍了拍胸膛爽快地说："萧兄弟，我们许家冲就是你们落脚的地方，你们只管打鬼子，其他的事交给我。"

凤凰山山麓。

休息了一个晚上后，第二天凌晨，萧志辰带着26名队员继续向凤凰山腹地进发。

萧志辰走在队伍的最后，望着眼前从衡阳杀出来的兄弟，心情无法平静。

初升的太阳透过橘红色的朝霞，把满山的竹梢镀上了一层橙红，晨雾在清风里轻轻缠绕，宛如万千凤尾在彩云间舞蹈。一层层梯田傍山而上，水稻的清香在山间荡漾。早起的鸟雀从林间飞起，自由自在地扇动着翅膀。这壮美的景色无不让人陶醉，让人生出浓烈的依恋。

萧志辰抬眼回望远方。远处的天幕烟尘滚滚，烟尘笼罩的是在战火中战栗的衡阳，城内城外，已有多少壮士倒在了那片热土的怀抱，又有多少男儿正踏着鲜血在与鬼子拼杀！

他回望蜿蜒在林间的小路，心中陡然升腾起一种强烈的撕裂感。

几声清亮的狗叫从竹林深处传来，把萧志辰从遐想中拉回。队伍已经停下，谭清泉走到他面前，问："志辰，前面有个村子，我们要不要进去？"

萧志辰沉吟了一下，说："先让兄弟们就地休息吧，我们去看看。"

昨夜，他很早就醒来了，一直到天亮再没有合眼，睡不着啊！

队伍是冲出来了，但是，往哪里走呢？

谭清泉找过他，问过今后的打算，他没有回答。他问谭清泉："兄弟们是不是想家了？"

谭清泉叹了口气，说："谁不想家啊，尤其是这个时刻！"

萧志辰点了点头，说："是啊，谁不想呢？"父亲慈祥的音容和结实的身板一下子就浮现在眼前，但一刹那又切换成那夜父亲和乡亲们送别的场景。他语气一转，坚定地说："可是，我们能这样回去吗？这么多弟兄一起出来，他们牺牲在战场上，我们冲出来是为了什么？就是要为他们报仇呀！"

说到激动处，萧志辰一拳砸在竹竿上。他说："清泉大哥，自从扛上枪那一刻，我就是一名抗日战士，决不当逃兵！"

谭清泉也激动起来，大声说："志辰，鬼子不灭，决不回家！"他们说话的声音惊动了还在休息的队友们。队员们围拢来，纷纷表示要报仇！要杀回去！有人说着说着哭了起来。

萧志辰被感动了，热泪在眼眶打转转。他深情地看着他们，黑暗中无法看清他们的脸，但一双双明亮的眼睛却在月光下闪动着光泽。冷峻而刚毅！

"兄弟们！"萧志辰深情地唤了一声，说，"我们都是小河里走出来的乡亲，从现在起就是武装分队队员，就是生死与共的兄弟了！"

谭清泉接过话头说："对，要生一起生，要死一起死！"

大家也激动地嚷了起来。

萧志辰挥手示意大家静下来，说："我们今天杀出来不是为了逃命，更不是为了躲回家去。我们是要出来打游击，寻找机会跟鬼子拼！"

"好！杀鬼子报仇！"

"志辰！我们跟着你干！"

…………

"但是，"萧志辰提高声音说，"我们面临的困难有很多，今后的处境会更危险。也许哪一天，我们真的回不了家了，就要拼死在战场上了！兄弟们，怕不怕？"

"不怕！"

"只要是杀鬼子，就把这身肉舍了也值！"

"我们小河里的人，有怕死的吗？"

大家一时情绪激动，大声喊了起来，喊声在夜空中回荡，经久不散……

心情静下来后，萧志辰陷入了沉思。下一步怎么办？落脚点在哪？给养怎么解决？怎么开展游击战呢？

一连串的问题在脑海里翻腾了半夜。

他和谭清泉朝村子走去。眼前的景象仿如世外桃源，村口有一堵石墙，墙上披满了爬山虎和紫藤，两棵樟树一左一右像伞盖一般护着进村的路。他们正感慨着，前面突然迎上来两个持着鸟铳的农民。正在他们惊愕之际，一个留着胡子的中年汉子抱拳拱手说："两位壮士辛苦了。"另一个年轻人说："村长正叫我们去请呢，正好你们已经来啦。"

萧志辰听了一惊，感到非常奇怪，谭清泉也是满眼狐疑。萧志辰停住脚步，还了礼后，问："两位兄长是？"

中年汉子说："我们是许家冲的民兵，你们昨夜一进山我们就知道了。村长正等着呢，请吧！"

萧志辰和谭清泉交换了一下眼色，觉得他们两个不是坏人，村里有民兵，想必村长也是抗日志士。相互点了点头，就随着他们进了村。

村子很幽静，从外面看很偏僻，但村里却很开阔，梯田层层叠叠，一栋栋农舍散落在青松绿竹间。

他们来到一栋土坯青瓦屋前，里面正忙碌着准备碗筷，像是在办什么喜事。中年汉子朝里面喊一声："柏林大哥，客人到了。"

话音刚落，从屋里走出一个中年农民来，四十多岁的样子，看那壮实的身板，就知道是地地道道的山里人。他快步走上前，见了萧志辰和谭清泉，先是一愣，接着就把他们迎进屋里，说："两位英雄，辛苦了！许某昨天夜里就知道你们来了。"坐定后，他自我介绍："我们这里叫许家冲，大部分姓许，敝人许柏林，是村长。"他指着中年汉子说："他叫许槐生，是村里的民兵队长，那个伢子叫许亮，也是民兵。"

萧志辰正要说话，谭清泉介绍说："我们是衡阳抗战后援会武装分队，他是队长萧志辰，我叫谭清泉。"说完，他又把来到凤凰山的过程简单地介绍了一遍。

许柏林听了大为感慨。他拉着萧志辰的手说："想不到队长这么年轻，真是英雄出少年啊，你带着队伍一路拼杀出来，不简单，不容易啊！"他又转头对许槐生说："你们天天说要去参加游击队打鬼子，你看，打鬼子的不就来了吗？"

许槐生说："柏林大哥，我们今后就跟着萧队长打鬼子，行不？"

许柏林说："就看萧队长要不要你。"

萧志辰连忙站起来说：“许村长，槐生大哥要和我们一起打鬼子，我们求之不得呢。但有一事请你们答应。”

“什么事？说吧！”

“今后不要叫队长，我们以兄弟相称，你们就叫我志辰吧，我年轻不懂事，还请两位大哥多指点。”说完，双手抱拳施礼。

“这是哪里话？好！我就叫一声萧兄弟吧！”许柏林回礼后，对许槐生说：“快去把武装分队的弟兄们都请来。”

萧志辰连连称谢，叫谭清泉随许槐生出去了。

许柏林告诉萧志辰，自从鬼子入侵衡山后，凤凰山和四方山这一带，许多村成立了民兵组织，虽然没有上阵杀鬼子，但通风报信，组织乡亲们转移却帮了大忙。昨天晚上，武装分队从铁路边上山时就已经被他们发现了，一直派人监视着。后来，他们听到了萧志辰和大家的谈话，明白了是一支从战场上杀出来的抗日队伍。今天早上正要去请，不想萧志辰已经来了。

“萧兄弟，你们今后有什么打算？”

萧志辰见他态度诚恳，便直截了当地说了当前的困境，他说：“许村长，真人面前不说假话。我们真还没有落脚的地方。”

许柏林拍了拍胸膛爽快地说：“萧兄弟，我们许家冲就是你们落脚的地方，你们只管打鬼子，其他的事交给我。”

萧志辰听了十分感动，说：“许村长的豪侠气概，令志辰佩服。好！那今后就要叨扰了。”

许柏林爽朗地笑了起来，说：“一家人不说两家话，我们村民兵队也有 7 个弟兄，只要你不嫌弃，你就把他们收了，跟着你干吧！”

从此，武装分队在凤凰山许家冲驻扎了下来。

萧志辰利用这几天时间，对分队进行了调整。

许槐生等人加入后，武装分队一共有三十多名队员了。萧志辰把分队分成了三个小队，分别安排在三处活动。谭清泉带一个小队直出铁路往南十来里，监视鬼子，伺机行动。萧银华带一个小队，往北至四方山周边。许槐生带一个小队留守在许家冲。

他一直牵挂着旷文周他们的生死，特意交代谭清泉要想方设法寻找，哪怕就是死了，也要有个准信。

萧志辰想起了撤出衡阳前周全忠说的话,他开始有意打探“火神行动”的情况，得到的是一些炸仓库打伏击的传奇故事，却无法找到联系的渠道。于是，他干脆打出“火神”的名号，要队员们把消息放出去。

时间已至7月下旬。半个月来,萧志辰组织了几次袭扰行动,伏击了两小股下乡打掳的鬼子,还成功地破坏一段铁路,一时间,队员们作战的热情高涨，游击战术也不断出新，在湘江东岸产生了很大影响。

你在凤凰山，我在四方山，我们今后相互配合，一起行动，在鬼子的屁股后面搞他个天翻地覆！

萧志辰觉得在许家冲驻扎久了，难免走漏风声，鬼子一旦侦知，肯定会派兵围剿，所以，只要没有出去行动，他就在周围的山头转，熟悉地形，为将来对付鬼子围剿做好准备。

一天下午，萧志辰正在山上察看地形。许亮满头大汗地跑来，气喘吁吁地对萧志辰说："萧大哥，四方山游击队来人了，村长请你回去。"

萧志辰听了心头一喜。他早就想过与四方山游击队联合行动，只是还没有来得及派人联络，不想人家自己找上门了。

他一路小跑来到许柏林家，许柏林正和来人聊着，来人背朝着他，但他感觉背影眼熟，便跨进门槛提高嗓门大声说："四方山的兄弟，有失远迎呀！"

来人一回头，萧志辰愣了一下，扑上去双手抱住，久久不放。萧志辰松开手，一拳砸在来人的胸口，说："文周大哥，叫我找得好苦啊！"

来人正是旷文周。

萧志辰盯着他的脸看了几秒钟，急切地问道："那几个弟兄呢？"

旷文周沉吟片刻，流着泪说："都被鬼子打死了。志辰，是我没有照顾好他们！"

“文周大哥，别这么说，他们是为我们而牺牲的，这个仇我们记住了，将来一定要报的。”他又问旷文周，“你怎么又到了四方山呢？”

旷文周说：“那天，我们把鬼子引开后，边打边撤，最后就剩下我一个人了。我摆脱鬼子后，在一个山沟里躲了一天，晚上沿着一条山路走了半夜，被四方山游击队当作探子抓了去。后来一问，才知道是搞错了。我也不知道你们在哪里，就参加了游击队。”

旷文周继续说：“队长叫向志武，还有几个是衡山县警察大队的。志辰，我也听到你哥的消息啦。”

萧志辰睁大眼睛，一把抓住他的手臂急切地问：“我哥哥怎么样？在哪？”

“哎呀！看把你急的，志立好着呢！”旷文周说，“他们在岳云关打散后，你哥带着大刀队去了能仁寺，后来实施‘火神行动’，他是总指挥呢，上次炸掉鬼子在南岳的补给点就是他指挥的。”

想不到找了这么久却是自己哥哥！萧志辰听了兴奋起来。

许柏林赞许地说：“萧老弟还有一个这么厉害的哥哥，难怪！”旷文周对许柏林说：“你不知道，他们五兄弟都上了战场呢！”

“文周大哥，别说了。”萧志辰连忙打断他，说，“我们小河里哪家不是一样？你不也是叔侄都来了吗？快说吧，四方山游击队派你来肯定有事！”

旷文周告诉萧志辰，日军的补给线遭到了严重破坏，攻城不得不暂停。最近，鬼子在东面开辟了一条新的运输线，要经过凤凰山，守军要求游击队和地方武装不惜代价予以破坏。四方山游击队正愁兵力不足，听说凤凰山来了一支抗日队伍，就派他来联络，不想遇着萧志辰了。

萧志辰听了高兴地说：“我们也正在考虑联合你们呢，现在好了，终于联络上了。你回去告诉向队长，我们会全力配合的。”

“志辰，你把我当外人了。说什么‘你们’呢，过两天我要回来的，还跟你干！”

“文周大哥，在那里也一样打鬼子，我们一起联合行动了，不就是一块干吗？”萧志辰拍拍他的肩，说，“回去告诉向队长，请他尽快拿出计划，我这里早作准备。”

旷文周见萧志辰这么一说，鼻子就酸了。说了声好后，依依不舍地告别了。

第二天上午，向志武来到了凤凰山。

他从萧志辰的脸上看到了萧志立的睿智和英武，只是眉目间略显稚嫩。他拉着萧志辰的手亲切地说：“志辰老弟，早几天听说凤凰山来了一支抗日队伍，打着‘火神’的旗号，我还以为是你哥到了，想不到是你呢。”

萧志辰也是激动不已，说：“志武大哥，这也是急出来的！我一直找不到你们，只好借‘火神’的名号来引起你们注意，想不到这么快你就找上门来了。大哥，我来这里人生地不熟，今后得麻烦大哥照顾呀！”

向志武笑着说：“都是抗日的队伍，自家兄弟。你在凤凰山，我在四方山，我们今后相互配合，一起行动，在鬼子的屁股后面搞他个天翻地覆！”

“好，听大哥的！”萧志辰高兴地说，“这一次行动怎么搞？要我们做什么，志武大哥你安排就是。”

向志武告诉萧志辰，日军因补给线破坏严重，经过衡山十分困难，他们便另辟了一条运输线，即从株洲绕过衡山，经茶陵、攸县，拐一个大弯过来。这几天鬼子已有十多辆汽车到了衡阳前线，上级要求我们予以破坏。

向志武认真地说:“我们已和攸县楠竹岭游击队取得了联系，那边由他们负责，衡山这头就看我们的了。”

萧志辰还是第一次参加这样的联合行动，听说攸县的游击队也会动起来，那可会弄出多么大的响动来？他兴奋地看着向志武，没有说话。

向志武继续说:“鬼子现在学乖了，他们白天怕美国飞机炸，就改为晚上走，这对我们有利。”他从怀里掏出一张纸，摊在桌子上。纸上面是一张手绘的地图。他指着地图说：“猴子坳，鬼子运输队过了攸县后，必从这里进入衡山。这一带荒无人烟，路是新修的，又陡又窄，我们就在这里伏击鬼子。”他又指着衡山这边说：“野牛角，是通往衡阳的唯一通道。野牛角是一块大崖石。我已侦察过了，把崖石炸塌了封住公路，猴子都过不去！”

萧志辰看着地图，听着向志武的分析，心里渐渐明朗起来，他对向志武说:“志武大哥，我明白你的想法了，怎么排兵布阵，听你的！”

“好！”向志武站起来，收好地图，对他说，“攸县那头不用操心，他们已有安排，只要鬼子的运输队进了这条路，他们就会在后面埋伏阻击援兵。野牛角由你派人守着，等猴子坳枪一响，就炸，早了不行，以免惊动鬼子。”他加重语气说：“重点是猴子坳。我们都把主力带过去，先在路上设置障碍，等鬼子车一停就开打。”

萧志辰问：“运输队到底几辆车？押送的鬼子有多少？这些情况清楚不？”

向志武略思索了一下，说：“志辰，你问到点子上了。据我们侦察，运输队一般是三四辆车，鬼子也怕太显眼招飞机轰炸。现在他们兵力不足，都分散驻扎在各处，押车的不会多，顶多十来个人，只要我们谋划好，来个突然袭击，消灭他们没问题。”

“消灭这点鬼子当然有把握，只是，这么多给养，不要多可惜呀！”萧志辰摇了一下头。

“当然可惜！”向志武说，“但也没有办法，我们要速战速决，能拿一点就拿一点，带不走的就炸了。”

“志武大哥，我有一个想法。”萧志辰抬头看着向志武说，“我们把乡亲们动员起来，先埋伏在安全的地方，等把鬼子消灭了，就请他们出来帮忙。”他笑了笑说：“正好解决自己的弹药困难，炸了多心痛。”

向志武沉吟一会，说：“行！我们分头组织，但要确保乡亲们安全！”他拍了拍萧志辰的肩膀赞许地说：“志辰老弟想得周到，果然是带兵的人！”

萧志辰低着头浅浅一笑，说：“我哪行啊，以后还得请大哥多指点呢！”

“志辰，自家兄弟还用客气吗？”向志武语气一转，说，“我们今天晚上就行动，估计下半夜鬼子就会来，我现在赶回去，这边就靠你啦，告辞！”向志武又交代了几句，赶回四方山去了。

一共消灭了15个鬼子，缴获三车弹药。这一仗，算是大胜。

猴子坳确实是一个打伏击的好地方。

两边都是陡峭的山崖，接近垂直的角度，别说人，怕是连猴子都攀不上来。一条新修的砂石路在山崖的脚下，左拐右拐渐渐往上，越来越陡。过了坳又是深山，就是白天路过，也会让人头皮发麻。

萧志辰带着队伍傍晚就到了，他和向志武碰面后，又商量了一下具体方案。向志武要他开第一枪，因为萧志辰枪法准，他要萧志辰挑中鬼子指挥官，一枪结果他造成混乱。

午夜过后，下弦月透过薄薄的云层洒下清冷的光，山间已经起了雾气，朦朦胧胧。夏虫在草丛里尽情地唱着歌，凉爽的山风扫过竹叶唰啦啦响，一切显得宁静而神秘。

又过了个把钟头，山脚下射来了几束白光。是鬼子的运输队来了！埋伏在猴子坳两边的队员们屏住了呼吸。白光慢慢上来了，穿过竹林来到了猴子坳。向志武数了一下，一共有五辆车。这么大一坨，却是没有想到的，心一下子就提到了嗓子眼上。但是，改变计划已经来不及，箭在弦上不得不发了。他想，等枪声响后，再随机应变吧！向志武搓了搓手，发现手心里都是汗水，便在衣服上擦了擦。

萧志辰带着队伍埋伏在对面，他盯着崖下的公路看。鬼子的运输队进来了，打头的是一辆三轮摩托，上面架着一挺机枪，后面跟着四辆大车，中间三辆用棚布罩着，最后一辆敞开了车厢，车上只有六七个持着枪的鬼子。

鬼子的汽车走得很慢，马达声像喘气一样急一下慢一下。摩托车好不容易爬到坳上，却被路中间几块大石头挡住了去路。鬼子只好把车停在路旁下车查看，后面的车也相继停了下来。

从第二辆大车的驾驶室里下来一个挎着指挥刀的鬼子军官。他拿着手电筒朝两边山崖照了照，然后向后面招招手，叽里哇啦地喊了几句。

押车的鬼子跳下车，跑到石头面前，试着用手搬，也许是不方便用力，有两个鬼子竟然把枪丢在一边。

这一切都被萧志辰看在眼里。他觉得时机到了，瞄准鬼子军官就是一枪，“砰！”鬼子军官应声倒地。砰砰砰——山崖两边射出了一排子弹。路上的鬼子倒下几个，其余的乱作一团，慌忙端起枪胡乱打起来。紧接着，一颗颗手榴弹砸下来，汽车四周火光一片。不到半个钟头，路上就没有了响动。

“冲！”向志武一声喊，队员们从两边山崖上冲下来，扑向正在冒烟的路上。石头边和汽车旁躺着七八具鬼子尸体，汽车驾驶室的玻璃都被击碎，有三个鬼子死在方向盘上。这是萧志辰的杰作。

突然，后面汽车底下爬出三个鬼子，撒腿就往下坡跑。萧志辰眼疾手快，抬手一枪就把跑在最前面的鬼子打倒，后面两个被队员们赶上，一顿刺刀刺倒在地。

向志武叫人打了一个响亮的呼哨。不一会，从山上跑来一群乡亲，少说也有两百人。乡亲们一声喊，掀开车棚开始搬东西。

这时，山下面传来了激烈的枪声。向志武知道，这是攸县的鬼子闻声赶来了，与在路上阻击的楠竹岭游击队接上了火。他朝乡亲们大喊道：“乡亲们，加快速度，搬不动的不要了，赶快进山。”

他对萧志辰说：“攸县那边枪声很紧，估计顶不了多久，我带人去支援一下，你掩护乡亲们撤退。”萧志辰刚要说话，向志武忙止住他，说：“情况紧急，快！”说完就带着人跑开了。

这时，山那边传来了爆炸声，谭清泉已炸塌了野牛角。乡亲们也渐渐离开了猴子坳，消失在夜色中。

萧志辰来到鬼子军官的尸体旁，解下了指挥刀，取下肩章一看：是个中尉。鬼子腰间除了指挥刀外，还有一把小手枪。萧志辰抽出来，手枪精巧别致，在月光下闪着锃亮的光。他把小手枪别在腰间。然后指挥队员把汽车点燃，迅速撤离了猴子坳。

几声爆炸过后，猴子坳燃起了冲天大火。

萧志辰没有直接回凤凰山，他放心不下向志武。

他叫萧银华和许槐生把队伍带回去，自己则带着旷运良等三个人到通往四方山的途中等向志武。

第二天清晨，向志武带着队伍回来了。两人见了面后，互相询问了战斗的情况。一共消灭了 15 个鬼子，缴获三车弹药。四方山游击队牺牲了一个队员，三个受了轻伤。萧志辰这边也是一个重伤，三个轻伤。这一仗，算是大胜。

第十七章　江洲风和

他坚定地相信，欧阳星叫的哥哥就是自己，这种直觉，只有相爱的人才会有。但是，日寇未除，怎容我儿女情长啊！

打了胜仗，队员们洋溢着喜悦，迎着初升的太阳一路往回走，接近四方山时，不料鬼子已经封锁了路口。他们只好绕过路口再往北，打算从北面上山。但是，北面的山口也有鬼子驻守，而且，鬼子加强了巡逻。他们从“躲兵”的村民口中得知，鬼子搜索队已在四方山周边搜索。

向志武分析了一下当前的局势，他对萧志辰说：“我们袭击了鬼子运输队，鬼子来报复了。如果再往四方山走，很可能会遇到鬼子，不如跨过铁路往西，在鬼子的屁股后面转几天再回去。”

萧志辰说：“这样好，鬼子肯定不会料到我们会钻到他身后去。”他接着说：“志武大哥，反正我也过不去，就跟着你转几天，好好向你学习！”

向志武拍了拍他的背，说：“我有什么好学的，老土一个，只是比你早上战场几天罢了，不像你志辰兄弟，大学毕业有文化。”

中午时分，他们趁着鬼子巡逻队换防的间隙，悄悄穿过了铁路，然后一阵疾走，穿过一片茂盛的竹林，来到湘江岸边。

湘江在这里拐了一个大弯，形成了一片开阔的水面。对岸的青山在烈日下浮动着一层粉尘，再远处，便是连绵的衡山群峰，在翻滚的白云里显得雄浑而壮美。往南，远处一团团黑云与升腾的烟雾混杂在一起，久久不散，时不时传来隐约的炮声。这情景告诉他们，衡阳正在血战！

一阵风贴着江面刮过来，从他们的身边抚过，又卷入竹林，发出呼啦啦的声音。萧志辰回头望去，竹林连绵起伏，一棵棵松树夹掺其间，像卫士伫立在茫茫竹海。

向志武见萧志辰神色茫然，便轻轻地叫了他一声。萧志辰回过神来，看着他，感慨地说："真美！"

向志武笑了起来，说："志辰，这就是我的家乡。要不是该死的鬼子，我真不想离开！"

说到家乡，萧志辰的思绪一下子就切换到了小河里，那里景色一样美，一样令人流连忘返。他又想起了乡亲们，忧伤涌上了心头。

"志辰！"向志武又轻轻地叫了他一声，说，"这里叫回水湾，是一个与世隔绝的河港，没有人引路，外面的人是找不到这地方的。"他指着河湾里一个绿洲说："你看见没，那就是斗米洲。洲上只有一户人家，住着母女俩。妈妈是我们的交通员，我们叫她莲姑妈。等天黑了，我带你去见她。"

萧志辰诧异地看着向志武。向志武笑着说："志辰，你不要感到奇怪，以后慢慢你就知道了。"

傍晚时分，他们把队伍安排在竹林中休息，两人沿着一条小路来到河湾里头，在斗米洲的对面，向志武学了三声野鸭叫，又击了三下掌，对面芦苇丛里便划出一只小船来。"志武哥，你多久没来了？"划船的是一个小妹子，打扮得清清爽爽，笑声轻盈地叫着向志武。

“菊妹子，你妈好吗？”

“好呢！”等他们上了船，菊妹子两手往下一压，船便箭一样驶进草丛，再几下就到了斗米洲。

相传在清朝时，这里还是一个荒洲，衡山县令为了鼓励农业生产，出资在这里开垦农田，谁来租种只要上缴一斗米就行，斗米洲的名字就这样叫开了。

斗米洲不大，四周绿竹环绕，中间却是几丘稻田，一栋茅屋嵌在田间。茅屋前是一口荷塘，荷叶在清风里翻着叶，时不时露出一株株莲蓬。晚霞在迷蒙的轻雾里投射过来，闪动着色彩斑斓的光圈。

萧志辰被眼前的景色迷住了，不是向志武叫他，连挪步都忘记了。

他们跨进茅屋，一位四十来岁的农家妇女迎出来，也是打扮得清清爽爽，满脸堆着笑意，但眉目间含着沧桑和一丝忧伤。看来，也是一位经历过风霜的女人。

向志武叫了一声“莲姑妈”，然后把萧志辰引见给她。莲姑妈一听萧志辰的名字，“哎呀”地叫了一声，忙对菊妹子说：“妹子，你昨天讲的抗日英雄就是他呢。哎呀，想不到是一个小伢子，你知道吗？乡亲们把你传神了，说你那枪法，一仗打死几十个鬼子呢！”

萧志辰一听脸唰地红了，忙说：“阿姨，没有那么神呢，就是枪打得好一点罢了。”

菊妹子瞪着眼，扬起嘴角说：“你就是那个萧志辰？”

向志武见萧志辰嘿嘿笑着答不上话，哈哈大笑起来，说：“志辰兄弟不单是神枪手，他带的武装分队刚刚还打了个大胜仗，劫了几辆鬼子的军火，还杀了十多个鬼子呢。”

“不是呢，志武大哥乱说，你们别听。”萧志辰连连摆手，说，“是志武大哥指挥得好呢！”

四个人说说笑笑，转眼就到夜里了。莲姑妈听说萧志辰的队伍扎在许家冲，便问了许柏林的一些情况。萧志辰听得出来，他们不是一般的熟人，便迷惑地看着向志武，向志武也是笑着没有说话。

夜深了，莲姑妈娘俩已经休息。

突然离开了硝烟弥漫的战场，怎么也睡不着，萧志辰和向志武便来到荷塘边聊天。

月亮已经升起来了，弯弯地挂在天际，浅浅的星空有淡淡的云在游移，晚风推着浪花轻轻地拍打着江岸，荷塘里蛙声一片，草丛间百虫齐吟，时不时有野鸡的叫声从竹林传来，声音悠长而清亮。他们陶醉在喧闹而优雅的大自然乐章中，暂时忘记了战场，忘记了冲天的炮火和飞溅的鲜血。他们像婴儿躺在母亲的怀抱，静静地听着温柔的催眠曲。

萧志辰叹息了一声，感慨地说：“没有战争，多好！”

“是啊！如果不是鬼子来了，谁愿意打仗啊！”

“志武大哥，”萧志辰轻轻地说，“等把鬼子消灭了，我就住到斗米洲来，临水品茶，邀月吟诗，快意人生，何其幸哉！”

“志辰老弟！”向志武拍了一下他的头，说，“想过神仙日子，去哪里都行，斗米洲你就别想啦！”

“知道呢！想想而已！”萧志辰摸着脑门说，“斗米洲早晚是你志武大哥的，你看菊妹子那眼神，恨不得一口把你活吞了呢！”

向志武嘿嘿笑了两声，说：“你还是毛伢子，懂个屁！”

“志武大哥，菊妹子是个好姑娘，你们也情投意合，想过什么时候成亲没？要么我来帮你说说？”

向志武叹了口气，说：“不敢想啊，天天在枪林弹雨里过日子，说不定哪天就四脚朝天了，不就害了她吗？等消灭了鬼子再说吧！”

萧志辰听了他这一说，也不吭声了。可恶的鬼子入侵以后，连生命都难以保障，哪里还能想过平安幸福的生活呢？一种强烈的使命感油然而生，他一拳狠狠地砸在地上。

过了一会，心情渐渐平静了下来，他说：“志武大哥，有件事我要问你，你得实话实说。”

“什么事？”向志武道。

“许村长是不是你们的人？”

向志武看了看他，没有回答。

萧志辰继续说：“从进许家冲那天起，我就感觉奇怪，就像是早就安排好了一样，不然我们怎么那么顺利地扎下来？你说，他们是不是共产党？”

向志武抬头看向远方，还是没有开口。

萧志辰见他不说话，似乎明白了什么。他突然说：“志武大哥，我想加入共产党。这个事我想很久了，本来是想见到我哥后再提。这几天发生了很多事，我再也忍不下去了。”

向志武认真地盯了他一会，说：“志辰兄弟，实话告诉你吧。那天我从凤凰山回来，就把你的情况跟上级汇报了，组织上专门研究过。你入党的事还得放一放。”

向志武继续说：“组织上本来是打算要我找你谈一谈，这两天打仗没有抽出空来。既然你问，我就跟你聊一聊吧。”

“衡阳抗战后援会是国共两党合作产生的。你是后援会武装分队的队长，如果这时候吸收你入党，会引起国民党的不满，造成不良影响。”

向志武停顿了一下，接着问：“志辰，目前的形势你也看到了，守军还能坚持多久呢？你有没有想过今后的打算？”

萧志辰听了心里一惊：还真没想过！便迷茫地摇了摇头。

“一座城市的失守决定不了战争的胜败！”向志武举着拳头坚定地说，“即使衡阳被鬼子占了，但周围乡村还在我们手里。我们把人民群众都动员起来，发挥游击战的长处，继续跟鬼子干！我就不信打不败鬼子！”

说到这里，向志武转头来看萧志辰。在淡淡的月光下，萧志辰的眼光明亮而坚定。

良久，向志武才把激动的心情平复下来，他郑重地说：“志辰，当个人的想法和大局相冲突时，我们必须服从大局。这场仗会打到什么时候呢？我们不知道！但是，只要我们团结一心，就能把鬼子灭了！组织上是这样考虑的，你仍以党外的身份带着这支队伍，会更有利于团结抗日的大局，也一样是在为党工作。”

萧志辰听了向志武这么讲，心情激动起来，问：“你们会把我当同志吗？”

“怎么不会呢？”向志武说，“同志加兄弟呀！”

萧志辰紧紧握住向志武的手，激动得说不出话来。

…………

“哥，哥——”突然，茅屋里传来几声清亮的叫声，像锤子一般敲在萧志辰的心坎上。萧志辰一惊，这声音好熟！“是在叫我吗？怎么会呢？”他迷惑地看着向志武，向志武也正迟疑地看着他。

“哥——哥——”房间里又传来了叫唤，急迫而幽怨，长长的尾音里透着一丝依恋。

“妈，她醒啦，她醒啦。”随着菊妹子的叫声，屋里的灯亮起来。萧志辰和向志武连忙进屋，跨进侧边的房间。

在昏黄的油灯下，一个清秀的小伢子躺在床上，肩和右臂绷着白布，惨白的脸上露出了一丝笑意，嘴角动了动，又轻柔地唤了一声“哥”。

这声“哥”，又毫无征兆地拨动了萧志辰的心弦。怎么这么熟呀，这张清秀的脸好像见过，他是谁呢？

莲姑妈提着灯坐在床边，菊妹子弯下腰用手轻柔地抚着他的短发。向志武急促地问：“菊妹子，他是谁？”

菊妹子听出了他的酸味，朝他抿嘴一笑：“她是个妹子呢！”

“妹子？”萧志辰认出来了，她是欧阳星啊。

他轻轻走上前，仔细打量着她，一时间，心潮激荡起来。他问：“阿姨，这是怎么回事？”

莲姑妈深深地叹了口气，说：“也是一个苦命的孩子呀。”

三天前的一个清晨，菊妹子和往常一样，到江边的草丛里去收虾笼，发现江上漂过来一块门板，门板上趴着一个人。她水性好，便游过去把门板拖到岸边，用手推了推门板上的人。人已一动不动，但有体温，右臂上有个伤口，血已结了痂。她一个人背不动，便把妈妈叫来，母女俩小心翼翼地把人抬到床上。帮她清理伤口，敷了药包扎好，又把骨折的小腿接好绷上木板。莲姑妈在帮她换衣服时，才发现是个妹子。

妹子昏迷了两天两夜，到昨天下午才醒。菊妹子熬了鱼汤，喂她喝了，又睡过去了，在梦里叫了几次哥哥。

“唉！”莲姑妈叹息一声，说，“十几岁的妹子，女扮男装，还受了伤，不知道历经了什么样的苦难呀！”

“阿姨，你真是好人，还有菊妹子，谢谢你们救了她。”

三个人诧异地望着他。

向志武问：“志辰，你认识她？”

萧志辰欲言又止，随即又摇了摇头叹息一声。他坚定地相信，欧阳星叫的哥哥就是自己，这种直觉，只有相爱的人才会有。那次在衡阳匆匆一遇又匆匆一别，欧阳星已经闯入了他的心田。但是，日寇未除，怎容我儿女情长啊！

这时，对岸传来几声呼哨。

向志武连忙起身说：“莲姑妈，我们要走啦，菊妹子，好好照顾她。”

“嗯，我知道。”菊妹子突然泪花盈盈，说，“志武哥，早点回来。”

向志武深情地看了她一眼，拉着萧志辰，说：“志辰，有情况，我们快走。”说着，跟莲姑妈道了别。

菊妹子划船送他们到对岸，萧志辰突然叫住她：“菊妹子，你把这交给她。”说着，从腰间抽出那把别致的小手枪，递给菊妹子。菊妹子接过手枪，问：“我怎么跟她说？”萧志辰摆了摆手，说：“她会明白的。”

菊妹子还想问，他们已消失在竹林中。

比起他们经受的苦难，我欧阳星算什么呢，他们的爱情，那才是惊天地泣鬼神啊。此刻，她才真正明白了什么样的爱情才是高尚的圣洁的。

第二天上午，欧阳星醒了。

她睁开眼睛看了看，阳光从窗外投射在白粉的墙上，竹梢的剪影在轻轻摆动，一对蝴蝶翻飞着翅膀跳着轻柔的舞，极像一幅写意的水墨画。她又眯上眼，回味着梦里的幸福，她梦到了哥哥，哥哥牵着她欢快地穿过草丛，就像刚刚看到的这对蝴蝶……

叽叽喳喳的鸟叫声又把她从梦境里唤醒回来，她侧头望去，一只黄色的小鸟在窗台上跳跃。她试图坐起，一阵疼痛又不得不让自己躺下。她睁开眼搜索周围陌生的景象，拼命地回忆与拼凑这几天的记忆碎片。记得是在衡阳被炮火的气浪掀到河里，又爬上了木板……后来呢，后来就梦到了志辰哥哥。

这是哪里呢？

就在她迷蒙的时候，莲姑妈进来了。见她醒了，慈祥地笑着来到床前，柔柔地抚摸着她的额头，说："终于醒了。"然后朝外喊了一声："菊妹子，把鱼汤端进来！"

"好咧！"随着一阵清风，菊妹子端着一碗鱼汤进来了。菊妹子坐在床头，拿着勺子来喂。欧阳星不知所措，条件反射地别开脸。

"妈，她还怕丑呢！"菊妹子笑着说。

莲姑妈也笑着说："妹子，别装了，我们知道你是女扮男装呢。"

欧阳星脸唰地红了，她张着嘴喝了几口鱼汤，气力就上来了。她问："阿姨，是你们救了我吗？这是哪里呢？"

莲姑妈说："你昏迷了三天啦。要不是菊妹子把你拉上岸，还不知道要漂到哪里呢。"

"谢谢！"欧阳星听了十分感动，但她又无法动弹，只能连声说谢，泪水顺着眼角流了出来。

喝了半碗鱼汤，又喂了几片鱼片，欧阳星的脸上渐渐有了血色。莲姑妈说："妹子，你睡吧，伤得这么重，千万不能动呀。"说着，就和菊妹子退了出去。

过了十多天，在她们母女俩的精心照料下，欧阳星手臂上的伤不痛了，只是手还抬不起。脚上重新绷了木板，也能下地在房间里走动了，又恢复女儿身，心情便舒畅起来。

十多天来，莲姑妈一直没有问过她的姓名和她的经历，生怕影响她身体的恢复。这天上午，莲姑妈见她精神很好，就和菊妹子扶着她来到竹荫里走走。走了一阵后，欧阳星有点累了，便依着竹篱笆坐了下来。

莲姑妈帮她擦了擦额上的汗水，问："妹子，你叫什么名字，哪里人？能告诉阿姨吗？"

"阿姨！"欧阳星深情地叫了一声，说，"你是我的救命恩人，你的大恩大德我怕是一辈子都难报答，能不告诉你吗？"

"我叫欧阳星，家在南岳丝竹园。"欧阳星一边流着泪，一边把她如何加入救亡青年服务团，如何逃难，如何认识萧志辰，如何女扮男装来找萧志辰的过程都说了。

菊妹子听完后哇地大哭起来，捂着脸跑开了。

欧阳星泪眼婆娑地看着莲姑妈，问：“阿姨，菊姐姐她怎么啦？”

“触景生情吧，随她。”莲姑妈一把把欧阳星抱在怀里，说，“想不到这世上还有你这么痴情的女人，星儿，苦了你啦！”说完，也是泪流满面。

不一会，菊妹子过来了。她从怀里拿出那把小手枪递给欧阳星。欧阳星接过枪，惊异地看着她：“菊姐姐，你这是？”

此时，菊妹子已哭得说不出话来，她背过脸去，扶着竹竿抽泣着。

莲姑妈叹息一声，说：“菊妹子泪眼浅，被你们感动了。星儿。”莲姑妈继续说：“这把手枪就是你志辰哥哥送你的呀！”

欧阳星惊讶地看着莲姑妈又瞧瞧菊妹子，问：“你们见到我哥啦？”

“见到啦，那天夜里他来了，还在你床边陪了半夜呢。”莲姑妈把萧志辰和向志武来的那晚的事告诉了她。

“他怎么不等我醒来呢？你怎么不叫醒我啊！哥——”

欧阳星痛哭起来。哭声感染着菊妹子，菊妹子也想到了向志武，想到了在这战火纷飞的岁月，相爱的人却不能相守！一时悲从心起，抱着欧阳星大哭起来。

自那以后，欧阳星的心情又开始阴郁起来。浓烈的思念和无法行走的伤痛折磨着她，经常一个人独自伤神，悄悄落泪。

莲姑妈和菊妹子看在眼里却急在心里。

一天夜里，菊妹子看到欧阳星心情不错，拿着一张照片给她看，这是一张发黄的黑白照片，一对年轻的夫妻抱着一名婴儿，应该是他们的孩子，欧阳星想。她对菊妹子说：“这是全家福吧。”

“嗯！”菊妹子答应一声，指着中间的婴儿说：“这是我，两边是爹和娘。”

欧阳星仔细看照片，照片中的妈妈明显不是莲姑妈。她惊讶地看着她，半天都没回过神来：“菊姐姐，你是不是？”

菊妹子摇了摇头，眼角也溢满泪水。

她告诉欧阳星，她的爹娘都是红军，十六年前，他们在这一带打游击，几经周折来到衡山。有一次被敌人包围了，她娘受了重伤，为了不拖累她爹，就跳岩自杀了。她爹突围出来后，就把菊妹子托付给了莲姑妈，又带着队伍走了。莲姑妈也是地下党员，当时已准备结婚了，为抚养菊妹子，她主动解除了婚约，断然拒绝了男方的苦苦挽留，带着菊妹子住到了斗米洲。菊妹子当年才三岁，一晃就是十九岁了。

菊妹子流着泪说：“星妹妹，妈妈她未婚夫也是终生未娶呀！”

欧阳星听了菊妹子讲的这个离奇故事，大为震惊。夜里，她躺在床上怎么也睡不着。比起他们经受的苦难，我欧阳星算什么呢？他们的爱情，那才是惊天地泣鬼神啊。她觉得自己是多么的自私，为追求爱情不顾一切，甚至生死。此刻，她才真正明白了什么样的爱情才是高尚的圣洁的。

她又拿出那把小手枪轻轻抚摸。她已经明白了志辰哥的良苦用心了。想到这些，她怎么也睡不着觉，便起身悄悄地来到莲姑妈床前。

莲姑妈还没睡，正在灯下做着针线活，见欧阳星来了，便问：“星儿，你怎么还不睡？”

欧阳星把她手里针线抢过来放在桌子上，依偎在她怀里，说：“阿姨，你太伟大了。”

“傻妹子，你乱讲什么呀？”

“阿姨，菊姐姐把你的事都告诉我了。”

“这个菊妹子，唉！越来越不懂事了。”

“阿姨，我是不是太自私了？”欧阳星想说，你们为了信仰，为了诺言，宁愿牺牲爱情，而她自己却为了爱情而不顾一切。莲姑妈打断了她的话，语气沉重地说：“我们那样做，还不是为了能让你们享受爱情的幸福？爱情本来就是自私的，但是，有时候，不得不作出痛苦的选择啊。”

“阿姨，我懂了，不把日本鬼子赶走，我们哪有幸福的生活？更谈不上爱情了。”欧阳星搂着莲姑妈的脖子，抽抽搭搭地哭了起来。

“懂了就好！只是苦了你们呀！”莲姑妈轻轻地拍着她的背，叹息着。

第十八章　突出危城

三百多民工困在城里，情况十分危急。刘仲生主动向守军提出要求，由他率民工突出重围。

那夜，向志武和萧志辰匆匆离开斗米洲，来到竹林里与队员们会合。雷云带来了上级的紧急命令，要求他们赶到衡阳，接应民工出城。

雷云对向志武说，衡阳的形势越来越恶化，还有数百民工被困在城内，守军要求我们协助把民工撤出来。

萧志辰心急如焚。数百民工也包括小河里的乡亲！他对向志武说："志武哥，情况紧急，你们先动身，我带人随后就来。"说完，就带着旷运良他们火急火燎地跑起来。

衡阳守军已苦苦坚守了一个多月，统帅部天天说援军明天到达，援军就是进不来。日军已遗尸数万，仍在拼命进攻，每处阵地都必须经数次甚至几十次失而复得、得而复失的反复争夺，直至守军全部牺牲，才被日军占领。至7月底，守军阵地收缩至以中国银行为中心的核心地带，能上阵杀敌者已不过千人，弹药也严重不足。到了这个时刻，守军不得不作最坏的打算。

刘仲生退入城里后，仍带领民工在易赖街、西湖公园一带协助守军作战。在地下党和当地进步人士的帮助下，民工已大部分撤出城外，至八月初，还剩下三百余民工困在城内。

此时，衡阳的战况已经开始恶化。守军虽然仍在顽强抵抗，但伤亡巨大，完全是凭着坚强的意志和不怕死的精神在支撑。

周全忠从湘江东岸退入西岸后，已与刘仲生合在一处。

攻城的日军已改变了进攻方法，不再是等补充完成后发起强攻，而是不分昼夜步步推进。这样双方都很疲惫，到了后来，日军围困出现了松懈，已有小股守军杀出了包围圈。

这一情况已被刘仲生他们掌握。刘仲生主动向守军提出要求，由他率民工突出重围。三百多民工困在城里，情况十分危急。守军同意了刘仲生的请求，为了确保民工能够安全撤出，特意派藏振汉率半个连前来护送。

8 月 2 日晚上，又是一个漆黑的夜。

刘仲生、周全忠、藏振汉等人在回雁峰的一处山岩下研究撤退方案。

当时，日军在西南、西北和北面布下重兵，围得水泄不通，守军也曾试图从这几个方向杀出重围，却被日军顶了回来。

藏振汉提出从草桥上过蒸水往北撤，他说："我带人在前面杀开一条血路，你们带民工跟在后面。只要能冲出去，上山就安全了。"

刘仲生不同意。他认为有两个不确定因素，一是草桥防守严密，不一定攻得下来，即使冲了过去，前面还有虎形山和长岭，那里都是日军的重要屯兵和补给基地。如果困在那里，必遭全军覆没。二是城外没有接应，联系游击队已经来不及，他说："这么多人突围，责任重大，不可侥幸。"

周全忠的意见是，经湘江东岸撤退。他说："日军已经非常疲惫，他们的重点是包围中心城区的核心阵地。我已经侦察过了，炸断的浮桥被鬼子修好了，但守军不多。东岸至凤凰山一带，纵深几十里，鬼子也只在重要据点布防。看来，敌人在东线的防守比较松懈。”他看了看夜空，继续说：“天上已经起云了，午夜必有雨至。我们趁下雨悄悄过桥。不到天亮即可冲出包围圈。”

藏振汉略沉思了一下，说：“湘江东岸至凤凰山，几十里纵深，天又黑路又不熟，万一撞上鬼子怎么办？”

周全忠说：“这个我已有了安排。过了河就会有人带路。也通知了四方山和凤凰山的游击队前来接应，估计他们早到那里了。”

藏振汉没再说什么，他把目光投向刘仲生。

刘仲生来回走了几步，说：“周参谋的方案不错，布置也周到，关键是过湘江，这么多人，怎么能保证不让鬼子发现？而且，必须确保万无一失！”

刘仲生接着说：“这样行不行，先派人把守桥的鬼子干掉，守住桥头，掩护民工过桥。但有一点，千万不能开枪！”他对藏振汉说：“藏营长，这件事请你安排，如果能夺下湘江浮桥，我们今夜就走，如果夺桥失手，我们另想办法。”

“行！一定完成任务！”藏振汉行了个军礼，快步走了。

就是这几个小时，他们带着三百民工冲出了鬼子的包围圈。藏振汉感慨地说："过去我搞不明白的道理，这一晚上我全明白了。"

藏振汉来到驻地，找到连长邓科。邓科是黄埔十六期生，他本来是学情报的，后来战场需要，就成了带兵的连长。他听了营长布置的任务后，提出了自己的想法。他说："我带人化装成日军巡逻队，到桥上伺机行动。鬼子以为我军要突围也只能在西南西北，必定不会想到我们从东面突出去。"

藏振汉说："这个办法不错，如有会日语的更好！"

邓科笑着说："营长，我在情报科学的就是日语。"

藏振汉高兴地砸了他一拳，说："好小子，我放心啦。"

邓科敬了个礼，准备去了。

藏振汉望着邓科的背影，突然又有了新的想法，便快步来到回雁峰找到刘仲生和周全忠。他说："邓科连长已化装成日军巡逻队去行动了。我有一个想法，跟你们商量。"看了看他们俩，继续说："我们过了桥后，仍由邓科化装成日军巡逻队打前阵，一路搜索前进，万一遇到鬼子即可随机应急。我断后，行不？"

两人听了眼里露出希望的光来。

刘仲生说："藏营长想得周到，今晚我们必能冲出去！"

周全忠也点了点头，说："我这就去组织民工，做好准备。"

接近午夜，果然变了天。一阵狂风刮过来，掀起沙尘、树枝和碎瓦片到处乱飞，刮得人的眼睛都睁不开，不一会，豆大的雨点落下来，狂风卷着急雨扑打在地上，腾起滚滚灰尘，风一扫，漫天乱舞，一片混沌，伸手不见五指。

邓科带着化装成日军巡逻队的十五个弟兄，冒着风雨来到了湘江浮桥边。

日军一向骄狂，他们认为守军已近覆灭，没有什么战斗力，更不会冒险向东，防守并不很严，加上突然来了狂风暴雨，守桥的鬼子已缩在工事里不出来。当邓科他们上了桥，才探出头来喝问口令。

邓科当作没听见，冲上去甩手就是一巴掌，用日语喝道："口令！"鬼子连忙立正，答道："黄土！"邓科大声呵斥鬼子没有履行职责。领头的军曹见是巡逻的长官，毫不怀疑，当即低头认错，其他几个鬼子也立正站起来。

邓科朝雨中招了招手，几条黑影闪进来，不到一分钟，六个鬼子全部消灭。邓科打了一声呼哨，又率"巡逻队"过了浮桥。

走到桥头，值班的鬼子举枪大叫："口令！"

邓科答道："黄土！"

对方回答："白雪！"

等鬼子把枪放下来，邓科走上前行了个军礼，用日语叽里哇啦说了一通，鬼子便领他进了工事。工事里漆黑一团，邓科用手电筒照了照，只见七八个鬼子蜷缩在工事里打瞌睡。邓科大喝一声，叫鬼子起来。鬼子摸不清情况，黑暗里见有人叫他们起来，连忙起身站成一排。这时，风雨更狂。邓科打着手电特意一个一个地照了一遍。其实，他是把鬼子的位置告诉工事外的战友。电筒一关，战友们乘一阵狂风扑进来，只听到几声惨叫，鬼子都倒在工事里了。

邓科他们干掉了守桥的鬼子后，藏振汉立即率队贴了上来，占据了桥头工事。刘仲生和周全忠迅速带着民工冲过了浮桥，过了桥后，周全忠叫刘仲生把民工带到河堤下的背风处待命，自己迎着风雨走了。大约过了十几分钟，周全忠领着两个人回来了。他对刘仲生说："老刘，这是老王和老李，他们是本地人，路熟，由他们领着我们出去。"

"好！辛苦你们。"刘仲生分别与他们握了握手，问，"情况怎么样？"

"我们都是党员，你放心。"老王说，"这一路我们侦察过了，绕远一点，就能避开鬼子据点。今夜这么大的风雨，鬼子巡逻队也不会出来，你们跟紧就是。"

刘仲生把邓科拉过来介绍说："这是邓连长，他化装成鬼子巡逻队打前阵，你们看谁跟邓连长走前面？"

老李忙说："我跟邓连长走前面，赶快出发吧！"

邓科见老李戴着斗笠，便把他的斗笠摘了，取了自己的雨衣帮他穿上。说："老李，如果碰到鬼子，你就躲到后面，千万别让鬼子认出来。"说完，就带着"巡逻队"跟着老李出发了。

过了半个钟头，刘仲生对藏振汉说："藏营长，你带人跟在我们后面，天这么黑，千万跟紧了。"两人握了握手，就分别走开了。

老李带着邓科的"巡逻队"，在风雨中摸索前进，每到一个岔路口，都会有一个人指引，如果是接近鬼子据点的路段，总有人从黑暗中走出来向老李提供情况，或是打着暗号，他们走走停停，左绕右拐，一路上没有遇到一个鬼子。

这场雨下了几个小时，到天刚微亮时才停下来。也就是这几个小时，刘仲生他们率着三百多民工冲出了鬼子的包围圈。他们穿过一片竹林，爬上一道山梁，碰到前来接应的向志武。

向志武已经在这里埋伏了两天两夜，当见到刘仲生和周全忠时，差点哭出声来。

藏振汉从队伍后面赶上来，与向志武见了面。他感慨地说："过去我搞不明白的道理，这一晚上我全明白了。"

民工们在风雨中一路疾走，神经高度紧张，现在遇到了接应的游击队，心口憋紧的那口气一下子就松了。大家一屁股坐在泥水里，呻吟声、喘息声响成一片。向志武见状连忙对刘仲生说："老刘，这里离鬼子据点太近，不能停留，快走吧，志辰还在前面等呢。"

刘仲生一听又紧张起来，忙招呼大家起来。但是，大家实在太累了，竟然坐着不动，有的甚至躺下了。

刘仲生站到高处的一块石头上，提高嗓门大声说："乡亲们！弟兄们，我们终于冲出了鬼子的包围圈啦！我知道大家很辛苦，很累，但是，我们还没有摆脱危险，鬼子的据点离这不远，说来就来。"他指着云雾蒸腾的高山说："那里是凤凰山，我们只有到了那里才算安全。乡亲们，弟兄们，我们再加把劲，到了山上再休息。"

藏振汉对手下的弟兄大喊："集合！"

邓科和战友们齐刷刷地站在他面前，藏振汉说："弟兄们，我们给民工兄弟带个头，起步，走——"

民工们也一个个从地上爬起来，跟上队伍迈开了步子。

萧志辰就在下一个山口等着，过了这个山口就是凤凰山了。

他站在路边注视着过来的队伍。国军过去后，就是民工。这是一群经历了战火炙烤和生死倾轧的人。他们衣服褴褛，有的甚至衣不遮体；他们满脸疲惫却无半点悲戚，有的人脸上甚至还存留着没有洗去的血迹，但透着的是刚强和坚定。萧志辰与他们一一对视。他在寻找熟悉的面孔，但是，人过去了一大半，竟没有看到一个小河里的人。他的心跳怦怦地加快了速度。

这时，终于有一个熟悉的身影从队伍中跑过来。他迎上前一把抱住。

“志发！”他把萧志发紧紧地抱起，泪水止不住流了出来。

“哥——”萧志发趴在他肩上痛哭失声。

萧志宏、谭清泉、萧文水等人都过来了。突围出来的小河里的乡亲们也围了上来。他们呼兄唤弟，一个个相拥而泣。萧志辰松开弟弟，朝乡亲们望去，他扫了一眼，只有四五十人。随他出征的六百多乡亲，竟然只回来四五十个！巨大的悲伤像刀一样从心口划过，他感觉喉头一甜，连忙转头朝路边一吐，喷出了一口鲜血。他按住胸口，忍住悲痛，强作笑意地跟乡亲们打招呼。这一幕已被赶过来的刘仲生看到了。他奔过来一把抱住萧志辰，深情地叫了一声：“志辰兄弟！”萧志辰强忍住泪水，使劲地砸打着他的肩背。

过了一会，周全忠和藏振汉到了。分别不到一个月，却恍如隔世呀!

周全忠盯着萧志辰的脸，似乎是在寻找着什么。经过一个来月的战火洗礼，萧志辰的脸上有了沧桑，过去的稚气已经找不到了。周全忠问了一下武装分队的情况，萧志辰一一作了回答。周全忠说：“志辰，你把队伍带出来，付出的牺牲是值得的。事实证明，组织上当时确实没有看错你！”

过了山口以后，队伍开始上山。许家冲周边的几个村的村民都赶了过来。他们热情地帮着背东西，遇到伤的病的，立马就扶到背上背着走，妇女和老人则在路边递茶送水，把熟红薯和米饭团塞到他们手里。

到了许家冲，乡亲们又把他们接到自己家里，安排洗脸擦澡，吃喝休息。

刘仲生喝道："第十军伤亡逾万，一万多民工也有一半倒在阵地上。你还要带着弟兄们去送死，是嫌死的人不够吗？"

晚上，刘仲生、周全忠、萧志辰、向志武等人聚在许柏林家，大家议论着这次突围的事，一边感慨，一边叹息。

这时，藏振汉领着邓科进来了。他一进屋就激动地说："各位兄弟，谢谢你们的照顾，我和弟兄们告辞了。"

刘仲生站起来，问："藏营长，你这么急要走，发生了什么事？"

藏振汉说："第十军的弟兄们还在固守，我要赶回衡阳归建。"

周全忠忙说："藏营长，衡阳已经十分危急，一旦城破，玉石俱焚。你们好不容易冲出来了，再杀回去，徒增牺牲而已，不要冲动。"

"军人以服从为天职！"藏振汉说，"我们任务已经完成了，必须归建复命！"

刘仲生说："藏营长，你出来时，军部只要求护送民工出城，并没有要求你归建复命，你难道不明白军部的良苦用心吗？"

藏振汉一听更加激动了，他涨红了脸大声嚷道："我生是十军的兵，死是十军的魂，死也要死在守衡阳的阵地上！"

刘仲生也激动起来，"啪"地一掌击在桌子上，喝道："藏振汉，你好糊涂！"

这一声断喝，震住了藏振汉。他张着口没有出声，其他人也惊讶地瞪着眼。

刘仲生缓了一下口气，说：“一个多月来，你们第十军伤亡逾万，我们一万多民工也有一半倒在阵地上。你还要带着弟兄们去送死，是嫌死的人不够吗？”

他走到萧志辰面前，拍了拍萧志辰的肩，说：“小河里村的乡亲进衡阳时是六百多人，回来的不到五十人。军部安排你护送民工出来，是想为今后抗战留点种子呀！你明白吗？”

“我们出来的每一个人，无论是军人还是民工，生命都是宝贵的，我们要珍惜，不可轻言牺牲！”

藏振汉听着听着，哇的一声哭了起来。他说：“一想到那些出生入死的弟兄，他们一个个死在战场上，我心痛啊。”

“藏营长，想到牺牲的弟兄，谁不心痛呢？”刘仲生继续说，“当国家和民族需要我们献出生命时，我们决不退缩！同样，当国家和民族需要我们活着时，我们一定要坚持，再难再苦也要挺住！”

“也许，衡阳会被鬼子占领，但弟兄们的血不会白流！活着的人要拿起枪跟鬼子继续干，直至消灭他们。”

刘仲生说完，一拳砸在桌子上。

一时间，在座的都没吭声。

“老刘说得有道理，营长，你要三思呀！”邓科打破沉默，对藏振汉说。

藏振汉抬头看了看邓科，没有说话。

萧志辰对他说：“藏营长，军部让你们冲出来，也是想为第十军留点种子呀！你要冷静！”

周全忠说：“去衡阳归建这条路行不通。鬼子层层阻击，你们几十个人怎么过去？请藏营长三思。”

刘仲生说：“藏营长，除了衡阳，其他的去向你就没有想过吗？”

向志武说：“对！藏营长，如果你愿意在后方打游击，凤凰山和四方山就是你们的家。”

刘仲生接着说：“凤凰山往东即是第九战区独立师的防区，你也可以投靠友军，同样可以在战场上杀鬼子！”

藏振汉沉吟了片刻，说：“各位兄弟，我藏某是黄埔出身，自加入国民革命军后，从未有过二心，请诸位理解。”

刘仲生笑着说：“藏营长不要多心，只要是打鬼子，我们就是兄弟！无论在哪里都一样。”他对萧志辰说：“志辰，你明天送藏营长去独立师防区。”

“我今夜就走。”藏营长说，“老刘，各位兄弟，希望你们理解我此刻的心情。”

当晚，萧志辰就把藏振汉他们送到了凤凰山东麓的独立师防区。

临别时，藏振汉对萧志辰说：“志辰兄弟，你少年有为，共产党有你这样的人才，是贵党的福气啊！”

萧志辰笑了笑。他突然想起向志武那晚在斗米洲说的那番话，便回道：“藏营长，你误会了，我怎么会是共产党呢？我是衡阳抗战后援会武装分队队长，你忘了吗？”

“呵！”藏振汉怔了一下，“志辰兄弟，后会有期。”

两人互道珍重，告辞走了。

萧志辰将钟安国护送至独立师防区。钟安国说："小兄弟，你是带兵的人才，无论在哪里都能大显身手。"

萧志辰在返回途中，遇到了新的情况。

为了赶时间，萧志辰没有走凤凰山山顶的小路，而是沿着大路疾走。大路是一条鬼子加宽的简易公路，因为破坏严重，加上运输队中了几次埋伏，鬼子便放弃了这条补给线，因此，近几天没有发现鬼子在这一带活动。

过了午夜，他们来到了一个叫三樟坳的地方。

三樟坳是一个偏僻的山坳，前后十几里荒无人烟，因坳上长着三棵百年古樟树而得名。他们从古樟树下经过时，发现一个人影在樟树后面一闪又躲起来。萧志辰警觉地往路边一跳，叫两个队员从古樟后面包抄过去。

不一会，两个队员把人带了过来。

萧志辰上前一看，是一个穿着国军军官服装的年轻人。虽然被枪顶着，但神态自若，并没有胆怯的样子。

萧志辰问他："你一个国军军官，深更半夜怎么会在这里，还躲躲藏藏？"

年轻军官不慌不忙地反问道："你们是干什么的？拦路打劫吗？是游击队，还是土匪？"

萧志辰见他说话的语气硬邦邦的，猜他不是普通人，便作了自我介绍，又说："你不要误会，非常时期，不得不提高警惕。"

年轻军官听了后，“啪”地行了一个军礼，说：“敝人高升，独立师师部参谋。”他把手放下后，走上前握住萧志辰的手，急切地说：“萧队长，请你救救我们参谋长。”

“高参谋，你们参谋长怎么啦？”

高升告诉萧志辰，昨天他陪独立师参谋长钟安国到军部开会，返回时遇上鬼子搜索队，警卫班全部战死，钟参谋长身负重伤。高升和一名警卫员掩护参谋长退进了山里。但是，参谋长因伤重已经不能行动。高升便叫警卫员守在参谋长身边，自己把鬼子引开。

高升说：“我把鬼子引开后冲了出来，准备赶到师部搬救兵，在这里遇到你们了。”

萧志辰一听独立师参谋长受伤被困，心中一惊，忙问：“在哪？”

“在前面那座山背后，离这里有十几里。”

“大伙过来！”萧志辰大喊一声。队员们齐刷刷地站在他的面前。这次行动是护送藏营长，他只把谭清泉的小队带过来，一共十二个人。他对队员们说：“这位是国军独立师的高参谋，他们参谋长受伤被困，鬼子正在搜捕，我们要赶过去把他救出来。弟兄们，军情紧急，出发！”

这时天已微亮，因为昨天下了一场雨，山冲里雾气迷漫。萧志辰考虑到情况紧急，便趁着雾浓，沿大路跑步前进，不到一个小时就赶到了。

浓雾还没有散开，他们在山脚下停了下来，萧志辰向高参谋了解了一下情况。高升指着山上雾蒙蒙的一片松树林说：“参谋长就躲在松树林后面山沟里的岩洞里，有一条小路上去。”说着，他低着头往前走了。

萧志辰跟在他后面走了几十米，就看到了那条小路。他对谭清泉说：“清泉大哥，你带几个人埋伏在这里，还有，对面的山包也派人守着。”他又对高升说：“高参谋，等会雾散了鬼子肯定会搜山，现在我们还不知道鬼子有多少人，藏在何处，我们必须抢在雾散之前把参谋长救出来。”

高升说了声好，就带头往山路上走了。大约半个钟头后，他们进了松树林。浓雾里视线很差，十几米外就看不清人影。萧志辰观察了一下地形，见旁边突出了一道山崖，他叫两个队员爬上去，说：“上面视线好些，看得远，要仔细观察，有情况立即发信号。”

他们又往上走了半里来路，穿过松树林，来到一个杂树横生的山沟。

高升向后打了一个停下的手势，学了三声竹鸡叫，浓雾里也回应三声。高升立即拨开杂柴低头钻了进去。

不一会，萧志辰跟着高升来到了一处山岩。

高升轻轻地叫了一声：“参谋长！”

警卫员从岩洞里出来，见高升身后跟着几个人，立即拔出枪来。

高升说：“别误会，他们是来救参谋长的。”

警卫员收了枪，领着萧志辰进了洞。

岩洞不大，只有几米深，仅容两三个人躺下。钟参谋长是大腿受了伤，已经进行了包扎，半躺在地上。见萧志辰他们进来，忙吃力地坐起。不等高升介绍，萧志辰立即行礼说：“衡阳抗战后援会武装分队队长萧志辰，见过长官。”钟参谋长抬手回了一下礼，有气无力地说：“辛苦了！”

“长官，此地不宜久留，我们现在就走。”萧志辰不等钟参谋长把话说完，立即催促队员进来："快！背参谋长下山。"

他们走出岩洞，沿小路下山上了大路。

这时，浓雾在风中慢慢流动，渐渐散开，景物的轮廓开始变得清晰起来。

萧志辰压低声音对大家说："加快速度，不要弄出声音。"

他们快速走了半个钟头,转过一座小山,在一处竹林里停下。

雾已全部散开，初升的太阳钻出云层，把眼前的景物照得格外清晰。

萧志辰爬上路边的一座小山包向四周张望。他发现，刚才救人的山脚下，隐隐约约有几个鬼子正在搜索，已经开始沿小路进山了。好险！如果再晚一点就被鬼子堵在山里了。

他猫着腰走下山对高升说："鬼子开始搜山了，估计过不了多久就会追过来。你赶快带参谋长走，我在这里断后。"他又转过头叫谭清泉："你带两个人打前站，侦察情况。"

谭清泉说声好，带着两个队员转身走了。十几分钟后，高升他们背着参谋长出发了。

萧志辰身边只留下七名队员。他判断，鬼子并不知道他们已把参谋长救了出来，还会在山上搜一阵，等鬼子发现踪迹追过来时,估计是在一两个小时之后了,于是,他又把队伍带到三樟坳。

三樟坳地形复杂，有几条岔路分别通向几道山沟，很容易迷失方向。萧志辰在岔路口停了下来，没有往大路走，而是沿着一条小路拐进了一道山沟。

他要队员们故意在路口和路上弄出痕迹，造成进山逃跑的假象。然后,他们又找到一个狭窄的山口埋伏起来。安排好这些后,他又沿着山沟走了半里路，发现有一道山岩直出三樟坳。他心里一喜，立即返回埋伏阵地。

果然，大约两个钟头后，鬼子追过来了。

萧志辰抬头望去，追来的只有五个鬼子，这应该是鬼子的搜索队，主力还看不到影子，估计远远在后头。萧志辰冷笑一声：“几个人就敢深入腹地，灭了他！”

鬼子在岔路口停下来搜索了一会，即刻就被他们布置的假象迷惑，端着枪往小路来了。

萧志辰叫队员们沉住气，等他的枪一响就打。他告诉队员们：“瞄准了射击，一个不留！”

鬼子快步走了进来。当走到距他们埋伏的山口不到十米远时，萧志辰瞄准最后面的鬼子开了一枪，鬼子扑地倒了。他的枪一响，队员们的枪也响了。砰砰砰一阵枪声过后，其他四个鬼子全部倒在路上。因为小路很窄，鬼子无处可躲，连转身都不方便，队员们射出的子弹全部打在鬼子身上。

队员们跳出来准备去捡鬼子的枪支，被萧志辰叫住，说：“不要打扫战场，鬼子大部队追来后，以为是国军在逃。肯定会沿着小路追进山沟。”说完，他带领队员迅速沿着山岩回到三樟坳大路，一路疾走，赶上了高升他们。见面后，萧志辰和高升交换了一下意见。高升担心参谋长的安危，提出请萧志辰护送至防区。

萧志辰爽快地同意了。他也觉得，既然在那边遇到了鬼子的搜索队，很有可能鬼子已经深入凤凰山腹地，万一再遭遇鬼子，他们三个人是无论如何都难逃厄运的。

萧志辰仍按之前安排的队形，分三批依次而行。直到下午，终于进入了独立师防区。

临别时，钟安国把萧志辰叫到面前，说：“萧兄弟，谢谢你们救了我的命，还麻烦你一路护送，大恩大德容我日后报答。”他叫警卫员扶他坐起，继续说：“如果不嫌庙小，可否到我独立师来，我跟师长去说，先让老弟当个连长。”

萧志辰笑着对钟安国说：“谢谢长官厚爱。不是我萧志辰不领情，我们武装分队隶属衡阳抗战后援会，如果见了高枝就攀，有失道义，请长官理解。”

钟安国点点头，说：“小兄弟，你是带兵的人才，无论在哪里都能大显身手。”他从怀里抽出一把精致的短剑递给萧志辰，说：“这是我心爱之物，已随我多年，今日送与老弟，留作纪念吧！”

萧志辰接过短剑，恭恭敬敬地收起来，说：“长官赠剑，是勉励志辰杀敌报国，我收下了，一定不负厚望。”

萧志辰准备转身走时，突然又想起一件事，忙对钟安国说：“长官，我有一位好兄弟，是第十军的一名营长，叫藏振汉，刚从鬼子的包围圈里杀出来，正要来投奔贵师。藏营长是位英雄，望长官周全。”

“好，我记下了！”

“长官保重！”萧志辰行了一个军礼，带着队伍离开了独立师防区。

萧志辰归心似箭，考虑到大路已有日军活动，便绕小路穿过凤凰山顶，一路疾奔，赶到许家冲时已是半夜。

而此时，民工已经下山回家，刘仲生也带着小河里幸存的四十多名乡亲回到了小河里。

萧志辰望着浩瀚的星空，怅然若失。

第十九章　孤城遗恨

警卫排长周力也大叫：“团座，我们冲出去，你带着我们继续打鬼子，独立团的旗子不能倒！”文吉咬了咬牙，狠狠地把枪一挥：“走！”

8 月 7 日，衡阳守军阵地大部分失守，仅有第十军指挥部周边两平方公里仍掌握在守军手里。至下午，日军攻入城中。守军顽强抵抗，逐屋逐巷反复争夺，直至全部战死才能被日军占领。全城房屋仅存中国银行等三栋房屋尚完整，其他均被炸塌或焚毁。

但是，援军在衡阳外围与日军拼杀，有的已抵近城郊，就是攻不进来。

苦战一个半月，第十军一万八千官兵，阵亡六千，伤者近万，一万二千多民工也牺牲近半！

一个半月来，城外援军无望，城内补给不济，守城的官兵和民工完全是凭着坚强的意志在支撑。特别是民工，他们是用血肉之躯在抵抗。

衡阳，这片热土上，正演绎着旷古未有的惨烈与悲壮。

文吉从虎形山退入城中后，师长命令他率部夺回草桥。师长跟他说，草桥是第十军的最后退路，如果援军攻不进来，第十军只有通过草桥才能突围。因此，师长下了死命令，哪怕战至最后一人，也要把草桥夺回来！

当时，草桥已被鬼子占领。文吉接到命令后于8月6日深夜，突然向日军发起反击。日军没有提防，经过一个多小时血战，独立团把日军赶出了草桥阵地。文吉当即命令赶修工事，并向北面展开，加强防御纵深。

天亮后，鬼子进行反扑，连续进攻六次，至晚上，阵地再度失守。

8月7日凌晨，文吉率部向鬼子发起冲击，战至上午，阵地再一次回到自己手中。

但是，到了下午，鬼子已经攻入城中，已嵌入独立团腹背，切断了独立团与师部阵地的通道。

文吉组织了几次攻击，试图打开通道，终因兵力不足，没有达到目的。文吉只好退守桥头阵地，至深夜再寻找机会。

过了午夜，文吉趁鬼子疲惫，亲率警卫排十余人杀入城中，一路赶到了中国银行第十军指挥部。

此时，军部的参谋们正在烧毁文件，几位师长也在指挥部。

文吉向师长报告了草桥的情况，师长觉得突围有望，立即报告了军长。军长没有采纳突围的建议，统帅部没有下达弃城突围的命令，更不能弃数千伤兵于不顾！文吉见没有结果，便冲进指挥部，向军长报告了自己的想法。

他说："军座，让我率敢死队从城中杀出，对面我独立团的弟兄往城里打，完全可以为突围打开通道。战机稍纵即逝，望军座……"

军长不等文吉把话说完，喝道："你跑到这里来干什么？阵地在哪里就回到哪里去！"

"军座！"文吉还想争取。

“你再不走，将以擅离职守罪，军法处置！”军长瞪着文吉。文吉感觉军长目光极为复杂，他一时无法看出来。师长推了推他，示意他快走。

文吉敬了一个军礼，退出了指挥部，然后率领警卫排又重新从鬼子阵地杀出，回到了草桥北岸阵地。

此时，独立团仅剩二十个人了。

8月8日，守军阵地开始崩溃，有的阵地已举起白旗。

军长曾举枪自杀，被警卫夺下。

有人向军长提出建议：放下武器，停止抵抗。理由是，第十军凭一万八千人，固守孤城四十多天，杀敌已达数万，足以对得起国家和人民。

“不是我们不要国家，是国家不要我们！”

最后，第十军派人与日军进行了谈判，在日军同意第十军提出的“救治伤兵，不承认投降”等条件后，放弃了抵抗。

下午，军部向各防守阵地的官兵发出了放下武器的命令。

但是，许多中、下级军官和士兵没有执行命令。他们据守阵地，直至战死，或弹药耗尽后与鬼子肉搏而亡。

文吉接到放下武器的命令，犹如五雷轰顶。他把命令撕得粉碎，怒道：“我不相信军长会放下武器，一定是汉奸挟持了军长！”他拿起冲锋枪大吼一声：“弟兄们，跟我杀进城去，把军长救出来！”

参谋长田云冲上来一把抱住他，哭着说：“文团长，冷静！”

文吉挣了几下没有挣开，大怒道：“田云，你想干什么？”

“团长！我也不相信啊！但事已至此，我们冲进去也无力回天呀！”田云继续抱住文吉不放，说，“我们就是能杀进去，只是去送死而已。独立团只剩下这几个弟兄了，留点种子吧，团长！”

警卫排长周力也大叫：“团座，我们冲出去，你带着我们继续打鬼子，独立团的旗子不能倒！”

其他弟兄也嚷了起来。

文吉听了，仰天长叹：“不甘心啊！”

田云松开文吉，说：“趁鬼子还没有反应过来，我们冲出去！”见文吉两眼直直地望着城里，没有说话，田云催促道：“团长，不能再犹豫了，下决心吧！”

文吉咬了咬牙，狠狠地把枪一挥：“走！”

日军也收到了停止进攻，接受守军放下武器的命令，围个铁紧的包围圈一下子就松懈下来。趁此机会，文吉率独立团幸存的二十个弟兄，迅速撤出阵地，沿虎形山边沿前进，来到了长岭前沿。

长岭是鬼子进攻衡阳的据点，防守严密。当文吉他们来到前沿时，鬼子当即开枪射击。因为是在突围，他们没有恋战，文吉又带领队伍退回虎形山，从西面的一条河沟穿过，绕过了长岭防线。

刚刚接近岣嵝峰山脚时，侧后突然响起一阵枪声。

文吉叫大家隐蔽在草丛中待命，他和田云登上一个台地向侧后观望。枪声越来越近，只见三个国军士兵在田野间跳跃前进，边打边撤。后面六七个鬼子在追击。

文吉对田云说：“他们应该也是从城里冲出来的兄弟，我们去帮帮他们。”

“好！”田云朝埋伏的弟兄招招手，弟兄们迅速围了过来。文吉弯着腰快速跑过去，弟兄们也跟着上去了。

追兵越来越近，三个国军跳下了一条河沟，不料河沟很深，爬不上来，鬼子趁机封住了河沟两头。

一个胖胖的便衣爬上一块石头，朝河沟大喊：“国军兄弟们，我是衡阳北区区长王才能，你们军长已经放下武器投降了，你们抵抗还有什么用呢？只要投降，皇军优待。”

文吉一听，那团压制了半天的怒火一下就冲上了脑门，他大吼一声：“狗汉奸！去死吧！”抱起一挺机枪，“嗒嗒嗒”一串子弹扫过去，王才能往后栽了下去。旁边的三个鬼子还没有回过神来，已被独立团的弹雨笼罩，全部消灭了。河沟那头的三个鬼子一见这么猛的火力，惊慌地掉头跑了。

不一会，那三个人从河沟里爬出来走到文吉面前。他们虽然穿的军服，但已破烂不堪，污渍满身。一个军官见到文吉，立即立正行礼，大声说：“第十军 190 师三团少尉排长吕范见过长官。”

文吉回了礼，说：“吕排长，好样的！”他以为吕范也是从城里杀出来的，问道：“你们团长仇战呢？出来了吗？”

吕范一脸茫然，便说：“不知道，我正要带兄弟们找团长归建。”

田云一听，原来吕范还不知道衡阳今天发生的事，便说：“吕排长，衡阳已经被鬼子占领了，不要去了，随我们走吧！我们是第十军独立团，刚从衡阳杀出来！”

吕范听了一怔，沉吟一下，说：“长官，仇团长于我有恩，我要去找仇团长。如果他活着，我继续随他打鬼子，如果他死了，我就去为他收尸！望长官成全！”

说完，转身要走。田云见状，便对他说：“吕范兄弟，衡阳已经城破，你去西乡吧，许多弟兄转移到了那里，也许可以找到你们团长。”

“谢谢长官提醒！”吕范敬过军礼，转身离开了。

狂风呼啸着，撕扯着黑云。把黑云撕成了一条条碎片，鞭笞着这片灾难深重的土地……

送走吕范后，田云走到文吉身边，说：“团长，兄弟们跟着你冲出来了，下一步如何走，你有什么打算？”

文吉沉思了一刻，把田云拉过一边，说：“田云，你有什么想法就直说。”他见田云欲言又止，便加重了语气：“我们出生入死这么多年，还有什么顾虑吗？”

田云说：“你有没有想过另谋出路？”

文吉盯着他的眼睛，表情惊诧而迷茫。

田云继续说：“第十军没了，我们就成了没有爹娘的孤儿。轻则会被遗弃，重则可能当替罪羊。这样的例子不是没有过。团长，你要为兄弟们的前途着想啊！”

“回不去，就上山打游击！”文吉叹了口气。

“有没有想过找刘仲生？”田云试探地问。

文吉惊讶地看着田云，没有回答。

田云从口袋里掏出一封信递给他。文吉抽出信纸打开一看，几行字赫然醒目：衡阳之城可破，抗战之城不可倒！

“说得好！”文吉大叫一声。

他把信封折好收到衣袋里，问：“哪来的？”

田云说：“是刘仲生临走时托我转交的，他早就知道会有今天。他说，衡阳一旦城破，千万不可恋战，要想办法把队伍带出去，保存力量继续打鬼子。”

文吉坚定地说：“好！老刘说得对，我们去找他，合在一块打游击！”

田云激动地说：“团长，刘仲生临走时对我说，如果你去找他，就上岣嵝峰。”

文吉把衣袖上的臂章撕下来拿在手里，紧紧盯了几秒钟，又将臂章折好，塞进上衣口袋拍了拍。回转身来，扫视了一下大家，说：“弟兄们，独立团两千弟兄，跟着我文吉出生入死，现在只剩下二十个人了。”他拉过田云继续说：“我和参谋长从军十几年，每战必拼死向前，从来没有想过能活着走下战场，今天是这个结果，不甘心啊！”

他停了一下，继续说：“不是我们怕死，不是独立团的弟兄不勇敢！”说到这里，文吉声音嘶哑了。“就这样放下武器，几千弟兄不是白死了吗？怎么对得起与我们出生入死的衡阳民众啊！”

田云举起手，大声说：“弟兄们，我们第十军的荣誉是什么？”

“泰山军！”兄弟们齐声喊道。

田云又问：“泰山军的口号是什么？”

“不怕牺牲，有我无敌！”兄弟们又喊道。

“好！弟兄们！”文吉说，“第十军不存在了，但泰山军的军魂不会死，我要带你们去一个新的地方，把我们的军魂发扬光大！”

田云撕下臂章收起，战士们也收好了臂章。他对大家说：“弟兄们，团长要带我们去一个新的地方，继续打鬼子，好不好？”

大家齐声说：“好！”

周力似乎明白什么。他说：“团长，不管你去哪里，我周力跟定了，决无二心。”

“只要是打鬼子，我们跟团长干！”

“团长，我们跟你干到底！”

……

“好，我们上山！”说完，文吉和田云带着队伍沿着一条小路向岣嵝峰进发。

傍晚时分，他们登上一个山崖。

这时，一幕黑云从天边漫过来，刹那间就布满天空，光线暗了下来。突然，红光一闪，西边的天幕被撕开一条血红的口子，夕阳像一块烧红的铁板从黑云的背后射出耀眼的红光，大地像洒满了一层血雾！一阵狂风扫过，发出呜呜的怪啸，漫天的黑云翻滚着，扑面而来……

文吉站在山崖边，突然大叫一声，往后一仰倒在地上。

“团长！”周力扑上去抱住文吉，文吉紧闭双眼一动不动。周力大声喊道：“参谋长，团长昏过去了！”

田云跑过来叫了几声，文吉毫无反应。周力指着文吉的腰间说：“参谋长，团长受伤了！”

田云掀开文吉的衣服，文吉的腰间渗着血迹。他对周力说：“老伤迸裂，问题不大。团长是急火攻心，你快安排人弄个担架，担团长上山。”

刚刚把团长弄上担架，狂风卷着豆大的雨点洒了下来。

狂风呼啸着，撕扯着黑云，把黑云撕成了一条条碎片，鞭笞着这片灾难深重的土地……

这场雨，一直在狂风中倾泻。

田云领着弟兄们，抬着文吉冒着狂风暴雨，在曲折的山路上摸索了一夜，来到了一处背风的断崖。

田云命令大家停下，把文吉抬到石崖下。这里虽然无法挡住狂风的肆虐，但山崖挡住了暴雨。田云对周力说："叫弟兄们休息一下，等雨小了再走。"

狂风裹挟着暴雨，一直没有停歇。

第二天早晨，田云醒了，他起身朝四周看了看，眼前仍是一片迷蒙，狂风刮得楠竹呼呼叫着，时不时传来噼啪的爆裂声。大雨席卷着碎石烂泥，形成一股股山洪冲下山去。

他叫醒周力。周力愣了一下，一骨碌爬起来。这时，文吉低沉地叫了一声："杀！杀呀！"声音不大却如惊雷滚过。周力用手探了一下文吉的头，惊呼一声："团长发烧了！"

周力的惊呼惊醒了弟兄们，他们围了过来。

突然，从雨中冲出一支队伍，用枪对着他们，喝道："什么人？"

田云站起来回道："我们是第十军独立团，你们是什么人？"

一个拿着手枪的汉子大喝一声，说："狗汉奸，投降了鬼子，还有脸到这里来！弟兄们，把他们的枪下了！"

周力听了大怒，举着枪喝道："我们就是不愿意放下武器才冲出来的，你要缴我们的枪，我跟你拼了！"

他话音刚落，独立团的弟兄们都把枪举起来。

田云见状，赶紧拦在周力的前面，说："弟兄们，不要冲动！"

文吉突然坐起，吃力地叫了一声："枪！我的枪！"又昏了过去。

田云对拿手枪的汉子说："他是我们的团长，带我们来找刘仲生，你们是不是游击队？"

"什么事？"大雨中走来一个光头，他看了一下躺在担架上的文吉，问，"你们是从衡阳出来的？"

田云说："昨天从衡阳冲出来的，我是参谋长田云，他是团长文吉，受伤了。"

"我们是南岳佛道抗日大刀队，我是二中队队长廖元。"廖元朝队员喊道，"大家把枪放下，快去报告老刘。"

不一会，刘仲生来了。

"老刘！"田云连忙喊了一声。

刘仲生一惊，忙问："文吉团长呢？"

田云指着担架上的文吉说："昏过去了。"

刘仲生蹲下身轻轻地叫了文吉两声，见文吉没有答应，忙起身对廖元说："快，把文团长抬回去抢救。"他又转头对田云和其他独立团的战士说："弟兄们，到家了！"

这场雨，整整下了三天三夜！

自此，文吉带着独立团幸存的二十名弟兄留在了岣嵝峰，他以此为基础创建了一支新的抗日武装，号称"衡阳岣嵝峰抗日游击队"。

衡阳传来了守军放下武器的消息。宋和尚怒骂不止，抽出大刀在风雨中狂舞。李芳田和呼延春站在风雨中，泪流满面。

“大刀队”在炸毁九龙桥的战斗中，造成了很大损失。包括萧志立和罗猛子，一共牺牲了 12 个人，邬松韵和皮新生都负了伤。

萧志立和罗猛子的牺牲，给宋和尚造成了巨大打击，他连续几天都沉浸在悲伤之中。但是，形势的变化迫使他必须从个人的感情中走出来。

成海云从南岳传来情报，鬼子为了报“炸桥之仇”，新上任的池田少佐在南岳周边的山上进行了严密的搜索，只要有一丝嫌疑即疯狂捕杀，就连外地过往的僧人和道友也不放过。

池田还调整了兵力部署，不再到处分兵，而是集中了一百五十人的搜捕队，机动奔袭，给各地方抗日武装造成了很大打击。马年求的抗日先锋队在九龙泉袭扰时被池田缠住，损失了一半人枪，不得不退入深山。其他各路抗日队伍为了避其锋芒，也减少了活动。

成海云传来的情报提到，池田将于近日进剿妙溪，要他们早作准备。

收到情报后，李芳田、宋和尚、呼延春三个人坐下来进行了研究。他们都认为，现在留在妙溪的兵力只有四十多人枪，还有伤员，不足以与池田对抗，必须尽快转移。

李芳田主张把队伍带到岣嵝峰，向廖元的二中队靠拢。他的理由是，二中队有五十多人，集中起来壮大了力量，而且，那边离西乡不远，可以互相策应，万一情况有变，还能向西乡撤退。

宋和尚的意见是就地隐蔽，他说："妙溪背后是连绵的深山，我们可以利用大山和鬼子周旋，伺机搞他一下。"

呼延春认为退往藏经殿比较好，随时可以袭扰鬼子据点，造成威胁，鬼子一旦进攻，便绕道岳北，跳到外线。

三个人的意见都有道理。此刻，宋和尚想起了萧志立。每到关键时刻，志立都能沉着应对，部署得井然有序。现在，担子由他一肩承担，他感到了沉重的压力。

最后，呼延春放弃了自己的主张。他说："队伍由宋和尚带领撤到道子坪，伤员转移到能仁寺，我和老李负责伤员的安全。这样，既能安全转移，又能机动出击。"

宋和尚看了看李芳田，用目光征询他的意见。

李芳田沉吟了一会，说："春老板这个想法不错，伤员们藏在能仁寺的洞里，鬼子肯定找不到，演真法师也靠得住。"

呼延春补充说："道子坪离能仁寺只有几里路远，一旦有情况，和尚即可率队赶来。"

"这个办法好，就这么办。"宋和尚说，"先安排乡亲们进山，我们随后就转移！"

"好！我们分头准备，明天一早就行动！"

"不，现在就行动！"呼延春说，"池田动作很快，说不定什么时候就来了。"

于是，他们当夜就组织乡亲们转移进山，然后带着伤员于天亮时就到了能仁寺。把伤员安置在能仁寺的洞里后，宋和尚带着队员上了道子坪。

池田果然行动很快，第二天上午就进了妙溪。鬼子搜索了半天毫无收获，便放火烧了几栋房子。

下午，池田带着队伍也来到了能仁寺。

能仁寺出山门一里外有一个叫“大石头”的地方，是一处巨大的石崖，进寺的石板路要从崖下绕过。演真法师特意安排传应、传述师兄弟埋伏在“大石头”放哨，一有情况即发出信号。

池田带着鬼子沿石板路上来，到了“大石头”。传应、传述他们已经做好准备，等鬼子到了崖下，传述朝鬼子队伍扔出了一颗手榴弹。不料是颗哑弹，没炸。传应急忙飞身一跃，跳到路上捡起手榴弹砸向鬼子脑袋。鬼子号叫一声朝他开了一枪，传述也跳下来抱住另一个鬼子摔倒在地上。后面的鬼子连忙开枪射击，传应、传述双双倒在血泊中。

枪声惊动了演真。他迅速带领李芳田、呼延春及众僧人躲进了洞里，封住了洞口。

池田冲进能仁寺，在寺内寺外翻了一遍，没有找到一个人影。他恼羞成怒，在能仁寺里里外外放了几十把火。

这座千年古庙，就这样毁于日寇之手！

面对熊熊燃烧的大火，狡猾的池田心生一计。他把大队人马埋伏在山门外，只留两个人在山口放哨，造成撤退的假象，企图把大刀队引出来救火，然后围而歼之。

但是，鬼子的一举一动都被“大刀队”的侦察员看在眼里。

宋和尚利用这一机会，率领大刀队迅速下山赶到南岳。午夜时分，他们向圣经书院发起突然袭击。圣经书院仅有十几个鬼子留守，又不提防“大刀队”突然袭击，不到一个小时竟被突破。

“大刀队”打死了几名鬼子，又放了一把火点燃了鬼子的给养仓库，然后迅速撤出。

南岳的枪炮响传到了紫盖峰。马年求正憋着一肚子怒火，见有人袭击南岳，立即率队奔袭师古桥据点，炸毁了一辆汽车。隐藏在青峰山的青峰游击队，听到枪声后袭击了衡山补给站，给鬼子造成了一片恐慌。活跃在贺家山和萱洲河一带的成水生游击队，也乘机烧了白露坳的鬼子粮库……

一时间，躲藏在各处的抗日武装闻讯而动，沿长衡公路上百里范围内的十几个据点都受到了袭击。

埋伏在能仁寺山上的池田不知道发生了什么事，惊慌失措地率队下山了。

天亮后，闹了一晚上的枪声停止了。

这一天，正是 8 月 8 日。

晚上，狂风暴雨骤至。

第二天，衡阳传来了守军放下武器的消息。

宋和尚怒骂不止，抽出大刀在风雨中狂舞。

李芳田和呼延春站在风雨中，泪流满面。

举世瞩目的衡阳保卫战，以惨烈的血色开场，却以黯然的灰色落幕。

第二十章　新的征程

我是哪一颗呢？志辰哥哥是哪一颗呢？欧阳星仰望着星空，茫然地探寻着。

江南的秋天是彩色的，大自然之手不经意间打翻了调色盒，颜料在山间流淌，在小溪跃动，在田野渲染。没有一处不令人陶醉，不令人流连忘返。

斗米洲的竹梢有了黄叶，稻田里由深绿变成金黄，沉甸甸的稻穗在微微的秋风中摇动，草虫吟唱着丰收的歌谣。

欧阳星身体已经完全恢复，她又蓄起了齐肩短发，清秀间添了几分飒爽英气。一个多月来，在莲姑妈的引导下，她进步很快，学到了不少知识，尤其是心智，渐渐成熟起来，不再是那个常常泪眼婆娑的冲动女孩了。只是，对萧志辰的思念，常常会像风一样突然在心中环绕，有时又像一颗石子砸在湖心，泛起阵阵涟漪。特别是在深夜，经常会在梦中醒来。她便掏出那把手枪，贴在胸口感受自己的心跳。

三天之前，莲姑妈上岸去参加一个会议。她和菊妹子像一对放飞的小鸟在洲上癫来疯去，把斗米洲也感染了，连吹的风都散发着甜甜的清香。今天傍晚，莲姑妈回来了。

晚饭时，莲姑妈问欧阳星：“星儿，你来洲上多久了？”

“快两个月了，阿姨！”欧阳星回道。

“好快啊！”莲姑妈慢慢地说，“菊妹子，等一会和星儿到我房里来，有话跟你们说。”

两人听了面面相觑。收拾好后，就一起走进了莲姑妈的房间。

莲姑妈把她们拉到床边，一边一个让她们坐着。她深情地抚摸着菊妹子的头发，说：“十六年了，来时才三岁，现在已是大姑娘了。要是在和平年代，菊妹子该做妈妈了。”莲姑妈柔柔地说着，又拉着欧阳星的手，慈祥地笑着说：“星儿也十八岁了吧？”

“嗯！”欧阳星点了点头。

“星儿重情重义，是个好姑娘，要是没有战争，也不至于守在这斗米洲过着孤苦的日子呢！”

欧阳星忙说：“阿姨，我不孤单，有你和菊姐姐，我很幸福！”她那迷惑的眼睛看菊妹子。菊妹子也是一脸茫然。

莲姑妈继续说：“我这次开会呀，给你们带来了好消息呢。”她看了看窗外。窗外已露出微微的星光。

她说：“组织上决定，要选送三个优秀的青年去延安学习，名单上有你们两个。”莲姑妈脸含喜色，说：“看着你们两个有出息，我好高兴啊！”欧阳星和菊妹子听了兴奋地跳了起来，相拥着在房间里转了几圈。

不一会，她们安静下来。欧阳星问：“阿姨，你不是说三个人吗？还有谁？”莲姑妈用手指点了一下她的额头，说：“你哥呀！”欧阳星听了脸涨得通红，低着头不说话了。

莲姑妈说：“你们今晚就走，志辰是后一批，三天后动身。”

菊妹子一脸惆怅，说：“妈，怎么会是三个呢？”

莲姑妈笑着说：“菊妹子，你的心事我知道，志武不能走，四方山游击队离不开他，他还要带着游击队打鬼子呢。”

菊妹子扑在莲姑妈怀里嘤嘤地哭了起来："妈，我舍不得你呀！"

莲姑妈把菊妹子抱在怀里，两眼的泪水像泉水一般流了出来。是啊，怎么舍得呢？十几年的岁月，足以使山河变色，让沧海成桑田。但是，却改变不了这对没有血缘关系的母女情深。从咿呀学语到今天，即将奔赴远方，一幕幕过往在眼前闪过，恍如昨日。母女俩相拥而泣，良久，莲姑妈把菊妹子推开，擦干她的眼泪，爱怜地说："别哭了，以后是革命战士了，要坚强些。"

欧阳星已哭成了泪人。虽然相处不久，但是在心中早已把莲姑妈当作了母亲。莲姑妈拉着她的手说："星儿，你放心吧。你妈那里组织上已有安排。你有文化，又上过战场，不像菊妹子不懂事。虽是你姐，可没你老练，以后要照顾她。"

姐妹俩点了点头。欧阳星拉着菊妹子的手，说："阿姨你放心，菊姐姐永远是我姐。"

"好吧，赶快去收拾收拾，船一来就要出发了。"

欧阳星在房间里收拾行头，拿出那把小手枪轻轻地抚摸着。她憧憬着与萧志辰见面的美好时刻，喜悦在心中一阵阵泛起。此时此刻，她觉得经历的所有苦难和伤痛，都是值得的。

午夜时分，接她们的船来了。

她们告别莲姑妈，登上小船。她们向后回望，莲姑妈伫立在竹荫里，在浅浅的星光下，与斗米洲融为了一体。欧阳星仰望星光。今日是农历八月初五，蛾眉月已落入西山，满天的星星格外明亮。听妈妈说，地上的每一个人，都对应着天上的星星。

我是哪一颗呢？志辰哥哥是哪一颗呢？

她仰望着星空，茫然地探寻着，心里轻轻地发出呼唤："哥！快来吧，我在延安等你！"

连绵的衡山群峰在斑斓的晨雾里跃跃欲飞，耸立云端的祝融峰在朝霞的照耀下，闪动血红色的光芒，像一团巨大的火在燃烧！

萧志辰也接到了赴延安学习的通知。按照组织上的安排，他们武装分队并入四方山游击队，三天后会有人来接他。

他接到通知后兴奋不已。延安，那是多少进步青年向往的圣地呀！

下午，他在四方山与向志武商量好了合并的事宜，趁着夜色赶回了凤凰山。刚进许家冲，谭清泉就匆匆迎出来，对他说："藏振汉来啦。"

萧志辰心头一惊："他这个时候来做什么？"问谭清泉道："他说了什么没有？"

谭清泉说："没有，看样子很高兴！"

萧志辰走进住处。藏振汉着一身新军服，笔挺地站在屋中央。见萧志辰回来了，连忙伸出手爽朗地笑着说："志辰老弟，想得我好苦啊。"

两人握了手，萧志辰问："藏营长，你夜里上山找我，有什么事吗？"

"志辰老弟，我们也是过命的交情啦，不拐弯抹角了。"藏振汉笑着说，"上次你救了独立师参谋长钟安国，对吧？"

萧志辰说："是呀，钟参谋长还好吧？"

藏振汉哈哈笑了两声，说："好着呢，独立师现在扩编成军啦，他是军参谋长啦。老弟，多亏你美言，他们没把我当外人，我现在也是团长了。"

"恭喜恭喜！想不到才分别一个多月，你又高升了。"萧志辰抱拳道贺。

藏振汉又哈哈笑起来，说："老弟，我这次来可是奉了军座的命令来的。"

"老弟！你是个人才，大哥打心里佩服！"藏振汉伸出大拇指，说，"钟参座可是念念不忘啊，多次把你推荐给军座。钟参座说，只要你过去，直接让你当营长，军座担心你年轻资历浅，怕众人不服，先让挂连长衔，送你到军校学习几个月，回来当营长就顺理成章啦。哈哈，老弟，凭你的才干，又得军座赏识，前途不可估量啊！"

萧志辰听了吃了一惊，内心开始琢磨起来。他虽然没有入党，但早已把心交给了共产党。藏振汉说的连长、营长对他来说是不会有吸引力的，但是，向志武在斗米洲谈话的情景又一次在眼前浮现。于是，一个新的想法在他脑海里出现了。他陷入了沉思。

藏振汉见萧志辰沉吟不语，便说："志辰老弟，我可是在军座面前立下了军令状的，我们明天就要开拔了，不要让我交不了差呀！"

萧志辰的脑海飞快地翻腾起来，一个大胆的计划慢慢成熟了。他对藏振汉说："藏团长，你别急，能投到钟参谋长麾下是我莫大的荣幸，但是，如果就这样不辞而别，显得萧志辰不讲义气，你在这里稍等，我去去就回。"他朝门外喊道："清泉大哥！"

谭清泉闻声走了进来。萧志辰说："你陪陪藏团长喝茶，我上四方山一趟。"他朝藏振汉一拱手，快步跑了出去。

快到凌晨时，萧志辰赶到了四方山游击队驻地。向志武正在房间里休息，当值班的队员把门敲开，说是萧志辰来了，有急事。向志武吃了一惊，以为发生了什么大事，连忙下床掌灯相迎。

萧志辰满头是汗，气喘吁吁地站在他面前，说："志武大哥，现在我遇到了新的情况，你要帮我拿主意！"

"什么事这么急？坐下说。"

"不坐了，站着说吧。"萧志辰说，"上次我救了国民党军独立师的参谋长钟安国，记得不？"

"记得！他要你去独立师当连长，你拒绝了，怎么啦？"向志武见萧志辰突然提这件事，猜测与此有关，便问，"是不是又来找你啦？"

"没错，派藏振汉来了。"萧志辰说，"独立师已扩编为军。师参谋长当上了军参谋长。他在军长面前推荐我去任营长。"

向志武听了沉思了一下，说："志辰，你是怎么想的？"

萧志辰说："他们再一次来找我，说明我的身份他们不知道，我仍可以利用钟安国这层关系获得他们的信任。"

"你是想打入国民党军内部？"向志武认真地说，"志辰，这么大的事，我不能做主，得请示上级。你这样做要冒很大的风险，甚至会有性命之忧，万不可草率行事，况且，派你去延安是组织的决定，也不能擅自更改！"

"方方面面我都考虑过，他们明天就要开拔，向组织请示已经来不及了。"萧志辰说，"我想，如果能利用这个机会打入他们内部，掌握一支武装，也许对党的工作更有利。"

向志武觉得他说得有一定道理，开始权衡起来。他说："志辰，现在国共合作抗日，表面上还算客气，总有一日会撕破脸的。你身居敌营，危险重重呀！"

"到那时，我正好反戈一击。"萧志辰扬了一下手，说，"关键时刻里应外合，一定能起到意想不到的作用。"

"队员们怎么办？你准备带谁去？"向志武问。

"都去！"萧志辰坚定地说，"我可以利用他们发展壮大自己的力量，他们都是我出生入死的好兄弟，靠得住。"

向志武看了他一眼，在房间里来回走了起来。沉思了片刻后，拉住他的手说："志辰，你的想法我赞同，我会向组织汇报的，你在那边千万要保护好自己，不到万不得已决不可采取行动。"

"好！我一定服从组织安排。"萧志辰说完，转身就往外走。

"就走吗？我送送你！"向志武把他送出门外。

两人沿着山路走了一段，萧志辰说："志武大哥，别送了，就此分别吧。将来把鬼子赶跑了，如果我还活着，请组织上认我这个党员。如果我死了，请你在小河里帮我立块碑，刻上'共产党员萧志辰之墓'。拜托了。"

向志武听了鼻子一酸，一把抱住萧志辰双肩，深情地说："兄弟，珍重！"

萧志辰告别向志武后，一路小跑往凤凰山赶。

早秋的风从竹林中穿过，带着一丝凉爽轻轻地抚摸着他的脸庞。他一路走一路想。一种全新的感觉让他感到心里不安，但又吸引着他去面对，去挑战。这几个月来血与火的场景又一幕幕在他眼前浮现，是如此惨烈悲壮，如此惊心动魄！他想起了和他并肩作战的战友，想起了那些倒在衡阳保卫战战场上的烈士，想起了小河里，想起了那些跟他出生入死的乡亲，想起了牺牲在战场上的哥哥……在追求美好理想的道路上，到处充满了艰辛和危险，只有直面，才能踏着他们的血迹勇往直前……他又想起了父亲,结实的身板和慈祥的音容总是在他面前浮现,他好想奔回家,向父亲报个平安，但忠孝不两全，父亲会理解的……

突然，一张清秀的面容闯入了他的脑海。欧阳星，已经出发了吗？本来是可以在延安相会的，历经磨难的恋人，是多么希望能幸福地相守啊！但是，当圣洁的爱情与伟大的事业摆在人生的天平上时，不得不作出痛苦的选择！

星妹妹，你能理解吗？

这时，东边天际张开了一道紫色的口子，天快亮了！萧志辰加快了脚步。

突然，云端里射出万道霞光，周围的景物像笼罩在一片红雾之中。先是模模糊糊，继而清晰透亮，刹那间，满眼便是刺目的红光！

他转头朝发出红光的方向望去。

连绵的衡山群峰在斑斓的晨雾里跃跃欲飞，耸立云端的祝融峰在朝霞的照耀下，闪动着血红色的光芒，像一团巨大的火在燃烧！

这团火越烧越旺，越来越红。

萧志辰突然感觉一股强大的力量撞开了他的心扉，心潮翻滚起来，热泪夺眶而出。